timeCRIME

PENNY HANCOCK

La casa sul fiume

romanzo

Traduzione dall'inglese
di Elena De Giorgi

timeCRIME

Prima edizione: giugno 2012
Titolo originale: *Tideline*

via delle Fornaci, 66 – 00165 Roma
tel. 06.39366384
Indirizzo internet: www.timecrime.it

Stampato in Italia – Printed in Italy

Progetto grafico: Grafica Effe

PENNY HANCOCK

La casa sul fiume

A Pauline e Peter

1

Venerdì

Sonia

Quando viene da me, gli schiamazzi degli studenti in tutto il vicolo sono scemati. Più tardi i beoni si assembreranno dall'altra parte della strada, davanti al pub, il battello serale partirà per la sua ultima corsa verso ovest diretto in città, tra lo sferragliare di catene e lo scricchiolio delle chiatte. Ma questo è un momento di calma, quasi come se io e il fiume fossimo in attesa.

Arriva al portone del cortile.

«Scusa» accenna agitandosi imbarazzato, con quel suo corpo aggraziato con cui non sa ancora cosa fare. «Solo che, alla festa, tuo marito ha parlato di quell'album.»

Guardo oltre, dietro di lui. È appena iniziato febbraio, in cielo la luce si affievolisce. Nella brezza avverto gli effluvi della fermentazione al birrificio provenire dalla foce del fiume. L'odore delle arance amare di Siviglia per la marmellata che sto preparando in cucina. Come colonna sonora al ribollire nella pentola alle mie spalle ascolto Cat Stevens che canta *Wild World* alla radio. Il tempo vola e si impiglia nei meandri della mia mente.

Lo guardo in faccia.

«Entra» rispondo. «Certo. Ricordami...»

«L'album di Tim Buckley. È praticamente introvabile ormai, perfino su internet. Lui ha detto di averne il vinile. Ti ricordi? Lo copio e glielo restituisco.»

«Nessun problema.» Parlo come se avessi la sua età. «Fico!» Poi resto intimamente imbarazzata. Riesco a sentire la voce di Kit: «Mamma, ti prego. Non provare a parlare come se avessi sedici anni. È patetico!»

Entra. Oltrepassa il portone. Il glicine disegna uno scarabocchio di acciaio nero come il filo spinato con cui si avvolge la cima delle recinzioni carcerarie. Mi segue dentro il cortile e supera la soglia dell'ingresso. Il profumo delle arance si mischia all'odore della cera per pavimenti che usa Judy. Lui entra in cucina. Si affaccia alla finestra, guarda il fiume. Poi si gira per rivolgersi a me. Non lo nego, mi sfiora il pensiero che sia venuto perché magari mi trova attraente. Ragazzi giovani e donne adulte, in giro si sentono spesso storie di questo tipo. Mantengo il controllo, però.

«Stavo proprio per farmi un bicchiere» dico, abbassando il fuoco sotto la marmellata che ribolle ormai furiosamente ora che ha raggiunto la giusta consistenza. «Fammi compagnia.»

Di solito non bevo prima delle sei, ma gli agito davanti come un'irresponsabile le bottiglie di vodka – gli adolescenti adorano la vodka –, la birra di Greg, tiro fuori perfino una bottiglia di vino rosso che avevamo messo da parte anni fa, in attesa che invecchiasse per essere pronta in occasione del ventunesimo compleanno di Kit.

Lui fa spallucce. «Okay,» risponde «se hai intenzione di aprire qualcosa.»

«Tu cosa *vorresti*?» insisto. «Forza, proponi.»

«Il rosso, allora.»

I ragazzi della sua età parlano, una volta che li spingi a farlo. L'ho scoperto con gli amici di Kit che per anni entravano e uscivano da casa nostra, giorno e notte, prima che lei andasse via. Quei ragazzi tutti brufoli, piedi grandi e capelli davanti agli occhi. Muti, non fosse per i 'per favore' e i 'grazie mille' inculcati nelle loro teste dai genitori. Bisognava spronarli, citare qualche band per farli parlare. Jez è diverso. Con Jez non è necessario tentare. È facile andarci d'accordo. Per essere un adolescente è piuttosto spensierato. Penso dipenda dal fatto che vive in Francia. Oppure perché sentiamo di conoscerci, malgrado ci siamo parlati a malapena finora.

Si allontana dalla finestra per mettersi seduto al tavolo della cucina, un piede sulla gamba opposta, la grossa suola delle sue scarpe da ginnastica quasi sulla mia faccia. Questi ragazzini di oggi, questi uomini-bambini, non esistevano quando io ero piccola. Si sono evoluti da allora. Con il loro bel patrimonio genetico, si sono adattati meglio al mondo moderno. Più alti e più piazzati. Più delicati. Più dolci.

«Questa casa è una forza. Proprio sul fiume. Io non la venderei.»

Tracanna metà del bicchiere in un unico sorso. «Anche se deve valere una bella fortuna.»

«Ah, be', non ho idea di quanto possa valere, sinceramente» replico. «Era della mia famiglia. I miei ci hanno abitato per anni, praticamente per tutta la durata del loro matrimonio. L'ho ereditata alla morte di mio padre.»

«Fico.» Con un'altra sorsata finisce il vino. Gli riempio di nuovo il bicchiere.

«Questo è il genere di posto dove vorrei vivere» ribadisce. «Sul Tamigi, un pub a due passi e il supermercato appena più in là. C'è tutto. Negozi di musica. Eventi pubblici. Perché trasferirsi?»

«Io non vado da nessuna parte» lo rassicuro.

«Ma tuo marito, alla festa, lui...»

«Non lascerò mai la casa sul fiume!»

L'esclamazione mi è uscita più brusca di quanto intendessi. Ma mi giungono alle orecchie cose che non mi piacciono. Greg pensa che dovremmo trasferirci, certo, ma ancora non siamo d'accordo sulla questione. «Non lo farei mai. Non potrei mai farlo» aggiungo con maggiore calma.

Lui annuisce.

«Neanch'io volevo lasciare questo quartiere. Ma mia madre dice che Londra, Greenwich in particolare, non va bene per la mia asma. È uno dei motivi per cui ci siamo trasferiti a Parigi.»

Il ciuffo scuro gli è caduto davanti a un occhio. Se lo scrolla all'indietro, e mi guarda da sotto lunghe sopracciglia nere perfettamente delineate. Noto il suo collo sinuoso con il pomo d'Adamo glabro. Una fossetta triangolare si forma lì dove la gola scende fino allo sterno. La sua pelle ha un luccicore che mi piacerebbe toccare. Fisicamente è un adulto, ma tutto in lui è nuovo, lucente.

Vorrei dirgli che devo rimanere nella casa sul fiume per restare vicino a Seb. Da qualche parte, tra le onde del fiume, nel suo flusso e riflusso quotidiano, lui è ancora lì, un policromo bagliore oleoso sulla sua superficie. Un'increspatura, un gorgoglio, un fruscio, e lui è di nuovo qui. Non l'ho mai raccontato a nessuno. Sarebbero in pochi a comprenderlo e, tanto per usare un luogo comune, ne è passata di acqua sotto i ponti da allora. Un'intera vita. Sono convinta che Jez capirebbe al volo. Non colgo l'attimo, però. Qualcosa mi impedisce di dirglielo. È una cosa talmente vicina che non riesco a metterla a fuoco. Invece, accenno: «Certo che vivere a Parigi... dev'essere eccitante.»

«Non è male. Ma mi mancano gli amici e il gruppo. E comunque tornerò presto. Sto facendo un giro per i college. Scuole di musica e cose così.»

«Lo diceva tua zia.»

«Helen?»

«Sì.»

Un moto di stizza mi balena quando la chiama Helen. Nel sentirne l'intimità intrinseca. Che cosa sciocca. Nessuno chiama più 'zietta' le proprie zie. Cosa mi aspettavo?

«Trovato dove iscriverti?»

Fa una smorfia e capisco che non ha voglia di iniziare questa conversazione, una di quelle in cui gli adulti ti chiedono cosa farai da grande. È troppo vivo per questo genere di chiacchiere, lui. Ciononostante, potrei aiutarti, penso. Il teatro, la musica, sono i miei settori.

«Tutti dicono 'Wow, Parigi', ma una città in cui non hai amici è una schifezza. Preferisco Londra. Ma mi sembra che nessuno afferri quello che voglio dire.»

«Io lo afferro» ribatto.

So che la marmellata si sta lentamente attaccando sui fornelli. Dovrei andare a prendere l'imbuto e versarla nei vasetti, ma non riesco a spostarmi dalla sedia, dal suo orizzonte visivo.

«Se vuoi, puoi fare un salto di sopra e prendere quell'album» gli propongo. «Lo trovi nella stanza della musica, proprio in fondo alle scale.»

«La stanza dove c'è la tastiera?»

Ma certo. Era già stato qui una volta, me ne ricordo solo ora, con Helen e Barney, uno o due anni fa. Era estate. La sua voce era di un'ottava più alta, aveva le guanciotte rosee. E una ragazza appiccicata a lui. Alicia. Lo avevo notato appena allora.

Non fa un passo.

«Fai ancora quella roba con quegli attori, eccetera?» chiede. «Da paura.»

«Come?»

Quando sogghigna, la sua bocca si rivela più grande di quanto immaginassi. Devo stringere forte il bordo della sedia per assicurarmi di rimanere composta.

«Da paura. Figo. Incontrare tutti quegli attori. Tutti quei personaggi della tv. Cos'è che fai di preciso?»

«Alleno le voci» gli rispondo. Vuole sapere cosa significa, cosa implica. Cerco di spiegargli come la voce possa enfatizzare il significato delle parole quando non sono adeguate. D'altro canto, con il tono della voce si può anche smentire quanto si dice. Per gli attori ovviamente è molto utile, ma anche nella vita reale può esserlo.

Mentre parlo, mi ascolta con un atteggiamento particolare. E questo mi disorienta più di tutto. Ascolta nello stesso modo in cui lo faceva Seb, con gli occhi socchiusi. Restio ad ammettere il proprio interesse. Un accenno di sorriso sulle labbra.

La bottiglia di vino è quasi vuota. La marmellata si sarà rappresa nel tegame.

«Conoscerai qualche persona famosa. Qualche rockstar? Magari un chitarrista.»

«Non proprio rockstar. Ma conosco qualche... persona influente. Gente sempre in cerca di nuovi talenti.»

Si china leggermente verso di me e gli occhi gli si spalancano. Si illuminano.

Ho scoperto cosa lo entusiasma.

«Voglio diventare un chitarrista professionista un giorno» dichiara. «È la mia passione.»

«Be', insieme a quell'album puoi portare giù anche una delle chitarre di Greg. Ce ne sono parecchie lassù.»

«Dovrei andare» dice.

Certo che deve andare. È un ragazzo di quindici anni. Che va a trovare la sua ragazza, prima di prendere il treno da St Pancras per tornare a Parigi domattina.

«Vuole che vada nel sottopassaggio pedonale di Greenwich, esattamente a metà strada tra Londra sud e Londra nord.»

«Vuole che tu vada?»

«Be', ecco...» Mi guarda, e d'un tratto non è che un adolescente imbarazzato, dopotutto.

«Abbiamo calcolato il punto a metà strada,» spiega «contando le lastre della pavimentazione. Volevamo contare le piastrelle bianche, ma ce n'erano troppe.»

«Quanti anni ha lei?»

«Alicia? Quindici.»

Quindici. Insomma. Non ha idea che nulla sarà mai più così.

«Vado a prendere l'album» dice, e barcolla leggermente. Il vino gli è arrivato dritto alla testa; Kit lo definirebbe una mezzacartuccia.

«Prendi un altro bicchiere. Te lo riempio mentre vai di sopra. Dài, sali.»

Ascolto i suoi passi mentre fa le scale a due a due e apro un'altra bottiglia. Stavolta qualcosa di economico, tanto Jez non noterà la differenza. Gli riempio il bicchiere e aggiungo un goccio di whisky. Una nuvola sorvola il fiume e un ultimo raggio di sole corre da una parte all'altra del tavolo. Per un secondo i bicchieri, le bottiglie e la coppa della frutta restano sospesi in un intenso bagliore ambrato.

Mi ricordo di nuovo della marmellata, ma non alzo un dito.

Squilla il telefono, e rispondo senza pensarci. È Greg. Parte a parlare come se stessimo conversando già da prima.

«Ho contattato Burnett Shaws.»

«Chi?»

«L'agenzia immobiliare. Voglio che facciano una valutazione. Non siamo vincolati, comunque. Voglio capire di che cifra si tratta, una stima approssimativa. Sarebbe utile per decidere cosa cercare da queste parti.»

Non posso parlare. Jez è rientrato in cucina con la chitarra acustica di Greg. Sbatte contro il tavolo mentre si mette seduto e la cassa riverbera.

«Cos'è stato?» chiede Greg. «C'è qualcuno con te?»

«Non c'è nessuno. Ma non ho intenzione di parlarne adesso. Sai come la penso. Non puoi fare progetti senza interpellarmi.»

«Non sarei costretto a farlo, se magari riuscissimo a discutere ragionevolmente di questa cosa.»

Mi mordo il labbro. La solita arma finale di Greg, accusarmi di essere irrazionale.

Vorrei dire la mia, ma ha messo giù il telefono.

«Non ho trovato l'album,» dice Jez «ma ho beccato questa chitarra. Posso fare un paio di accordi prima di andare?» La sua voce allenta la tensione causata da Greg.

«Certo, ovvio che puoi.» Sembra non esserci nulla di più giusto in questo momento.

L'ora che segue è la mia preferita di tutta la serata. Prima che il vino lo renda incapace di andarsene, per quanto dovrebbe volerlo. Ci sediamo e parliamo, e lui suona. Mi racconta di Tim Buckley. Di come per lui suonare era 'proprio come parlare'.

«Per me è lo stesso» afferma Jez. «Tu insegni alle persone a esprimersi con le loro voci. Io suono la chitarra per lo stesso motivo.»

È bravo. Lo immaginavo. Suona roba classica, forse John Williams, melodico e gorgogliante come fosse acqua. La chitarra è un'estensione del suo corpo, la musica gli scorre dentro sgorgando dall'anima. Le dita si muovono appena mentre pizzica le corde. I capelli neri gli cadono sul viso. Quando il vino comincia a fare effetto e non riesce più a suonare, posa a terra la chitarra con il manico appoggiato contro la coscia.

Mi ripete ancora quanto ami la mia casa. Il fiume immediatamente fuori. Gli odori! La luce. I suoni. Ascolta! Ci sediamo e identifichiamo i suoni che per me ormai sono diventati scontati. Lo sciabordio intermittente delle onde contro il muro, lo sferragliare e i tonfi sul vecchio molo, il rotore degli elicotteri in volo. Musica urbana, la chiama Jez.

«Vorrei vivere così pure io» afferma. «Musica, vino, una casa sul Tamigi.»

Adesso anch'io sono un po' ubriaca. Vorrei che questa serata non finisse mai.

«Va tutto bene, sai, Seb. Non devi per forza andar via.»

«Jez» mi corregge.

«Cosa?»

«Jez. Io mi chiamo Jez, non Seb.»

È tardi quando alla fine si alza sbandando appena. Si regge alla sedia.

«Vuoi che resti a tenerti compagnia?» farfuglia, arrossendo leggermente.

«Penso che faresti meglio a dormire un po'» dico con voce materna da donna adulta.

Perde i sensi prima che possa accompagnarlo al vecchio letto in ferro nella stanza della musica. Gli fisso i calzini mentre lo faccio stendere. C'è un buco sull'alluce del piede destro che mi fa ripensare a un affare a forma di fungo che usava mia madre per rammendare; mi torna in mente come lei la sera si sedeva e ci aggiustava i calzini, e mi chiedo se esista ancora da qualche parte nel mondo un fungo da rammendo. Che pensiero assurdo mentre gli srotolo i calzini dai piedi, poi gli sfilo a strattoni le maniche della felpa.

Mi chiedo se devo togliergli i jeans che ricadono larghi intorno al bacino stretto, i muscoli tesi in un triangolo dorato a ridosso della patta. Si sentirebbe più comodo una volta sveglio. Ma non voglio metterlo in imbarazzo. Così glieli lascio addosso. Riempio un bicchiere d'acqua nel bagno e lo poggio sul comodino, in modo da fargli sapere, se si svegliasse prima del previsto, che mi prendo cura di lui.

Prima di uscire dalla stanza, mi chino su di lui e lo annuso dalla testa fino al collo, investita da una zaffata del suo shampoo prima e dal suo profumo maschile, salato, di cedro poi. Porta a un lobo una cosa nera a forma di corno. I capelli gli cadono in ricci sciolti sulla clavicola. Li sollevo dolcemente, per premere il naso contro la pallida zona delicata dietro l'orecchio. Lì, mi blocco.

Sul collo, più sotto dell'attaccatura dei capelli, trovo l'inconfondibile marchio rosso di un succhiotto, così l'ho sentito chiamare da Kit. Le ecchimosi si espandono da un'infiammata lesione centrale. Alicia? Che gli ha succhiato la pelle fino a far rompere i capillari. Un trauma rosso sulla sua pelle senza imperfezioni. E d'improvviso mi trovo a fissare una ferita rossa livida lasciata da una corda stretta attorno alla candida gola di qualcun altro. Per qualche minuto non riesco a sviare lo sguardo.

Alla fine, mi chino e gli bacio dolcemente il piccolo ematoma. «È tutto okay» bisbiglio. «Ti terrò al sicuro, te lo prometto.»

Lo copro con il piumone, rimboccato appena a lato, ed esco silenziosamente dalla stanza.

2

Sabato

Sonia

Vivendo sul Tamigi ci si abitua ai suoi suoni e segreti. I battelli di soccorso che accorrono su e giù, trascinandosi dietro la loro scia. Ci si abitua al numero di corpi ripescati dalle profondità. Al modo in cui il fiume fluisce in un'unica direzione, senza ritorno, pur riempiendosi e svuotandosi due volte al giorno. Andare via dal fiume ti separa dall'essenza delle cose.

Il tempo in cui sono stata con Greg e Kit in campagna ero completamente inattiva. Agognavo la città, la sua sporcizia e il suo anonimato. Lontano da Londra, mi svegliavo spesso nella notte, convinta che il fiume scorresse ancora sotto di me. Mi ci voleva un po' per orientarmi, perfino dopo diversi anni. Per capire che ero una donna adulta, con un marito e una figlia, e che vivevo fuori città. Allora tornavo di botto alla realtà, e un infinito senso di perdita si impadroniva di me.

Quando siamo tornati alla casa sul fiume cinque anni fa, i mobili erano tutti coperti da teli per ripararli dalla polvere. Mia madre è una sostenitrice della conservazione delle cose.

In inverno piega i vestiti nelle valigie, separati tra loro da strati di carta velina. Da lei ho ereditato la tradizione della preparazione di marmellate, composte, salamoia. Tuttavia, ho sempre pensato che quei teli per la polvere, più che un modo per preservare la sua mobilia, fossero un segno della sua intima riluttanza a lasciare a me la casa.

Ereditarla per volontà di mio padre sembrò una benedizione. Ma tutte le benedizioni hanno un prezzo. A mia madre serve che le stia vicino adesso, per prenderle e portarle cose, per ascoltarla e sopportare. Lei non ha mai davvero voluto che io abitassi nella sua casa, però, come si impegna strenuamente a ricordarmi.

Non è ancora giorno quando mi sveglio il mattino dopo. Sento il *fut fut fut* di una motolancia sul fiume. Voglio restare qui e cullare questa sensazione. Una sorta di completezza. Di compiutezza. È come la notte dopo aver partorito, quando fissi il bambino che hai messo al mondo. È come il momento in cui ti rendi conto che entrambi provate lo stesso sentimento l'uno per l'altra. Vi impreziosisce. Capisci quanto siano rari questi istanti.

Lungo il vialetto sento i passi dei primi venditori ambulanti che si affrettano al mercato. Una soffice luce grigiastra filtra intorno agli angoli delle tende. Mi avvicino alla finestra e le scosto. Fuori, gli alti edifici di Canary Wharf sono pallidi, le vetrate riflettono il cielo perlato che cede il passo a un bagliore color pesca quando il sole sorge dietro a Blackwall. Fuori fa molto freddo.

L'odore che giunge dal fiume è pungente, quel lezzo intenso di fanghiglia oleosa indica che è bassa marea. Il suo bottino sarà in bella vista. Nuova mercanzia sarà esposta a riva: scrigni, pneumatici, ruote di bicicletta. So che sono queste le cose che si trovano più spesso, ma a volte la marea porta alla luce anche qualcosa di inatteso. Comunque, questa mattina non ho tempo per una caccia al tesoro. Indosso il mio kimono e vado a dare un'occhiata a lui.

Ha il volto più pallido nella stanza della musica alle prime luci del giorno e per mezzo secondo temo di aver esagerato. Ha parlato di asma. Una volta ho letto che l'alcol può provocare un attacco. Mi chino, sento con sollievo il suo respiro sulla mia guancia.

Non si muove, così gli sollevo una delle mani. Osservo le sue dita affusolate, le unghie lunghe abbastanza per strimpellare la chitarra. Una deve essersi impigliata in qualcosa ed è leggermente spezzata. I polpastrelli rosa come quelli di un bambino. Non ha quella rozza peluria scura sul dorso delle mani, solo qualche peletto dorato che cattura la luce. Sulla fronte una vena blu sporgente. Ci scorro sopra il dito, fissando il modo in cui si solleva e si abbassa il sangue quando la premo. Seb aveva una vena uguale sul braccio, che diventava più evidente durante uno sforzo, come stringere una barbetta che aveva lanciato intorno a un anello di ormeggio. Come arrampicarsi sopra le palizzate. O come quando la sua presa di ferro si stringeva sui miei polsi.

Lascio il braccio di Jez e lo guardo in volto. Deve aver ereditato la carnagione mulatta dal padre francoalgerino. Il mento squadrato, leggermente all'insù, la barba corta, così morbida, così rada, un'incerta spruzzata di peli neri sotto il mento. Portando le labbra su di essa, riesco a stento a sentirla. Sono di nuovo con Seb. Il mio naso, che affonda nuovamente nel suo collo, avverte il miscuglio di fumo e sudore maschile per la prima volta. Sente le protuberanze e le concavità del suo corpo attraverso la camicia.

Una volta saziatami, devo riprendere la mia routine. Mia madre attende la sua visita del sabato mattina e la situazione potrebbe complicarsi se la salto. Se vado ora, potrei essere di ritorno prima che Jez si svegli. Dorme profondamente e – se ne so qualcosa degli adolescenti – resterà in quello stato per gran parte della mattinata. Lo osservo per un altro minuto, mentre si gira, si risistema. Poi, riluttante, sgattaiolo via.

Fuori splende il sole del primo mattino, ma l'aria è così fredda che mi brucia in gola quando respiro. La brina luccica sui muri della via e camminando sento lo scricchiolio del ghiaccio sotto i piedi. Un residuo della marea che stanotte deve essere salita talmente tanto da raggiungere il marciapiede.

Solo una settimana fa il terreno era ancora ammantato di neve. Guardavo di sfuggita attraverso le inferriate del ricovero per poveri, un ammasso di bucaneve faceva capolino in un piccolo cerchio di erba dove la neve si era sciolta. Il bianco brillante delle loro teste reclinate contro il verde inatteso mi aveva tolto il respiro ed ero corsa verso casa in cerca della mia fotocamera. Il tempo di uscire di nuovo e la luce era andata via, e il giorno dopo la neve cadeva di nuovo abbondante. Temevo che la perdita di quell'immagine mi avrebbe fatto vagare con la mente. È una cosa da cui tenermi alla larga. Rimpianti che si infiltrano nutrendosi di me.

Il pensionato dove abita mia madre si trova a dieci minuti di autobus. Ci si è trasferita quando non è stata più grado di gestire la casa sul fiume, quando la sua lucidità ha cominciato ad appannarsi, il suo corpo ad abbandonarla. Attraverso in fretta il corridoio in morbida moquette tentando di non respirare il miscuglio di aromi culinari di ciascun appartamento. Max, che fa visita a sua madre ed è diventato un amico, si materializza dal numero 10. Mi saluta con un allegro buongiorno e io ricambio. Talvolta mi chiedo se Max immagini che sono single e voglia conoscermi meglio. In un certo senso sarebbe divertente flirtare un po', ma io ho Greg. Mio marito. Qualunque cosa significhi quella parola.

«Ti ho portato il giornale e un po' di gin.» Allungo a mia madre una busta che contiene anche i pannoloni per l'incontinenza che le ho comprato. Per una questione di delicatezza non ne parliamo mai.

Poso velocemente le labbra sui suoi capelli gonfi come un dente di leone. Mi turba il fatto di dovermi chinare a baciare mia madre, questa donna un tempo capace, una spanna più alta di me. Non mi saluta quando entro nell'appartamento, ma mi volta le spalle chiedendomi se voglio del caffè. Poi attacca a lamentarsi degli altri residenti.

«Hanno organizzato un club del cinema nel salone. Ma i film che scelgono... Tutta robaccia!»

«Perché non proponi tu qualcosa?»

«Non mi ascolterebbero. Lo so, lo capisco dai programmi che guardano in tv. Preferiscono guardare il liscio, anziché sano teatro.»

«Che mi dici di Oliver? Sembra un tipo simpatico.»

«Bah! È un vecchiaccio noioso e così effeminato.»

Penso che se incontrasse un altro uomo con cui condividere la vita, mia madre diventerebbe più indulgente. Noi potremmo parlare di più, come immagino facciano le altre madri e figlie.

Mi accomodo su una delle sue poltrone in chintz e mi lascio scaldare il grembo dai raggi di sole che penetrano dalla vetrata, mi lascio sciogliere le labbra ghiacciate. Mia madre si dirige verso la credenza dove tiene riposti tazze, piattini e una caffettiera, poggiando una mano rattrappita sullo schienale del divano, l'altra contro il muro per trovare stabilità.

«È presto. Non puoi aver fatto colazione. Io ho il caffè, ma non posso offrirti altro. A meno che tu non voglia un po' di *grape-nuts*. Ma so che non ti piacciono.»

«A posto così, grazie. Prenderò qualcosa mentre torno a casa.»

«Ovviamente è stato tuo padre a iniziarmi ai *grape-nuts*. Mi consigliò di lasciarli a mollo nel latte per mezz'ora, prima di mangiarli.»

«Sì, mi ricordo.»

«Se avessi un freezer delle giuste dimensioni, come quello che avevo nella casa sul fiume, farei una scorta di pasticcini. Per come stanno qui le cose, posso offrirti solo un biscotto Garibaldi. Non ho altro.»

È arrivato il momento di cambiare discorso.

«Medicine nuove, mamma?»

C'è un portapillole argentato sul vassoio dove tiene le medicine, non l'ho mai visto prima.

«Me le ha date il dottore per dormire» risponde. «La codeina è buona per il dolore, ma passo ore terribili.»

«Sì, me lo hai detto.»

«Non hai idea di cosa significhi svegliarsi nel cuore della notte. Non riuscire più a prendere sonno.»

Lo so, invece. Quelle nottate eterne in cui nulla riesce a placare l'anima. Mi tormentano di nuovo ultimamente, dopo che Kit è andata via e Greg trascorre tanto tempo fuori di casa. Angosciata, stesa a letto. Mi preoccupo per te, mamma, di come farò a gestire il tuo deperimento con il poco amore che ci sostiene. Mi preoccupo per Kit, là fuori nel mondo. E l'ansia mi attanaglia quando penso che lascerai vincere Greg, per portarmi via la casa sul fiume.

Mia madre versa il caffè dandomi le spalle. Sento la sua schiena irrigidirsi. La sua permanente bianca ondeggia dolcemente. Sussulto. So cosa mi aspetta adesso.

«Non dormo perché mi preoccupo della casa sul fiume. Bisogna sostituire le finestre. Il tetto dev'essere riparato. E poi c'è la storia della tua consulenza vocale.»

«Che vuoi dire?»

«Greg approva quelle sessioni che organizzi in casa?»

«Certo che approva! Mi ha aiutato a prepararle. Lo sai.»

«Non so che ne avrebbe pensato tuo padre. Gente che va e viene di giorno e di notte. Non è il modo di gestire un'attività, lasciare entrare le persone a ficcanasare in casa tua.»

«Ho perso qualche cliente infatti con la crisi degli ultimi tempi. L'attività potrebbe esserne danneggiata.»

Torna verso di me, il piatto di fine porcellana in precario equilibrio su una mano, tanto che i biscotti rischiano di scivolare a terra. Scatto in piedi per salvarli, ma lei si scosta irritata. Torno a sedere.

«Allora perché tu ti ostini a rimanere, quando tutti se ne vanno? Perché devi sempre creare problemi, Sonia? Greg crede che la casa valga... Quant'era, qualche milione? No. Impossibile! Oh, povera me. Confondo gli zeri. Comunque è una miniera d'oro! E tu insisti per rimanerci, nonostante tutto!»

«Hai parlato con Greg?» Sento io stessa l'incrinatura nella mia voce.

«Mi telefona, di tanto in tanto. Chiacchieriamo. Lo sai che parliamo. La casa sul fiume è un cappio al collo per me. È tempo di andare avanti, Sonia. Lui lo capisce. Solo tu punti i piedi.»

Rischio di perdere la pazienza a questo punto. Mi alzo, invento di aver bisogno del bagno. Lì accartoccio le dita contro la porcellana del lavabo, conto fino a dieci, tento di controllare la rabbia. Sa quanto mi sconvolga questo argomento. Eppure insiste! Penso a ciò che faccio per lei. Ai piccoli sacrifici costanti a cui mi costringe per renderla felice, ciononostante lei non può lasciarmi vivere dove ho bisogno di vivere. Ora che Jez dorme tranquillo nella stanza della musica, mi infastidisce ancora di più. Per lei ho fatto il sacrificio di non stare con lui. E se va via prima che io ritorni? E se lui mi sfugge per aver tentato di rabbonire lei con gin e giornali?

Tornata nel soggiorno, mi scuso e riferisco di poter restare solo una ventina di minuti. Per fortuna, sembra che mia madre abbia dimenticato la questione della casa sul fiume. Mi porge il caffè e trascorre il resto della mia visita a ricordare l'insegnante di canto che le lanciò contro il gesso da una parte all'altra dell'aula, quando era ragazza. Ricorda la tonalità e la compattezza del rossetto dell'insegnante. Ricorda perfino l'inno che stavano cantando quella mattina.

«*Scaccia la fatale tentazione*» cinguetta. I suoi occhi azzurro pallido lacrimano mentre viene trasportata nel passato. «*Proteggimi con la tua immensa bontà, sarò salvo nell'imprudenza, salvo dall'accidia e dalla trappola del peccato...*»

È quello che capita quando vivi gli anni del tramonto, questo scivolare dal presente al passato, penso, mentre mi affretto di nuovo lungo il corridoio. Ciò che è strano, a dire il vero è che a me stia succedendo di recente, da quando Kit è andata via di casa.

I ricordi mi assalgono. Mi strisciano addosso come un gatto contro la gamba, che fa le fusa, cercando di attirare l'attenzione. Le emozioni mi sommergono di tristezza. Qualche volta mi prende la nostalgia. Più spesso mi avvolge un'ondata di colpa, vergogna, rimpianto. Vorrei parlare a mia madre di queste cose, ma le sue reazioni sono sempre venate di critica, di accusa. Ci sono così tanti luoghi in cui non andrei con lei.

Greg e perfino Kit, che ormai ha la stessa età che avevo io quando sono andata via di casa per la prima volta, sostengono che il passato è passato. Bisogna superarlo. Per lungo tempo, l'ho pensata allo stesso modo. Dopotutto, ho studiato, ho lavorato come attrice. Ho sposato Greg, ho avuto una figlia e ho messo su un'attività. Il passato ormai era stato cancellato. A volte pensare a quanti anni sono volati mi lascia inebetita.

Ma negli ultimi tempi mi sono resa conto che il tempo non passa, si riavvolge. Come il fiume si avviluppa su sé stesso a Greenwich, così anni distanti sembrano più vicini di quelli appena trascorsi, e momenti dimenticati trovano a forza la strada per tornare indietro. È uno shock ad esempio, una scossa straordinaria, che questa mattina io mi sia svegliata con la stessa sensazione di quando a tredici anni io e Seb ci siamo baciati per la prima volta. Mi ha rivelato che il desiderio che provavo allora, di sentire le sue ciglia contro le mie dita, la mia lingua contro le sue labbra, ancora mi pervade. Il tempo si è abbreviato, un telo contro la polvere scivolato a terra, a rivelare ciò che è sempre stato sotto di esso.

3

Sabato

Sonia

Sull'autobus un ricordo mi assale, quando passiamo davanti allo Starbucks che era un tempo il nostro negozio di dolciumi.

Un giorno d'estate. Nel pieno di un'ondata di caldo. Avevo tredici anni. Dov'era mia madre quel giorno? Doveva aver iniziato il suo lavoro di insegnante, perché mi sentivo libera come non mi era mai capitato quando invece stava a casa.

Riesco a sentire il pizzicore del cotone del mio abitino estivo sulle gambe, mentre percorrevo il vicolo di ritorno dal negozio. Succhiavo un ghiacciolo all'arancia. Le mie infradito si incollavano al lastricato della strada, appiccicaticcio per le bibite e i gelati che la gente lasciava sgocciolare a terra. L'odore del fiume era vicino e intenso. Metallico, misto a catrame e alcol. Ancora quel profumo residuale di birra nella brezza che soffiava qui intorno, dai pub, dalle gocce cadute a chi si sedeva sul muretto per bere. Era bassa marea. Scendevo trasognata giù per i ripidi gradini in pietra verso gli ormeggi, vicino casa, leccando il mio ghiacciolo. L'erbaccia del fiume che li rendeva spesso scivolosi era completamente asciutta. Giunta in fondo, calciai via le infradito e me ne rimasi sulla riva. Il fiume mi lambiva i piedi, li rinfrescava. La melma mi colava tra le dita, che strinsi attorno a qualche oggettino duro sotterrato.

«Sonia! Soniaaa!»

Riavendomi con un sussulto dall'estasi, alzai lo sguardo. In mezzo al fiume, in equilibrio sul bordo di una vecchia chiatta ormeggiata, c'era Seb con il suo amico Mark, con indosso solo le mutande che si gonfiavano a contatto con l'acqua. Mark diede una forte spinta a Seb.

«Ehi, Sonia. Aiu-tami!» gridò Seb. Fece mulinare le braccia, fingendo terrore, ruzzolò di lato in acqua e svanì nelle profondità del fiume. Mark era piegato in due dalle risate. Dopo un po', dato che Seb non tornava a galla, Mark si tuffò dietro di lui. Così entrambi stavano sotto la densa superficie marrone dell'acqua, talmente carica di sudiciume che a stento il sole vi si rifletteva. Passarono i secondi. I minuti. Cominciò a martellarmi il cuore in petto, mi si seccò la bocca, il ghiacciolo appiccicato alla lingua.

Alla fine, uno spruzzo. Una testa. Mark. Si arrampicò di nuovo sulla chiatta e sparì sulla prua.

Seb ancora non si vedeva.

Mi inoltrai nel fiume. Tenendo lo sguardo fisso sull'acqua immobile, una bruma di calore che offuscava le banchine in fondo verso Blackwall. Era tutto muto.

Passò una motolancia, le onde sulla superficie si scagliavano verso di me fino ad arrivarmi ai polpacci, prima che tutto ripiombasse nel silenzio. Il cuore si era arrestato. Non riuscivo a respirare. Era la fine del mondo.

Poi, alla fine, *wush*!

Seb riapparve a circa un metro da me, grondante di bitume

e sporcizia. Barcollò, mi afferrò per un braccio, e mi trasse a sé. Per un po' opposi resistenza. Lasciai cadere il resto del ghiacciolo, affondai le unghie nella carne delle sue spalle. Lui rideva. Tentai di prenderlo a calci, ma invano, era tanto più forte di me. Ben presto l'acqua mi arrivò alle cosce e il vestitino mi aderì alla pelle. Mi strattonò ancora e io persi l'equilibrio. L'acqua fresca era un sollievo dal caldo. Lo seguii dentro il fiume, schizzando furiosamente, e lui mi prese in giro: «Oooh, Sonia fifona!»

Mark ci raggiunse. Mi salirono addosso spingendomi la testa sott'acqua. Seb mi agguantò le gambe. Lo colpii, tentai di afferrargli i capelli, ma li mancai, diedi un forte morso al braccio di Mark. Lui urlò e mollò la presa, e io annaspai tentando di riprendere fiato, quando il mio volto tornò alla luce del sole.

Il vestito bagnato mi aderiva alla pelle nella torbida acqua fresca. Le mani di Seb salde sulle mie caviglie. Il sole che picchiava sopra le nostre teste.

«È l'ora della birra!» gridò Seb, lasciandomi andare, e lui e Mark cominciarono a gareggiare a stile, diretti verso le chiatte anziché verso la riva. Nuotavo dietro di loro, cercando di evitare che l'acqua del fiume mi finisse in bocca. Mi avevano raccontato che c'erano veleni lì dentro in grado di paralizzarti. Non riuscivo a vedere attraverso la fetida superficie. La gente diceva che ci si potevano sviluppare le foto nel fiume. Era un brodo chimico, a stento si poteva considerare acqua. Mentre nuotavo, sentivo che qualcosa mi si strofinava contro le gambe. Il solletico di una busta di plastica che veniva trascinata, l'oggetto grosso e limaccioso che urtai. Cercavo di non immaginare cos'altro poteva toccarmi, leccarmi. Perfino mangiarmi.

Lontano, in mezzo al fiume, passò un battello e i passeggeri salutavano allegramente. Sull'altra sponda, gli scali dell'isola dei Cani erano avvolti da fitti fumi grigi. Arrivata alle chiatte, tentai di issarmi come avevano fatto i ragazzi, ma scivolai sul bordo coperto di alghe. Schegge di legno mi entrarono nelle mani e mi si spezzarono le unghie quando provai ad artigliarne i lati.

«Che femminuccia!» strillò Mark. «Patetica, vero, Seb?»

«Lasciala in pace» rispose Seb, e mi si gonfiò il cuore in petto. Trovai un punto di appoggio sul retro dell'imbarcazione, dov'era attaccato uno pneumatico, e riuscii infine ad arrampicarmi. I ragazzi avevano creato una borsa da una vecchia rete da pesca, legata con una corda. Da lì tirarono fuori lattine di birra e pacchetti di patatine. La tenevano appesa al bordo della chiatta e dentro ci avevano lasciato la birra, per tenerla in fresco nell'acqua del fiume. Ci sdraiammo sul pavimento rovente in legno della barca, lontano dagli sguardi del mondo esterno, e lasciammo che il sole asciugasse l'acqua del fiume dai nostri vestiti. Si sentiva un lieve *toc toc toc* quando le chiatte urtavano tra di loro. Poi passò un'imbarcazione della polizia, fece ondeggiare tutte le chiatte, che scricchiolarono, cozzando l'una contro l'altra in modo preoccupante, sballottandoci da una parte all'altra come nel pieno di una tempesta.

Quando infine si riassestarono, non c'era nient'altro che il sole, il legno che scottava e noi. «Fai così» mi disse Seb, mostrandomi una O con le labbra.

Feci quello che mi aveva chiesto. Prese una sorsata di birra, si chinò su di me, premette le labbra contro le mie, e lasciò fluire il liquido freddo lentamente nella mia bocca. Aveva un sapore metallico e fresco rispetto al calore di lui. Mi sentivo strana, come se le gambe si stessero sciogliendo al sole. Poi Seb si voltò verso Mark e fece lo stesso con lui. Mi domandò di farlo anch'io a loro due. Voleva sapere com'era, disse. Si chiedeva sempre com'erano le cose. Era stupendo, il freddo del liquido che attraversava le labbra calde, quindi continuammo così per un bel po', bevendo dalla bocca degli altri due finché la birra non si intiepidì.

«Toccami la lingua con la tua» mi propose poi Seb, e io lo accontentai. Mark guardava. Seb avvolse la sua lingua intorno alla mia e mi baciò con violenza e a lungo. Aveva il sapore della birra e del fiume.

«Ma che schifo. Sei un idiota!» esclamò Mark, e Seb staccò la sua bocca dalla mia, per andare a baciare lui. Così lo zittì.

«Mi tuffo e nuoto sotto le chiatte» annunciò Seb.

«Non farlo, Seb. A che serve?»

«E le altre cose a che servono? Voglio solo vedere se ci riesco.»

«E se a metà strada resti senza fiato?»

«Non essere patetica.»

Mark se ne stava in piedi ridendo. «Che cretino» disse quando Seb si tuffò e sparì sotto le chiatte.

«Che pezzo di idiota senza cervello» aggiunse, mentre aspettavamo che Seb venisse fuori dall'altra parte. Volevo che tacesse. Volevo trattenere il respiro finché Seb non fosse riapparso, per scoprire se fosse possibile. Per sapere se Seb sarebbe sopravvissuto.

Ci volle una vita prima che tornasse in superficie, scuotendo la testa per far uscire l'acqua dalle orecchie. Poi poggiò le mani sul bordo della barca e ci salì sopra in un battito di ciglia.

«Vai, tocca a te» disse Seb, e Mark, che non era coraggioso quanto lui, addusse varie scuse per tornare a casa. Lo guardammo nuotare fino a riva. Poi Seb mi fece stendere sopra di lui.

«Togliti il vestito» mi ordinò. Gli diedi un ceffone.

«Ahi!» gridò, spostandosi di lato, ridendo. «Dài» insistette.

«Solo se tu ti togli le mutande.»

«Affare fatto!»

Si tolse la biancheria e io mi sfilai il vestito. Non ero ancora sviluppata per portare il reggiseno, così stavo stesa con il petto nudo premuto contro il suo e sembrava che aderissimo l'uno all'altra, i nostri corpi perfettamente incastrati insieme. Eravamo come pezzi di un puzzle 3D, i nostri corpi vicendevolmente necessari per completare esattamente il tutto. Questa è la sensazione che ricordo più vividamente ora che percorro la stessa strada. I nostri corpi, riscaldati dal sole, leggermente appiccicosi per gli scarichi del fiume, incastrati l'uno nell'altro, l'odore della fanghiglia su di noi.

Amavo Seb, è inutile dirlo. Pensavo che fosse la creatura più bella che avesse mai camminato sulla terra. Quel giorno, sulla chiatta, posai lo sguardo sul suo viso e mi chiesi come qualcuno potesse essere stato creato così perfetto. Aveva grandi occhi azzurri a mandorla e labbra che sembravano costantemente rosse e piene, come se mangiasse sempre ghiaccioli alla fragola. Curvava verso il basso gli angoli della bocca, come se pensasse che erano tutti troppo stupidi per lui, come se fosse in attesa che il mondo si mettesse in pari con lui. Sentivo le ossa appuntite dell'anca che premevano nelle concavità sotto le mie, la sua pelle calda e corrugata lì dove si infilava nei vuoti tra le mie costole, sul mio petto, che aveva appena cominciato ad ammorbidirsi, ad arrendersi contro il suo.

«Stenditi sotto di me» propose dopo qualche minuto, così ci invertimmo rotolando. Avevo la vaga impressione che forse avrei dovuto farlo smettere. Mi contorsi sotto di lui, cercando di spingerlo via. Ma ciò che ricordo ora è la sensazione del legno caldo della chiatta che mi urtava la schiena mentre lui mi tratteneva, il suono del suo respiro nel mio orecchio.

Arrivo infine nuovamente alla casa sul fiume, carica di ansia. E se Jez si fosse già svegliato? Fosse andato via prima che potessi salutarlo come si deve? Non avrei mai dovuto lasciarlo da solo.

Tengo stretto il Flurazepam di mia madre in tasca, con il pollice scorro le bolle del blister. Faccio le scale a due a due verso il primo piano, poi su per gli alti gradini fino al ballatoio fuori dalla stanza della musica. La luce entra dalle piccole finestre nella parte alta delle pareti. Giro la maniglia della porta e la apro spingendola, osando appena sperare.

È qui. Ancora insonnolito. Ma ha gli occhi aperti.

Mi avvicino immediatamente. Mi siedo sul letto.

«Sei svenuto.»

«Cosa?»

«Ieri sera. Hai bevuto un po' troppo vino.»

Abbasso lo sguardo su di lui. Un principe che si sveglia da un sonno di cent'anni. Cerca di alzare la testa, aggrotta la fronte, poi desiste.

«Va tutto bene. Sei nella casa sul fiume. Ti ricordi?»

«Oddio!»

«Non devi preoccuparti. Tutti esageriamo con l'alcol qualche volta, credimi. Capita anche ai migliori.»

«Che ore sono? Devo prendere il treno delle dieci e trenta per Parigi.»

«Oh, le dieci e trenta sono passate da un pezzo! Ma ci sono tanti altri treni. Possiamo farlo sapere ai tuoi, a tempo debito.»

«Non mi sento bene.»

Si tira su poggiandosi su un gomito, strizza gli occhi per la luce.

«Devi reidratarti. Tieni.»

Prendo il bicchiere dal comodino e glielo avvicino alle labbra, fissandole mentre si inumidiscono a ogni sorsata. Una gocciolina di acqua resta impigliata sui baffetti da adolescente sopra il labbro superiore. Scintilla argentea per un secondo prima che lui se ne liberi leccandola.

«Dio. Ma che cazzo abbiamo bevuto ieri sera?»

La sua voce non è ancora matura, sebbene sia ben oltre la fase di rottura. Possiede ancora quel trillo infantile. Chiude gli occhi e posa di nuovo la testa sul cuscino.

«Ti sentirai meglio più tardi. Ti porto ciambelline e caffè tra una mezz'ora. Puoi farti una doccia. Da quella parte.» Faccio un cenno con la testa verso il bagno. «Come lo prendi il caffè?»

Alza di nuovo lo sguardo, il viso corrucciato, ma la pelle sempre così delicata, come seta sgualcita. Le labbra piene. Le labbra di Mick Jagger. Le labbra di un cantante. Un giorno, riesco già a vederlo, avrà quelle linee tra naso e labbra che hanno i cantanti rock. Seb le avrebbe avute.

«Forte. Poco latte. Due cucchiaini di zucchero.»

È incantevole stare a guardarlo, ma non ho intenzione di allarmarlo.

«Vado a preparare la colazione, allora.»

«Ho dimenticato di inviare un sms ad Alicia. O di telefonare a mamma» si lamenta mentre io raggiungo la porta. Sono contenta che lo abbia detto perché mi ricorda che tiene il cellulare nella tasca della sua giacca di pelle, ancora appesa allo schienale di una sedia in cucina.

«Quando sarà il momento» replico. «Devi prima riprenderti.» Mi tiro dietro la porta e resto ferma per qualche secondo, prima di sentirlo che va a fare la doccia, l'acqua che comincia a scrosciare.

In cucina non ci penso due volte. Pesco il cellulare dalla sua tasca ed esco nel cortile, oltrepasso il portone e percorro il sentiero verso il fiume. Per fortuna la marea sta salendo e della riva non è rimasta che acqua color fegato che schizza contro il muretto. Mi affaccio, guardo in là verso le chiatte che si muovono, cozzando dolcemente, mentre un gruppo di turisti mi passa alle spalle. Aspetto che spariscano, poi lascio cadere il cellulare nelle profondità del fiume.

Quando torno nella stanza di Jez con il caffè e le ciambelline salate, lui sta in piedi, i jeans addosso ma senza maglietta, e si strofina i capelli con un asciugamano. Si sente l'odore di citronella del sapone che tengo nella doccia. Da sotto l'asciugamano getta uno sguardo al vassoio della colazione. Ho fatto il caffè nella macchinetta per l'espresso italiano che uso per gli intenditori, ho preparato i toast con pane biologico, ho portato le ciambelline e la mia marmellata in un piatto.

«Siediti. Hai bisogno di mangiare» gli dico. Si lascia cadere di nuovo sul letto. Ha le spalle larghe, ma le ossa sono ancora fragili. Deve irrobustirsi parecchio. Lì dove l'addome si piega, si forma una piccola riga superficiale.

Mette insieme due metà di ciambella e dà un grosso morso. Si stende contro i cuscini e sorseggia il caffè, poi finisce la ciambella con un altro paio di morsi. Fa caldo nella stanza, con il sole che penetra dalle alte finestre delle pareti tappezzate di libri. Gradevole. Più che gradevole. Lussuoso. È proprio caduto in piedi con me.

«Non sei costretto ad andartene, lo sai» preciso. «Non ho niente da fare oggi. Puoi restare se vuoi. Suonare la chitarra, rilassarti e prenotare un biglietto sull'Eurostar più tardi. Ma ovviamente sta a te decidere.»

Mi guarda, valutando le opzioni.

«Mi sento maluccio per viaggiare, ma non è che ti sto tra i piedi?»

Sorrido. «Non pensarci nemmeno.»

«Alicia sarà incavolatissima perché l'ho bidonata ieri. E poi dovrei far sapere a mia madre dove mi trovo. Le avevo detto che sarei tornato oggi.»

«Che ragazzo coscienzioso che sei!» esclamo.

Sono davvero sorpresa. Io dovevo implorare Kit alla sua età perché mi facesse sapere dove stava, ma lei non lo faceva mai.

Se cercavo di rintracciarla per telefono, il suo cellulare era sempre spento o scarico. Quando mi lamentavo perché non mi aveva chiamato lei, mi rispondeva che non aveva credito.

«Vado a prendere il cellulare» dice.

È troppo tardi per fermarlo e poi non vorrei spaventarlo. Non ho scelta: devo guardarlo abbandonare la stanza della musica e scendere al piano di sotto. È un rischio non da poco per poter guadagnare la sua fiducia. Niente gli impedisce di uscire da casa mia e allontanarsi per sempre da me. Mi dico di prenderla come una specie di test, per essere certa di come stanno le cose con lui. Ho bisogno di sapere che vuole restare qui, tanto quanto lo voglio io.

Quei pochi minuti sono una tortura. Non riesco quasi a muovermi. Avverto ogni minimo rumore di sotto mentre lui cerca il telefono. Saprei se uscisse dalla porta della cucina, se andasse via senza salutare. Mi precipiterei giù, gli chiederei di spostare qualche mobile prima di andarsene e, da ragazzo coscienzioso qual è, non potrebbe rifiutarsi. Non posso perderlo.

Mi appoggio alla porta, immobile mentre un altro ricordo riaffiora. Un'altra partenza. Eravamo in un garage. Si sentiva l'odore di carburante, olio e sudore di adulti. Qualcuno aveva gettato una valigia nel portabagagli. Il volto di Seb è nitido, potrebbe perfino trovarsi accanto a me in questo momento. Un ghigno stampato sulle labbra. Uno sguardo che conoscevo così bene – di sdegno per l'autorità – velato da un fascino tronfio.

«È ora di andare. Sali in macchina, Seb.»

Si mise a ridere della rabbia che mi esplose quando salì sul sedile del passeggero. Poi mi guardò, scrollò le spalle dicendomi che non sarebbe andato se non avesse dovuto.

«E allora non andarci, Seb» ribattei. «Non farlo. Non lasciare che ti costringano.»

Le portiere sbatterono. Io afferrai la maniglia, ma era già bloccata e Seb si stava mettendo la cintura di sicurezza. E quando alzò di nuovo lo sguardo, notai che stava già cambiando, era rassegnato e perfino – sebbene non potessi sopportare di ammetterlo – leggermente eccitato per quello che stava per succedere.

«No, Seb! Non arrenderti!»

«Oddio, falla calmare per favore. Rischia di farsi male o di farlo a qualcun altro. Trattienila. Dobbiamo andare.»

Sapevo che urlare e scalciare non sarebbe servito, ma non avevo più alternative. Un braccio afferrò il mio, mi trascinò lontano dall'auto. Poi si accese il motore e in retromarcia la vettura uscì dal garage. Seb non mi guardò nemmeno. Teneva gli occhi puntati in avanti verso il suo futuro, come se mi avesse dimenticata nel momento stesso in cui l'auto era schizzata in avanti.

Non era soltanto la sua partenza che non potevo sopportare, era la terribile sensazione che se solo mi fossi comportata in modo diverso, non avessi mostrato la mia disperazione, se solo l'avessi presa bene, questo non sarebbe successo.

Quando alla fine sento i passi sulle assi nude del pavimento delle scale, un'ondata di sollievo e gratitudine mi pervade. Jez sta tornando di sua spontanea volontà. Vago per la stanza. Noto che la chiave si trova dal lato interno della porta. La faccio scivolare in tasca.

Comincio a riassettare, controllo che ci sia abbastanza sapone nel bagno, un asciugamano pulito, il rotolo di carta igienica. Trovo alcuni rasoi Bic lasciati da un ospite ormai diversi anni fa e li poggio sulla mensola per fargli capire che sono a sua disposizione. Entra nella stanza, si siede sul letto, e io riesco a stento a trattenermi dal gettargli le braccia al collo, ringraziandolo per non avermi lasciato.

«Non è in tasca» mi comunica. «È strano, sono sicuro che ieri ce l'avevo. Spero che non me l'abbiano rubato.»

«Vuoi usare il mio?»

«Non ho il numero di Alicia, era sul mio telefono» risponde, proprio come immaginavo. «Ma potrei chiamare mia madre, se non ti spiace.»

«Chi potrebbe avere il numero di Alicia?»

«Immagino Barney.»

«Okay, allora, facciamo così. Telefono a Helen. Lei potrà mettersi in contatto con tutti. Anche con tua madre.»

«Grande!» replica. Mi sorride e i suoi denti luccicano di un bianco splendente e i suoi occhi sono di un marrone chiaro come quello delle castagne.

«Come ti dicevo ieri sera, puoi provare a suonare con questa strumentazione se ti va. Lì ci sono un affare per registrare e tre chitarre da strimpellare. Prova un po' quella a dodici corde.»

«A dodici corde. Ho appena imparato a suonarla!»

«Trovi anche un amplificatore per la chitarra elettrica.»

Disegno un arco con la mano a descrivere l'intera gamma di stupende attrezzature musicali a sua disposizione. Greg ha trascorso anni a riempire la stanza della musica, ad alimentare la sua ambizione fallita di diventare chitarrista, mentre faceva carriera come medico, finché non è arrivato a possedere un sacco di soldi da spendere per l'ultimissimo gadget musicale, ma senza avere un attimo di tempo per poterlo usare. Ha perfino isolato acusticamente la stanza su mia richiesta. Jez, in quanto giovane e talentuoso chitarrista, non potrebbe trovarsi in un posto migliore.

«E se vuoi posso dare un colpo di telefono a un paio di quei contatti di cui ti ho parlato. Vedo se loro riescono a farti ottenere un qualche contratto di registrazione.»

«Strafico! Aspetta che Barney e Theo lo sappiano!»

Sorrido. Jez ha bisogno di me, proprio come Seb, malgrado non lo abbia mai ammesso.

«Quando pensi che si faranno vivi?»

«Chi?»

«I tuoi contatti. Cosa fanno? Sono manager?»

«Il primo che mi viene in mente è un cantante lirico. Ma conosce tutti nel mondo dello showbiz. Inclusi alcuni manager di band musicali. Lascia fare a me.»

«Da paura.» Sogghigna. «Dov'è il tuo uomo, comunque?»

«Greg? È fuori al momento. Per lavoro.»

«Dev'essere molto bravo come musicista.»

«Ah, be', questa è un'altra storia. Non si mette spesso a suonare negli ultimi tempi.»

«Quindi nessuno usa questa roba? Sta solo qui a prendere la polvere?»

«C'è anche Kit ovviamente. Ma adesso sta all'università.»

«Già, Kit. Stava nella classe di Theo, prima che ci trasferissimo a Parigi.»

«Sì, giusto.»

Segue un momento di silenzio, in cui lui si alza, va verso l'amplificatore, armeggia con qualche manopola. Poi si volta.

«Così, tu te ne stai qui tutta sola?»

Esito prima di rispondere.

«Solo per il momento. Non mi piace andarmene da qui. Nonostante Greg mi chieda spesso di andare con lui.»

«Cavoli,» esclama «nemmeno io vorrei lasciare questo posto. È maledettamente bella, questa stanza.» Si affaccia alle finestre. «Puoi vedere tutto da qui. Meglio del London Eye! Canary Wharf, le Docklands. L'arena O2. È grandioso.»

Lo dice come se io non avessi mai guardato. Come se avessi bisogno che lui scoprisse queste cose per me. Lo trovo affettuoso. Accatasto le cose della colazione sul vassoio. Sta scartabellando la raccolta di vinili di Greg, quando mi alzo per andare via.

«Sonia» mi chiama quando sono davanti alla porta e mi volto per guardarlo. «Grazie» dice. Ci sorridiamo a vicenda.

Esco. Aspetto qualche secondo fissando la porta prima di rimettere insieme le idee. Poi me la tiro dietro e giro la chiave per chiuderla prima di cominciare a scendere le scale.

4

Sabato sera

Sonia

Uno degli svantaggi della casa sul fiume, di cui si lamentava più amaramente Kit quando tornammo qui, è la mancanza di un giardino. Il cortile tra la porta della cucina e il muro affacciato sul vicolo è lastricato e troppo piccolo per definirlo 'giardino'. Ho fatto crescere qualcosa nei vasi lì fuori, combattendo una battaglia persa contro la mancanza di luce. Mia madre ha coltivato i rampicanti in aiuole create con mattoni rimossi. Il gelo ha distrutto molti di quei mattoni, ormai frantumati in pezzi frastagliati. Oltre al glicine, anche la vite americana e l'*Hydrangea petiolaris* devono fronteggiare la minaccia dell'infestamento da parte dell'ostinata erica dalle foglie scure. Infatti, per l'intera giornata, tutta la casa soffre di mancanza di luce, con l'eccezione della stanza della musica, costantemente illuminata dalle alte finestre.

Non usiamo mai l'ingresso principale della casa, che si affaccia sulla strada. In questi giorni poi è bloccato dalla scrivania e dal vecchio computer di Greg. Andiamo e veniamo dal portone che dà sul vicolo del lungofiume.

Quando ci siamo ritrasferiti in questa casa, Kit ha preso la stanza da letto grande, quella affacciata sulla strada, mentre io e Greg condividiamo la camera leggermente più piccola sul retro, che la mattina è rischiarata dalla luce del fiume. Era la mia stanza da bambina. C'è un'altra camera da letto ma non la usiamo. Un'altra rampa di scale e si arriva alla stanza della musica. I miei genitori volevano convertire tutto in un ambiente aperto, ma l'altezza del tetto non lo ha permesso. Il soffitto della mansarda, a cui si accede dalla mia camera, è talmente basso da non poterci entrare. Perciò hanno costruito quella strana torre quadrata con le alte finestre da cui – mettendosi in piedi su una sedia – si gode una vista panoramica del fiume, fino all'isola dei Cani e alla zona oggi nota come Canary Wharf. La nuova stanza doveva incunearsi su un lato del tetto, una strana sporgenza vista dall'esterno. Furono ricavate delle altre finestre all'interno per consentire alla luce di illuminare anche la tromba delle scale, che altrimenti sarebbe rimasta completamente al buio. In questo modo, dal ballatoio io posso guardare nella stanza e vedere Jez senza che lui si accorga di me.

Lo osservo. Sono sopraffatta dal modo in cui si muove. Si è reso conto che la porta è chiusa a chiave già da un po'. Ci ha bussato forte contro. L'ha scossa. Ha gridato il mio nome. Ero tentata di correre da lui, per calmarlo. L'ultima cosa che voglio è spaventarlo.

Dopo qualche minuto, smette di gridare e vaga per la stanza raccogliendo oggetti vari, in cerca di qualcosa con cui aprire la porta. Trova una forcina per capelli, e lo guardo inserirla in modo maldestro nel buco della serratura. I suoi sforzi sono penosi e vani.

Quando smette di provarci, si avvicina al muro, si aggrappa al davanzale di una delle alte finestre e si issa con le sue possenti braccia. Adoro guardare il modo in cui i suoi bicipiti si flettono mentre lo fa. Il modo in cui la maglietta si solleva, rivelando le fossette dorate alla base della spina dorsale. Capisce che attraverso quelle strette aperture è impossibile scappare. Sono anch'esse chiuse a chiave.

Torna alla porta, la colpisce, invoca il mio nome. È angosciante resistere adesso, ma ho il timore che se entrassi senza essere assolutamente preparata, lui potrebbe scappare via di corsa. Ho paura che lo perderei.

Resta seduto per un po' sul letto, con la testa tra le mani. Poi prende una chitarra, la chitarra acustica che Greg comprò durante una vacanza in Spagna. L'anno del grande silenzio; l'anno in cui ci siamo quasi separati. Ma non ho voglia di pensarci adesso. Jez ha iniziato a suonare. Stavolta suona con una ferocia sfrenata. Lo vedo pizzicare le corde con un ritmo frenetico, colpendo la chitarra. Ovviamente non posso sentire molto bene la musica, per via delle pareti insonorizzate, ma non mi serve ascoltare ogni nota per apprezzare le sfumature dei momenti lenti e degli accenni veloci, gli alti e i bassi, le percussioni e la melodia. A dire il vero non ascolto nemmeno questi particolari; fisso la concentrazione sul suo volto, l'intensità, l'emozione. Sembra quasi che viva in una dimensione completamente diversa. Ha talento, ma anche una certa connessione. Con qualcosa di superiore, qualcosa di diverso. Credo proprio che mi piacerà guardarlo suonare la chitarra, il capo chino sul lucido dello strumento, le emozioni trasferite dall'anima al corpo e alle dita ed espresse in quelle note. Regge la chitarra nel modo in cui terrà le donne tra le sue braccia, con tenerezza e ritmo, con un senso istintivo di dare e avere, una consapevolezza del momento in cui trattenere e rilasciare tutto ciò che possiede. L'unica persona che io abbia mai conosciuto ad avere questo stesso istinto era Seb.

Quando vado da lui con un vassoio di tè caldo, la superficie del fiume riverbera di un colore ramato scuro, gli edifici della sponda opposta sono immersi in una luce giallognola. Jez alza lo sguardo nel momento in cui entro, mette giù la chitarra.

«Ho bussato, ho gridato per chiamarti. Perché la porta era chiusa a chiave?» Sta in piedi, tenendomi gli occhi puntati addosso e facendo un passo verso la porta. Io resto al mio posto, sbarrandogli la strada. Non si sa mai.

«Mi spiace, Jez. Sono stata una stupida. È la forza dell'abitudine. C'è tutta questa strumentazione costosissima e Greg insiste sempre che chiuda a chiave.»

«Mi ha mandato un po' in paranoia. Devo andare ora. Sarà tardi.»

«Hai un sacco di tempo. Rilassati. Guarda, ti ho portato...»

«L'hai chiesto a Helen? Di dire ad Alicia di farsi sentire?»

«Ah, già. Certo. Avrebbero potuto fare uno squillo. Ma chissà perché,» faccio spallucce, appoggio il vassoio sul comodino «non l'hanno fatto.»

Mi fissa, a quanto pare leggermente perplesso.

«Ho ancora uno schifoso mal di testa» dichiara.

«Certo. Ti ho portato del tè. Devi reidratarti. E devi cenare. Ho comprato gli arancini in quel posto italiano al mercato.»

«Che cosa?»

«Arancini. Palle di riso farcite con la bolognese o la mozzarella, deliziose. E poi ho del Rioja bianco. Ti piacerà.»

Accennare al vino è un errore. Jez fa una smorfia.

«Magari non ti senti di berlo adesso, ma più tardi ti servirà per smaltire la sbornia.»

«Grazie. Per tutto quanto. Ma devo proprio andare.» Comincia a raccogliere le sue cose, sparpagliate per tutta la stanza: la felpa, un tesserino caduto a terra, un pacco di gomme da masticare. Mi sento come se qualcuno mi stesse comprimendo il cuore, non riesco a respirare. So cosa sta facendo e non posso sopportarlo.

«Non andare.»
«Devo. Si staranno chiedendo tutti dove sono stato nelle ultime ventiquattro ore.»
«Lascia che pensino quello che vogliono» ribatto. «Resta.»
«Non mi sento bene. Alicia si starà chiedendo cos'è successo. Devo spiegare perché non ho preso il treno. Mia madre sarà preoccupata.»
«Jez» dico prima di riuscire a bloccarmi, e sento l'implorazione nella mia voce. «Non conta come mi sento *io*?»
Mi guarda, per la prima volta con un'espressione allarmata.
Ho infranto una regola fondamentale mostrandomi disperata. Devo impiegare una delle mie tecniche professionali. Rasserenare la voce. Nascondere il mare di desolazione che minaccia di sommergermi.
«Ho annullato un impegno stasera, perché credevo che tu volessi restare. Per favore, cena con me. Possiamo mangiare una pizza, se preferisci, hamburger, quello che ti va. E vedrò di scovare il numero di quel mio amico cantante lirico per te.»
«Grazie, davvero. Ora me ne vado, però. Ho bisogno di tornare a casa. Puoi mandarmi un sms con il contatto del tuo amico. Comprerò un nuovo telefono.»
Lo guardo, gli occhi puntati nei suoi. Non fare così. Non costringermi a obbligarti, penso a gran voce. Ma lui continua a controllarsi le tasche, ad allacciarsi le scarpe.
«Non puoi tornare a casa in questo stato. Cosa dirà Helen?»
«Bevo velocemente una tazza di tè e poi vado.»
Non volevo arrivare a questo, ma non ho scelta. Gli do le spalle davanti al vassoio del tè e lascio cadere una delle pillole di mia madre nella sua tazza.
«Zucchero?»
«Due, grazie.»

Per non sbagliare, aggiungo una seconda pillola insieme con lo zucchero. Giro bene prima di porgergli la tazza.

Stiamo seduti e sorseggiamo il tè sul letto, uno accanto all'altra. Dovrebbe essere un momento meraviglioso, come quelli della sera precedente, ma viene rovinato dalla sua insistenza a guardare verso la porta, come se fosse nervoso, come se non potesse aspettare di finire per andare via da qui.

Non ci vuole molto prima che le medicine facciano effetto. Sono sorpresa dalla loro efficacia. Avevo quasi pensato che non sarebbe successo niente, che avrei dovuto lasciarlo andare lontano da me. Piuttosto in fretta, invece, le sue palpebre si fanno pesanti, mormora di avere troppo sonno per finire di bere il tè, appoggia la tazza e si stende contro i cuscini. Lo guardo. Fatica ad aprire gli occhi, le palpebre tremanti. La sua bocca tenta di articolare una parola. Solleva un braccio, come a prendere qualcosa che crede io gli stia offrendo, ma poi lo abbassa per lo sforzo incredibile. Chiude gli occhi e la testa gli ricade di lato. Sono impaurita dalla mia stessa audacia. Eppure una calma incredibile mi avviluppa perché lui mi è vicino. È mio.

Metto giù la mia tazza e mi chino su di lui. La luce fuori è quasi sparita. Jez sembra un personaggio di un film in bianco e nero, il crepuscolo che accentua le ombre sul suo volto. È perfino più bello di quanto avessi pensato inizialmente.

Mi piego e lo bacio sulle labbra. Non un bacio profondo, le mie labbra si posano delicatamente sulle sue, assaporando la tenera scoperta della sua bocca. Esercito a malapena una pressione, lascio solo che le nostre bocche si sfiorino dolcemente senza muoversi o fare alcun rumore e io ne accarezzo la squisita morbidezza. Sono di nuovo lì, con Seb, quando il mondo era davanti a noi, come un grande, eterno parco giochi.

Afferro uno dei piedi di Jez. È così grande che devo tenerlo con entrambe le mani. Gli sfilo le scarpe, i calzini. Perfino così non c'è nulla di spiacevole. Solo i neonati, pensavo, hanno questo delizioso profumo naturale. Mi meraviglio per la delicatezza della sua pelle. Quanto vorrei stringere in bocca ognuna delle sue dita rosa, profumate di fresco. Immagino la sensazione della sua carne, le unghie che mi graffiano il palato. Ma il sapore sarebbe qualcosa di nuovo e tenero.

C'è una certa dolcezza, tuttavia, nel preservare qualcosa per il futuro. Gustare l'attesa. Jez adesso è qui, nella stanza della musica, e io ho di nuovo tutto il tempo del mondo.

5

Sabato sera

Helen

Busti incinti senza testa e senza gambe su piedistalli gremivano la galleria. Helen si appoggiò a una colonna, con una mano stringeva un bicchiere di vino. Si sistemò, cercò di apparire disinvolta, e bevve un altro sorso. Aveva i palmi sudati.

Oltre ai busti, c'era il pezzo forte: una pozza d'acqua su cui venivano proiettate delle ecografie di feti. E poi una serie di dipinti arancione acceso, intitolati *Variazioni di Svadhisthana*.

«Sono legati al chakra sacrale. Il centro della fertilità e della creatività.» Helen sussultò sentendo la voce di Nadia nel suo orecchio. «Sono convinta che l'agata arancione mi abbia aiutato a restare incinta. Per questo ho usato il colore con tanta libertà.» A quarantacinque anni Nadia era rimasta incinta per la prima volta e si comportava come se nessuno avesse mai partorito figli prima di allora.

«Capisco» replicò Helen. «Ma perché le sculture in gesso?»

«Non sono molto originali, lo so» ribatté Nadia. «Tutti possono farle oggigiorno. Ma volevo catturare ogni fase. Ho usato le bende Modroc. Le ho trovate su internet. È un materiale straordinariamente versatile.»

«Sono molto realistiche» dichiarò Helen. «Si riesce a vedere ogni minima ruga e protuberanza della pelle.» Notò che la sua mano umida aveva lasciato un'impronta scura sulla gonna dove l'aveva tenuta posata. Si mosse per cercare di nasconderla. Lanciò uno sguardo verso Pierre, il compagno di Nadia, che circolava con un vassoio di vino.

«Conosci nessuno qui?» chiese Nadia. «Vuoi che ti presenti a qualcuno?»

Helen aprì la bocca, la richiuse, poi inspirò.

«Non hai invitato Ben e Miranda?» Le parole suonarono forzate, a voce troppo alta.

«Oh, no. Sono in viaggio. Madagascar o qualcosa di simile. Pausa invernale.»

Helen assorbì mentalmente l'informazione, avvertì un senso di sollievo per il fatto che lui non fosse lì, una sorta di shock perché stava ancora con sua moglie. Deglutì.

«Greg e Sonia, invece? Pensavo che loro ci sarebbero stati» affermò raggiante.

«Ho dato loro l'invito» rispose Nadia, posando gli occhi oltre la testa di Helen su un gruppo di donne che era appena entrato «alla festa per i cinquanta del tuo Mick. Mi è sembrato che Sonia stesse una favola. Al contrario di quello che dice in giro Greg di lei.» Nadia si posò le mani sotto il pancione e lo cullò su e giù dolcemente. «Proprio non so come faccia. Anche se io non mi sono mai sentita più soddisfatta del mio corpo di quanto non sia ora.» Chiuse gli occhi e sorrise beata. «Ho sentito che uno dei ragazzi la definiva una MIMF! Una Madre che Io Mi Farei» aggiunse a vantaggio di Helen, per quanto non le servisse affatto una traduzione.

«Cosa intendi, al contrario di quello che dice in giro Greg?»

«Si è di nuovo lamentato con Pierre perché è preoccupato. Perché lei è così 'insondabile', mi pare che l'abbia definita.»

«Eh?»

«Lui ritiene che, siccome Kit è andata via di casa e lui lavora sempre più spesso a Ginevra, non c'è motivo di restare nella vecchia casa dei suoi genitori. Ma lei si rifiuta di trasferirsi.»

«Sonia ama la casa sul fiume» disse Helen. «E chi non l'amerebbe? Ha una posizione invidiabile.»

«Non è solo questo. Greg pensa che sia depressa. Devi ammetterlo, non è che sia stata l'anima della festa quella sera, o no?»

«A esser sinceri,» aggiunse Helen «non la sento più tanto da quando i ragazzi sono cresciuti. Sembra quasi che abbia perso interesse nei miei confronti, da quando Kit è andata all'università. Ho immaginato che la sua stima verso di me sia scaduta, ora che entrambi i miei figli si sono ritirati. Ma mi manca la sua compagnia. Un tempo saremmo state lì fuori a farci una sigaretta sul marciapiede.»

«Be', io ti ripeto solo quello che Pierre ha saputo da Greg» precisò Nadia. «Insomma, dove è finita stasera?»

«Forse non sta a me dirlo, ma lo farò ugualmente» disse Helen accettando un altro bicchiere di vino da Pierre. «È dannatamente tipico di Greg spacciare per verità fesserie su Sonia solo perché non è d'accordo con lui. Lo ha sempre fatto. È un maniaco del controllo.»

«E a te non è mai piaciuto Greg» sorrise Nadia.

«Non particolarmente, ora che mi ci fai pensare» rispose Helen.

Nadia rivolse un sorriso al gruppo di donne appena entrato e Helen avvertì la vergogna, accesa e lampante, per aver fatto cenno alla sua antipatia per Greg. Era amico di Pierre. Non era mai stata brava a tapparsi la bocca al momento opportuno.

E quindi Sonia era una MIMF. Ben stava in Madagascar con Miranda. Helen sentì l'ansia placarsi, il malumore arrestarsi. Sospiri e complimenti si levarono dalle ultime arrivate. Nadia era stata catturata da una delle donne che tanto la elogiavano e Helen notò che l'ultimo bicchiere di vino sul vassoio era sparito. Doveva andare via.

Sostò qualche momento fuori sul marciapiede, stringendosi addosso la giacca blu con cappuccio e infilandosi i guanti da guida in pelle bordeaux, che teneva in tasca. Pestò i piedi negli stivali scamosciati sul marciapiede che già iniziava a luccicare per la brina. Si avviò verso l'angolo in cui aveva parcheggiato l'auto. Dall'altra parte della strada, un gruppo di ragazzi si ammassava uscendo da un taxi per entrare in un magazzino di epoca vittoriana trasformato in una specie di club, il loro respiro che si alzava per aria in sbuffi bianchi, mentre attraversavano la strada. Helen era stata circondata da adolescenti per tutta la settimana. I bisognosi al lavoro, i suoi figli e suo nipote Jez a casa. Le loro gambe smilze e le spalle curve sembrano stare ovunque, per tutto il tempo. Voleva che ci fossero più donne nella sua vita. Persone con cui poter chiacchierare davvero, con cui condividere i propri sentimenti. Nadia era troppo presa dalla sua gravidanza, Sonia evidentemente preferiva starsene da sola quei giorni e Maria, la sorella di Helen, era troppo competitiva riguardo ai ragazzi. Helen non poteva confidarsi con lei.

Alcuni dei visitatori solitari della galleria vagabondavano anche loro verso il magazzino. Gente di mezza età che cercava di sembrare giovane, pensò Helen prima di capire che loro erano più giovani di lei. Di mezza età, eppure più giovani di lei. Come poteva essere successo tutto in una volta? Sospirò, fece un profondo respiro. Sarebbe stato divertente unirsi a loro, bere qualche altro drink, stare fuori di casa, ma era stanca e doveva guidare. E poi Mick forse aveva cucinato. Forse la stava aspettando.

In auto si allacciò la cintura, consapevole che probabilmente aveva bevuto oltre il limite consentito; d'altronde da quando aveva iniziato a guidare non era mai stata fermata per il test del palloncino. Non sembro il tipo di donna che beve troppo, pensò. La polizia si concentrava sui ragazzi. Gli amici di Barney e Theo venivano fermati di continuo, anche se non guidavano mai dopo aver bevuto.

Stava per mettere in moto quando scorse Alicia, la ragazza di Jez, che veniva dalla galleria. Era sola e sembrava un po' sperduta. Helen abbassò il finestrino e si sporse.

«Ti serve un passaggio, Alicia?»

La ragazza alzò la testa. «Oh, grande.»

Helen aprì lo sportello del passeggero e Alicia saltò dentro.

«Vai a casa?»

«Dovrei. Pensavo di vedere Jez da Nadia. Ci sono andata con alcuni del mio corso di arte. Avevamo invitato anche lui. Sai per caso dov'è? Non lo vedo da giovedì.»

«Sinceramente pensavo che stesse con te» rispose Helen. Quando aveva visto suo nipote l'ultima volta? Non la sera prima. Forse proprio giovedì, quando era passata Alicia e avevano fatto quella roba del tesserino al computer.

Fece un sorpasso nel traffico e gettò uno sguardo verso la ragazza. Alicia era andata e venuta da casa sua, da quando Jez era arrivato il sabato precedente, ma Helen l'aveva calcolata appena. Ora notava che era una bella ragazza, dai tratti fini, delicata, di carnagione chiara. In effetti, una bambina. Teneva lo sguardo fisso in avanti, la fronte leggermente corrugata.

«Tutto bene?» chiese Helen, immettendosi sulla rotatoria di Old Street a una velocità eccessiva, tanto da dover frenare mentre si dirigeva verso la città.

«No. Jez non mi risponde alle chiamate né ai messaggi.»

«Doveva tornare a Parigi nel fine settimana» replicò Helen. «Gli avevo chiesto di farci sapere quale treno avrebbe preso, ma non sono stata molto a casa. I ragazzi sicuramente ne sapranno qualcosa.»

«Non doveva partire ieri. Dovevamo incontrarci al sottopassaggio. Lui non è venuto e mi sono preoccupata. Non è da lui.»

«Quale sottopassaggio?»

«Il sottopassaggio pedonale. Ci incontriamo sempre lì. Quando sta da te a Greenwich. È, diciamo, a metà strada e poi è una specie... di posto speciale per noi.»

Per la miseria, pensò Helen, come può qualcuno, perfino una coppia di adolescenti ingenui, considerare il sottopassaggio pedonale di Greenwich un luogo romantico? Il pavimento umido come se il fiume vi filtrasse dentro. Le mattonelle bianche e i cavi elettrici in vista. La puzza di urina stagnante. Gli ascensori che smettevano di funzionare alle sette, per cui bisognava farsi centinaia di gradini a piedi per raggiungere la superficie, sperando che nessuno stesse appostato negli angoli e nelle zone in ombra.

«Dovresti fare attenzione ad andartene in giro in quel sottopassaggio» consigliò Helen. «Dove vuoi che ti lasci? Posso accompagnarti a casa se non è troppo lontana. O preferisci scendere a una fermata della metropolitana?»

«Docklands.»

Helen pensò di nuovo a Mick, a casa, intento a cuocere qualcosa sulla piastra. Il trancio di tonno con spaghetti *udon* era una delle sue specialità, la faceva spesso il sabato sera. Una bottiglia di qualcosa di bianco e freddo ad accompagnare un pasto davanti alla tv. Cos'altro poteva volere? Non avrebbe dovuto stizzirsi al vernissage di Nadia.

«Non ci capisco più niente.» Alicia sembrava sul punto di piangere. «Deve avercela con me.»

«Jez? Non credo proprio» la rincuorò Helen. «È tornato a Parigi o starà con quelli del gruppo. Sai come sono quando suonano. Si dimenticano che ci sono altre persone oltre a loro.»

Alicia si strinse nelle spalle. «È il miglior chitarrista solista di tutte le band che conosco. Le mie amiche sono tipo gelosissime che io sto con lui. Ma lui non si accorge che è stupendo e non mi ha mai dato un bidone. È strano.»

Un pony express in scooter tagliò la strada a Helen su Commercial Street, e la donna fu costretta a inchiodare. Il semaforo davanti diventò rosso. Sentì la pressione salirle nel sangue. Ma perché stavano sempre tutti dietro a Jez? Maria aveva telefonato ogni sera quella settimana, per sapere come erano andati i colloqui di suo figlio, per controllare cos'aveva mangiato, per ricordare a Helen che gran talento lui fosse. Maria trattava Jez come un cavallo di razza anziché come un normale adolescente. Ora la sua ragazza lo magnificava con la stessa adulazione ed era fastidioso. Gli effetti del vino cominciavano ad affievolirsi e la donna avvertiva l'arrivo di un'emicrania. Desiderava ardentemente un altro drink. Non si sarebbe dovuta offrire di accompagnare Alicia per tutto il viaggio, avrebbe dovuto dirle soltanto: «Fuori di qui, se non ti spiace. Ho bisogno di tornarmene a casa.» Gli dai un braccio e...

«Gli dirò di chiamarti, te lo prometto» concluse Helen.

Mentre faceva inversione, dopo aver lasciato Alicia a casa, si chiese se era sollevata dopotutto che Ben non si trovasse all'inaugurazione. Non doveva più sopportare quel genere di sentimenti tumultuosi descritti da Alicia. Niente più attese per l'arrivo di un'email, il trillo di un sms ricevuto. Niente più nervi tormentati al pensiero di vedere di nuovo una certa persona. Niente più folli rendez-vous romantici in luoghi bizzarri. Il sottopassaggio pedonale, tanto per citarne uno!

Aveva chiuso con quel genere di cose una volta per tutte. Perché avrebbe dovuto riaprire una ferita di recente sanata?

«Pensa a tutte le cose civili che potete fare tu e Mick, ora che ti sei buttata tutto alle spalle» si disse Helen, scendendo con l'auto tra le gigantesche pareti marroni nella bocca oscura del tunnel di Blackwall. «Potrete fare molte più cose insieme di quanto non sia successo prima: andare a teatro, fare gite in campagna, mangiare fuori. Entrambi eravate d'accordo di concentrarvi sulla vostra relazione. Hai fatto la cosa giusta.»

Arrivata a casa, mentre girava la chiave nella serratura, già pregustava il caldo profumo del pasto pronto sul tavolo in cucina. Mick però stava sull'ingresso del salotto, un giornale sotto il braccio, il volto cupo. Non giungeva nessun odore invitante dalla cucina. I fornelli erano spenti e il corridoio era freddo.

«Ha telefonato Maria» affermò. «Jez doveva tornare a Parigi oggi. Non è arrivato.»

6

Sabato sera

Helen

Helen seguì Mick nel salotto e stappò la bottiglia di Pinot grigio che l'uomo aveva lasciato per lei sul tavolo.

«Maria era sicura che sarebbe tornato oggi?» domandò Helen. «Ho chiesto a Jez di farci sapere quale treno avrebbe preso, ma non ha detto niente. Dev'essere ancora qui.»

«Quando l'hai visto tu l'ultima volta? Io non penso dopo giovedì.»

Helen si mise a sedere. La stanza sembrava spoglia. Servivano dei fiori. Si sporse per accendere la lampada al di là del camino.

«Mi pare giovedì, anch'io. Anzi no. L'ho visto ieri a pranzo. Sì, certo, stava qui quando sono tornata... dopo il lavoro. Hai preparato qualcosa per cena?»

«Helen, dobbiamo risolvere questa cosa. Dov'è finito Jez?»

«Non sta con Alicia. Le ho appena dato uno strappo a casa dopo l'esposizione privata di Nadia. Dice che non si è presentato al loro appuntamento al sottopassaggio pedonale ieri. Starà insieme ai ragazzi.»

«Al sottopassaggio pedonale?»

«A quanto pare si incontrano a metà strada tra nord e sud. È una cosa molto tenera.»

Mick scattò in piedi dalla sedia e si passò le mani tra i capelli.

«Noi dovremmo sapere dove si trova! Che cosa raccontiamo a Maria quando richiamerà?»

Helen si riempì il bicchiere.

Mick la squadrò con aria interrogativa.

«È una questione urgente» aggiunse. «Maria era fuori di sé.»

«Mia sorella fuori di sé. Sai la novità.» Helen sollevò un sopracciglio verso suo marito, aspettandosi che lui stesse a quel vecchio gioco.

«Qui non si tratta di Maria. Si tratta di Jez. Sono preoccupato.»

«Ehi! Non è da te preoccuparti. Mi stai mettendo ansia.»

Quando i ragazzi erano più piccoli, Helen era quella che si occupava della loro sicurezza, che controllava i seggiolini in auto, che faceva indossare loro casco, ginocchiere e paragomiti sulla bici. Era lei a preoccuparsi che il loro petto si alzasse e abbassasse durante la notte. Mick non se n'era mai curato, per quanto Helen ricordasse. Adesso lui non riusciva a stare seduto calmo, e lei si chiedeva se la preoccupazione di suo marito non nascondesse qualcos'altro.

«Hai provato a chiamarlo al cellulare?»

«Ovviamente.»

«E hai visto i ragazzi oggi?»

«No. Non si erano ancora alzati quando sono uscito e se n'erano già andati quando sono tornato.»

«Allora Jez starà con loro. Rilassati, Mick, ti prego. Senti, prenditi un bicchiere di vino, e io preparerò qualcosa. Torneranno tutti presto, e potremo telefonare a Maria.»

Ben e Miranda insieme in Madagascar. Non voleva pensarci. Non riusciva a smettere di pensarci.

«Quali sono i numeri di cellulare dei ragazzi?»

«Li trovi sul mio telefono. Nella borsa.»

Helen avvicinò la borsa a Mick spingendola con un piede. Lui le lanciò un'occhiata prima di frugarci dentro. Trovò il cellulare e cominciò a premere i tasti.

«Figurati. Tutti e due quegli stramaledetti telefoni sono spenti» sbottò.

Era passata la mezzanotte quando sentirono la porta anteriore spalancarsi e sbattere contro il muro dell'ingresso. Mick balzò in piedi mentre Barney entrava nella stanza, i capelli davanti al viso come al solito, ciondolando, sbandando un po'. Portò dentro con sé una ventata di gelida aria notturna.

«Chiudi la porta» disse Helen. «Si gela. Jez sta con te?»

«Eh?»

«Barney! Sveglia!» esclamò Mick. «Jez non è tornato a Parigi. E Alicia non lo ha sentito per niente. Hai per caso idea di dove si trovi?»

«Forse Theo lo sa.»

Theo si materializzò sulla porta, gli occhi lucidi, il volto arrossato.

«Theo! Dov'è Jez?»

«Jez?»

Helen notò la mascella di Mick serrarsi per la rabbia. Sapeva ciò che stava pensando: aveva voglia di prendere suo figlio per il cappuccio sporco della sua felpa puzzolente e scuoterlo fino a inculcargli un po' di buonsenso. La delusione di Mick nei confronti dei suoi figli era divenuta palpabile all'arrivo di Jez. Theo puntò il telecomando verso il televisore per accenderlo. Mick gli impose di spegnerlo. Helen chiese a Barney di salire e alzare il riscaldamento. Accantonò l'idea di mangiare, si versò invece un altro bicchiere di vino.

«Pensavo che fosse tornato a casa» rispose Theo. «Ha detto che rientrava sabato.»

«A Parigi?»

«Certo. Dove se no?»

«Non è lì. Stasera almeno era al concerto?»

Helen osservò con distacco il nuovo lato teso di suo marito. Aveva il volto corrucciato e paonazzo. Anche le sopracciglia avevano qualcosa di strano, erano più folte di prima e in un certo senso mobili. Si chiese poi quando era stata l'ultima volta che lo aveva guardato per davvero.

«Immaginavamo che stesse con Alicia» aggiunse Barney.

«Alicia non lo ha visto» riferì Helen. «Doveva incontrarla al sottopassaggio pedonale ieri pomeriggio, ma non si è fatto vivo.»

Theo e Barney si scambiarono un'occhiata.

«Che vorrebbe dire quello?» chiese Helen. «Quegli sguardi.»

«Niente» rispose Theo. «Solo che è divertente come Alicia lo costringa a incontrarsi là sotto, come se fosse una roba romantica. Lui ha un po' paura a dirle di no. Anche se ha voglia di stare con noi.»

«È inzerbinito» borbottò Barney e Theo ridacchiò.

«Inzerbinito?»

«Fa tutto quello che gli dice Alicia» spiegò Barney.

«È lo schiavetto della piccola Alicia» aggiunse Theo. «Gli faccio uno squillo.»

Potevano anche essere pigri, perdigiorno buoni a nulla, pensava Helen attraverso la cortina consolatoria dell'alcol, eppure nulla è più rincuorante di un figlio. Figuriamoci di due.

«Non penso che sia andato da suo padre» propose Mick. «Dici che è diretto a Marsiglia? Ha accennato qualcosa in merito? Anziché fermarsi a Parigi, intendo...»

«No, non ha mai parlato di Marsiglia» rispose Barney.

«Non prende» s'intromise Theo. «Dev'essere spento.»

«E adesso?» domandò Mick. «Cosa facciamo adesso, per amor del cielo?»

La telefonata con Maria fu lunga e complicata. Helen tentò di sembrare calma.

«Per quanto ne sappiamo, adesso sta sul treno, di ritorno a casa. Forse si è fermato in città a fare shopping andando verso St Pancras. Potrebbe essere una spiegazione.»

«Quindi ha portato con sé le sue cose?» chiese Maria.

A Helen non era venuto in mente di controllare se le cose di Jez erano ancora nella stanza degli ospiti. Gesticolò dall'altra parte del salotto in direzione di Barney, stravaccato davanti alla tv, per dirgli di andare a controllare.

«Cosa?» domandò lui, sviando appena gli occhi dal film che stava guardando. Helen poggiò la mano sul microfono del telefono.

«Le cose di Jez sono di sopra? Vai a vedere!» sibilò tra i denti.

«Devo prendere un treno e venire lì?» La voce di Maria era salita fino a una tonalità isterica.

«Certo che no» rispose Helen. «E se domattina salta fuori da quelle parti? Come succederà, ne sono certa.»

«Non posso credere che tu non ti sia accorta che partiva oggi. Non lo hai aiutato a fare i bagagli?»

«Maria. Jez ha quasi sedici anni. Non vuole che sua zia gli stia tutto il tempo tra i piedi. Gli ho chiesto di farmi sapere quale treno avrebbe preso, ma ho lasciato che facesse da sé.»

Ci fu un lungo silenzio.

«Che c'è?» chiese Helen. «Cosa stai pensando?»

«Sto pensando che vorrei non avergli mai permesso di stare da te. Il nostro approccio genitoriale è completamente diverso. Il tuo rasenta il menefreghismo...»

«Maria! Cerchiamo di mantenere un minimo di cortesia se...»

«Okay. Non avrei dovuto dirlo. Credo che l'espressione giusta sia 'sano menefreghismo'. Ma Jez non ci è abituato. Non ha la stessa libertà qui. È abituato a orari severi, a essere accompagnato. Non sa usare la metropolitana! Per lui sarà come un labirinto! Oh mio dio, Helen, cosa gli è successo?»

«Ci sarà una spiegazione. Adesso ti serve soltanto un bel drink e una buona dormita.»

«Un bel drink è la tua risposta per tutto.»

In quel momento di pesante silenzio Helen faticò per non abboccare.

Maria proseguì: «Telefono a Nadim. Non ho scelta. Deve sapere che suo figlio è scomparso!»

Helen si sentì pungere nel vivo.

«Jez è stato via per una notte. Questo non vuol dire che sia scomparso. E qui stiamo facendo del nostro meglio per trovarlo.» Chiuse il telefono e si rivolse al resto della famiglia. Le lacrime le sgorgarono dagli occhi, furiosa per il senso di colpa e di inadeguatezza che sua sorella le instillava, misto a una crescente ansia che a Jez potesse essere capitato veramente qualcosa.

«È sempre stata iperprotettiva con Jez. Per questo ha pensato subito al peggio» commentò Helen.

«Non preoccuparti, mamma» replicò Theo. «Starà bene, non è uno stupido.»

Barney rientrò nella stanza e si sedette di nuovo davanti alla tv.

«Allora?» lo esortò Helen.

«Cosa?»

«La roba di Jez. Sta di sopra?»

«Ah, sì. Ancora di sopra. Non ha fatto le valigie. I vestiti sono sparsi dappertutto.»

Helen chiuse gli occhi. Si mise a sedere. Si prese la testa tra le mani.

«In questi casi quand'è che bisogna chiamare la polizia?» chiese la donna sbirciando tra le dita.

7

Domenica

Sonia

L'armonica a bocca di Seb è conservata in una scatola di scarpe di cose speciali che tengo nella stanza degli ospiti. Sono nervosa, mentre giro la maniglia della grande porta a vetri; non entro qui da tempo. Raramente abbiamo ospiti per la notte, per un motivo o per un altro. C'è un odore stantio, di polvere e carta vecchia. La luce grigiastra filtra attraverso una finestrella sul lato della casa all'ombra dei tetti dei ricoveri per poveri e delle alte ciminiere scure della centrale più in là. Gran parte dei mobili è rimasta coperta dai teli per la polvere, fin da quando ci siamo trasferiti. Non ci sembrava granché utile scoprire il comò in mogano che non usiamo mai, o l'ottomana sotto la finestra.

La scatola di scarpe sta su un ripiano dell'armadio. La estraggo con cautela, sollevo la kefia di Seb, ritrovo cose che non ho visto per anni.

Sono venuta qui per trovare l'armonica, intenzionata ad acquietare Jez. Era agitato e leggermente intontito per gli effetti delle medicine di mia madre, quando sono andata da lui stamattina, e adesso devo calmarlo. Pensava di aver esagerato nuovamente con l'alcol e si vergognava. È davvero troppo educato per immaginare che l'amica di sua zia possa aver aggiunto qualcosa al suo tè, e questo aumenta la tenerezza che provo nei suoi confronti. L'ho rassicurato dicendogli che non aveva fatto nulla di male, e che gli avrei dato qualunque cosa avesse voluto finché era mio ospite. E così ha tirato fuori quest'umile richiesta dell'armonica a bocca.

Mentre rovisto nella scatola, vengo distratta da una lettera riportata alla luce spostando la sciarpa. È indirizzata a me, come tutte le lettere di Seb, c/o Mark, Vanburgh Hill. Mark le portava e le ammucchiava in un solco nel muro lungo il vicolo, che entrambi avevamo concordato fosse il posto perfetto dove io potessi recuperarle.

Esamino la busta. C'è un francobollo da nove pence e un timbro postale: 1° febbraio. L'anno non è più leggibile. Per un momento mi dimentico dell'armonica per Jez e a rilento separo i lati strappati della busta per estrarne la lettera. La calligrafia contraddiceva la mole di Seb. Piccola, ordinata, ben proporzionata. La prima volta che la rivedevo da allora.

> Sonia!
> Non riesco a sopportare un altro mese in questo buco. Non ci sono ragazze qui. Nemmeno quelle svitate come te che obbediscono a tutti i miei ordini! Tutto in questo posto mi sta mandando fuori di testa a poco a poco. Dio! Solo adesso mi rendo conto di quanto sia dannatamente lontano il fiume in questo momento.
> Devi aiutarmi. Ho preparato un piano. Il cuoco lascia la bici fuori, senza lucchetto. La prenderò in prestito. Il 12 febbraio. Ho calcolato le maree e tutto quanto. Parto all'ora di pranzo, quando sono tutti indaffarati a rimpinzarsi per notarlo. Arrivo

in bici fino all'isola dei Cani. Tu fatti trovare là. Porta la *Tamasa*! Ci facciamo una bella avventura in zattera tornando a casa. Ti manderò segnali in codice morse. Intorno alle quattro. Non perdere tempo. Non appena vedi le luci, devi venire. Rema per un po' controcorrente, terrò il conto del tempo finché la marea non ricomincia a cambiare. Procedi fin dentro il pontile di sbarco. Io ti aspetterò lì. Una volta tornati alla nostra sponda del fiume, mi nasconderò per un po'. Non mancare!

Chiudo gli occhi. Piego lentamente la mano sopra al sottile pezzo di carta, fino ad accartocciarlo nel palmo, ad appallottolarlo stretto.

Da quanto tempo era andato via Seb, allora? Non poteva essere più di un mese o due. Eppure sembrava una vita. Se avessimo atteso ancora un mese, sarebbero arrivate le vacanze. Ma il tempo è una cosa talmente sfuggente, flessibile, perfino un giorno allora sembrava un'eternità. Ero più impaziente io che lui tornasse da me di quanto lui volesse uscire dalla scuola che odiava. Ero soggiogata. Avrei fatto qualsiasi cosa. Sembrava come se non avessi scelta. È lo stesso ora, con Jez. Farei qualsiasi cosa per lui.

Trovo l'armonica nella sua sottile custodia rossa. Scorro le dita sopra i buchi in cui è passato il fiato di Seb, sento una profonda soddisfazione al pensiero di Jez che fa lo stesso.

Porto l'armonica a bocca da Jez su un vassoio con della zuppa calda, un panino e una caraffa di acqua ghiacciata. Lo poggio a terra fuori dalla porta, mentre giro la chiave. Quando entro nella stanza della musica, qualcosa mi sbatte in faccia da destra, l'impatto mi spinge violentemente contro la libreria, lasciando la porta aperta. Mi aggrappo ai ripiani, nel tentativo di restare in piedi, ma non riesco a trovare un appiglio sui libri che scivolano sul pavimento. Barcollo e cado, e mi ritrovo a terra, la porta che si spalanca.

«Jez, per favore, no.»

È sparito attraverso la porta prima che io possa mettermi seduta.

«Ho portato l'armonica per te! Aspettami!»

La voce suona patetica perfino a me, mentre mi dibatto tra i libri che mi sono ruzzolati addosso, il mondo che perde di colore, lo sgomento che mi avviluppa la testa, il cuore.

«Per favore, ti prego, farò qualunque cosa. Non andartene.»

Poi c'è un fragore, un rumore di vetro infranto, e qualcosa che cade giù per le scale ripide, seguito da un lamento. Alla fine riesco a mettermi in piedi e, spingendo a lato i libri, balzo verso la porta.

Jez si allunga sul ballatoio delle scale. C'è un caos di acqua e vetri rotti dappertutto a terra. Si contorce e tiene lo sguardo in alto verso di me, mentre mi avvicino a lui. È la sua espressione che mi turba più di qualsiasi altra cosa.

Puro terrore.

Si trascina lontano da me, stringendo la caviglia destra in una mano. Con l'altra regge la scodella della zuppa, tenendola sopra la testa, come a prendere la mira, pronto a scaraventarmela contro. Faccio per afferrargli il polso e lui lascia volare la scodella, ma mi manca e l'oggetto si va a frantumare contro lo stipite della porta.

Dopo qualche secondo di silenzio mi accovaccio davanti a lui, guardandolo con tutta l'amorevole premura che riesco a esprimere.

«Jez, ti sei fatto male. Devi lasciare che ti aiuti.»

«Voglio andare a casa.» Si tira indietro rannicchiandosi, piagnucolando.

«Andrai a casa. Ma devi lasciare che dia uno sguardo alla tua caviglia. Ho del gel in bagno e una garza. Vediamo di sistemarla, dài, e alziamoci da qui.»

«Fa male, cazzo!»

Mi accorgo che fa di tutto per apparire coraggioso. Gli spiego che deve tenere il piede in alto sopra a un cuscino, e quindi sarebbe meglio per lui se tornasse a letto.

«Jez. Forza, fammi dare un'occhiata.»

Cerca di alzarsi, fa di nuovo una smorfia.

«Jez,» dico tentando di mantenere il contatto con lo sguardo «non c'era bisogno di tutto questo. Ti stavo portando le cose che mi hai chiesto. Voglio solo che tu stia al sicuro, che tu sia felice.»

«Non mi piace» ribatte. «Non mi piace stare rinchiuso quassù.» Il viso si contorce di dolore o forse, per quanto io odi pensarci, di paura.

«Be', non andrai da nessuna parte in questo stato. Devi lasciare che ti metta a posto quella caviglia.»

Si lascia aiutare e zoppica fino alla stanza della musica, ammettendo che dopotutto non ha altra scelta.

Una volta che si è sistemato sul letto, gli sollevo la gamba dei jeans. La caviglia si sta gonfiando e ha un colore orribile. Non mi pare ci sia una frattura, ma immagino che se la sia slogata malamente.

Chiudo a chiave la porta e scendo a prendere la cassetta del pronto soccorso e un antidolorifico. Tremo mentre metto insieme tutto. Riempio un'altra scodella di zuppa, preparo di nuovo il pranzo e porto di sopra un altro vassoio, scalciando frammenti della caraffa e della scodella sulle scale, che pulirò più tardi. Entro con circospezione, tutti i sensi all'erta. Stavolta Jez è arrendevole, troppo dolorante, o forse troppo imbarazzato, per tentare un'altra sciocchezza. Mi permette di sollevargli il piede, sfilargli il calzino e applicargli il gel lenitivo sul gonfiore. Lo spalmo, con calma, con tutta la delicatezza di cui sono capace. Prendo la garza e la avvolgo piano intorno alla caviglia.

«Va meglio così?» chiedo.

Sospira, si stende e annuisce. Beve un po' d'acqua e butta giù le pillole di antidolorifico. Non scambiamo una parola.

Tremo ancora, mentre richiudo a chiave la porta e scendo le scale. Non mi piace quello che è successo, mi dimostra che in fondo Jez non ha fiducia in me. In cucina, mi appoggio sul davanzale della finestra per un po'. Guardo fuori il corso del fiume, cercando di farmi calmare dal suo dolce ondeggiare. Ma il petto si solleva e sento che un sospiro mi sale in gola.

Ci vuole un po' prima che il mio pianto si attenui. Mi strofino gli occhi, poi mi avvolgo nel cappotto e mi dirigo alla porta.

È ancora marea di plenilunio e, sebbene stia rifluendo adesso, l'acqua ha raggiunto il marciapiede in alcuni punti. I turisti camminano in punta di piedi lungo la cancellata dell'università, nel tentativo di non bagnarsi. Mi sorprende che possano chiacchierare e ridere insieme come se nulla fosse, mentre io sono nel pieno di un tormento emotivo che mi indebolisce, lasciandomi tremante.

A dispetto di tutto, o forse a causa di tutto questo, voglio assicurarmi di dare a Jez un pasto nutriente ogni sera.

Vado al mercato e riempio velocemente il cestino con focaccia, formaggi e prodotti vari dalle bancarelle italiane e greche, poi torno a casa affrettandomi lungo il fiume. Il sole è bassissimo nel cielo, dietro di me. La mia ombra si allunga verso est sul vicolo, dove i miei piedi calpestano il sentiero scuro, e giunge quasi fino al molo, dove la mia testa sfiora il filo spinato in cima al muro. Sono diventata un gigante.

Decido di prolungare la passeggiata, oltre la casa sul fiume, mentre le luci tremolano intorno all'arena O2, lasciando che il profumo del fiume mentre la marea si ritira sciacqui via i miei pensieri, prima che l'oscurità crescente mi riconduca al portone.

8

Domenica sera

Sonia

Quando rincaso, la luce fuori è completamente sparita. Mi preoccupo di dare uno sguardo attraverso le alte finestre prima di aprire la porta di Jez. Sta seduto sul letto, soffia nell'armonica a bocca, con il piede infortunato appoggiato sul cuscino, così apro la porta ed entro rapidamente, chiudendola dietro di me e infilando la chiave in fondo alla tasca dei pantaloni. Mi sono preparata per un eventuale pianto o il broncio, perfino per la rabbia, quindi mi tengo a una certa distanza mentre parla.

«Stavo pensando» attacca nel momento in cui mi vede «al modo in cui ti prendi cura di me. Al fatto di chiudere a chiave la porta e che sei un'amica di Helen e tutta questa roba qui. Penso che sia qualcosa che state organizzando per il mio compleanno mercoledì.»

Mi guarda con un mezzo sorriso di trionfo stampato sulle labbra e, da quanto noto, lui si aspetta che io non riveli nulla. Che abbia giurato a Helen di non raccontargli niente. Perciò ricambio semplicemente con un sorrisetto di complicità. Alza le spalle, sogghigna. «Non dirò una parola» dichiara.

Lo guardo. Non voglio mentirti, penso. Come se l'avesse deciso il destino, sei arrivato da me in quel momento, in un pomeriggio di febbraio, la luce ormai quasi svanita, e mi hai infuso nell'anima un'inconsueta calma, che avevo perso da così tanto tempo, da ricordarne a stento l'esistenza. Ho bisogno di tenerti qui, al sicuro nella stanza della musica, e semplicemente non posso ancora lasciarti andare.

Mi blocco. Alzo lo sguardo, in attesa di una risposta da parte di Jez, finché non mi rendo conto che dopotutto non ho dato voce a nessuno di quei pensieri, per quanto fossero lucidi come se li avessi espressi ad alta voce.

Poggio la sua cena sul tavolo accanto al letto. È deliziosa, sebbene nel succo abbia aggiunto altre pillole di mia madre. Non provo rimorsi per questo, perché so che le medicine aiuteranno Jez a rilassarsi, a dormire.

«Vediamo di farti riprendere» dico con calma. «Tieni, ti presto il mio portatile. Che film vorresti vedere?»

Quando si è messo comodo, soddisfatto per la spiegazione, e insonnolito dalle pillole, scendo per stendermi sul letto. Sopraffatta dalla spossatezza, ascolto i rumori all'esterno.

Sento l'ululare stridulo di una motolancia della polizia rimbalzare verso est lungo il fiume, il ronzio di un aereo in fase di atterraggio verso l'aeroporto di Londra City. Lo stridio dell'antifurto di un'auto in strada. Quanto mi manca lo strombazzare smorzato e gutturale delle sirene da nebbia. Di solito si potevano sentire in lontananza nelle notti d'inverno, suoni lunghi e bassi, uno che rispondeva all'altro, si interpellavano a vicenda, come se quelle enormi navi stessero giocando. La casa era al sicuro quando sentivo quel rumore. Un riparo lontano dalle tempeste e dagli sproloqui del mondo là sotto.

Il pensiero delle sirene da nebbia fa apparire magicamente un ricordo. Non sono sicura, quando questa scena mi torna alla mente, se sia avvenuta una sola volta, o più d'una. Ciò che riconosco è la sensazione. La sensazione della seta intorno ai polsi e alle caviglie, accompagnata dal suono grave delle sirene da nebbia sul fiume, che vibrava per tutta la stanza, tra le molle del vecchio letto in ferro.

In origine, mia madre usava la stanza della musica come spogliatoio. Per questo dispone di un bagno privato con doccia e bidè (molto chic negli anni Settanta, quando fu installato). Allora la stanza era stracolma di appendiabiti per cappotti, scatole di cappelli e sciarpe. C'era anche un armadio pieno dei suoi vestiti, cappotti e scialli in pelliccia.

Quella sera i miei genitori non erano in casa. Dovevo avere sui quattordici anni. Seb stava con me. In piedi sulle sedie guardavamo fuori dalle alte finestre, osservavamo le navi illuminate nell'oscurità muoversi lugubri controcorrente, dirette verso Tower Bridge. La luce stava scemando, c'era una grigia foschia. Di tanto in tanto una sirena da nebbia rimbombava dal fiume, con un boato lungo, profondo e mesto. Il fuoco era acceso nella stufa. A un certo punto devo aver infastidito Seb. Non ricordo ciò che dissi, ma mi ricordo perfettamente che mi fece gli spilli, prendendomi l'avambraccio tra le mani, torcendo la pelle fino a farmi gridare per la dolcezza del dolore. Mi spinse il braccio dietro la schiena, mi attirò a sé e mi infilò in bocca la lingua. Dopo un po' mi gettò sul letto, che tenevamo lì per i rari ospiti. Mi ordinò di togliermi i vestiti. Gli obbedii. Obbedivo sempre a Seb alla fine, pur inscenando proteste prima di farlo. Mentre mi sfilavo i jeans e sbottonavo con fatica la camicia di mussola, lui rovistava in una delle scatole di cappelli finché non trovò una pila di sciarpe di seta.

«Tutto» ordinò. «Devi toglierti tutto, forza.»

Prima un polso e poi l'altro, mi legò le mani sopra il capo alla testiera del letto. Poi mi allacciò le sciarpe attorno alle caviglie e le strinse al telaio del letto. Mi dimenavo e inveivo contro di lui e Seb rideva dicendo che ero stata io a chiederglielo.

«Ci vediamo domani» disse dirigendosi verso la porta.

«Fa freddo. Non puoi lasciarmi così.» A quel punto non potevo immaginare che lo avrebbe fatto davvero. Mi intrigava quel gioco.

«Scusa,» aggiunse «ma devo andare.»

«Che faccio se tornano? Slegami!»

Fece spallucce.

«Seb!»

Si avvicinò alla porta. Si voltò. Ghignò.

«Buonanotte!» esclamò. Poi girò la maniglia, uscì, si chiuse dietro la porta. Sentivo i suoi passi sui ripidi gradini di legno che portavano giù fino al piano principale. Mi contorcevo. Iniziai a farmi prendere dal panico. Seb era uscito davvero di casa e mi avrebbe lasciato lì così per tutta la notte? E se i miei fossero rientrati e mia madre avesse voluto fare una doccia e cambiarsi? Cercai di capire cosa stava facendo di sotto. Sentì un rumore provenire dal piano inferiore: la porta del cortile che sbatteva.

Passi che salivano le scale. Mi dimenai per mettermi seduta. Quando la porta si aprì, mi irrigidì, agitandomi in cerca di una spiegazione.

«Che ci fai sul letto nuda in quelle condizioni?» chiese Seb.

«Verme!» sibilai tra i denti. «Bastardo! Liberami.»

«Cos'hai detto? Non ho sentito!»

«Seb, non è più divertente. Ho avuto paura.»

«Vuoi che ti lasci andare?»

«Sì, per favore. Ti prego.»

Si chinò su di me e io mi dibattei, mi contorsi, mi sollevai e gli morsi forte il collo.

«Ahi! Cattiva» commentò ridendo, spingendomi indietro la testa con la mano. Poi si abbassò i pantaloni, mi slacciò le caviglie e si stese su di me.

Mi giro sul fianco. Non riesco a smettere di pensare a Jez di sopra, nuovamente drogato e addormentato sul vecchio letto in ferro. Non riesco a rilassarmi. Penso alle sciarpe di seta conservate nell'armadio.

Mi alzo dal letto, indosso il mio kimono, agguanto un mucchio di sciarpe in seta e salgo nella stanza della musica.

Mi soffermo a osservarlo con cura. Scosto il piumone. Si è mezzo spogliato, indossa solo un paio di boxer e una maglietta. Deve essersi addormentato mentre si sfilava la felpa, perché un braccio sta ancora nella manica. Fisso il suo pomo d'Adamo che sale e scende mentre respira, la cassa toracica che si solleva e si abbassa. Il suo ombelico non è per niente incavato, ma si trova in un perfetto avvallamento superficiale tra i muscoli dell'addome, tre piccoli cuscinetti tra due minuti solchi. I boxer gli cadono morbidi intorno allo stretto bacino, fasciando le lunghe gambe lisce e muscolose come quelle di un puledro. Vorrei imprimerlo nella mia mente allo stesso modo in cui Seb alla sua età sta impresso nella mia memoria.

Invece, prendo la prima sciarpa e la lego saldamente intorno al suo polso destro. Poi la avvolgo stretta intorno al tubolare in ferro del baldacchino, proprio come Seb aveva fatto con me. Conosco i movimenti alla perfezione, so benissimo quali nodi fare per assicurarlo al letto. Quando è completamente legato, mi stendo sul letto accanto a lui, allungo la mano oltre il bacino, la poso sull'osso dell'anca. Sento il calore della sua pelle sotto il mio palmo.

Lui non si muove. Striscio giù nel letto e gli bacio l'addome. Non posso evitarlo. È perfetto: il colore, il profilo, l'aspetto. La sua pelle è soda, torna immediatamente indietro se la pizzichi. Ha un sapore salato, un qualcosa di salmastro, semplice. Perfino da vicino è impeccabile. Esamino con cura la superficie cristallina della sua pelle, cerco di trovare un'imperfezione. Nessuna. La lecco, come se fosse una scodella di densa cioccolata bollente, sfruttando il momento, mentre dorme beato, il respiro caldo e regolare sopra la mia testa.

Il silenzio è rotto dal ridicolo squillo del telefono di sotto. Le cose mi sfuggono di mano, perdo leggermente la concentrazione. Mi vedo come dall'alto, accoccolata sul corpo di questo ragazzo, i capelli che pendono sulle ossa del suo bacino. Sconvolta da questa immagine, lascio Jez da solo, ancora legato al letto.

La tromba delle scale mi appare buia venendo dalla sua stanza illuminata dalla tenue luce della luna. Scendo lentamente, reggendomi alla ringhiera, tremando anche un po'. Resto ferma nel soggiorno e ascolto. Il telefono continua a squillare. Non ho intenzione di rispondere. Ho paura di potermi tradire, in questo stato di intensa alterazione. Con un clic parte la segreteria telefonica. Dopo il bip, attacca a parlare la voce incorporea di una donna adulta. La bambina che ho messo al mondo sembra qualcuno che conosco appena.

'Mamma, sono io. Non hai risposto al messaggio! Stai bene? Torno tra qualche giorno. È la settimana prima degli esami. Ho parlato con papà. Dice che giovedì sera torna anche lui. Vuole discutere di trasferirci. *Sssì!* Finalmente. Ah, viene anche Harry con me, che è spompato. Gli ho promesso un fine settimana in riva al fiume! Chiamaci ogni tanto. Ciaaao!'

Dopo che ha messo giù, resto immobile davanti al telefono per qualche minuto e tremo di nuovo.

***

Fa sempre freddo nel soggiorno. Non sono riuscita a sistemarmi lì dentro da quando siamo tornati qui. Per questo motivo l'ho lasciato a disposizione di Kit e i suoi amici. La incoraggiavo a portarli alla casa sul fiume. Volevo che lei fosse come gli altri bambini, in un modo in cui io non ero mai stata. I miei genitori non mi permettevano di portare in casa gli amici né di andare a casa loro. Avere Kit mi ha fatto capire quanto la mia infanzia sia stata solitaria. Volevo che la sua fosse diversa.

Perciò le ho permesso di tenere il lettore dvd qui, insieme con un maxischermo, un computer portatile e un lettore cd. Dalla sua stanza abbiamo trascinato qui sotto dei pouf e dei cuscini e le ho lasciato attaccare dei poster alle pareti e perfino riempire la vecchia credenza di tutto il necessario per i cocktail. Mia figlia e i suoi amici hanno portato delle stampe rétro e alcuni sottobicchieri di birra presi in un negozio su Creek Road. Facevano feste infinite e rimpatriate in questa stanza e io ne ero debitamente tenuta fuori. Mi stava bene. Ora che Kit è andata via, la stanza non è soltanto fredda, ma anche troppo silenziosa. Greg, quando è qui, si siede sul divano la sera, con il giornale in mano o a guardare la tv, prima di salire a letto, ma concorda anche lui che lì dentro si gela, perfino quando il camino è acceso e il riscaldamento in funzione.

Questa casa vive di vita propria. Respira e si agita. E ha i suoi suoni particolari. Un *uuu* quando è acceso il riscaldamento, il *pling pling pling* dei tubi quando riempiamo una vasca, lo scricchiolio delle tegole nelle notti di vento. Ma il soggiorno è silenzioso. Per la gran parte del tempo io sto in cucina. Si può dire che ci viva lì dentro, ma nel soggiorno, a dispetto del suo nome, in pratica non ci soggiorna nessuno. Non perché sia una brutta stanza, anzi. Gli ospiti si affrettano sempre a dire quanto sia bella, con la vista sul fiume da una parte, il camino, il raffinato pavimento in parquet e gli ampi tappeti persiani che stanno qui da che ho memoria. Non mi piace la credenza, ma per il resto l'arredamento è discreto, elegante. No, non è una questione estetica che mi rende impossibile rilassarmi qui dentro, è qualcos'altro, un'ombra in un angolo della mia vista che scivola di lato ogni volta che tento di concentrarmi su di essa.

Abbasso lo sguardo sul telefono, chiedendomi se dovrei richiamare ora Kit, oppure se posso rimandare a domani. Opto per la seconda. Devo rifletterci prima di poter dire come avrei fatto un tempo, sì, va benissimo che vieni, porta Harry, tesoro. Porta chi ti pare.

Apro la porta della mia camera e mi stendo di nuovo sul letto. Per qualche minuto rifletto sulla possibilità di salire nella stanza della musica per slegare le sciarpe, perché Jez non lo debba mai sapere, perché non si terrorizzi. Ma ogni volta che faccio per muovermi, un'altra ondata di stanchezza mi butta giù.

Ciò di cui mi accorgo dopo è che il sole sta sorgendo di nuovo, un cielo grigio inquieto attraversa le mie finestre; ho lasciato Jez tutta la notte con le mani sopra la testa, legate al letto nella stanza della musica, proprio come Seb aveva intrappolato me, il mio amore per lui che si intensificava a ogni tentativo che facevo divincolandomi dai suoi legacci.

9

Domenica mattina

Helen

Helen staccò la lingua dal palato. Strizzò gli occhi per la luce. Era successo qualcosa di orribile e si sentiva stremata. Spostò un piede per acquietarsi strofinandolo contro il polpaccio di Mick, e non trovò che il vuoto. Si mise a sedere. Mick aveva indossato i suoi vestiti da jogging e stava allacciando le scarpe da ginnastica.

«Che succede?» mormorò lei.

«Questa storia di Jez,» rispose lui «non ho chiuso occhio.»

«Hai controllato la sua stanza?»

«Non c'è.»

«Oddio.»

La sera prima Mick aveva detto che bisognava chiamare immediatamente la polizia. Aveva parlato con qualcuno, che gli aveva posto parecchie domande. Alla fine aveva riagganciato e riferito che la polizia gli aveva detto di richiamare in mattinata se ancora non si fosse saputo nulla di Jez.

«Ha detto che ha sedici anni, che è uscito e rientrato alle ore più disparate per tutta la settimana. Quindi non si tratta di un comportamento del tutto insolito» aveva affermato l'agente di polizia.

«Be', almeno è un sollievo, immagino» aveva dichiarato Helen, ma Mick si era alzato, aveva lasciato la stanza e se n'era andato a letto senza rivolgerle più la parola.

Ora Mick stava correndo giù per le scale. Le finestre vibrarono violentemente quando la porta principale sbatté. Helen diede uno sguardo alla sveglia. Le 6:45! Suo marito non si era mai alzato così presto la domenica. Fuori si intravedeva appena la luce. E faceva un freddo della miseria. La donna rifletté se alzarsi per bere un po' d'acqua, o magari un succo, ma fu sopraffatta dalla spossatezza e dalla nausea. Alla fine, decise di approfittare dello spazio che Mick aveva lasciato nel letto, rotolò supina e si stiracchiò per tutto il materasso, le braccia sospese sopra la testa. Il volto di Ben, abbronzato e sorridente, le balenò nella mente, mentre si lasciava trasportare di nuovo dal sonno.

Erano ancora soltanto le otto quando Mick tornò, leggermente sudato, rosso in viso. Entrò direttamente nella doccia del loro bagno. Helen riusciva a vederlo dal letto, che si squadrava nello specchio, tirandosi indietro i capelli ramati, esaminandosi il volto da diverse angolazioni, per passare poi all'addome, che tratteneva e tastava. Percepito lo sguardo di lei addosso, spinse la porta per chiuderla e Helen sentì il sibilo della doccia. La donna sperò che lui tornasse a letto, per un po' di caldo vecchio sesso da domenica mattina, sempre utile per smaltire gli effetti di una sbornia.

Quando Mick uscì dalla doccia, invece, non andò da lei, ma si avvicinò alla finestra strofinandosi il capo con l'asciugamano. Si appoggiò al termosifone, scrutò fuori tamburellando con le dita. Helen aprì la bocca per chiedergli a cosa stesse pensando, ma poi la richiuse. Avrebbe voluto parlare con lui come facevano una volta, senza riflettere, dando semplicemente voce a qualsiasi pensiero passasse loro per la mente. Guardò l'uomo con cui aveva vissuto per così tanti anni da conoscere ogni neo che aveva sulla schiena, ogni otturazione nei denti, e si chiese chi fosse davvero.

«A che ora hanno detto di richiamare?»

«Alle dieci. Non prima.»

«Scommetto che sarà qui per pranzo, se non è tornato a Parigi.»

«La polizia poteva prenderci più sul serio.» Mick pronunciò quelle parole da sotto l'asciugamano, con voce attutita. «Quanto tempo ci vuole perché pensino che una persona è scomparsa, benedetto iddio?»

I piatti tintinnarono quando Mick scaricò la lavastoviglie, accompagnati dal rumore sordo delle ante della credenza che si aprivano e si chiudevano. Più tardi Helen trovò il cesto della spazzatura stracolmo di pacchetti di biscotti al cioccolato, di patatine, perfino di lattine di birra.

Alla fine l'uomo salì con un vassoio per la colazione, proprio quando il telefono cominciò a squillare. Mick scattò in camera per andare a rispondere. Helen era certa dal suo tono che era Maria.

«No, no. Lo so. Nemmeno io ho dormito un secondo. Certo che si scusa, ma... Ovviamente, certo *entrambi* ci sentiamo responsabili, ma lei ha solo creduto che fosse grande abbastanza... No, non intendevo questo... Sì, certo. Vengo io. A dopo.»

Riagganciò il telefono e guardò Helen con un'espressione talmente afflitta e impotente, che lei stese in avanti le braccia per stringerlo a sé. Lui restò dov'era.

«Non stava sul treno notturno» riferì. «Maria ha prenotato un volo e arriva nel pomeriggio.»

«Davvero?»

«Lo ha detto a Nadim. Sta in Medio Oriente per non so quale incarico, ma se per domani non ne abbiamo saputo ancora niente, viene immediatamente qui a Londra.»

«Lei dà ancora la colpa a me. L'ho capito da quello che le dicevi.»

«Non vale solo per te, sai? È anche colpa mia. Non riesco a credere che sia successo. Avremmo dovuto stargli più dietro.»

«No, Mick! L'ha cresciuto lei nella bambagia! Ai nostri ragazzi non sarebbe mai accaduta una cosa del genere, perché abbiamo dato loro responsabilità fin da piccoli. Jez invece, Maria lo ha viziato ed è stata sempre iperprotettiva da quando è nato. Se si è cacciato in qualche guaio, lei dovrebbe farsi un bell'esame di coscienza prima di addossare la colpa a noi.»

«Ha chiesto perché non lo abbiamo accompagnato in auto all'ultimo colloquio per il college.»

«Quello a Greenwich? Ma andava anche Barney! Non c'era mica bisogno di fargli da taxi fin lì, o sbaglio? Hanno le gambe!»

«Sai cosa voglio dire» replicò Mick. «Avremmo dovuto tenerlo sotto controllo.»

«Se qualcuno deve entrare in quel corso, sarà Jez, non Barney. È lui che ha talento, e lei lo sa.»

«Non lasciamoci distrarre dalla vostra stupida rivalità tra sorelle» ribatté lui. «Stiamo parlando del ragazzo.»

Alle dieci spaccate, Mick alzò il telefono della loro camera e chiamò la polizia.

«Ebbene?» chiese Helen, quando il marito mise di nuovo giù.

«Sono più interessati, ora che non si è visto per un'altra notte. Dicono che manderanno qualcuno qui a parlare con noi a fine giornata.»

Helen sospirò e spinse indietro le coperte. «Sarà meglio che mi alzi» disse. «Maria dovrà dormire nella stanza di Jez. Se lui torna prima di stasera, se la dovranno dividere, per la miseria.»

Dopo pranzo, Mick si mise in auto per andare a prendere Maria a Stansted. Helen si intravide nello specchio e restò di sasso. I capelli corti che aveva tinto di un castano caramello chiaro avevano la ricrescita grigia, gli occhi erano gonfi, sulle guance le erano apparsi dei capillari rossi. Come poteva essere accaduto tutto in una notte?

Per niente al mondo si sarebbe mostrata a Maria in quello stato. Fece un salto da Tesco Express per comprare una confezione di tinta per capelli, poi si sedette sul letto mentre il colore faceva effetto, avvolta nella sua vestaglia. Si asciugò i capelli e indossò una minigonna verde di lana, un maglione di cachemire, dei collant viola opachi e un paio di stivali di pelle marrone. Si sentiva meglio.

Sapeva di avere ancora almeno un'altra ora prima che Mick e Maria tornassero. Doveva schiarirsi le idee. Avrebbe fatto una passeggiata, per prendere un caffè e comprare qualcosa di biologico per un buon pasto. E dei fiori. Avrebbero compiaciuto il nuovo, salutista Mick, e rassicurato Maria che loro erano in grado in prendersi cura di sé stessi e della casa in cui avevano invitato Jez.

«Restate a casa oggi pomeriggio?» chiese Helen a Barney, che stava preparando una tazza di tè in cucina, mezzo addormentato. «Nel caso Jez tornasse. Voglio che mi chiamiate immediatamente, se ne sapete qualcosa.»

«Non preoccuparti, mamma» rispose Barney, poggiandole un braccio intorno alle spalle. Helen avrebbe preferito che non lo facesse, quel gesto le fece salire le lacrime agli occhi. Le fece comprendere quanto fosse effettivamente sola e spaventata.

***

Più tardi, stava seduta fuori dalla sua caffetteria preferita nel mercato di Greenwich, sorseggiando un cappuccino. Non serviva per niente ad alleviare la sbronza e Helen finì per decidere ancora una volta di darci un taglio col vino. Una debole luce solare penetrava dal tetto in plastica raggrinzita, riscaldandola. Si chiese se i progetti di riqualificazione del mercato procedessero. Non era sicura se le piacesse l'idea di imborghesirlo. Era diventato comunque così alla moda nei fine settimana, con le bancarelle di artigianato che vendevano di tutto, dalle fontane per giardini ai corsetti femminili di velluto, dal sapone fatto a mano alle sculture in legno. Ma nei giorni feriali, quando la futile mercanzia svaniva come passata al setaccio, restavano solo i vecchi abitanti di Greenwich a chiacchierare e sorseggiare tè e raggranellare un magro sostentamento dalle merci che si erano sempre vendute. Alcuni di loro stavano lì anche quel giorno e sembrava che indossassero i vestiti che tiravano fuori dalle pile di vecchia roba delle loro bancarelle. Molti di loro, pensò Helen, probabilmente erano lì fin da quando era stato avviato come mercatino dell'antiquariato, anni prima, di domenica, nel parcheggio sulla strada. Le loro bancarelle somigliavano più a collezioni museali, tra calzascarpe e statuette militari, set da bowling e vecchi pattini da ghiaccio a stivaletto in pelle, teste di cinghiali e roba impagliata in scatole di vetro. Facevano parte della storia locale. Sarebbe stato un peccato perderli.

Mentre si guardava intorno, notò Sonia avvolta in una sciarpa, lontana, dall'altra parte del mercato, vicino alle bancarelle alimentari. Nadia aveva ragione. Stava una favola. In forma come mai prima, con quel foulard grigio di cachemire intorno ai capelli. Più elegante di chiunque in quel mercato pieno di gente. Andava chiaramente di fretta, indicava il cibo e lo infilava impaziente nell'ampia borsa. Helen ricordò che Greg era in pena per la salute mentale di sua moglie.

Si scolò il cappuccino e si alzò. Voleva avvicinarla e salutarla. Chiedere a Sonia se stesse bene. Si sistemò la sciarpa, allacciò gli alamari della giacca di lana ed entrò per pagare il conto. La fila era lunga e lenta, la ragazza al bancone, chiaramente nuova, armeggiava con il registratore di cassa. Una volta pagato, Helen uscì nel mercato, ma Sonia se n'era andata.

Helen pensò di seguirla, ma infine si rimise a sedere. I negozi intorno al mercato lavoravano come al solito alacremente. Quello che vendeva magliette le ricordò Jez. Lui e Alicia che scaricavano la foto di... Chi era? Musicisti degli anni Settanta? Jeff qualcosa. E Tim? Erano padre e figlio, aveva spiegato Jez. Helen non lo stava proprio a sentire. Il figlio era annegato in un fiume una notte, con tutti i vestiti addosso. Aveva solo trent'anni. Appena un paio di più di suo padre quando era morto, troppo giovane. Una tragedia.

Jez aveva detto a Helen che volevano rimpicciolire una delle immagini e farci i tesserini, e Alicia aveva aggiunto che le avrebbe fatte stampare sulle magliette per entrambi. Dopo aver scaricato l'immagine, Jez aveva trovato un programma per modificare la foto di una persona nel corpo di un elfo che ballava. Sia lui che Alicia l'avevano trovato esilarante. Era una cosa abbastanza divertente, ma era più la risata contagiosa di Jez a coinvolgere Helen. Era giovedì sera.

Cosa c'era invece che la infastidiva tanto di Jez? Che l'aveva irritata terribilmente quando Alicia aveva attaccato a parlare di lui, e quando tutti si erano preoccupati tanto la sera precedente? Qualcosa che aveva a che fare con l'ultima conversazione avuta con lui prima che succedesse tutto quel casino. Tentò di ricordarne i dettagli. Era venerdì, all'ora di pranzo.

Era entrata in casa e non si aspettava di trovarci nessuno. Jez stava suonando la chitarra ad alto volume (ma con indubbio talento, doveva ammettere) con un amplificatore. Le tornò alla mente quanto era seccata mentre saliva le scale pestando i piedi, mentre apriva la porta.

«Se hai intenzione di vivere con noi quando verrai al college, ti consiglio di comportarti con più giudizio» lo aveva sgridato. «Abbiamo dei vicini, sai?»

La sua irritazione non aveva senso, lo sapeva. I suoi ragazzi ascoltavano sempre la musica a tutto volume nelle loro stanze, non le aveva mai dato fastidio. Ma Jez era così maledettamente bravo a fare tutto, come Maria ci teneva a ricordarle ogni sera, e Helen aveva mal di testa. Una formidabile sbronza, a dire la verità.

Sbigottito dalla sua ira, Jez si era scusato. Helen era stata presa alla sprovvista dalla contrizione del ragazzo, Barney e Theo non avrebbero mai chiesto scusa, al limite le avrebbero detto di togliersi dalle palle. Aveva lasciato la stanza senza aggiungere altro, vergognandosi della sua mancanza di gentilezza.

Di sicuro Jez non se l'era presa a male per quelle parole... Si era sentito sgradito ed era scappato? Una sciocchezza simile? L'ansia di Mick, unita all'isteria di sua sorella, l'aveva costretta a rimanere calma la sera prima. Ma adesso Helen avvertiva un terrore che lentamente le cresceva dentro.

Forse Maria aveva ragione. Era stata troppo permissiva. Nemmeno solo permissiva, a dirla tutta, ma in un certo senso del tutto negligente. Non gli aveva chiesto dove andasse quando usciva. Non si era preoccupata degli orari a cui tornava. Lo aveva trattato come uno dei suoi figli, ma non era uno dei suoi figli. Lui era giovane e innocente, ingenuo e dolce. Tutti questi pensieri la mettevano talmente a disagio da doversi alzare e cominciare a camminare. Si affrettò a tornare attraversando il parco, la testa bassa, spaventata per ciò che sarebbe accaduto.

«Avete contattato tutti quelli che conosce?» L'ispettore Kirwin li squadrò uno dopo l'altro. Era bassa e grassoccia, e appariva troppo alla buona per essere un ispettore, pensò Helen. Di fianco a lei sedeva un ragazzo, un agente che la donna presentò come Josh, che sembrava avere più o meno l'età di Barney.

Helen e Mick si scambiarono un'occhiata. Stavano al tavolo della cucina, sorseggiando tè. Maria, vestita come al solito in maniera impeccabile, appariva tuttavia sfinita. Era chiaro che non aveva chiuso occhio la notte. Si rosicchiava l'unghia del pollice, incapace di stare seduta tranquilla.

«Possiamo telefonare a tutti i contatti sui cellulari di Barney e Theo, e poi passare ai numeri nella nostra rubrica» suggerì Mick.

«Non lo avete ancora fatto?» Maria si alzò in piedi, il volto impallidito.

«Abbiamo cominciato a pensare che qualcosa non andava solo ieri sera. Era tardi. Non potevamo chiamare la gente a quell'ora.»

Helen guardò l'ispettore Kirwin dall'altra parte del tavolo per trovare conferma.

«Avete avuto tutta la mattina!» esclamò Maria. «Non ci posso credere.»

«Che tu ci creda o no, ci sono altre cose nelle nostre vite oltre a Jez!» si lasciò sfuggire Helen, incapace di trattenersi.

«Helen!» Mick la guardò torvo.

«Siamo sconvolti e preoccupati proprio come te, Maria» aggiunse Helen. «È nostro nipote. Ma continuare ad addossarci la colpa...»

«Nessuno sta incolpando nessuno.» Mick la guardò di traverso e Helen contrasse le labbra.

«Da quanto mi avete detto,» cominciò Kirwin «c'è ancora una considerevole possibilità che sia sulla strada di ritorno a casa, a Parigi. Mi avete detto che era atteso a una qualche ora questo fine settimana, ma non ha fatto sapere esattamente quando.»

«Ha detto sabato» replicò Maria. «Ma ha lasciato qui le sue cose. Conosco Jez. Mi avrebbe chiamata, se avesse cambiato programma. Lo sa che mi preoccupo se tarda. Telefona sempre oppure manda un sms.»

«Al contrario dei nostri due» non riuscì a trattenersi Helen.

«Che vuol dire questo?»

«Intendevo a differenza di Barney e Theo.» Helen non voleva sembrare risentita, ma si rese conto nel momento stesso in cui aprì bocca che aveva dato proprio quell'impressione.

Mick la fissò. «Piantala» disse.

Kirwin li osservò uno dopo l'altro.

«C'era una certa ostilità nei confronti di vostro nipote? Vi ha dato qualche problema mentre si trovava qui con voi?» chiese l'ispettore.

Mick scosse la testa.

«Nella maniera più assoluta» rispose.

«È un ragazzo meraviglioso» aggiunse Helen. «È stata una gioia averlo da noi.»

«Chi di voi lo ha visto per ultimo?»

Mick guardò Helen e si strinse nelle spalle.

«Io sono uscito per andare al lavoro, ehm, alle sette e trenta venerdì mattina. Ho immaginato che fosse a letto.»

«Era a letto infatti» precisò Helen. «È venuto in cucina per un bicchiere d'acqua appena prima che io uscissi. Intorno alle otto meno un quarto. Sono andata al lavoro come al solito. Il venerdì faccio mezza giornata, quindi torno all'ora di pranzo. Lui è uscito di nuovo intorno alle tre e mezzo, credo.»

«Sa dove avesse intenzione di andare?»

Helen decise che era meglio evitare di menzionare le parole irritate pronunciate prima che Jez uscisse.

«Non ricordo. È andato e venuto piuttosto spesso. Per provare con il gruppo di Barney e Theo. E poi aveva un paio di colloqui la settimana scorsa.»

«I colloqui erano finiti già venerdì!» esclamò Maria. «Non posso crederci che non lo sapevi nemmeno.»

«Ovviamente lo sapevo» ribatté Helen. «Ma ha quasi sedici anni, Maria. Era molto responsabile, preciso, sempre puntuale ovunque dovesse andare. Devi dare fiducia ai ragazzi, non puoi star loro col fiato sul collo per tutto il tempo.»

Che madre asfissiante era Maria. Per forza Jez se n'era andato per i fatti suoi per un po', anziché tornarsene a casa. Helen si spostò sulla sua sedia e cambiò argomento.

«Mi sono imbattuta nella sua ragazza ieri. Mi ha detto che dovevano incontrarsi al sottopassaggio pedonale venerdì pomeriggio, ma lui non si è fatto vivo.»

«Il sottopassaggio pedonale?» Maria sbiancò. «Il sottopassaggio pedonale di Greenwich? Hai lasciato che si incontrassero lì sotto?»

«Non è più come una volta» spiegò Mick. «Hanno installato delle telecamere a circuito chiuso adesso.»

«È vero» confermò il giovane agente, parlando per la prima volta.

«Abbiamo bisogno di parlare con la ragazza» disse Kirwin. «Qualcun altro ha visto Jez? Della vostra famiglia, intendo. Ovviamente verificheremo anche con i vostri figli.»

Scossero tutti la testa.

«Per chiarire, quindi, lei è tornata a casa venerdì a pranzo e lo ha visto uscire intorno alle quindici e trenta» riassunse la poliziotta, fissando Helen con una certa attenzione.

«Esatto, è così» rispose Helen. Si sentì avvampare il viso e sperò che non se ne accorgesse nessuno.

«Bene, grazie» concluse Kirwin. «Se poteste lasciarci dare uno sguardo a qualunque cosa possa essere d'aiuto, un portatile o un cellulare che il ragazzo ha usato, prima di sparire. Poi ci servirà una foto recente di Jez, se possibile, per la nostra bacheca delle persone scomparse. E, se non vi spiace, c'è un cronista interessato al vostro caso. So che può sembrare invadente, ma spesso la diffusione della notizia si è rivelata utile. Siete d'accordo a parlare con qualcuno, se si presenta qui più tardi?»

«Certamente» rispose Mick senza nemmeno pensarci.

«Ho una foto stupenda di lui,» disse Maria «sul cellulare. Posso stamparla, Mick?»

«Come no» rispose lui. «Andiamo a farlo subito.»

La poliziotta sorrise.

«Può inviarla tramite email direttamente a noi, alla stazione di polizia» spiegò. «Le do l'indirizzo.»

Quando tutti si alzarono, iniziò a squillare il telefono. Helen alzò la cornetta.

«Helen, sono Simon.»

«È Simon, solo un amico» riferì Helen al gruppetto pieno di attesa, coprendo il microfono del telefono. Uscirono in fila dalla stanza. Helen era sollevata di avere una scusa per trattenersi.

«Senti, ho un biglietto in più per la *Tosca*, per la prova costumi questo venerdì. Ti interessa?»

«Oh, Simon! Che tempismo. Questo fine settimana è stato terribile. Ti ringrazio. Se non interessa a nessun altro...»

«Stavo per offrirlo a Sonia, ma Greg prende spesso i biglietti e pensavo che tu l'avresti apprezzato di più.»
«Mi piacerebbe moltissimo.»
Quando riattaccò, Helen sentì Maria e Mick che nello studio sceglievano la foto di Jez. Si diresse verso il frigo. Avrebbe ucciso per un bicchiere di vino.

10

Lunedì

Sonia

Faccio scorrere un'estremità della sciarpa di seta sulla mia mano. Sto per slegarla, così Jez non lo saprà mai, ma all'improvviso apre gli occhi. Sbatte le palpebre davanti a me.

«Che stai facendo?»

«Niente. Va tutto bene, Jez. È tutto a posto. Stamattina viene una persona che è interessata a sentirti suonare. Il mio amico cantante lirico. Sai, ha detto che può aiutarti.»

«Non voglio essere aiutato. Me ne vado.»

Si dimena, tirando i nodi, che naturalmente non fanno che stringersi. I suoi polsi si arrossano. «Lasciami andare. Voglio andarmene adesso.»

«Per favore, Jez, non farlo. Non dire che vuoi andartene. Mi fai rimanere male.»

«Ma tu mi hai legato.»

Mi metto in piedi. «Era solo un piccolo gioco. Ascolta, faccio un salto a prendere qualcosa da mangiare. Posso comprarti cornetti, ciambelline salate, quello che preferisci. Cosa vorresti?»

«Voglio solo andarmene. Questa è pazzia. Pazzia!»

Mi siedo sul letto, gli accarezzo i capelli scostandoli dalla fronte sudata.

«Sarai contento del contatto che ti ho procurato, vero? Poi sarai libero di sfruttarlo quando vorrai.»

Si acquieta per un attimo, mentre cerca il mio volto. Poi dice: «Se si tratta di una festa a sorpresa per il mio compleanno mercoledì, credo tu sia andata un po' troppo oltre.»

«In che senso?»

«Mi hai legato! Mi tieni rinchiuso! Bastava semplicemente dirmi che dovevo restare qui ora che l'ho scoperto. Non dirò a Helen quello che so. Davvero.»

«Okay. Ma voglio che la tua caviglia migliori, e non mi va che tu prenda decisioni affrettate.»

Quando lo lascerò andare? Non ci ho ancora riflettuto bene. Magari il giorno del suo compleanno, come immagina lui. Comunque, presto, prima che Greg e Kit tornino a casa. Prima che si avvicini ancora all'età adulta. Oggi però, voglio gustarmi ogni secondo che mi resta con lui, e voglio che lui si rilassi e sia felice, non così ansioso.

«Dimmi cosa posso portarti, Jez. Ti porterò qualunque cosa ti piaccia.»

Dopo una pausa, lascia cadere la testa sui cuscini. «Non mi dispiacerebbe farmi una canna. C'è un po' di erba nella tasca della mia giacca.»

«Te la prendo.»

«Ma devi liberarmi le mani. Devo pisciare, Sonia! Come pensi che possa andare a pisciare legato così? O a cagare. Ci devo andare!»

Lo osservo, steso sul vecchio letto in ferro, a gambe e braccia divaricate. Il piede infortunato bendato, ciondolante oltre il bordo. Non può andare da nessuna parte con la caviglia in quelle condizioni.

«Ti tolgo quelle stupide sciarpe allora, se mi prometti di non provare a fare sciocchezze come ieri.»

«No, no. Te lo prometto» risponde come se fosse stufo di partecipare a quel gioco, ma capisce che continuare è solo nel suo interesse.

Ci sorridiamo l'un l'altra e io slaccio lentamente i nodi, tenendolo d'occhio per tutto il tempo. Faccio scorrere il pollice sopra ai lividi rossi lasciati sui suoi polsi dalle sciarpe. «Non ti ho fatto male, vero? Non avevo intenzione di farti male.»

«No» risponde agitando le mani mentre sfilo la seta. «No, tutto okay. Così va meglio. Grazie.»

«Bene, allora torno subito. Con erba e cornetti. E verrà anche Simon.»

Che trambusto questa mattina, mentre percorro il vicolo fino ai negozi. Un pungente vento primaverile soffia onde per tutto il fiume, e le barche da entrambe le direzioni oscillano sull'acqua increspata. Studenti in sciarpe e felpe si ammassano in gruppetti nei giardini universitari, i bambini saltellano andando a scuola. La gente si affretta verso il molo per saltare sul Clipper e raggiungere il centro. Ognuno segue la propria strada diretto chissà dove. Io vado da Rhodes a comprare cornetti per me, Jez e Simon, con cui ho appuntamento più tardi. Potrei prendere anche qualcuno dei loro favolosi panini, per il pranzo di Jez. Sarà affamato per quell'ora. Dal momento che sono qui, perché non deliziarlo con uno dei loro *brownie* al cioccolato? Questo è uno di quei negozi dove, come sosteneva Kit, non puoi comprare solo una cosa, per quanto tu sia risoluto quando ci entri. Voleva sempre che le comprassi qualche fetta di torta Princess, quella con la glassa di marzapane, che lei mangiava uno strato per volta, leccando la farcitura di crema.

Stamattina il mio passo sembra entusiasta. Michael se ne

accorge quando ci incrociamo. Lavora all'Anchor e sta spazzando il pavimento esterno in pietra.

«Ti vedo pimpante oggi, Sonia» afferma. Lo saluto e mi affretto verso il centro del quartiere. Attraverso la strada, passando quasi davanti all'edicola, e poi mi arresto.

Proprio lì, che mi fissa dall'espositore dove stanno accatastati i giornali locali, c'è il suo bel viso. Che ci fa là, in prima pagina? Sorride voltato a destra, colto di sorpresa, la bocca schiusa come se avesse appena notato una persona speciale. Chi? Leggo con attenzione la didascalia sotto la foto:

Jez Mahfoud, scomparso venerdì.

Compro il giornale e corro verso la gradinata di fronte al Cutty Sark, ormai avvolto in teloni bianchi dopo che il fuoco lo ha distrutto. Il vento continua a sollevare gli angoli delle pagine, quando inizio a leggere, e sono costretta a colpirle per abbassarle. I tendoni bianchi svolazzano intorno al Cutty Sark, e la palizzata blu sbatte e si scuote. Il vento mi mette in agitazione. Mi ci vuole più tempo del dovuto per afferrare il significato di quelle parole.

Cresce la preoccupazione per la sorte del giovane, che ha fatto perdere le sue tracce dopo aver lasciato la casa della zia a Greenwich venerdì pomeriggio, diretto a un appuntamento con la sua ragazza. Jez Mahfoud è stato visto l'ultima volta venerdì all'ora di pranzo proprio dalla zia, Helen Whitehorn, nella cui casa stava trascorrendo una settimana di vacanza. Secondo quanto riportato dall'ispettore Hailey Kirwin, è inusuale da parte del ragazzo sparire senza contattare un membro della famiglia o la sua ragazza.

Che conclusioni precipitose! Benedetto il cielo, capita di

continuo che i ragazzi non tornino a casa dopo un fine settimana trascorso con gli amici, dopo aver bevuto o fumato troppo. Cos'è tutta questa apprensione? Una folata di vento solleva la prima pagina e me la strappa di mano. Balzo di scatto per acchiapparla, scontrandomi con una donna che mi guarda di traverso mentre mi passa davanti. Quando pianto il piede sulla pagina per bloccarla, quasi perdo l'equilibrio. Mi siedo di nuovo e mi stendo la pagina in grembo.

> Il quindicenne è stato dato per disperso ventiquattr'ore dopo non essersi presentato a un concerto in cui avrebbe dovuto esibirsi. Aveva appuntamento con la sua ragazza venerdì sera nel sottopassaggio pedonale di Greenwich, ma non si è fatto vivo neanche allora. Sua madre, che vive a Parigi, si aspettava che rientrasse nel fine settimana, ma non ha mai fatto ritorno.

Un'altra piccola foto inquadra Jez, quasi irriconoscibile, bloccato a mezz'aria nel pieno di una capriola. Nella didascalia si legge:

> Jez Mahfoud, che fa BASE *jumping* nella penisola di Greenwich, una settimana fa. Foto da cellulare.

L'articolo continua:

> «Non abbiamo ancora escluso che possa essere caduto nel fiume» dichiara l'ispettore Kirwin. «La MPU, l'unità di polizia marittima, sta effettuando accurate ricerche tra Greenwich e la Thames Barrier.» La polizia inoltre ha contattato il padre di Mahfoud, un giornalista francoalgerino che vive a Marsiglia. La polizia raccomanda a chiunque possa aver visto Jez Mahfoud di farsi avanti. Il ragazzo è alto circa un metro e ottanta, ha i capelli neri con un ciuffo sugli occhi, e al momen-

to della scomparsa indossava una giacca di pelle, un paio di jeans e scarpe da ginnastica Adidas.

Non posso fare a meno di sorridere per l'ultimo dettaglio sbagliato. Jez indossa scarpe da ginnastica Nike, quelle appena sopra la caviglia. Do un'altra occhiata alla foto e noto che era più giovane allora. Ancora un bambino. Si è irrobustito adesso, ha i capelli più lunghi. Un brivido di piacere mi scorre lungo la schiena al pensiero che lui sia mio. Ma quando mi alzo, sento le ginocchia deboli. Incespico. Che sciocchezza. Questo articolo su Jez scomparso farebbe pensare che qualcuno gli abbia fatto del male. Invece Jez è al sicuro con me. Riceve tutto ciò che vuole, e anche di più. Devo telefonare a tutti e spiegare che Jez è venuto da me e ci resta per un po'? Che mi sto prendendo cura di lui? Perché dovrei? Sta bene. Vive da nababbo, in effetti.

Spingo il giornale in un cestino lì vicino e mi dirigo stordita verso la panetteria. Sembra che la gente in fila si volti tutta a guardare me, così abbasso la testa mentre pago i dolci e i panini. Le mani a quanto pare mi tremano, i soldi mi cascano fuori dal borsellino sul pavimento, le monete si sparpagliano dappertutto, così devo accovacciarmi tra i piedi degli acquirenti per raccoglierle. Non mi aiuta nessuno, e sento che sto arrossendo di rabbia.

Mentre mi affretto sulla strada di ritorno verso il fiume, sento un chiasso improvviso. La forte vibrazione di un elicottero della polizia, l'ululato del pontone, lo sferragliare delle gru, tutto sale in un crescendo repentino, come un coro dello stadio che parte all'unisono. È un fenomeno tipico del fiume, a cui ormai dovrei essere abituata, ma adesso è troppo. Sembra tutto diretto verso di me, un modo per prendermi in giro. Mi fermo e mi appoggio alla cancellata nera per riprendere fiato.

Alla fine raggiungo il vicolo, e il rumore si attenua. Il sole si è spostato e la stradina è all'ombra. Rabbrividisco, ma non sono sicura che sia per il freddo. Aumento il passo davanti all'Anchor. Michael è entrato, dopo aver pulito completamente il pavimento. Ha scritto sulla lavagna: 'Per il martedì grasso specialità di frutti di mare, seguita da pancake con zucchero e limone.' Noto i beoni della prima ora al bancone del bar e inalo zaffate di disinfettante, quando passo davanti all'ingresso. Per via del divieto di fumo, i pub non odorano più di pub ma di detergenti, corrosivi e accusatori. Ah, quei giorni in cui tutti i nostri peccati erano celati dietro una coltre di fumo di sigarette! Mi stringo la busta della pasticceria al petto dolorante. I miei passi riecheggiano contro i muri. Respiro in brevi rantoli fiochi. Ho l'istinto di correre. Correre dove, poi? Perché?

Helen! Naturalmente potrei chiamarla, spiegarle. Ma non le parlo da secoli. Vorrà sapere perché non l'ho contattata prima. Lo troverà strano.

Altri pensieri mi si assembrano sgomitando nella testa. Oggi è lunedì. Per quanto ne sanno, Jez è sparito da venerdì. Cioè da tre notti. Non posso dire loro che è stato da me per tutto quel tempo. Nessuno capirebbe. Non rientrerebbe nell'idea che gli altri hanno di come funziona il mondo. *Non ci rientra,* ma ciò non significa che non debba essere così. E i giornalisti che hanno già, così presto, subodorato la storia, la trasformerebbero in qualcosa di sconcio. Verrebbe fuori, e la insudicerebbero.

Quello che non capisce lo stupido cronista che ha scritto questo articolo è che adesso mi ha reso impossibile lasciare andare Jez. Perché in quel caso, la sua faccia tappezzerà le copertine di tutte le riviste da quattro soldi del Paese. Sarà il bersaglio di quei giornalisti scandalistici, dei paparazzi. Gli offriranno soldi in cambio della sua storia. Questo articolo non mi dà altra scelta, se non farlo restare un po' più a lungo di quanto avessi immaginato, almeno finché il clamore non si sarà placato.

Raggiungo il portone. Le mani mi tremano, quando infilo la chiave nella serratura e la giro. Simon sta per arrivare. Dovevo presentarlo a Jez. Ma che succede se *lui* riconosce il viso di Jez dal giornale, dai manifesti di tutto il sudest londinese? Devo trattenere Simon al piano di sotto per la sua sessione. Ma poi, potrebbe chiedere perché non usiamo gli strumenti di registrazione della stanza della musica. Lavoriamo spesso lassù. E se io insisto per restare in cucina, e lui decide di usare il bagno della stanza della musica, la trova chiusa a chiave, sbircia da una delle finestre, che faccio allora?

Sono così nervosa quando entro nel soggiorno, che a stento riesco a pigiare i tasti sul telefono.

«Simon, ciao, sono Sonia.»

«Tesoro! Come va?»

«Scusami, ma dobbiamo annullare la nostra sessione di stamattina. Mi sono svegliata con la gola terribilmente infiammata. Mi fa male tutto.»

«Oddio, hai preso la febbre suina.»

«Ah!» La voce mi esce asciutta, spenta. Non ho più saliva.

«Si sente che sei malata, cara.»

«Vuoi prenotare per la prossima settimana o tra due?»

Mentre parlo, i pensieri si accavallano nella mia mente. Per quanto tempo posso tenere qui Jez prima che altra gente si metta a cercarlo? E come faccio a lasciarlo andare con discrezione, senza suscitare l'attenzione dei media? Penso alla porta chiusa a chiave, alle medicine di mia madre, alle sciarpe, come per la prima volta. *Non* gli sto facendo del male. Il piacere che ho tratto placidamente da lui finora non gli ha causato risentimenti o dolore. Allora perché sento questa specie di vergogna? Sento i brividi per tutto il corpo. Forse ho davvero l'influenza.

«Inseriscimi per la prossima settimana, ti spiace, Sonia? Fammi sapere però se non ti sei rimessa completamente, per favore. Non voglio beccarmi i tuoi germi, carina. Non posso permettermi di perdere la voce nel pieno della stagione.»

Quando chiudo con Simon, annullo tutti gli appuntamenti di oggi, usando la scusa dell'influenza. Ho bisogno di avere la casa tutta per me per i prossimi due o tre giorni almeno, così posso concentrarmi su Jez. Mi rifiuto di pensare a un tempo così lontano come giovedì, quando Greg e Kit dovrebbero tornare. E non mi metterò a riflettere ancora su come lo lascerò andare, o quando. Tutte queste cose sono domande incerte e senza risposta, e io non ho la forza per ragionarci adesso.

In cucina mi poggio sul bancone. Metto il bollitore sul fuoco. Preparo i toast e ne respiro il confortante profumo. Poi prendo un barattolo di marmellata, bloccandomi quando un raggio di sole si rifrange attraverso il barattolo, illuminando tutti i pezzetti di scorza d'arancia fluttuanti nella gelatina ambrata. Per qualche ragione questa immagine mi calma, il battito del cuore rallenta. Staremo bene, io e Jez. Farò un passo alla volta.

Il cellulare squilla, quando sto per tornare di sopra da Jez. Lo apro con uno scatto, preoccupata che sia un cliente che mi è sfuggito. È Kit.

«Mamma! Non hai risposto al telefono. Ero preoccupata!»

«Hai chiamato? Quando?»

«Ieri sera. E ti ho mandato un messaggio. Dove sei stata? Mi rompi sempre che devo farti sapere dove sto *io*! E poi quando ti telefono, tu nemmeno mi richiami.»

«Be' adesso sono qui.» Mi rendo conto di apparire inquieta, impaziente.

«Dove, dove ti trovi?»

«A casa. In cucina.»

«Ma ti ho chiamato stamattina e non hai risposto. Va tutto

bene? Papà non è riuscito a mettersi in contatto con te. Ti ha scritto un'email e tutto il resto.»

«Davvero?»

«Sì. È preoccupato. Voleva controllare che stessi bene.»

«Ha detto così?»

«Mamma! Smettila.» Kit sembra disperata, sul punto di piangere. Prendo un profondo respiro.

«Okay. Gli faccio uno squillo. Allora, vieni giovedì, sì o no?»

«Ah-ah, allora hai ricevuto il messaggio.» La voce sollevata. «Sì, torno giovedì e porto Harry. Voglio fartelo conoscere. È una persona speciale.»

Non rispondo. In passato i ragazzi di Kit non erano stati di mio gradimento. Spesso sportivi, solitamente biondi, e sempre a bordo di qualche veicolo veloce. Mi chiedo in che modo Harry sia speciale, rifiutando il pensiero di qualunque altro giovane in casa che non sia Jez.

«E mamma,» attacca con tono esitante «ho pensato che potremmo dormire nella stanza per gli ospiti. So che non ti piace usarla, ma c'è quel letto grande lì dentro e...»

«Kit, per favore!» ribatto. «Mi serve tempo. Mi serve spazio. Non mi incasinare il cervello.» So bene che ho abbandonato Jez più a lungo del previsto. Che il tempo passa e lui sarà affamato e assetato.

Segue una lunga pausa. La sento respirare. Poi sospira e dice con voce falsa e calma: «Scusami. Posso aspettare, non fasciamoci la testa prima di rompercela. Ma chiamerai papà?»

«Sì. Chiamerò papà.»

«Sarà divertente stare di nuovo insieme. Sembrano passati secoli da Natale.»

«Sì, tesoro. Certo» replico.

Attraverso la cucina, rovisto nella tasca della giacca di pelle di Jez e trovo il sacchetto di erba di cui mi ha parlato. Ci sono anche delle Rizla.

***

Dalle alte finestre vedo che sta seduto sul letto, il piede infortunato poggiato in alto, quindi entro da lui sventolando tutto l'armamentario.

Lo guardo rullare la canna con le sue lunghe dita poi, sfregando un fiammifero, gliela accendo, e lui fa un lungo tiro.

Gli spiego che c'è stato un piccolo cambiamento di programma. Che alla fine Simon non verrà in giornata.

«Allora, quando me lo presenterai?»

«A tempo debito. Dobbiamo aspettare un po'. Oggi non sarebbe sicuro.»

«Sicuro?»

«Non allarmarti. Non voglio dire che sei in pericolo, è solo che non vogliamo che qualcuno parli...»

«Capito. Hai paura che scopra quello che so della festa.»

Lo spinello lo fa rilassare, e sorride. Sento che finalmente le cose stanno tornando com'erano quando è arrivato qui.

Più tardi, nel pomeriggio, quando il fumo gli ha procurato tanto appetito da spazzolare tutto con una tazza di tè con Flurazepam in polvere, cade in un sonno profondo. Mi infilo nel letto accanto a lui e gli scosto i capelli dall'orecchio. Il succhiotto sta sparendo. Gli tolgo quella cosa a forma di corno nero che porta al lobo dell'orecchio, me la infilo in tasca, prendo in bocca la morbida carne del suo orecchio.

Attraverso una delle alte finestre vedo una nitida luna crescente che sale nella luce arancione pallido del cielo di Londra. Questa notte ci sarà un'altra gelata. L'acqua sarà fredda come il ghiaccio. Proprio come nella notte dei giovani cigni.

Seb era determinato a dimostrare che erano lì, malgrado sembrasse troppo freddo perché i piccoli di cigno potessero sopravvivere a una notte come quella. Era buio pesto. Non c'era nemmeno una luce accesa nel vicolo. Seb scese lungo il muro aiutandosi con la catena d'ormeggio fino a riva. Potevo sentire mormorare le onde. La marea stava salendo. Mi affacciai al muretto di fronte casa e guardai in basso verso l'acqua scura. La voce di Seb fluttuava in alto verso di me.

«Stanno qui, Sonia. I piccoli stanno sul dorso dei cigni grandi, raggomitolati sotto le ali. È incredibile. Vieni a vedere!»

«È troppo buio, Seb. Torna indietro.»

«Dannazione, quest'acqua è fredda. Mi si sono addormentati i piedi.»

«Sbrigati, Seb. La marea sta salendo. Li sento da sopra il muro.»

«Arrivo.»

«Sali dai gradini!» gridai.

Le forme indistinte dei cigni tremolavano contro l'acqua scura. Sentivo i mattoni freddi del muro contro il petto. Una campana dai ricoveri scoccò le dodici, seguita a breve da quella di St Alfridges dall'altra parte di Greenwich. Erano da sempre leggermente fuori sincrono.

«La marea è già salita troppo. Risalgo dalla catena.»

«È una follia. Il muro è troppo alto! Non ce la farai. Vai verso i gradini!»

Sentivo la catena cigolare e sferragliare contro il muro, mentre Seb afferrava la grossa maglia di ferro là sotto. Allungai il braccio fuori nell'abisso. Avvertivo il battito del cuore contro il freddo del muro, l'anello gelido di acciaio sotto la mia mano. Alla fine toccai i suoi capelli, la testa calda di Seb. Muovevo la mano istintivamente contro di essa, coprendo la sommità perfettamente modellata del suo cranio. Afferrai la sua mano, la tirai verso l'alto.

«Fanculo» imprecò lui. «Mi piacerebbe seguirli, ma dobbiamo aspettare che faccia più caldo. Potremmo fregare una barca. O costruire una zattera. Seguiamo i cigni su per il fiume fino a Jacob's Island. Dovunque vadano. E ci nascondiamo lì.»

«È pericoloso, Seb.»

«O da quella parte, verso l'isola dei Cani.»

Il lato buio del fiume era una zona proibita, dove le finestre scure dei tetri magazzini guardavano attraverso l'acqua, e le ciminiere eruttavano fumi tossici nel contaminato cielo notturno. Le aride banchine e i pontili di sbarco sgretolati nascondevano chissà quali malattie e spazzatura fetida. Mi era stato intimato di non andare in giro sull'altra sponda. Di non andare da sola nel sottopassaggio pedonale, di ricordare che l'isola dei Cani era pericolosa. E di non cercare mai di andarci a remi. Quando la marea cambiava, l'acqua che entrava incrociava quella che usciva: le due si scontravano in una lotta e producevano correnti, imprevedibili e letali.

Seb sosteneva che loro non potevano fermarci. Cercavano sempre di impedirmi di fare questo, di fare quello. Mi ripetevano costantemente che ero troppo giovane. Diceva che trattavano il mio spirito nello stesso modo in cui i cinesi trattavano i piedi delle bambine: lo schiacciavano in una forma troppo piccola perché potesse crescere o svilupparsi in modo naturale.

«Io e te, noi, conosciamo il fiume, sappiamo gestirlo» affermò. «E non appena farà abbastanza caldo, ci costruiremo una zattera per vagare a remi dove nessuno potrà mai fermarci.»

E il piano di Seb restò nel mio cuore, proprio come succede ora per Jez, un caldo segreto, come un piccolo cigno raggomitolato in un posto nascosto sotto un'ala.

11

Martedì

Sonia

Sono seduta sul 386, vado da mia madre. È uno di quei giorni in cui tutta Londra viene dissotterrata per riparare la rete fognaria o inserire nuovi cavi o sostituire tubature esplose. Le viscere della città vengono spalancate, le sue interiora esposte. C'è tutto un mondo là, sotto il manto stradale e l'asfalto, un labirinto che distribuisce elettricità, gas e acqua all'intera città, e poi fogne e tunnel e scantinati e seminterrati e canali. Amplissime cavità e fiumi sotterranei. Anche ratti, e vermi e insetti chiamati ragni delle grotte. Ossa, sangue e cadaveri in decomposizione. La gran parte delle vittime londinesi della peste riposano sotto i prati di Blackheath. Il terreno qui è costellato di ossa. Ciò che vediamo quando viaggiamo ogni giorno per andare a lavoro in superficie non è che la fragile volta di un cimitero.

Questa mattina si susseguono ovunque lavori stradali e il traffico procede a rilento. Penso di scendere alla fermata successiva e tagliare rapidamente per il parco, ma non appena mi alzo in piedi, l'autobus scatta in avanti. Un velo di pioggia avvolge gli alberi nel parco di Greenwich, oltre i bianchi colonnati della Queen's House, e riesco a vedere me e Seb che corriamo su per la collina, salendo contro la pioggia di un pomeriggio vuoto, ridendo per il brivido condiviso di essere inseguiti. Da chi scappavamo?

Eravamo in cerca della casetta dai mattoni rossi, sempre misteriosamente chiusa a chiave, imprigionata dalla sua stessa cancellata in ferro. Una pioggia fredda ci schizzava in faccia mentre correvamo, diffondendo un profumo di terra e foglie morte. Seb stava davanti. Raccoglieva ramoscelli e li scagliava all'indietro giù per la collina contro il nostro inseguitore invisibile. Impiegammo un po' di tempo prima di trovare la casa, correndo su e giù per il parco, seguendo i percorsi asfaltati ufficiali, e poi avanti e indietro su quelli melmosi non consentiti, consumati tra le aree erbose lasciate a crescere incolte. La scorgemmo, infine. Lontano verso Crooms Hill, rincantucciata sotto i rami delle querce e degli ippocastani. Era bella, con un'arcata sopra la porta verde, e un grosso picchiotto nero, ma era disabitata. Non aveva finestre.

Seb scavalcò la cancellata e batté sulla porta.

«Facci entrare» strillò, scuotendo la maniglia.

«Non fare il cretino. È sempre chiusa a chiave» dissi io. «Non ci abita nessuno qui.»

Il parco era deserto, muto tranne che per il ticchettare della pioggia sulle foglie. Chiunque ci stesse inseguendo si era dileguato.

«Ho freddo. Andiamo in caffetteria a prendere una cioccolata calda?» chiesi.

«Hai soldi?»

«No.»

«Neanch'io. Voglio sapere com'è dentro.»

«È solo l'ingresso ai condotti.»

«Cosa sono i condotti?» Seb raccolse un pezzo di ramo che doveva essersi spezzato da una quercia vicina e lo usò come ariete contro la porta.

«Tunnel segreti. Percorrono tutto il parco e la campagna» risposi. «Li hanno messi lì per far arrivare le tubature dell'acqua e i cavi elettrici fino all'ospedale anni fa.»

«E tu che ne sai?»

«L'abbiamo studiato a scuola. Li usavano per ripararsi dai raid aerei durante la guerra, perché vanno in profondità sottoterra. Stavano al sicuro dalle bombe là sotto.»

«Voglio vedere» dichiarò Seb, con un'altra carica alla porta, che si scosse infine sui cardini quando lui la colpì con tutto il proprio peso. La pioggia cominciò ad aumentare, e io tremavo e me ne stavo rannicchiata sotto l'arco di mattoni che sovrastava l'ingresso, mentre Seb, tirato fuori il suo coltellino, si mise ad armeggiare con il lucchetto. La pioggia cadeva sulle foglie dei platani sopra di noi, un intenso profumo di terra riempì l'aria umida. Ma non riuscivo a riscaldarmi, i denti si serrarono.

«Andiamocene, Seb. Sto gelando» gli dissi.

«Sssh. Vuoi sempre andartene, tu» ribatté Seb. «Io non me ne vado. Voglio entrare qui dentro.»

Sapeva che non avrei discusso, non importava quanto ardentemente desiderassi trovarmi in un altro posto, caldo e asciutto, per assaporare il tepore del cibo dentro di me. Sapeva che avrei fatto qualunque cosa avesse voluto.

Sembrarono passare secoli prima che lui riuscisse a forzare la porta, che si aprì scricchiolando all'indietro sui cardini arrugginiti, lasciando fuoriuscire una ventata di aria stantia quando l'oscurità si spalancò davanti a noi. Seb accennò qualche passo in avanti. Io lo seguii, aggrappata al suo giubbino con cappuccio. Non appena i nostri occhi si adattarono al buio, cominciò a scendere lentamente per i gradini irti e sgretolati. Grazie alla luce proveniente dalla porta aperta in cima alle scale, riuscimmo a distinguere una pozza piena d'acqua. Seb estrasse la torcia che teneva in tasca con il coltellino, sempre pronto per potenziali avventure. Procedemmo girando intorno alla pozzanghera, passando per un basso tunnel ad arco, chinandoci mentre lo attraversavamo. Un silenzio innaturale riempiva l'aria, interrotto di tanto in tanto dal picchiettare amplificato dell'acqua, e un sibilo, che doveva essere causato dal vento, veniva trasportato fin sotto dall'alto. Per il resto, però, i suoni del mondo esterno sopra di noi erano attenuati. Potevano trovarsi a migliaia di chilometri.

«Siediti» ordinò Seb, e io obbedii, avvertendo il muro ruvido contro la mia schiena. Sfregò un fiammifero e, grazie a quella luce, notai che teneva un pacchetto di sigarette in mano. Ne accese due insieme e me ne porse una. Aspirai il fumo che mi diede le vertigini.

«Dove le hai prese?»

«Fuori. Qualcuno stava gironzolando dietro agli alberi. Ha lasciato la giacca a terra e queste stavano nella tasca.»

«È un furto. Potremmo metterci nei guai.»

«Non se ne doveva stare lì, se non voleva che gliele fregassimo. Ci stava spiando.»

«Che vuoi dire?»

«Prima. Nel giardino fiorito. Stava fermo a guardarci. L'ho visto. Poi, quando ci siamo alzati, se l'è filata.»

«Chi era?»

Seb alzò le spalle. Fece un tiro dalla sua sigaretta.

«Andiamo, ho paura» dissi mettendomi in piedi.

«E fai bene ad averne. Ho intenzione di chiuderti qui dentro e mollarti» spiegò Seb, ghermendomi per poi spingermi contro il muro. Sentii in quel momento la sua familiare durezza che mi premeva contro la coscia.

«Non ho paura di te! Ma dello sciroccato che ci stava guardando. Che facciamo se sta qui?» bisbigliai.

Seb mi afferrò il collo con la mano, stringendo così forte da farmi tossire. Ma potevo scommetterci che anche lui era spaventato.

«Che farai per me se ti lascio andare?»

«Niente» mi strozzai. «Levati di dosso, Seb.»

La mano intensificò la stretta. Distinguevo la vena blu sul suo avambraccio, i muscoli tesi.

«Che farai?»

«Qualunque cosa» boccheggiai, arrendendomi alla pressione. «Quella cosa che ti piace?»

«Ora?»

«Fuori. Per favore, usciamo.»

«Nel parco?»

«Sì. Qui, ma all'aria aperta. Non mi piace al buio.»

Mollò la presa e insieme iniziammo ad attraversare velocemente l'oscurità diretti verso la tromba delle scale, da dove giungeva la luce che filtrava dall'alto. Sentivo il cuore picchiarmi contro la cassa toracica mentre camminavamo.

Fuori mi ordinò di stendermi sull'erba.

«Piove.»

«E allora?»

Come al solito, alla fine feci ciò che mi aveva chiesto, e mi aggrappai a lui. Ma non fece quello che mi aspettavo. Si afferrò a me invece, e rotolammo giù per la collina. Precipitavamo tra i dossi e i ciuffi d'erba, il suo peso che mi schiacciava, il cielo che si piegava, poi spariva e riappariva, mentre ruzzolavamo, il respiro strappato dai nostri corpi durante quel gioco. Quando infine ci arrestammo in fondo alla collina, Seb mi trascinò verso un punto più alto. Stavolta c'erano delle sporgenze da cui voleva che rotolassimo, così ci ritrovammo sospesi a mezz'aria per interi secondi. Tentai di oppormi, ma lui si stese sopra di me, immobilizzandomi le braccia dietro la schiena, e partimmo.

In molte occasioni Seb avrebbe potuto far male a me o a sé stesso. D'altronde pensava che fossimo invincibili e io credevo in lui.

Fuori da casa di mia madre suono il campanello e aspetto impaziente che risponda. È un peccato che oggi sia questo martedì e non quello scorso o il prossimo in cui, come ogni altro martedì, mia madre va alla riunione del gruppo della locale università della terza età per discutere di cosa parleranno in quella successiva. Non mi piace lasciare a casa Jez da solo per troppo tempo.

La porta si apre e mia madre guarda con sospetto le buste che ho in mano.

«Ti ho portato un po' di formaggio dal mercato.»

«Dal *mercato*?»

Percorro il corridoio, lascio la confezione di pannoloni nel bagno e mi dirigo in cucina, dove sistemo i pacchetti di pecorino e taleggio nel frigorifero.

«June fa la spesa solo al mercato. Uno potrebbe pensare che è una squattrinata dal modo in cui si comporta.»

Sta in piedi nell'ingresso davanti alla porta, parlandomi alla schiena. Si è dimenticata che le erano piaciuti questi formaggi l'ultima volta che abbiamo pranzato insieme, quando le ho detto di averli comprati da Alexi al mercato.

«Ah, ma non credo che la gente faccia compere al mercato per questioni di economia» replico. «Penso sia piuttosto per la sua originalità. Ci si acquistano cose che non si trovano altrove.»

«Vorresti dirmi che non puoi comprare taleggio al Waitrose?

Devi pensare che non ci stia col cervello» sbotta. «Non sono ancora completamente rimbambita. Il computer mi crea qualche problema, ma questo non vuol dire che io non sia perfettamente in grado di comprare il formaggio da sola quando l'ho finito. Il tizio dell'Ocado sa esattamente cosa mi piace e il formaggio è tutto pastorizzato. Sai cosa trovi da Waitrose.»

«Comunque, l'ho messo in frigo. Ti faccio io il prossimo ordine, se vuoi.»

Mi siedo al suo computer cercando di non lasciarmi infastidire dai suoi commenti nei miei confronti, mentre mi prepara il caffè. Date le circostanze, sono rimasta io a tenere d'occhio mia madre. Non ho scelta. Non ci sono altri fratelli che possano essere così fortunati da farle piacere. Nei momenti peggiori, quando i suoi commenti più brucianti toccano un tasto particolarmente sensibile, ricordo a me stessa che questa è una penitenza minima se mi permette di abitare nella casa sul fiume, di trovarmi dove ho bisogno di stare.

«Devo controllare quella valigia. Ho deciso: ora che state vendendo, dovrei riprendermi le mie cose» dice mia madre. Mi mordo il labbro e seguo il suo sguardo. Agita un dito artritico verso una vecchia valigia in pelle che è rimasta in questa stanza da quando si è trasferita qui. Quando se n'è andata, ha lasciato nella casa sul fiume la maggior parte delle sue scatole di vecchie scartoffie e album fuori moda. C'è spazio sufficiente per conservare tutto lì, anche il garage in cui non parcheggiamo mai l'auto, oltre alla mansarda con il soffitto basso, che serve solo per spingerci dentro le scatole di robaccia. Ma, per qualche ragione, allora fece di tutto per portarsi dietro quella valigia, piena zeppa di cianfrusaglie.

«Non voglio che qualcuno si metta a frugare tra i miei effetti personali» mi spiegò quando le suggerii di lasciare tutto in garage.

«Non ci entra nessuno» la rassicurai. «Sai che Greg ha rinforzato le porte per sicurezza.»

«Devo mettere in ordine. Mi terrà occupata ora che non ho una casa di mia proprietà a cui badare.»

Di tanto in tanto mi vengono in mente le altre valigie che ha lasciato in mansarda e mi dispero al pensiero che un giorno sarò io a doverle recuperare tutte. Come leggendomi nella mente, mia madre dice: «Le valigie in mansarda. Me le puoi restituire quando svuotate la casa.»

Mi pungola con questo discorso del trasloco, ma mi rifiuto di lasciarmi provocare. La valigia che sta indicando adesso ha il coperchio alzato, fissato contro il pouf che usa per riposare i piedi nel suo salotto.

La raggiungo nel fascio di luce solare che entra dalla finestra. Ha smesso di piovere. Il gorgoglio della macchinetta del caffè si attenua. Fa ancora freddo fuori, ma il sole splende direttamente nel salotto. Si sistema con il vassoio che tiene in grembo, uno strano oggetto che ha una sacca cucita sulla parte sottostante, in modo da non farlo traballare, e versa il caffè. Una cosa è certa di mia madre: sa fare un buon caffè.

«Puoi prenderti la maggior parte di quello che c'è dentro. A me non interessa.»

Abbasso lo sguardo sulla valigia aperta. È rivestita di un bel tessuto, con una tasca arricciata e cerniere diagonali che bloccano il coperchio impedendogli di cadere all'indietro quando la valigia è aperta.

«La valigia però la tengo io. È una Revelation. Non le fanno più come questa. Adesso hanno le ruote. Come se non sapessimo usare braccia e gambe. Per questo la gente sta diventando più bassa e più grassa, lo sai, vero? Spiega questa terribile epidemia.»

«Di quale terribile epidemia parli, mamma?»

«L'epidemia dell'obesità. Sono tutti ciccioni al giorno d'oggi. Tutto questo andare in giro con le valigie a rotelle, anziché portarle a mano. Tutto questo cambiare canale con il telecomando, anziché alzarsi e girare una manopola.»

Sorrido. Alla vista della mia espressione, lei ride, e per un breve momento sembriamo felici.

Poso il mio caffè su un tavolino laterale e mi chino in avanti per rovistare nella valigia. Ci sono un mucchio di tessuti, nastri, roba per cucire. Un fungo da rammendo! Lo raccolgo sorpresa. Dove mi trovavo quando mi è venuto in mente un fungo da rammendo? Con un sussulto mi ricordo del buco nel calzino di Jez e mi riempie di un desiderio talmente intenso di tornare da lui da riuscire a stento ad affrontare il resto della mattinata.

«Se ti servono bottoni, prendili. Non riesco più a cucirli ormai... Le mie dita...» Fa un cenno verso un barattolo di biscotti quadrato, infilato in un angolo della valigia. Sollevo il coperchio forzandolo e scavo con la mano nel mucchio freddo di plastica e madreperla. Un bottone in particolare, a forma di margherita, cattura il mio sguardo e mi ritrovo in quel giorno di inizio primavera, faccia a faccia con Jasmine. Non voglio scomodare quel ricordo. Sta sprofondato, sotterrato dentro di me. Richiudo il barattolo.

È troppo tardi. Mia madre ha già cominciato.

«Oh, conosco quel bottone. Quello a forma di margherita. Apri la scatola. Dammelo! Perché l'ho riconosciuto? C'era una ragazza. Una bellissima ragazza con un nome di fiore. Mi sono sempre piaciuti i nomi di fiori, ma tuo padre ha insistito per Sonia. Era una compagna di scuola? Oh, chi era? Ma certo! Era la mia compagna di banco alla scuola domenicale.»

No, non è così, mamma. Stai confondendo i ricordi. Portasti tu Jasmine alla casa sul fiume. La prima volta che invitasti un altro bambino a casa. Avevi qualche piano contorto in mente. Penso che te ne ricordi, in realtà.

«È scappata un giorno dopo le lezioni, così di fretta. Qualcuno l'aveva turbata. Chi era stato?»

Ero stata io, mamma. Io l'avevo fatta arrabbiare. Aveva intenzione di portarmi via Seb. Non ho mai sentito un tale dolore. Non potevo contenerlo. Il problema della gelosia è che non ti porta da nessuna parte. Ti si ritorce contro, perché esprimendola vieni insultata, mentre evitando di esprimerla, il malessere è insopportabile. È una maledizione. Jasmine era la mia maledizione.

Mia madre non è più seduta e si dirige verso la finestra. Ci mette un po' per togliersi la luce del sole dagli occhi armeggiando con le tende. Mi alzo per aiutarla, ma lei si libera di me.

«Ce la faccio, grazie. Mi fa bene alla linea.» È ancora di buonumore, ridacchia spesso, perciò la assecondo e le rivolgo un sorrisetto conciliante, mentre mi rimetto a sedere.

Parla dandomi le spalle, quindi non posso capire quanto sia autentica la sua confusione.

«I bottoni, i bottoni. Nel vicolo fuori dalla casa sul fiume. Almeno tre, erano... caduti dalla parte anteriore di quel grazioso vestito che indossava. Mi ricorda quella poesia.» Getta indietro la testa e scandisce a ritmo: «*Un dolce disordine nel vestito desta nell'abito la giocosità!* È Herrick, Sonia.» Ritorna lentamente alla sua sedia. «Come si chiamava?»

«Si chiamava Jasmine, mamma, e volevi fossimo amiche.»

«E tu ti sei rifiutata. Sei sempre stata così testarda. Sei stata tu a farla piangere?»

«Non mi ricordo i dettagli. Mi ricordo soltanto che era lei quella con i bottoni a margherita.»

«I bottoni che sono caduti per tutto il vicolo. Chi li ha raccolti? Come ci sono finiti nella mia scatola per cucire? Prendili, Sonia, per favore. Non mi servono più queste cose. Fai a Kit un bel top con quei bottoni a margherita.»

Mi alzo, raccolgo tutta quella roba da merceria, i nastri, il fungo da rammendo e il barattolo dei bottoni, e li metto in una borsa. Me ne sbarazzerò dopo.

Sull'autobus di ritorno a casa mi sforzo molto per non lasciare che le immagini di Jasmine e Seb tornino a galla. Per distrarmi prendo una copia della rivista *Heat* che qualcuno ha lasciato sul sedile. Sfoglio le pagine ma mi inizia a disgustare l'esagerata bellezza patinata delle celebrità e bramo ancor di più di stare di nuovo con Jez. Getto il giornale sul sedile accanto e trascorro il resto del viaggio maneggiando i bottoni tra le dita, e questo inaspettatamente mi calma.

Quando rientro, trovo un messaggio di Greg sulla segreteria del telefono nel soggiorno, che mi dice di richiamarlo urgentemente. Sollevo la cornetta e digito il numero.

«Sono giorni che cerco di mettermi in contatto con te. Che succede?»

«Niente. Non succede niente.»

«Non mi hai risposto ai messaggi. Sei stata fuori? A parte andare da tua madre?»

«Solo al mercato.»

«Devi tenere acceso il cellulare, così Kit ti può raggiungere se ha bisogno di te. Te l'ho detto e ripetuto milioni di volte.»

«Ho avuto qualche linea di febbre, tutto qui. Forse dormivo quando hai chiamato. Ma sono qui come al solito.»

Schiocca la lingua infastidito, poi riprende a parlare stanco.

«Va bene, ascolta. Ho cambiato volo. Tornerò prima, giovedì mattina.»

Per l'amor di dio, che gli passa per la testa da decidere di tornare a casa prima proprio in questa specifica settimana? Non se ne preoccupa mai. Anzi, di solito prolunga i viaggi, o avverte che il volo è stato posticipato.

«Devi telefonare agli Smyth per dire che non possiamo

andare da loro giovedì. Kit torna a casa e potremmo trascorrere la serata insieme. Ci hanno invitato parecchio tempo fa, quindi dovrai trovare una scusa.»

«Di che invito parli?»

«Gli Smyth, il loro anniversario per le nozze d'argento. Ce l'hanno mandato poco dopo Capodanno. Sta appuntato alla bacheca sopra la mia scrivania. Sarebbe meglio che lo facessi appena mettiamo giù.»

«È tutto?»

«No. Devi controllare che quelli della sicurezza possano venire questo fine settimana, quando sono a casa io. L'antifurto deve essere funzionante quando metteremo in vendita la casa. Dovrai trovare il numero su Google. Ah, e... Sonia? Se il freddo continua, devi tenere acceso il riscaldamento, anche quando esci. Non vogliamo che si rompano le tubature. Potrebbe servire un rivestimento isolante, ma può aspettare finché non torno io.»

«Greg, sai che non abbiamo deciso ancora niente sulla vendita. Dobbiamo parlarne prima che tu parta in quarta.»

Una pausa tesa all'altro capo del telefono.

«Bene. Perfetto. Siamo ancora a questo punto, eh? Okay, se non ti spiace, fai solo queste cose e ne riparleremo giovedì.»

Quando attacca, un altro ricordo si intrufola nella mente, uno di quelli che se ne stanno rannicchiati in un angolo per lunghi anni, uno di quelli che non volevo scegliere dal loro silenzioso torpore. È stato riportato alla luce dalla voce imperiosa di Greg.

Io e mio marito, fermi fuori dalla nostra nuova casa. Kit aveva un anno e mezzo. Eravamo la famigliola perfetta. Io avevo venticinque anni, Greg quaranta. Aveva appena saputo di aver ottenuto la cattedra a Norwich. Avevamo acquistato quella casa in un paese nella contea di Norfolk e avevamo tutta la vita davanti. Osservavo la casa, un cottage vittoriano in selce, a doppie finestre, in fondo al viale. Un cespuglio di rose si inerpicava intorno alla porta. Poi si trovava in un nuovo complesso abitativo, ancora cinto da frutteti di meli in piena fioritura. Tenevo in braccio Kit. Era una giornata burrascosa e alcuni petali erano volati via nel vento. Kit li puntò con il ditino paffuto, piccolissime fossette apparvero sul dorso della sua mano. Pronunciò 'neve' e ridemmo entrambi, trovando tutto ciò che diceva meraviglioso, miracoloso, credendo che avessimo dato alla luce un piccolo genio. Greg teneva in mano la chiave, mise il braccio intorno alle sue due ragazze, me e Kit, e ci baciò entrambe sulla guancia. Fece un passo avanti e aprì la porta della nostra prima casa. L'ingresso era luminoso e si poteva vedere fino alla porta posteriore sul giardino. Era molto elegante, ci era piaciuto proprio quello quando l'agente immobiliare ci aveva fatto entrare. La vista dalla porta principale sul verde e sui raggi solari bianchi e chiazzati nel giardino. Ma in quel momento, mentre Greg ci apriva la nostra nuova casa, fui sopraffatta da una sensazione, non riuscivo a entrare. Volevo voltarmi e scappare via. Oltrepassando quella soglia, sentii che una porta blindata stava per sbattermi alle spalle e che non ne sarei mai più uscita. Risposi comunque a Greg con un sorriso, baciai la mia piccola Kit sui fini capelli mossi dal vento, ed entrai.

«Benvenute nella nostra casetta» proclamò Greg, camminando all'indietro, le braccia spalancate, invitando me e Kit a seguirlo. Ci condusse nel salotto, l'ultima porta a sinistra in fondo al corridoio, pieno di luce e non ancora ingombro di tutti quegli aggeggi accumulati poi negli anni di vita lì. La culletta da viaggio di Kit stava in un angolo, con la sua copertina e il coniglio a maglia.

«Metti Kit nella culla» mi bisbigliò lui all'orecchio «e sali a letto con me.»

Misi giù Kit, sperando che non stesse buona, così non sarei dovuta salire di sopra con Greg. Ma lei non si agitò e cominciò a gorgogliare felice. In pochi minuti si infilò il pollice in bocca ed emise quei piccoli mugolii che faceva prima di addormentarsi. Seguii Greg di sopra nella nostra nuova camera da letto sul retro della casa, affacciata sulla strada asfaltata che presto sarebbe diventata la via principale nel nuovo complesso abitativo. Greg rivoltò le coperte del nostro letto appena fatto. E io entrai nel letto con lui, e come facevo sempre, chiusi gli occhi e pensai a qualcos'altro, qualsiasi cosa tranne a dove mi trovavo e con chi. La mano di Greg su di me mi fece tremare la pelle, il suo respiro sul viso mi costrinse a voltarmi. Mi contorsi allontanandomi da lui.

«Oh, Sonia» ansimò mentre io cercavo di divincolarmi e liberarmi, e mi immobilizzò iniziando a respirare più rapidamente, il suo respiro penetrante e troppo forte nelle mie orecchie. Alla fine lasciai che continuasse fino a che non fu finita. Poi si addormentò, e io mi voltai e piansi sui nostri cuscini nuovi.

Qualche tempo fa Helen mi chiese: «Ma perché stai con un uomo con cui non ti piace andare a letto?» Io la fissai.

«Non è Greg» risposi. «Sarebbe così con tutti.»

«Ma...»

«Greg è il marito giusto per me sotto ogni altro aspetto. È intelligente, guadagna bene e, immagino, mi ama.»

Solo ora che Jez sta a casa con me ricordo cosa vuol dire davvero desiderare un'altra persona.

Le cipolle si ammorbidiscono e imbiondiscono nel burro, mentre inizio a preparare il pranzo in cucina. Allora Greg torna a casa giovedì mattina! Quindi, alla fine dovrò lasciar andare Jez il giorno del suo compleanno. Il pensiero che si allontani da me proprio il giorno in cui compie sedici anni, il culmine tra l'adolescenza e l'età adulta, mi investe con un terribile senso di rammarico, che temo mi tormenterà ancora per gli anni a venire. Se non colgo il momento, adesso che mi è rimasta quest'ultima chance, lo perderò per sempre.

Mi avvicino alla finestra e fisso il fiume. Mentre sono intenta a guardare, un grosso gabbiano scuro atterra su una boa arancione. Passa il Clipper e fa turbinare l'acqua nella sua scia e agitare la boa che si inclina nel fiume, come se tentasse di scrollarsi di dosso il gabbiano. Ma il grande uccello si aggrappa alla boa con straordinaria determinazione, sollevandosi e ricadendo, ma senza mai lasciarsi andare.

È già successo in passato, quando ero completamente perduta, quando non sapevo in che direzione andare. Il fiume mi forniva la risposta.

12

Mercoledì

Sonia

A differenza del mercato di Greenwich, quello di Deptford vende prodotti di effettiva utilità. Cammino lungo il fiume per arrivarci, inchinandomi al vento gelido, strizzando forte gli occhi contro il suo sferzare che mi trafigge. I grattacieli di Canary Wharf sembrano più vicini che mai. Incombono sopra di me, con il loro grigio acciaio. Le finestre sono scure questa mattina, riflettono il cielo temporalesco, l'acqua nera.

Sono un'intrusa al mercato. Conscia della mia mancanza di esperienza rispetto alle donne che tastano patate dolci e manghi, che misurano la lunghezza dei tessuti a occhio. Ci sono persone che cuciono nei dintorni. Acquistano filo, ditali ed elastici. Poi vendono i loro manufatti su altre bancarelle, come copie della moda dei negozi alla metà del prezzo dei negozi. E parlano. Stanno sedute nelle caffetterie e si soffermano sull'ingresso e si accovacciano sulle scatole presso le bancarelle del mercato. Saltano fuori da appartamenti nei dintorni per riempire borse blu di peperoncini, passati e carne fresca.

Procedo dritta verso la bancarella del fai da te, dove viti, bulloni e dadi sono esposti in cestini blu di plastica e una Bibbia sta aperta su una pila di batterie. Una donna consulta il venditore: «Io proprio non lo capisco, il fai da te, sai. Testa piccola o larga? Come faccio a saperlo?» Tiene un sacchetto di viti in ciascuna mano. Ridono insieme, sembra che abbiano tutto il giorno a disposizione.

Prendo un rotolo di nastro.

«Quello sta solo due sterline e cinquanta» mi comunica l'ambulante e, scorgendo la mia ovvia ignoranza, mi chiede cosa intendo farci.

«Devo riparare una tubatura scoppiata» mormoro, e lui ride.

«Chiami un idraulico che è meglio, che poi tra il freddo e le perdite in tutta Londra, è fortunata se ne trova uno. Tocca isolarle» suggerisce. «È un po' tardi ora. Anche se dicono che deve arrivare ancora la neve. Tenga.» Mi allunga un bigliettino. «È un amico mio idraulico. Provi a chiamare lui. Al limite dice di no.»

«Grazie» rispondo. «Prenderò soltanto il nastro isolante.»

«*Coibentante*» mi corregge. «Molta gente fa questo errore. Coibentante, isolante, anticondensa. In pratica sono tutti la stessa roba. Attaccano tutto a tutto, bellezza.»

«Ne prendo un paio. È utile tenerli in casa» ribatto, come se parlassi di fagioli in scatola.

Nello spiazzo dell'usato la gente si guadagna da vivere con tutto ciò che può. Vecchi sedili d'auto. Reggiseni logori. Cucchiai di legno. Chiavi rotte. Su una bancarella di dvd usati, trovo due film per Jez. *La morte corre sul fiume* e *La fiamma del peccato*. Li infilo nella borsa blu con il nastro coibentante e torno indietro verso Creek Road.

I negozi della via principale sono piuttosto specifici: carne suina da Christine's Pork, uova da Egg Shop, pesce da Fish Shop, cibo etnico da Lobo Halal Meat, icone religiose da Religious Icons. Mi immergo nel profumo di colazioni fritte che aleggia tra le caffetterie. C'è un costante scambio di merci tra quella che sembra una gaia moltitudine di persone. Mi sento esclusa e provo invidia per il loro senso di comunità, passando davanti ai negozi che vendono tutto a una sterlina, ai parrucchieri che offrono prezzi speciali per le treccine ai bambini, al Pie and Mash Shop, perfino mentre supero le pompe funebri. Tutta Londra è in costante cambiamento, viene buttata a terra e ricostruita. Il paesaggio fluviale si trasforma ogni giorno davanti ai miei occhi. Eppure Deptford High Street è riuscita finora, con tutta la sua essenza, a resistere alle demolizioni e alle esplosioni del cambiamento.

Torno su Creek Road, superando i manifesti che promettono una nuova esperienza di vita da questa sponda del fiume. Appartamenti di lusso, bar e giardini, proclamano, sostituiranno i pontili decadenti, le raffinerie dismesse e i marciapiedi dissestati.

Faccio un salto da Casbah Records, non appena rientro a Greenwich, e agguanto immediatamente il cd che voglio: *The Best Of Tim Buckley*.

«Aprili.»

Oltre ai regali, ho portato a Jez caffè, mandarini satsuma, ai quali non ho saputo resistere davanti alla bancarella della frutta, e cornetti alle mandorle di Rhodes.

Questa dev'essere una bella giornata, deve rimanergli impressa nella memoria, irradiando luce dorata. Mi siedo accanto a lui.

«Mica per niente sono dolci i sedici anni» dico. «Molto presto svaniranno. Tu come sei ora, *pufff!*»

Mi vergogno di sentir salire le lacrime agli occhi. Lo squadro dalla punta dei capelli fino a quella dei piedi. Sul volto ha stampata quell'espressione di attesa, quasi come se si aspettasse che andassi da lui, uno sguardo innocente, seppur lievemente insolente.

Scarta i pacchetti. «*The Best Of Tim Buckley*» pronuncia. «Cavoli, che figo. È proprio quello che volevo. Oh, e alcuni dvd. Grazie, Sonia.» Mi guarda e capisco che sta cercando di sorridere, ma è combattuto.

«Mia madre ha chiamato? E Helen?»

Quando deglutisce, riesco a sentire la saliva che gli va di traverso, la bocca asciutta. Si preoccupa ancora per il suo ritorno a casa.

«Non essere così triste» gli dico. «Ascolta il cd o guarda un film. Ecco, faccio partire questo. Ho alcune cose da sistemare, ma quando torno, possiamo andare.»

«Andare?»

«Sì.»

«Allora... Me ne *vado*?»

«Già.»

Gli si spalancano gli occhi. Riacquistano il loro splendore. I muscoli del viso si rilassano e la bellezza genuina che si era in un certo senso perduta sotto il velo di ansia e dolore per la caviglia ritorna sul suo volto. Ferisce un po'.

«Greg tornerà presto a casa. Non puoi rimanere, mi dispiace. Non ci sarebbe spazio per tutti. Devi riprendere le tue cose.»

«Insomma...» dice. Quasi non riesce a contenere l'eccitazione che gli guizza in volto. Noto che contrae un lato del naso.

«Allora si tratta *davvero* di una sorpresa che avete architettato! Stai vuotando il sacco perché tuo marito torna a casa. Non puoi più fingere ora.» Stende indietro la testa comodamente sui cuscini, sospira. «L'*avevo pensato* io che tu, Helen e Alicia stavate progettando una festa a sorpresa per me! Ma mi chiedevo, saresti arrivata a tanto? Può sembrare brutto, lo so. Avevo paura che ci fosse sotto qualcosa di strano!»

«Strano?»

«Un pochino... Dài, devi ammettere che sembrava un po' fuori dal normale... Le sciarpe, la porta chiusa a chiave...»

«Jez!»

«Sì, ma poi ho pensato anche che sei stata bestiale.»

«Bestiale?»

«Forte. Buona con me, tra chitarre, cibo e vino, e la storia dei contatti.»

«Ma certo. Non ho mai voluto spaventarti, Jez.»

«Lo so. Me ne accorgo adesso. È solo che – e lo dirò anche a Helen – sembrava tutto un po' ambiguo.»

Mi fa sentire sporca. Scuoto la testa.

«Non pensare mai niente del genere di me» replico. «Ora ascolta. Ci serve ancora un po' di tempo per preparare tutto. Tornerò a prenderti. Buona giornata.»

Lo lascio che guarda *La morte corre sul fiume* e mi affretto giù per il vicolo.

Il nostro garage sta in una fila di tre, proprio sul vicolo che parte dalla casa sul fiume, e vi si accede da una strada laterale che sale fino alla via principale. Dà le spalle al fiume, sovrastandolo di una decina di metri. C'è una sola finestrella, non più di trenta centimetri di lato, che si apre abbastanza da far entrare un po' di aria, ma a malapena la luce. L'inferriata a griglia in ferro mi fa pensare alle porte delle aule nelle scuole elementari. Il garage puzza di umido, polvere, muffa. Non ci sarà il tempo per pulirlo a fondo e le ragnatele sono fitte, vecchie e piene di ragni morti, in sospeso sui loro stessi fili. Quando scruto più da vicino, mi accorgo che non si tratta di ragni, ma solo di bozzoli, perfettamente formati, come se il ragno all'interno si fosse alzato e fosse andato via, lasciando solo il proprio scheletro rovesciato. Mi soffermo a osservare questo fenomeno. Repliche perfette di sé stessi nelle loro ragnatele.

Tra i mobili che ho conservato lì dentro c'è un letto in pino che non mi è mai piaciuto. Sta poggiato contro il muro in fondo al garage fin da quando ci siamo ritrasferiti qui dalla campagna e un telo di plastica protegge il materasso dall'umidità. Dopo aver fatto spazio spostando di lato i mobili da ufficio, tiro giù il letto e lo posiziono al centro della stanza. Lascio lo schedario e le mensole, la sedia girevole e i vecchi vinili, tanto per dare all'ambiente una parvenza di luogo accogliente, abitabile. Anche la vecchia culla di Kit può rimanere, è smontata in pezzi accatastati in un angolo. Ma devo liberarmi dei cumuli di attrezzi, delle lattine di spray, della vernice, della scala a pioli e degli utensili da giardinaggio, compresa la zappa, oppure conservare tutto da un'altra parte.

Sto ferma sul vano della porta, valutando tutto questo e tentando di stabilire quale sia il modo migliore per spostare la roba che non mi serve, quando si trova a passare Betty, da una delle case dietro l'angolo.

«Fai pulizia?» chiede, il fiato che sale in una nuvoletta di vapore nell'aria fredda.

«Devo fare un po' di spazio» rispondo, sperando che il mio tono stringato le faccia abbandonare il proposito di continuare la conversazione.

Mi fissa. Cerco di sembrare occupata.

«Potrai mettere la macchina dentro quando ti sarai liberata di tutta quella spazzatura» dichiara. «Tua madre parcheggiava sempre la sua in garage, è più sicuro che in strada.»

Sorrido. Ho sempre lasciato l'auto in strada e so che questo rappresenta uno dei crucci di Betty, per quanto non abbia mai capito il motivo per cui le importi tanto. Dopotutto, è un mio problema se viene rubata. Non ci sarebbero ripercussioni su di lei. Avanza piano verso l'angolo e mi sento sollevata che stia per scomparire. Ma poi si volta e aggiunge: «È una cosa buona mettersi al sicuro. Succede ogni sorta di cosa spaventosa qui intorno negli ultimi tempi. Nemmeno a casa mia mi sento granché al sicuro.»

«Si è sempre detto così di questa zona» replico. «Non è cambiato proprio niente, Betty. Siamo fortunati a vivere accanto al fiume. Io non me ne andrò mai.»

Il garage è freddo e umido. Non vorrei far spostare Jez dalla sua incantevole stanza della musica, piena di luce, dove può sedersi comodamente a suonare la chitarra. Non voglio seppellirlo come un cadavere. Poi penso ai vitelli, al modo in cui la carne dei vitellini viene mantenuta pura, resta tenera nell'oscurità. Una sorta di protezione, dopotutto. E poi si tratta solo di un paio di giorni, non può fargli male. Anzi, potrebbe perfino essere positivo per lui. La cosa importante è che sarà al sicuro qui dentro. Non può succedergli nulla finché mi occupo di lui.

Sposto alcune delle vecchie cose dal garage al portabagagli e guido fino alla discarica. Spargo altre cianfrusaglie in tutta la casa sul fiume. Metto la scala a pioli di Greg, la zappa e gli altri utensili da giardinaggio in un angolo del cortile contro il muro sul retro. Infilo i cavi con i morsetti, il cric e altri attrezzi nell'armadio sotto le scale. Devo finire di sistemare tutto prima di portare a Jez la sua cena. Poi potrò rilassarmi e trascorrere il tempo con lui, prima di trasferirci.

Una volta pulito il garage, torno in casa. Rovisto nell'armadio della biancheria. Mi investe una folata di bucato appena lavato, che mi riporta con un fruscio indietro nel tempo, così rimango ferma per qualche secondo, con il naso affondato tra i vestiti. L'armadio è stracolmo di pile di lenzuola piegate che sono state da sempre nella casa, per quel che riesco a ricordare, il tessuto stirato e liscio, evocano il momento della sera durante l'infanzia, nascosta tra due lenzuola tese. Un senso di sicurezza profonda che di rado si prova una seconda volta nella vita.

Poi lo vedo ai piedi del letto in ferro. Tardo inverno, come adesso. Un'impercettibile pendenza del pavimento, il profumo del risveglio nell'aria, gli inizi di una nuova crescita e, sebbene non fosse ancora l'alba e la stanza stesse nell'ombra, il cielo oscuro aveva una certa luminosità perfino alle sei del mattino. Eravamo elettrizzati per un qualche sforzo precedente. Dove eravamo stati? Forse fuori sul fiume? Il mio viso brillava. La pelle mi formicolava. I piedi di Seb erano incrostati di fango, quindi eravamo stati sulla riva. In cerca di oggetti da riutilizzare. Entrò in bagno sotto la doccia, e io sentivo lo scroscio dell'acqua mentre si strofinava i piedi. Io stavo sul letto, consapevole di ciò che stava per succedere, piena di aspettative, impaurita per la potenza di quanto sarebbe accaduto.

Il *clic* della porta del bagno e il suono attutito di piedi nudi sul pavimento di legno. Il cigolio del materasso quando lui si stese accanto a me, la testa contro la pediera del letto, mentre la mia era poggiata sul cuscino con la sua federa stirata.

Mi premette l'alluce in bocca. Sentii il sapore del sapone e il vago residuo del fango del fiume che aveva cercato di pulirsi via. Era intrigante, il sapore, e la sensazione, l'unghia del suo dito che graffiava sul mio palato. Succhiavo il suo alluce e lui si stendeva con le mani dietro la testa, emettendo grugniti felici finché qualcosa non ci interruppe. Cosa? Non riesco a ricordarmelo adesso. Ho solo il vago ricordo che qualcosa di improvviso, che esplose o si frantumò, si intromise nella nostra intimità, costringendoci a fermarci, allarmati, abbandonando il nostro gioco. Seb si alzò e si voltò verso di me.

«Sei una svalvolata succhia-alluci» disse, e io gli mostrai la lingua, non sapendo in che altro modo difendermi.

Faccio un profondo respiro e mi riprendo. Infilo due lenzuola, un piumone singolo e due cuscini in un sacco della spazzatura. A Jez servirà ben altro per stare al caldo. Non ho una stufa, dal momento che nella casa sul fiume abbiamo il riscaldamento centralizzato. Dovrò comprare uno di quegli affari antiquati al cherosene domani, se dovessi avere tempo prima che arrivi Greg. Per ora, aggiungo una vecchia coperta a scacchi bianchi e verdi, che ci portavamo in campeggio. Impacchettare per il trasferimento di Jez *è* un po' come prepararsi per una gita in campeggio. Mi provoca un fervore per l'attesa. Mi piacerebbe tanto pianificare con lui tutto questo, proprio come io e Seb pianificavamo le nostre avventure. Potremmo buttare giù insieme una lista di cose, goderci l'eccitazione che precede una vacanza sotto il cielo stellato. Potremmo tirare fuori grandi scatole di fiammiferi Cook's, piatti di plastica, cibo in scatola. Bombolette di gas per il fornelletto portatile. Tegamini che si impilano l'uno nell'altro. Ma chiaramente è impossibile. Jez si indispettirebbe se gli dicessi che va in campeggio in un garage. Farebbe qualcosa di avventato.

Per ora devo lavorare da sola. Prendo lumini, candele (che i miei genitori devono aver conservato nel cassetto in cucina per quelle regolari interruzioni di corrente invernali negli anni Settanta), carta igienica, un secchio con coperchio che usavamo per i rifiuti umidi in quel periodo di sensibilità ecologica, ormai miseramente concluso, della nostra vita. Nascondo in una busta un pacco di pannoloni per l'incontinenza di mia madre; potrebbero servire. Scopro il telo impermeabile da campeggio che ancora profuma di erba calda, perfino dopo essere stato ventilato e conservato per anni.

Sorrido pensando ai contenitori Tupperware pieni di pasticcini per il tè, alle torce e al paravento che stipavamo nel retro dell'auto, quando Kit era una bambina. In quei giorni trascorrevamo le vacanze sulla gelida costa del Norfolk, in campeggi frequentati da tantissime amabili famiglie. Erano tutti attrezzati molto meglio di noi per la vita all'aria aperta. Kit si rifiutava di usare i bagni in comune, per via dei ragni gambalunga sui muri. Poi, la notte, non dormiva nella sua piccola tenda separata. Si accucciava tra noi, avvolta proprio in quella coperta a scacchi bianchi e verdi. Chi era più sollevata per il fatto che ci dormisse accanto, lei oppure io? In ogni caso, mi assicuravo che stesse rannicchiata al centro, un cuscinetto benaccetto tra me e Greg. Quanti anni aveva Kit all'epoca dei campeggi? Cinque? Sei? Smettemmo di andarci quando Greg cominciò a guadagnare bene, preferendo quindi le ville in Italia, Spagna o Francia.

L'infanzia di Kit si è trasformata in un ricordo confuso per me. Come se non fossi stata io, ma qualche altra donna, ad allattarla per quasi due anni, ad accompagnarla nel suo passaggio verso il mondo esterno. Qualche altra donna, migliore di me, le aveva spalmato la pomata lenitiva sulle irritazioni da pannolino, le aveva messo i cerotti sulle ginocchia, le aveva dato da bere il Calpol, le aveva acconciato i capelli con i fermagli. Chi era quella donna che frequentava gruppi per bambini piccoli, preparava torte? E in seguito, una volta tornati alla casa sul fiume, chi era la persona che girovagava con lei per l'immenso Top Shop di Oxford Circus? Quando sono cambiata? Il processo è stato graduale? Quando lei corse da un'amica, anziché da me, alla scuola materna, e lì compresi di non essere più il centro del suo universo? Quando cominciò a uscire da sola con la bici, e io non sapevo più dove si trovava ogni secondo del giorno? La prima volta che la sorpresi a baciare un ragazzo e capii con una fitta al cuore che non era più una bambina?

Oppure si è trattato di un tragico cambiamento radicale? È avvenuto all'improvviso, durante il viaggio solitario in auto dopo averla lasciata all'università? Quando mi ha colpito l'atroce presa di coscienza che tutti coloro che amiamo giungono nella nostra vita solo per abbandonarci di nuovo?

Appena prima di tornare in garage, prendo una borsa d'acqua calda e la riempio, così il letto di Jez sarà caldo quando ci entrerà. Trascino il sacco dell'immondizia lungo il vialetto fino al garage. È quasi buio e c'è una pioggerellina fine, gelida. Potrei usare una torcia, dopotutto. È praticamente buio pesto nel garage. Non posso lasciare aperta la porta mentre lavoro, nel caso in cui un passante si insospettisca, si interessi più del dovuto. Ma perfino con la porta chiusa, avverto la corrente attraverso una crepa nella finestra, che continua a spegnere le fiammelle delle candele. Alla fine riesco ad accendere qualche lumino; emanano una soffice luce gialla, ospitale, perfino accogliente.

Dopo aver preparato il letto, inizio a sentirmi nervosa. Come farò a portare Jez in garage senza essere vista? Ovviamente, dovrò attendere fino a tardi, dopo la chiusura del pub, dopo che gli ultimi ubriachi se ne saranno andati. E avrò bisogno di usare le ultime pillole di mia madre. Abbastanza da renderlo remissivo, ma non troppe altrimenti non riuscirà a camminare da solo.

Anche allora, però, nulla mi assicura che Betty o altre persone affette da insonnia o bisboccioni notturni non ci vedano mentre percorriamo il vialetto. Gli farò indossare una giacca a vento con il cappuccio. Ce n'è una che ha comprato Greg, appesa in corridoio a un gancio, forse per una di quelle vacanze in campeggio di tanto tempo fa. Con il cappuccio in testa, nessuno penserà di guardarlo due volte. Mi muoverò rapidamente e terrò i sensi all'erta, vigili.

Infilo un pezzo di sciarpa nella crepa sotto la finestra per bloccare la corrente, posiziono alcuni lumini su uno degli schedari e accendo anche quelli. Le automobili accostano fuori ora, il repentino bagliore dei fari filtra attraverso la piccola fessura tra le porte, mentre perlustrano l'isolato in cerca di un parcheggio. Le persone procedono a piedi per andare al pub, le voci che si levano, eccitate. Il materasso sembra umido, ma lo copro con il telo da campeggio e aggiusto il letto con le lenzuola pulite. Ammonticchio le coperte e le vecchie trapunte sopra al piumone. L'odore dei muri di terra e di gesso è pungente al buio. Quanto sarà tutto più bello dopo essere stato privato della luce per qualche giorno. Deve restare qui solo finché Greg e Kit non vanno via di nuovo. Poi quanto gli sembrerà luminosa la stanza della musica.

«Cosa dovrei dire alla gente?» chiede Jez guardandomi con una tale fiducia, una tale innocenza, da farmi provare un certo senso di rimorso per quello che sta per succedere.

«Che vuoi dire?»

«Be', non posso mica dire che sono stato rinchiuso in casa tua, no? Gli altri potrebbero trovarlo strano, anche se era per questa cosa a sorpresa. Non voglio cacciare te o Helen in qualche guaio. E cosa dirò ad Alicia?»

«Dille la verità. Che volevi restare, trovare qualche contatto musicale, e io te l'ho permesso.»

«Senza dare neanche un colpo di telefono?»

«Jez! Smettila di preoccuparti. Avevi bisogno di tempo per te. Punto.»

Prende un'enorme sorsata del tè che gli ho portato.

«Mi dispiace essere stato sgarbato qualche volta. Sono stato un ingrato.»

«Non c'è bisogno di scusarti» dico.

«La prima sera, quando ci siamo distrutti, francamente speravo che potessi propormi di affittarmi una stanza qui. Quando torno per andare al college.»

«Davvero?»

«Be', sì! Helen mi aveva strillato quel pomeriggio, perciò ho pensato che lei non mi volesse lì con loro. Pensavo che sarebbe stato bello vivere qui, ma non sapevo se tu mi volevi. Poi, la storia di stare intrappolato mi ha un po' sballato. Ho preso fischi per fiaschi e mi sono comportato in modo scortese, quindi sai, mi dispiace.» Gli è tornata quella voce disinvolta, quella che aveva inizialmente quando stava seduto e beveva vino in cucina ormai quasi una settimana fa. È bello vedere il suo lato più rilassato. Negli ultimi giorni è stato troppo taciturno. Troppo impaurito.

«Allora, se dovessi dirti che puoi restare...» Sembra quasi che il mio cuore abbia ricevuto una scarica elettrica e vengo trasportata in una realtà completamente diversa.

La bocca di Jez si spalanca in un sorriso e agli angoli distinguo due piccole linee, pur scorgendo un nervosismo, un'incertezza nel modo in cui appaiono quelle rughe.

«Be' ovviamente mi piacerebbe tornare a casa oggi. È il mio compleanno. E in pratica è quasi passato. A che ora andiamo?»

«Presto.»

«Non adesso?»

«Ci sono ancora un paio di cose da sistemare.» Tento di non sembrargli ferita dal suo entusiasmo, dopotutto, di lasciarmi. «Pazienza, Jez.»

Quando torno davanti alle alte finestre, vedo che il farmaco sta facendo effetto. Jez sta sul letto, si agita leggermente, come a cercare di sopraffare il bisogno di dormire che lo sta investendo. Ho intenzione di aspettare che si affievolisca, quando sarà in grado di trascinarsi fino al garage, pur senza essere vigile abbastanza da afferrare completamente ciò che sta succedendo. Apro piano la porta ed entro nella stanza della musica. Mi siedo sul letto accanto a lui.

«Ti racconto una storia?»

«È ora di andare?»

«Dobbiamo aspettare ancora un po'. Con una storia il tempo passerà più in fretta.»

«Okay, allora. Va bene.»

Mi stendo, Jez si sposta appena per farmi posto.

«Si intitola *Cercatori nel fango*» inizio. Sollevo la mano e gli arruffo i capelli. Appoggia la testa su di me. Accarezzo la pelle morbida della sua gola. Sta cedendo, infine. Diventa sempre più buio fuori, mentre parlo, e continua a piovere con insistenza. Nella stanza della musica fa freddo. Tiro il piumone per coprire entrambi e parlo piano, con voce tranquilla.

«C'era un ragazzo di quindici anni. Viveva come me lungo il Tamigi, ma non aveva una casa. Era talmente povero da dover frugare tra i rifiuti riportati dal fiume. Due volte al giorno, con la bassa marea, scendeva fino a riva per raccogliere ciò che riusciva a trovare. Le ossa di gente annegata e decomposta, pezzi di legno, frammenti di metallo. Talvolta trovava anche una moneta o un gioiello, ma succedeva di rado. I suoi amici lavoravano con lui, ma molti di questi cosiddetti cercatori nel fango finirono annegati. Incastrati su un banco di fango quando la marea saliva, si abbandonavano e venivano trascinati via dalle implacabili maree.»

Per un secondo mi fermo. Noto che si è quasi addormentato, ma voglio finire la storia. Mi fa venire le lacrime agli occhi. Deglutisco, mi asciugo gli occhi con il dorso della mano e proseguo. «Questo ragazzo, Edmund, era stato fortunato. Aveva trovato un medaglione con il volto della regina Vittoria e credeva che fosse suo, che fosse il medaglione della regina. E doveva restituirglielo.

«Giunse al palazzo, ma le guardie gli impedirono di entrare. Era uno straccione, indossava vestiti sporchi e scarpe non sue, che aveva ripescato sulla riva del fiume. Ma Edmund non si arrendeva facilmente, e poi era agile. Si arrampicò su un muro fuori dal palazzo e si intrufolò da una finestra. Trovò la regina stesa nel letto. Sembrava che lo stesse aspettando. Edmund consegnò il medaglione alla regina Vittoria, che era ancora in lutto per il principe Alberto e per mesi era a stento uscita dalla sua stanza. Lei gli chiese di sedersi sul letto e raccontarle la sua storia. Rimase così impressionata da quel racconto e dalla devozione del ragazzo per lei, che per la prima volta dopo mesi, forse anni, uscì dal suo cordoglio. Guardò attraverso i cenci e il fango, e vide l'anima del ragazzo. Il suo coraggio e il suo altruismo le fecero capire che valeva la pena tornare a vivere.»

Mi fermo. Jez si è mosso, le palpebre gli tremolano un po', un sorrisetto indugia sulle sue labbra.

Sono le tre di mattina circa.

«Jez. Dobbiamo andare. Devi alzarti e venire con me. Jez.»

Il volto gli si illumina, ma resta confuso, insonnolito. Si accascia, le membra pesanti. Gli faccio indossare la sua giacca di pelle e sopra l'enorme giacca a vento di Greg, per proteggerlo. Lo reggo per il gomito mentre scendiamo al piano di sotto. Nel corridoio gli suggerisco di infilarsi il cappuccio e di camminarmi accanto. Apro la porta e lui mi segue in cortile. Guido Jez nella notte.

«Mmm. Aria!» esclama. Farfuglia un po'. «Oh, grazie. Grazie!»

È così tanto tempo che non esce all'aria aperta, che inspira profondamente, avidamente. C'è un odore di alghe marine, un'anomalia del fiume che amo, un sapore salmastro portato dall'estuario che mi ricorda come il fiume si getti nelle acque selvagge dell'oceano aperto. L'oceano che torna al fiume, trasportando carichi da altri mondi, pesce al mercato di Billingsgate, seta nell'East End, spezie, frutta e verdura, caffè, tabacco, cotone, tè e zucchero. Questo fiume dà generosamente e prende con ingordigia. Io non lo sottovaluto mai.

Jez mi guarda.

«Ciao» mormora. «Grazie. Mi dispiace di essere stato così poco disponibile qualche volta. È stato carino da parte tua tenermi con te.»

Lo guido attraverso il cortile verso il portone. Sono tesa. So che se decidesse di mettersi a correre attraverso di essa, una volta usciti dalle mura della casa sul fiume, non avrei la forza di bloccarlo. Devo contare sulla sua condizione di narcotizzato e sulla fiducia ritrovata in me. Eppure il fatto che lui creda che sto per accompagnarlo a casa mi provoca un senso di disagio. Non mi piace ingannarlo. Ho cercato di non raccontargli bugie, e quasi sempre non ne ho avuto bisogno. Jez ha creduto a ciò che voleva credere.

Raccontai una bugia a Kit quell'estate in cui Greg smise di parlarmi. L'estate del grande silenzio. Quando tagliarmi fuori era per Greg il modo di punirmi per la mia frigidità. Odiavo dirlo. Ma dirle che papà aveva perso la voce era meglio che ammettere che si rifiutava di parlare con me e per estensione anche con Kit. L'ho fatto per proteggerla.

Lascio pensare a Jez che stiamo andando a casa, per proteggerlo. Lo guido lungo il vialetto. La pioggia orizzontale ci punge il viso. Luci arancioni si riflettono dalle pozzanghere sotto i nostri piedi. Il fiume sospira impaziente lungo la riva. Sotto il molo è così buio che Jez cerca il mio braccio. Gli prendo la mano e lui non tenta di sfilarla. Quindi proseguiamo, la sua mano dolcemente nella mia, attraverso la gelida notte fino alle porte del garage.

«Tenete la macchina qui?» mi chiede, mentre infilo la chiave nella serratura.

Non rispondo.

13

Mercoledì

Helen

Helen non sapeva cosa la facesse sentire peggio quando tornò a casa dal lavoro quel mercoledì pomeriggio. Le due schiene rivolte verso di lei quando aprì la porta dello studio di Mick. O l'auto della polizia che, come scorse qualche minuto dopo dalla finestra che dava sul davanti, stava accostando.

Maria e Mick studiavano assorti il web, leggevano i messaggi postati sulla pagina di Facebook che avevano creato. Messaggi e ricordi di Jez da amici e ammiratori di cui nemmeno erano a conoscenza.

«Ciao» salutò Helen. I due non si voltarono. «Tesoro, sono a casa» tentò la donna, con quell'espressione che lei e Mick usavano nei primi anni di matrimonio con finta serietà.

Mick si girò. «Helen, per favore, siamo occupati.»

Fu interrotto dal campanello. Helen andò ad aprire. Erano più o meno le quattro e mezza, e le luci per strada erano già accese.

L'ispettore Hailey Kirwin era accompagnata di nuovo dal ragazzo che sembrava avere appena l'età di Barney.

«Vorremmo porle qualche domanda di persona» annunciò il giovane. «Sulla scomparsa di Jed. Possiamo entrare?»

«Jez» borbottò Kirwin chinandosi verso di lui. «E poi forse intendevi domande personali, non di persona.»

«Fa niente» replicò Helen. «Cosa volete sapere? Prego, accomodatevi pure.»

Li guidò in salotto e accese una lampada da tavolo prima di mettersi a sedere anche lei. Era combattuta se offrire loro del tè o no. Stava per aprire una bottiglia di vino.

«Le spiace ripercorrere tutto ciò che è successo da quando Jez è arrivato a Londra per stare da voi? Dobbiamo delineare un profilo completo delle relazioni del ragazzo con lei e con la sua famiglia.»

«Okay, ci provo. Volete che chiami anche mia sorella e mio marito?»

«Per il momento abbiamo bisogno soltanto di lei» rispose Kirwin.

Helen scrollò le spalle. «Bene. Da quando devo iniziare?»

«Dal momento in cui è arrivato. Jez è venuto a Londra per alcuni colloqui, è corretto?»

«Sì. Una settimana fa, venerdì scorso.»

«Da quanto ho capito, pensava di frequentare uno di quei corsi biennali parascolastici in zona. Quindi, studia ancora?»

«Sì, in un liceo di Parigi. Compie sedici anni oggi. È il suo compleanno.» Helen fece una pausa quando la tensione emotiva dell'evento la investì.

Kirwin annuì. «I compleanni sono sempre momenti difficili» commentò. «Si prenda il suo tempo.»

Helen si stirò la gonna con le mani e fece un profondo respiro. «Ci siamo trovati venerdì a St Pancras. Ricordo che, mentre aspettavo sotto il tabellone degli arrivi internazionali, mi preoccupavo di quanto gli sarei sembrata bassa e vecchia.» Un sorriso mesto le si disegnò sulle labbra. «Sembra una tale banalità adesso. Ma lui è più alto di tutti e due i miei ragazzi, nonostante sia più giovane di entrambi. Immaginavo che si sarebbe sentito un po' in imbarazzo, non ci vedevamo da, ehm, circa sei mesi, perciò è stata una bella sorpresa che mi abbia dato due baci, come i francesi, prima su una guancia e poi sull'altra.» Corrugò la fronte rivolta verso la poliziotta. «Volete sapere questo genere di cose?»

La donna annuì. «Vada avanti» replicò.

Helen rimase a pensare per un attimo. Le tornò in mente di aver notato il profumo di Jez, di un qualche sapone, e di aver pensato invece al tanfo di sudore dei suoi figli, che lei attribuiva all'adolescenza.

«Devo ammettere che, vedendolo, mi sono accorta che non è più fuori moda per i ragazzi essere attenti alla propria igiene personale. Mi ha fatto pensare che i miei due figli potrebbero impegnarsi di più. Ah, ma mi sono sempre sentita inadeguata rispetto a mia sorella. A quanto pare, lei ha fatto un lavoro migliore di me come madre.»

Kirwin si chinò in avanti. «Cosa intende con 'un lavoro migliore'? Da che punto di vista?»

«Be', sotto tutti i punti di vista. Jez è venuto qui solo per un paio di colloqui, eppure Maria gli ha fatto portare la sua chitarra, e gli ha messo in valigia diversi cambi di vestiti eleganti. Io non sono mai stata così organizzata con i miei ragazzi. Poi mi sono preoccupata del fatto che non sarei riuscita a pensare a qualcosa da dirgli in macchina, mentre tornavamo a casa. Sapete, gli adolescenti, o almeno i miei, spesso si esprimono solo a monosillabi. Ma Jez è stato... È delizioso! Forse perché vive tra adulti. Fino a poco tempo fa era figlio unico.

Suo padre si è risposato e ora Jez ha una sorellastra piccolina, ma non si vedono poi tanto. Comunque, era decisamente molto più socievole di quanto nessuno dei miei figli sarà mai. Ovviamente ti viene da chiederti se la colpa è tua. È il destino dei genitori, suppongo, quello di prendersi la colpa.»

Helen guardò il giovane agente. Ma lui si era voltato a fissare fuori dalla finestra, o forse era preso a studiare il suo riflesso nel vetro scuro, mentre si infilava la penna nel calzino.

«Josh, spero tu stia prendendo nota» lo rimproverò Kirwin, e il ragazzo incominciò immediatamente a farlo.

«Mi scusi» rispose lui.

«Quindi, è andata a prendere Jez con la sua auto?»

«Sì. Ero un po' seccata per il traffico. Più con mia sorella che con lui. Io avrei fatto prendere la metropolitana ai miei figli. Mia sorella è più protettiva con Jez di quanto io non sia mai stata con i miei due ragazzi, ma forse dipende dal fatto che lui è il suo unico figlio.»

«Intende quindi dire» intervenne Kirwin «che il ragazzo non ha esperienza della città? Che potrebbe non essere stato in grado di badare a sé stesso a Londra? Per così dire.»

«Probabilmente» replicò Helen. «Di certo è un po' ingenuo. Mentre venivamo verso casa, si è reso conto di non avere con sé soldi inglesi! Mi sono dovuta fermare in banca, trovare parcheggio, accompagnarlo allo sportello di cambio. Non era colpa sua, semmai di mia sorella. Visto che è così protettiva, perché non gli ha dato i soldi prima che partisse? Ma sì, insomma, direi che è stato abituato a trovare la pappa pronta. È un po' fuori dal mondo.»

Fece una pausa.

«Comunque potrà anche essere viziato, ma piace molto agli altri. Lo adorano proprio! I miei figli, la band, la sua ragazza, ovviamente, tutti lo venerano. Sebbene i miei ragazzi lo descrivano come un tipo... Come hanno detto? Ah, giusto, 'inzerbinito'.»

«Prego?»

«Una persona desiderosa di compiacere» intervenne Josh, svegliandosi alla fine.

«Sì» aggiunse Helen. «A quanto pare non gli piace dire di no alla sua ragazza. A nessuno probabilmente. Gli piace accontentare gli altri. È un ragazzo educato. Questa è l'espressione che usano. Inzerbinito. Simpatica.»

«Abbiamo parlato con la sua ragazza. Stanno insieme da qualche tempo.»

«È una storia molto dolce. Si sono tenuti in contatto quando lui si è trasferito a Parigi.»

«Quando è stato?»

«Ehm, dovrebbero essere due anni ormai. Mia sorella, sua madre, lavora lì, in un quartiere periferico. Nel settore della moda.»

«E lui progettava di venire qui per quel corso biennale?»

«Esatto. Ha inoltrato la domanda per due corsi di musica. Uno dei due istituti è lo stesso a cui ha fatto domanda mio figlio. Si volevano iscrivere allo stesso corso. Da queste parti, a Greenwich. Ma non entreranno tutti e due. Ci sono pochissimi posti. Barney avrebbe potuto avere una chance, non fosse stato per Jez. D'altronde Jez è molto più portato per la musica. E mia sorella gli fa molta pressione. È dislessico, ma questo non pregiudica il modo in cui suona. Semmai, sembra stimolarne la creatività.»

«Lei ha detto che la gente lo venera. Ha idea se qualcuno in un qualsiasi momento gli abbia riservato attenzioni indesiderate?»

«Cosa intende?»

«Le ha parlato di qualcuno? Era preoccupato per qualcosa?»

«No, niente. Potreste chiedere alla sua ragazza, ne saprà più di me, credo.»

«È capitato che lei abbia perso le staffe con lui o con sua madre nella settimana che è stato qui?»

Helen si agitò sulla sedia. Stava forse per darsi la zappa sui piedi? Avrebbe ucciso per un bicchiere di vino. La giornata al lavoro era stata lunga e non riusciva a smettere di pensare a Maria e Mick insieme davanti al computer. Si sbagliava o le loro cosce si sfioravano? Quanto più ci pensava, tanto più diventava sicura che fossero appoggiati l'uno all'altra quando lei li aveva interrotti proprio in quel momento. Era una stupidaggine, ma non riusciva a togliersi dalla testa quel pensiero né a pensare ad altro. Razionalmente sapeva che quella sensazione di ansia allo stomaco scaturiva dalla preoccupazione per Jez. Allora perché il suo pensiero continuava a fissarsi su Maria e Mick?

«Helen. Mi spiace, ma dobbiamo chiarire questo punto. Ha mai litigato con sua sorella o con il ragazzo?»

Helen guardò Kirwin e scosse il capo.

«Solo allora, in macchina, quando mi sono fermata per la storia dei soldi. Volevo tornare indietro, e da come si mettevano le cose, stavamo facendo tardi. Ma nient'altro.»

«Era arrabbiata con lui? È possibile che lui lo abbia percepito? Di essere un fastidio per lei o la sua famiglia?»

Helen si bloccò. Si domandava se fosse il caso di menzionare come avesse perso le staffe con Jez il venerdì in cui era sparito. Come il suo modo brillante di suonare l'avesse spinta a dargli dello sconsiderato. Tuttavia, parlarne voleva dire ritornare ancora sulla sua inadeguatezza rispetto a sua sorella. O peggio, significava dichiarare che era sbronza. Sarebbe sembrata nevrotica e irresponsabile.

«No» rispose Helen. «È stato un momento di stizza senza

importanza. E, a parte tutto, come ho già detto, Jez è sempre il benvenuto, sono tutti felici quando sta qui, sono convinta che lui lo sappia.»

«Un'altra cosa, allora. Lei ha detto di aver visto Jez al ritorno dalla sua mezza giornata di lavoro, venerdì mattina, giusto?»

Helen sbatté le palpebre. «Sì.»

«E c'è qualcuno che può confermarlo?»

«Non c'era nessun altro a casa quando è uscito.»

«No, intendo che lei sia andata al lavoro venerdì mattina.»

Helen si ritrovò ad annuire suo malgrado. C'era tempo, di sicuro c'era tempo, per improvvisare una storia. Per scovare qualcuno che potesse coprirla. Dopotutto, non è che stesse facendo qualcosa di *così* brutto. Non è che stesse nascondendo un crimine.

«Lei lavora...» Kirwin controllò il suo blocco di appunti «presso il centro insegnanti di Newnham? Tiene dei corsi, è corretto? Sulla gestione comportamentale per insegnanti di ruolo?»

«Sì. Sono un'insegnante consulente» precisò Helen. «In pratica non ho una sede fissa. Ma sì, il mio ufficio si trova nel centro insegnanti.»

«E si trovava al centro lo scorso venerdì?»

«Sì» rispose Helen prima di riuscire a evitarlo.

«Grazie. Per ora è tutto.»

«Non volete parlare con Mick? O Maria?»

«Abbiamo parlato prima con sua sorella. E anche con Mick. Comunque, potrebbe essere necessario discutere con lo psicologo distrettuale. È passata quasi una settimana ormai e intendiamo assicurarci che le famiglie dei ragazzi scomparsi siano adeguatamente aiutate. Ci terremo in contatto.»

Helen seguì con lo sguardo l'auto che svaniva lungo Maze Hill, poi tornò nello studio di Mick. I due non stavano più lì, lo screensaver del computer si muoveva, blu e viola. Andò in cucina.

Quel giorno era uguale a tutti gli altri o c'era qualcosa di diverso? Era come se non avesse mai visto la sua cucina prima di allora. Le viole del pensiero sul davanzale della finestra, la scatola piena di opuscoli di film e opere che non trovavano mai il tempo di andare a vedere. La mensola con le tazze scheggiate. Doveva sostituire il vaso di crisantemi che aveva piazzato sul tavolo. Stavano già appassendo. Tutto tremolava, prima a fuoco e poi sbiadito. Doveva essersi ammalata. Forse le serviva un analgesico. Forse le serviva un bel bicchierone di gin.

Mick entrò e si mise a rovistare nel freezer.

«Allora, Maria aveva bisogno di aiuto con la pagina di Facebook?» chiese Helen. Suo marito non notò lo sguardo di sfida di lei, l'accusa.

«Cosa? Ah, no. Mi sono offerto io di aiutarla.»

«Non capisco perché stai caricando tutto il peso sulle tue spalle!» Ma Helen conosceva il motivo. Perché in quel modo avrebbe impressionato Maria. Ne era certa ormai, e non riusciva a trattenersi. «Non mi ero mai accorta che Maria è così incapace. Perché devi darle così tanta attenzione?»

«Helen, di che stai parlando? Voglio solo fare tutto il possibile per trovare il ragazzo. Sono già cinque notti che è sparito e sembra non te ne freghi niente. Immagino vorrai questa.» Poggiò una bottiglia di vino sul bancone avvolta in un contenitore refrigerante.

Non appena Helen prese la bottiglia e un bicchiere, suonò il campanello. Andò Mick ad aprire. Helen scrutò attraverso la porta della cucina e vide Alicia che procedeva verso di lei nell'ingresso. Aveva un aspetto terribile, più magra del solito, i brufoli che iniziavano a comparirle sulla fronte.

«Entra, Alicia» la esortò Helen.

«Avete saputo niente?»

Helen scosse la testa. «Siediti, tesoro. Cosa ti offro? Sembra quasi che ti serva un drink.» Helen indicò il vino, e Alicia fece cenno di no con il capo.

«Non bevo alcolici» replicò. «Non mi dispiacerebbe una tazza di tè, però. Ho camminato fino a qui attraversando il sottopassaggio e sono sfiancata.»

«Te ne preparo una.»

«Ho pensato che qualcuno dovrebbe prendere e fare un giro in macchina per andare a cercarlo là fuori» propose Alicia. «Ci vuole molto a piedi. E poi fa un freddo cane. Avevo pensato di chiedervi se qualcuno lo avesse già fatto.»

Sentendole parlare, Maria le raggiunse in cucina.

«Alicia voleva andare a cercare Jez» le riferì Helen. «Chiedeva se qualcuno di noi fosse disponibile ad accompagnarla qui intorno nella zona sud di Londra finché non lo troviamo. Mi sembra una buona idea.»

«Le ho provate tutte,» spiegò Alicia «ma non voglio arrendermi.»

Helen era sicura di aver visto le labbra di Maria torcersi mentre Alicia parlava con il suo accento piuttosto marcato del sudest di Londra.

«È compito della polizia, questo» ribatté Maria. «Noi siamo più utili qui, a tenere d'occhio la pagina Facebook. A rispondere alle telefonate.» Alzò lo sguardo in direzione di Mick, che annuì.

«Cosa ti prendo, Maria?» le chiese lui.

La donna lanciò uno sguardo al bicchiere di vino di Helen. «Niente alcolici. Devo avere la mente lucida. Non si sa mai.»

«Va' in salotto, ti porto una tazza di tè. Ho acceso il camino.»

Alicia sollevò le sopracciglia sorpresa, quando Mick seguì Maria fuori dalla stanza e Helen fece una smorfia quando passò ad Alicia una tazza di delizioso tè. C'era qualcosa di stranamente confortante nella presenza della ragazza.

Si accomodarono al tavolo della cucina e Helen sorseggiò il suo vino, mentre Alicia parlava e mangiava biscotti digestivi. Raccontò a Helen come si era tenuta in contatto con Jez su MSN, da quando lui si era trasferito a Parigi. Quanto stessero bene insieme. Come fosse facile parlare con lui, per quanto fosse un ragazzo.

«So che è tua sorella» disse Alicia «e non voglio sembrare scortese, ma la madre di Jez è strana. E poi io non le piaccio.»

«Oh, dài,» la consolò Helen «come fai a dirlo?»

«Non mi chiede mai nulla. È strano, perché io sono un'appassionata di arte ed è quello che fa lei, in un certo senso. E anche Jez dice cose tipo 'mia madre è troppo ossessiva'. È una snob. Vuole che lui sia il migliore in tutto. È troppa la pressione da sopportare.»

Helen provava simpatia per quella ragazza che chiaramente adorava Jez, ma sapeva anche guardargli dentro andando oltre l'immagine del musicista.

Forse, dopotutto, Alicia sarebbe diventata la sua unica alleata in quella situazione.

«Ascolta, mi farebbe piacere accompagnarti. Ma adesso è buio, non vedremmo granché e poi ho paura di aver bevuto troppo. Lasciamo che passi ancora un po' di tempo. Ma sono contenta che tu sia venuta. Insieme, Alicia, troveremo Jez. Non abbiamo bisogno di Maria o di Mick, e non ci serve nemmeno la polizia. Dobbiamo solo restare unite.»

Alicia alzò la mano e si diedero il cinque.

14

Giovedì sera

Sonia

Prima nulla mi dava più gioia della presenza di mia figlia. Le sue visite da quando aveva lasciato casa lo scorso ottobre erano il motivo che mi faceva tirare avanti. Le sue abitudini oltremodo irritanti, come strofinare le superfici di casa con lo spray disinfettante, usare il gel antibatterico per le mani prima di mangiare, perfino quelle mi riempivano in un certo senso il cuore. Perché avevo generato io questa persona, nuova, adulta, completa. Eppure oggi, la mattina del suo arrivo imminente, sono agitata e tesa.

Da quando se n'è andata di nuovo dopo Natale, e Greg ha iniziato a viaggiare di più, io ho fortemente desiderato restare sola. Avere la casa sul fiume tutta per me, finalmente, mi ha permesso di notare tutte le cose sorprendenti che a stento avevo percepito negli anni di passaggio. L'indicatore dell'altezza disegnato a matita sul muro nella stretta nicchia tra il bagno e la camera da letto. Spesso scorro le dita sopra una crepa nell'intonaco dell'ingresso, provocata da un orologio da carrozza lanciato per rabbia. Ripesco gioielli da tempo dimenticati, vecchi penny, cartoline e foto perdute tra le assi del pavimento.

Gli amici telefonano di tanto in tanto per invitarmi, ma io invento scuse. Molti di loro hanno capito l'antifona e hanno desistito. A dire la verità, non posso sopportare di trascorrere troppo tempo lontano dalla casa e da ciò che ha cominciato a rivelarmi. Sento che sto sollevando l'ultimo strato di un'imbottitura che ha attutito tutto, tanto da impedirmi per anni di ricordare accuratamente, di sentire adeguatamente. E suppongo di avere il timore che, con il ritorno a casa di Kit e anche di Greg, quell'imbottitura tornerà al suo posto, e non recupererò mai ciò che sento di essere vicina a riportare alla luce. Dall'arrivo di Jez, ho la sensazione che gli anni di mezzo stiano per scivolare via come robaccia indesiderata tra le assi del pavimento e il passato e il presente si stiano fondendo.

Kit arriva proprio mentre do il tocco finale alla tavola da pranzo. Naturalmente, mangeremo in cucina, ma lei andrà prima nel salotto con Greg per un drink, probabilmente un Gin tonic, e discuteranno di anatomia e sangue, e delle più recenti terapie genetiche, mentre io pungolerò l'agnello per controllarne la cottura. Tiro fuori i bicchieri del vino, ci soffio dentro, li strofino con un panno appena lavato. Kit entra: alta, magra, una donna fatta, non più l'adolescente che si è aggirata imbronciata qui dentro per così tanto tempo. È difficile da descrivere il cambiamento avvenuto in lei. Ha a che fare con l'assunzione del controllo di sé stessa, una serenità che non avevo mai notato prima. In piedi sulla porta, indossa come al solito abbigliamento casual sportivo, una giacca a vento rossa, pantaloni neri. Si sfila i guanti.

«Mamma, ciao» pronuncia con una voce profonda, tipo quella di Greg. «Che buon odore. Cosa mangiamo?»

Si protende, mi offre una guancia gelida. Non ci abbracciamo più ormai. Da quando se n'è andata da casa, abbiamo adottato un approccio piuttosto formale nei saluti tra di noi. Talvolta avverto il suo nervosismo in mia presenza, e questo mi intristisce. Con suo padre è più rilassata.

«Scampi. Seguiti da spalla d'agnello. Richieste di tuo padre. Ma ti ho preparato il tuo pudding preferito. Sei sola? Pensavo che portassi il tuo nuovo ragazzo.»

«Sta arrivando. Si è fermato per strada per comprare del vino per te.»

«Che dolce.»

Mi guarda e afferma con un sorrisetto: «Lui *è* dolce.» Intuisco che la loro relazione è piuttosto profonda e mi chiedo cosa ne penserò di lui.

Kit inizia a vagare per la cucina, sollevando cose e rimettendole a posto, come fa sempre dopo che è stata via, per controllare se qualcosa è cambiato. Mi sento tesa, ho paura di aver lasciato una traccia, una prova dei miei giorni passati con Jez.

«Va' a sederti con papà» le dico. «Io ho da fare con il pranzo.»

«Okay. Voglio solo vedere se ci sono lettere per me. Hai smesso di mandarmele.»

«Non c'è stato niente da mandare» ribatto. «Ti verso da bere. Forza, va' di là a sederti.»

«Va bene, mamma, aspetta un attimo. Per favore non cercare di liberarti di me il minuto stesso in cui arrivo.»

«Non dire sciocchezze. Non sto cercando di liberarmi di te. Resta qui allora. Mi farebbe molto piacere. Ho solo pensato che potessi stare più al caldo in salotto. Papà ha acceso il fuoco.»

Mi metto a tagliare in quattro un limone, piegandomi sul coltello con più forza del necessario.

«Mamma, tutto bene?»

Mi volto e la guardo. Se ne sta in mezzo alla cucina, le

braccia conserte, la fronte leggermente corrugata, mentre mi scruta.

«Ma certo che sto bene. Tutto okay.»

«È solo che... Dài, lascia perdere. Hai deciso qualcosa per la stanza degli ospiti?»

Le do di nuovo le spalle, lascio da parte il coltello e fingo di sciacquarmi le mani nel lavello. Tento di controllare la voce, di sembrare ragionevole. «Se non ti spiace fare il letto. Le lenzuola stanno nell'armadio della biancheria.»

«Mamma! Pensavo di venire qui a riposarmi» scherza. «Il letto me lo faccio da sola all'università!»

«Anch'io ho altro da fare oltre a preparare letti. Non ti farà male» replico, e alla fine ci scambiamo uno sguardo affettuoso tra madre e figlia, alla vecchia maniera.

Kit si raddrizza, gli occhi le si illuminano e fa un passo in avanti, con un sorriso sulla bocca, quando un giovane alto appare sulla porta.

Deve aver studiato alla scuola pubblica. Lo capisco dal modo in cui porge la mano, mi guarda negli occhi. Indossa pantaloni eleganti, un soprabito di lana, un paio di occhiali dalla montatura scura. Deve avere buoni quattro anni più di Jez. Harry è uno di quegli uomini che non sono mai stati giovani. Su Jez, quella parvenza non esiste. È quello che adoro di lui. Della fase fugace in cui si trova. Confusa, da rinchiudere ancora in una forma rigida da cui non c'è ritorno.

«Mamma, ti presento Harry. Harry, mia madre Sonia.»

«Molto piacere di conoscerti, Harry.»

Lui ricambia il sorriso, stringendomi la mano più a lungo di quanto io trovi giusto ed esaminandomi attraverso i suoi occhiali. Mi chiedo se abbiano parlato di me mentre venivano qui e, nel caso, cosa gli avrà detto Kit.

Noto il viso di Kit rallegrarsi quando Greg arriva in cucina alle mie spalle. Mi sposto di lato e i due si fissano tra loro e ridono. Greg, stringendola per entrambe le spalle, dice: «Fammi dare uno sguardo a mia figlia.» E Kit gli regala un ampio sorriso. Poi la trascina, facendo cenno a Harry, verso il salotto.

Mi lasciano finire di preparare il pranzo. Ho messo un cd nel lettore, una suite per violoncello di Bach. Lavo e pelo le patate, le taglio in quattro parti, aggiungo il sale e le inforno per rosolarle. Greg torna in cucina, si dirige verso la rastrelliera dei vini in cerca della bottiglia di Sancerre per accompagnare il primo, lo mette in frigo.

«Dov'è il chiaretto? Lo Château Lafite che abbiamo conservato per i ventun'anni di Kit?» chiede. «Dovrebbe stare nella rastrelliera.»

Non avevo più pensato a quel vino. Una volta stappato, tutto ciò che sapevo era quanto mi piacesse condividerlo con Jez. Adesso guardo Greg e riesco a intravedere la tempesta che sta per abbattersi.

«Ah, quello» rispondo.

«Che c'è, Sonia? Cosa stai dicendo?»

«Scusami, Greg. Ma è stato aperto per sbaglio. È successo una sera dopo una lezione. Abbiamo finito una bottiglia, così ho detto di prenderne un'altra dalla rastrelliera. Non ho guardato l'etichetta.»

«L'abbiamo conservata per *anni*. Sei uscita di testa?»

«Greg, era solo vino.»

«Questa non l'ho capita. È stata tua l'idea di conservarlo fino al ventunesimo compleanno di Kit, a giugno. Non mia. Ma ho pensato quale modo migliore per festeggiare un compleanno così importante! E adesso, niente!»

Mi fissa in un modo che non mi piace, come se si stesse chiedendo se soffro di menopausa precoce o di demenza, argomenti che è meglio non toccare. I medici hanno sempre il coltello dalla parte del manico. Si comportano sempre come se conoscessero informazioni segrete su di te. Ti tengono sempre in uno stato costante di ansia perché hanno riconosciuto qualche terribile sintomo e sono in attesa del momento opportuno per rivelarlo.

«Greg, ero arrabbiata quanto te quella sera. Poi ho pensato: ma perché agitarmi tanto? È solo uva schiacciata in una bottiglia. Succedono cose peggiori al mondo.»

«Uva schiacciata che avevamo preso l'anno in cui Kit è nata, e che è maturata da allora» ribatte lui. «Non puoi dare un prezzo a questa cosa. Non puoi far tornare indietro il tempo.»

«Devo preparare la salsa alla menta.» Sospiro e gli do le spalle. «Mi dispiace. Cos'altro vuoi che ti dica?»

Schiaccio le foglie di menta con pestello e mortaio, fissandole mentre da verdi diventano marroni, rilasciando il loro aroma nell'aria. Aggiungo aceto e zucchero, e mescolo con vigore la salsa che ne risulta. Ma per tutto il tempo la mia mente per metà va altrove. Solo una parte di me vive in questo mondo di agnello arrosto, Sancerre e salsa, di bicchieri lucidati e tovaglie, mentre il resto di me, la mia essenza più segreta, quella che sembra più reale, è tutta presa da Jez. È di Jez il profumo che riempie l'aria intorno. È la carne di Jez che ungo quando strofino l'agnello con rosmarino e aglio. Mi torna in mente con un brivido che lui sta lontano oltre il vialetto, chiuso a chiave in garage, e vorrei che fosse invece di sopra, immerso nella splendida luce della stanza della musica.

Greg ancora non mi parla quando ci sediamo al tavolo da pranzo mezz'ora dopo. Il cd di Bach è finito e c'è un momento di imbarazzo in cui nessuno sembra sapere cosa dire. Ho acceso le candele e messo un vaso di bucaneve al centro della tovaglia bianca. La cucina è calda, e le fiammelle delle candele si riflettono contro le finestre senza tende.

«Io e Harry pensavamo di giocare a Scarabeo dopo cena» propone Kit alla fine, allungando la mano a prendere il vino. «Ma gli ho spiegato quanto detesti i giochi da tavolo, mamma.»

Le sorrido. «Grazie» dico.

«Come mai?» chiede Harry. «Paura di perdere?»

Rido. «Al contrario, non mi sento abbastanza competitiva» rispondo. «Non riesco a interessarmi ai conteggi di lettere doppie e triple e ai punteggi delle parole. Ma voi giocate, assolutamente.»

«Ho sempre sognato di avere una di quelle grandi famiglie in cui si gioca dopo cena» afferma Kit mesta. «Mamma non giocherebbe mai. E Scarabeo in due è noioso. Vuoi giocare con noi, ti va, papà?»

Greg alza le spalle. Ha sempre avuto difficoltà a rifiutare qualunque cosa a Kit, ma stavolta risponde: «Io e tua madre dobbiamo parlare. Scusami, tesoro.» Si alza, si pulisce le mani con il tovagliolo e si dirige verso il lettore cd.

«È proprio necessaria un po' di musica, credo» dice. Ripone Bach nella sua custodia e sceglie la *Quinta sinfonia* di Mahler.

«Perché questa?» chiedo a Greg.

«Qual è il problema? Pensavo ti piacesse.»

«Certo, mi piace, ma non è leggermente... pomposa... per accompagnare la cena?»

Greg fa spallucce e toglie il cd. «Okay, allora atteniamoci alla musica da camera, se proprio dobbiamo.»

Harry si china verso di me.

«A dire il vero,» dice «mi chiedevo se le spiacesse se vado a fare un po' di casino nella sua stanza della musica, dopo cena.»

Mi sento sotto assedio. È la camera di Jez. Il suo spazio sacro. Ma non posso rifiutare in alcun modo. Quale ragione potrei addurre?

«Harry suona la tastiera» precisa Kit. «Gli ho mostrato un

po' la roba che c'è sopra, non ti dà fastidio, vero mamma? So che qualche volta lavori lì dentro.»

«Ma certo che non mi dà fastidio.»

Mi chiedo se sono stata meticolosa abbastanza quando ho ripulito dalle cose di Jez. Le cicche delle canne che ha lasciato sopra i piattini, le lamette in bagno. Avrò controllato il cestino della spazzatura? Cerco di ingoiare il mio boccone, ma mi accorgo di non riuscirci.

«Che posto fantastico da usare come ufficio!» continua Harry. «Una vista meravigliosa.»

Greg e Kit si scambiano un'occhiata.

«Cos'è?» chiedo. «Cosa significa quello sguardo tra voi due?»

«Niente» risponde Greg. «Non immaginare cose che non ci sono, Sonia.»

«Certo, quella stanza è incantevole» aggiunge Kit, stringendo la mano di Harry. «È uno degli argomenti che usa mamma per restare qui. Ma una stanza incantevole non può costringerci a restare qui per sempre.» Non mi guarda in faccia mentre dice così, perché sa che l'argomento è delicato.

Greg continua: «Ne parleremo più tardi.»

Kit ribatte: «Lo so, papà. Scusami. Ma hai letto la cronaca locale oggi? Harry era scioccato. Rapine a mano armata. Persone aggredite e derubate, c'è stata perfino una sparatoria. Tutto in una settimana! Se non altro, è un buon motivo per trasferirci. Voglio solo che mamma ci pensi su.»

«Sfondi una porta aperta, come sai» replica Greg.

«Due contro uno, mamma!» Kit sorride allegramente.

«Per favore,» ribatto io «non tirate fuori questa storia adesso.»

Kit si rivolge a Harry. «Papà ha visto un posto favoloso a Ginevra.»

Guardo Kit. A che gioco sta giocando?

«Lo so. Hai detto che i tuoi pensavano di trasferirsi lì» aggiunge Harry.

«Immagina che sciate! Mamma, non posso credere che tu non lo prenda nemmeno in considerazione.»

Storco le labbra. Sembra che tutti, Greg, Kit, perfino mia madre, abbiano discusso tra loro dell'argomento. Pianificato. Cospirato. Siano andati avanti nonostante i miei sentimenti.

«Che posto hai visto, Greg? È la prima volta che ne sento parlare.»

«Ho fatto qualche ricerca preliminare. E in tutta onestà, Sonia, se vedessi qualcuno di questi posti... Sono certo che cambieresti opinione. Tua madre pensa che sia una buona idea. Più tardi ne parleremo più dettagliatamente.»

«Ne hai parlato con mia madre, prima di consultare me?»

C'è una pausa. Harry si asciuga la bocca con il tovagliolo e si agita, a disagio sulla sedia.

Poi Greg riprende: «Tua madre è interessata alla cosa. Lo sai.»

«Chi andrà a farle visita, a portarle da mangiare, a comprarle le cose che le servono quando vivrò a Ginevra?»

Kit e Greg si scambiano un'altra occhiata, come se stessero organizzando tutto da settimane.

«Lei verrà con noi, ovviamente» risponde Kit. «Non lasceremmo mai da sola la nonna. Papà ha trovato un posto adatto a lei e...»

Mi riempio il bicchiere di vino e poggio la fronte sulla mano. La stanza si riempie di nuovo di un silenzio teso.

Alla fine Kit conclude: «Comunque, allora, posso portare Harry nella stanza della musica? Possiamo assentarci fino al pudding?»

Prima che io apra bocca, Greg ammicca a Harry e afferma: «La tastiera è mia per la verità. Sono entusiasta che un amico di Kit voglia suonarla.»

Kit sorride a suo padre, gli stringe la mano.

«Va bene per te, mamma?» chiede ansiosa.

«Certo» rispondo, tentando di sorridere anch'io. «Ha bisogno di essere usata. Greg ormai non suona quasi mai.»

«Cosa vorrebbe dire?» chiede Greg, quando Kit e Harry hanno lasciato la stanza. Sbatto le palpebre sorpresa.

«Non vorrebbe dire nulla» rispondo. «Non suoni granché negli ultimi tempi. Non stai molto a casa.»

«Era una frecciata» insiste. «Se ti crea problemi il fatto che stia via più a lungo, perché non lo dici e basta?»

«Non mi crea proprio nessun problema.»

«Allora perché continui con questo comportamento passivo-aggressivo?»

«Passivo-aggressivo?»

«Come lo definiresti tu?»

«Di certo non passivo-aggressivo, Greg, non è giusto. È un dato di fatto. Non suoni più come facevi un tempo. Non stai molto a casa negli ultimi tempi.»

Mi rivolge di nuovo quell'occhiata, da sotto un sopracciglio aggrottato, come se stesse valutando la correttezza della sua diagnosi iniziale.

«Cosa sta succedendo, Sonia?» mi chiede alla fine. «Prima il vino. Poi i commenti sarcastici sul fatto che non suono più. La storia del vino era un modo per colpire me?»

«Oddio, ancora con questo vino. Ti prego, piantala, è stata una leggerezza da parte mia e me ne scuso. Troveremo un altro modo per festeggiare il compleanno di Kit. Comprerò champagne d'annata. Non è che ci manchino i soldi ora come ora.»

«Quante volte... Sarei felice di smettere di insegnare. Lo farei se tu lo volessi. Devi solo dirlo.»

«Pensi che stare a casa più tempo sarebbe una grande

idea?» gli chiedo. «Pensa all'ultimo periodo, al modo in cui sembra che ci impegniamo per fraintenderci.»

«No,» risponde «hai ragione, probabilmente non andrebbe meglio.»

Mi alzo, svuoto i piatti, raschio via gli avanzi e li getto nella spazzatura.

Entra Kit e ci guarda scura in volto.

«Cosa c'è, principessa?» chiede Greg protendendo le braccia verso di lei. Kit si infila nel suo abbraccio e si lascia stringere.

«Voi due» dice. «Pensavo che sareste andati più d'accordo, ora che me ne sono andata.»

«Oh, Kit!» esclamo. «Dài, non andava così male, quando tu eri qui.»

«Era un continuo battibeccare. Ho sempre pensato che fosse colpa mia. Che sareste stati bene, una volta andata via.»

«Tesoro,» ribatte Greg «tutti i genitori battibeccano. Non c'entri niente tu. Come puoi pensarlo? Ti amiamo entrambi moltissimo. Vero, Sonia?»

«Ma certo.»

«E anche noi due ci amiamo.» Lui mi guarda e sorride, perciò ricambio il sorriso.

«Ma tu non sei d'accordo sul fatto di trasferirci.»

Kit pronuncia la parola 'trasferirci' come se si trattasse di una decisione già presa, come se tra di loro avessero già dato inizio a tutto. Faccio per rispondere, ma Greg mi interrompe.

«Non vuol dire che non ci amiamo, tesoro.»

«Insomma,» intervengo io «Harry sembra una cosa proprio... seria.»

Kit fa spallucce. «Stiamo bene insieme. Ah, ho parlato a Harry della tua chitarra acustica, quella che hai comprato in Spagna, papà. Ma non riesco a trovarla. Te ne sei sbarazzato?»

Sento gli occhi di Greg che cercano di incrociare i miei. Mi metto a sfaccendare con il pudding.

«Mangiamo un po' di tarte au citron? L'ho presa da Rhodes. Oh, e Kit, c'è anche la torta Princess.»

Lei mi sgattaiola davanti. Le allungo il braccio intorno e qualcosa sembra, per un momento, scivolare via, come se avessi perso uno strato di me. Colgo di sfuggita un'immagine della me-madre a cui pensavo prima, che per qualche tempo era felice.

Dopo aver finito la sua torta, Kit torna da me davanti al lavello. Sto scrostando con una retina le parti bruciate nella teglia dell'arrosto. Ma sto pensando di nuovo a Jez, mi chiedo come sta. Pensare a lui mi rende nervosa. Sta lontano da me, e non dovrebbe essere così. Dovrebbe stare al caldo nella stanza della musica. Le cose mi sono sfuggite di mano. Una cosa che doveva essere preziosa e delicata sembra stia andando fuori controllo.

«Ti ricordi di quell'estate?» chiedo a Kit. Sta asciugando le padelle che ho lavato, quelle che non vanno in lavastoviglie. «Quell'anno che marcì tutto. Un clima afoso e umido. Tutte quelle coltivazioni nell'Anglia orientale completamente andate a male, una puzza schifosa. C'erano delle zanzare terribili. I gatti si beccarono le pulci. E tu ti prendesti i pidocchi.»

«Mamma! Perché mi racconti questa cosa? Pidocchi... bleah!»

«Ma dài, e tu saresti una studentessa di medicina?»

«Sì, ma puoi raccontare la storia dei parassiti a qualcun altro. Non a me, mi dispiace.»

«Comunque, c'era un campo di cavoli oltre la strada e le foglie ammuffirono. Il tanfo era spaventoso! Credevo che ci fosse una maledizione su quella terra. Tutto ciò che sarebbe dovuto essere maturo e fertile si era trasformato in rancido e malsano. Poi ci siamo ammalati anche noi e abbiamo trascorso una settimana e più a letto, per guarire da un virus.»

«Non me lo ricordo» dichiara Kit.

«No. Mi pare che avessi solo sei anni.»

«E poi, perché tirare fuori quell'estate? Ce ne sono state tantissime stupende. Quando gli alberi erano ricoperti di boccioli già da maggio. Ti ricordi il cerfoglio selvatico lungo le siepi? E i fiordalisi in giardino a giugno? Dio, ogni tanto mi manca tremendamente l'Anglia orientale. Lì si poteva distinguere il cambio di stagione. In città non te ne rendi conto.»

Naturalmente, per Kit la campagna era casa sua. Le sue prime incursioni nel mondo sono avvenute sotto cieli tersi e tra immense distese di papaveri. Le prime immagini nella sua retina immacolata di bambina erano quelle di nuvole bianche contro una luce azzurra, verde, che filtrava attraverso una volta di foglie di castagno. Ci portiamo sempre con noi quelle prime impressioni, create prima di renderci conto di riuscire a vedere, impresse da qualche parte tra i nostri ricordi. Sono loro che formano la nostra immagine reale di casa.

Le mie prime immagini furono quelle del fiume con il suo fango, le ossa e le pietre calcaree levigate portate a riva, le pipe di terracotta, gli scarti di automobili e i pezzi di legno trasportati dall'acqua. Corde e catene adornate di erbaccia umida. Cieli grigi minacciosi intravisti oltre l'imponente muro della centrale e le sue scure ciminiere monolitiche. Il molo di acciaio che si allunga in acqua come uno sferragliante braccio marrone. Kit non ha mai vissuto l'Anglia orientale come ho fatto io, come un esilio, perfino nel momento di massimo splendore.

E perché mai invece io le parlo di quell'orribile estate? Perché voglio trasformare i suoi bei ricordi in qualcosa di torbido, che sarebbe meglio dimenticare?

«Mi sa che hai ragione» concludo asciugando la superficie con lo straccio per i piatti e preparando la macchina dell'espresso.

«Serba i tuoi bei ricordi. Te ne prego, tesoro. Tienili stretti al tuo cuore. È molto importante.»

***

Più tardi, quando Kit e Harry sono andati a letto, Greg torna in cucina e mette su un cd di brani per chitarra. Sceglie John Williams. Il mio cuore fa un balzo. Si siede al tavolo sulla panca di fronte a me, versa a entrambi un bel bicchiere di cognac, si stende da una parte all'altra del tavolo e mi prende una mano nella sua. Mi rivolge un sorriso supplichevole disegnato sulle sue labbra pallide da uomo anziano. La sua barba corta è ingrigita. Sulle sopracciglia, dalle narici e dalle orecchie gli crescono lunghi peli. Sottopelle ha un reticolo di capillari rossi, rotti. Mi stringe la mano.

«Mi dispiace per prima» comincia.

«Eh? Per cosa ti dispiace?»

«Per averti accusata di comportamento passivo-aggressivo. Non era il caso.»

«Va tutto bene» ribatto sospirando. Sottraggo la mano.

«Vieni a sederti accanto a me?»

Giro intorno al tavolo e mi siedo accanto a lui sulla panca. Mi mette un braccio intorno, e sento odore di caffè e lana vecchia. Non è fastidioso, non trovo repellente stargli seduta accanto. È una sensazione familiare. Mi ha accompagnato per gli ultimi venticinque anni della mia vita, è quasi una parte di me tanto quanto l'odore della casa sul fiume, una parte di cui non ti rendi conto finché non ne sei stato lontano per qualche tempo.

Mi tira a sé e, malgrado io resista, si china e comincia a baciarmi sulle labbra.

Di fatto non ho mai provato piacere a baciare Greg, poi baciarci ora che abbiamo superato i quarant'anni non mi sembra nemmeno così appropriato. Perché poi? Tutte le coppie sposate si sentono a disagio quando tentano di baciarsi una volta invecchiate? Mi impegno. Apro un po' la bocca e lui spinge la lingua tra i miei denti. Non sento altro che una lingua tra i denti. Non mi sembra che ci sia nulla a cui abbandonarsi. Non succede niente. Avverto il sapore del cognac e il vago residuo della torta al limone. Ho paura di vomitare. Lo allontano.

«Sonia, non ho una relazione, se è questo che pensi. Non è per questo che tengo tutte queste lezioni. Lo giuro.»

«Okay,» replico «non lo pensavo.»

«È solo che qualche volta mi sembra che tu non mi voglia con te.»

«Ma che sciocchezze!» ribatto. «Cosa diavolo te lo fa pensare?»

«Insomma, guardaci. Non dormiamo insieme da tre mesi ormai. Nel senso, proprio dormire insieme, non semplicemente condividere lo stesso letto.»

«Scopare, vuoi dire.»

«Be', se vuoi usare quella parola... Io direi piuttosto *fare l'amore*.»

«Chiarisco semplicemente quello di cui stiamo parlando.»

«Sì, stiamo parlando di sesso, Sonia. Tre mesi. E prima ancora, quanti mesi? Sei? Otto?»

«Certo, ma noi non siamo quel genere di coppia che trascorre ogni momento di veglia copulando. Non lo siamo mai stati. Non è cambiato niente, Greg. Questo non è un matrimonio dalle grandi passioni.»

«Da parte tua no di certo.»

«Cioè?»

«Voglio dire, non è che io non ci abbia provato. Vorrei che... facessimo più sesso. Ti trovo ancora attraente, Sonia.»

«Cosa vorrebbe dire questo? *Ancora*? Sarebbe a dire che a quarantaquattro anni sono scaduta?»

«Okay, okay. Scusa. Non avrei dovuto usare la parola 'ancora'. Mi riferivo al fatto che stiamo insieme da tanto tempo. So che abbiamo avuto i nostri brutti momenti, ma credevo che le cose andassero meglio ultimamente. Da quando Kit è cresciuta. Non mi sono stancato di te. Alcuni mariti... Dio, Sonia, alcuni tizi che conosco hanno le scatole piene delle donne che hanno sposato e si fanno storie a destra, a sinistra e pure in mezzo. Ma per me non è così. Tu sei l'unica. Lo sei sempre stata. E lo sarai sempre. Per questo voglio che ci trasferiamo. Per stare più tempo insieme. In un posto che sia tutto nostro. In un posto che non appartenga ai tuoi genitori. Puoi prenderlo almeno in considerazione, Sonia? Pensaci. Ginevra. Aria pulita. Montagne.»

Perché non desiste?

«Vieni a letto?»

Più tardi, mi sveglio nel cuore della notte in preda alle visioni di Jez scheletrico, la sua carne ingiallita e avvizzita. C'è un fetore di cavoli marci, mosche e pidocchi che gli formicolano addosso, cibandosi della sua carne un tempo perfetta. Devo alzarmi dal letto, lasciando sotto le coperte il corpo di Greg che russa nella soddisfazione postcoito. Indosso il mio kimono e sto per voltarmi e salire le scale fino alla stanza della musica, quando mi ricordo con un sussulto che lui non si trova lì. Scendo invece al piano di sotto. Mi infilo il cappotto lungo di lana sopra il pigiama e un paio di stivali. Poi giro la maniglia della porta d'ingresso e sguscio silenziosamente fuori nella notte.

15

Giovedì notte

Sonia

Mi fissa con gli occhi sbarrati. Non apre bocca.

«Credi che questo sia il modo migliore per mostrarmi che sei arrabbiato con me per averti messo qui dentro?» gli chiedo. Non risponde.

«Non volevo farlo, credimi. Ma ho gente a casa che non sarebbe felice che tu stessi lì. Devo nasconderti per il tuo bene.»

Ho acceso una candela e lo guardo attraverso la sua luce tremolante. Sono sgomenta. Qualcosa è cambiato. Il volto di Jez è bianco e smorto, come appariva nel mio sogno. Ha la pelle leggermente umida. Sento un impeto di rabbia e non sono nemmeno sicura di capire nei confronti di chi. Di Jez, per aver perso la sua vitalità? Di Greg, per essere tornato e avermi costretto a fargli questo? Di qualcuno, o forse di qualcos'altro?

Mi siedo sul letto, verso dell'acqua a Jez e gliela offro, ma lui gira a lato la testa e si rifiuta di bere. È la prima volta, da domenica, che è così reticente.

«Jez, questa situazione non piace né a me né a te, ma deve

andarci a genio comunque. Non durerà a lungo. Lo prometto. Per favore, mangia. Tieni. Ti ho comprato qualche torta da Rhodes. Puoi scegliere, torta Princess o tarte au citron?»

Prende un profondo respiro e mi sputa addosso, non una volta, ma ripetutamente. È talmente inaspettato e così violento che non faccio in tempo a schivarlo.

La saliva mi gocciola sulla guancia. La asciugo con la manica del cappotto.

«Non ce n'era bisogno» dico. «Sono uscita fuori nel cuore della notte per assicurarmi che stessi bene, non avessi freddo o fossi spaventato. Questa è l'unica ragione per cui sono qui, Jez, per prendermi cura di te. Non sputare nel piatto in cui mangi.»

Non risponde.

Mi siedo sul letto accanto a lui, gli scosto i capelli sudati dalla fronte per mostrargli che non ho sentimenti negativi dopo il suo scatto, per quanto sia stato doloroso. Si ritrae.

«Se non mi parli, se non vuoi nemmeno spiegarmi cosa c'è che non va, non puoi certo aspettarti che io ti aiuti» aggiungo. Sono pervasa non dalla collera stavolta, ma da un senso di impotenza, di frustrazione, al pensiero di dover costringere Jez in questa situazione. Non va come volevo che andasse. Voglio che torni nella stanza della musica, che torniamo a quando è cominciato tutto. Per mostrargli che voglio soltanto il suo bene. Non ho mai voluto che questo si trasformasse in qualcosa di spiacevole. Né voglio che pensi male di me, che creda che io desidero procurargli qualche dolore. Non è così. Io non sono così. Una qualche forza si sta prendendo quello che c'è tra noi per farlo marcire. È come ho predetto in cucina, ricordando quell'estate nell'Anglia orientale. È lo stesso modo in cui hanno trasformato quello che avevamo io e Seb in qualcosa di vergognoso.

«Andrà tutto bene, sai,» lo rassicuro «sarà tutto meraviglioso. Dobbiamo solo superare questa cosa.»

«Mi stavi portando a casa.»

«Sì,» ribatto «certo. Ma sai che non è possibile, per come si sono messe le cose. L'hai detto tu stesso che sarebbe difficile spiegare a tutti la situazione. Ho pensato a quello che hai detto e ho capito che avevi ragione. Sarebbe stato impossibile.»

«Helen e Alicia non hanno idea di dove mi trovo, vero? La festa a sorpresa era una bugia.»

«Non ti ho mai mentito, Jez. La festa, se ti ricordi, è un'idea tua.»

Comincia a dimenarsi, strattonando il nastro coibentante che lo lega.

«Perché sono legato? E rinchiuso qui? Dove mi trovo?»

«Sssh. È tutto okay. Sei ancora vicinissimo a casa mia. Non ti avrei portato lontano da me. Non ti abbandonerei mai. Lo sai.»

Faccio una pausa, in attesa che si calmi.

«Il mio unico rimpianto» continuo «è che per i prossimi due giorni non sarai circondato di lussi. Sono costretta a tenerti in queste condizioni. Ma non sarà per molto.» Lo squadro per capire se le mie parole gli arrivino in qualche modo.

Smette di agitarsi e mi fissa con un'espressione dubbiosa, nel tentativo di capire, senza permetterselo effettivamente.

«Lo prometto, Jez.»

Il freddo in garage fa male alle ossa. È peggio di quanto mi aspettassi. Perfino sotto il piumone e le coperte e la borsa d'acqua calda, Jez sta tremando e, nonostante io indossi il mio cappotto lungo, nero di lana, una sciarpa e gli stivali sopra il pigiama, neanch'io riesco a smettere di battere i denti. Ho le labbra talmente intorpidite che è difficile tirarne fuori le parole. Appena posso devo portare quaggiù un altro piumone. Non voglio che si ammali.

«Prendila come una piccola avventura, come un campeggio tra i boschi. Ti porterò qualsiasi cosa, lo sai. Devi solo chiedere. Vedi, ho messo la chitarra acustica lì per te. E c'è una torcia se hai bisogno di luce per vederci.»

«Come dovrei suonare se mi tieni i polsi incerottati con questo... Cos'è? Nastro da imballaggio?»

«Non volevo intrappolarti, credimi. Avevo paura che se ti fossi svegliato e ti fosse preso il panico, avresti potuto tentare di fare qualcosa di stupido e farti male.»

Nessuno dei due accenna a cosa ho usato per evitare che si sporcasse. So quanto sarebbe umiliante per lui.

«Ti taglierò i legacci presto, se sarai buono. Mi piacerebbe toglierteli così potrai suonare la chitarra, fumare e lavarti. Vorrei che ci fosse l'acqua corrente qui dentro. Ti ho portato una salvietta per asciugarti il viso. E c'è dell'acqua nel contenitore di plastica. Jez, sto facendo tutto il possibile per renderlo piacevole, date le circostanze.»

Dico che gli slegherò una delle mani adesso, così che possa prendere da bere. Taglio il nastro con le forbici della cucina che ho portato in tasca. Gli porto il bicchiere d'acqua alle labbra. In quel momento torna a comportarsi in modo irriverente.

Tenta di colpire il bicchiere, che si infrange contro il tubolare del letto. Capisco dalla posizione che ha assunto che sta per avventarsi contro di me mettendosi seduto. In qualche modo, è riuscito a tenere un frammento di vetro nel pugno e, mentre indietreggio, balza fuori dal letto verso di me. Mi volto per evitare la sua mano, ma lui mi afferra per il polso e mi ferisce appena strisciando il vetro, causandomi una lunga linea di abrasioni. Per mia fortuna è ancora debole per via dei farmaci della scorsa notte, e con i piedi e la mano ancora legati al letto non può andare lontano. Sfrutto questo vantaggio per spingerlo indietro. Mi inginocchio su di lui. Piange e cerca di attaccare di nuovo con l'unica mano libera, ma immagino che abbia perso la sensibilità per il freddo e non ha molta forza. Gli agguanto la mano e la torco. Strilla, quando strappo pezzi di nastro dal rotolo nella mia borsa e gli stringo di nuovo il polso alla testiera del letto.

Mi metto in piedi e lo guardo dall'alto in basso. Spesso Seb mi spaventava, spesso minacciava di abbandonarmi. E poteva essere violento. Ma non si sarebbe mai avventato contro di me nel modo in cui Jez ha appena fatto. Deglutisco.

«Jez, credimi, io non voglio legarti in questo modo. Avrei preferito di più vederti muovere, ascoltarti mentre suoni. Quello che hai appena fatto però è stato scortese.»

Aspetto un attimo e, quando capisco che non risponderà, riempio il silenzio.

«Tutto ciò che faccio è per il tuo bene» aggiungo. Tolgo la sciarpa dalla fessura sotto la finestra e, riluttante, gliela lego stretta intorno alla bocca.

«Per il tuo bene.»

Fuori è buio pesto e il freddo pungente fa male agli occhi. Impiego diversi minuti per abituarmi all'oscurità. Non c'è neanche una stella in cielo. La marea è molto alta e l'acqua rumoreggia contro il muro a qualche decina di centimetri dalla cima. Sento un *clanc clanc clanc* insistente, come se qualcuno stesse cercando di attirare la mia attenzione da lassù, sulla struttura in acciaio del molo. Troppo regolare per essere il vento, d'altronde capisco che mi sto spaventando senza motivo. Mi sforzo per vedere. Non c'è altro se non la sagoma nera più fitta del molo contro l'oscurità della notte. Il *clanc* cambia ritmo per un momento, come se chiunque – o qualunque cosa – si trovi lassù si fosse spostato. So bene cos'è quel rumore, è sempre lì, una grande lamina di ferro ondulato che si è allentata e sbatte al vento, un suono che si trasforma in un *bang* nelle nottate particolarmente tempestose. Procedo oltre, a tentoni. C'è il rumore costante dell'acqua che lambisce avida il muro. Poi ne sono certa. Sento respirare.

Non oso muovermi. C'è qualcosa lì sotto il muro, sull'acqua. Mi attira, perché mi affacci, perché controlli chi è. Alcuni cigni salgono e scendono sulla superficie dell'acqua, stretti gli uni agli altri per il freddo, un argento misterioso nell'oscurità. Avverto il repentino brivido caldo del sollievo. Penso a una cosa che ho sentito una volta, di come gli indù onorino i cigni perché le loro piume non si bagnano nell'acqua. Come un santo che vive nel mondo senza esserne intaccato. Uno dei cigni solleva le ali e le spiega, rivelandone la nervosa bianca parte sottostante, e ripenso al *Lago dei cigni,* ai corpi sinuosi dei ballerini durante la danza. L'immagine si confonde con quella che ancora ho di Jez, le braccia tese sopra la sua testa quando ho lasciato il garage. Il rimpianto per la bellezza che sta perdendo, mentre sta steso a consumarsi, mi assale di nuovo. Procedo lungo il vicolo fino al portone della casa sul fiume. Tutte le immagini, i cigni, i ballerini, Seb, Jez, si mischiano nella mia mente.

Un quadrato di luce ambra brillante si rifrange su una delle finestre lungo il vicolo, ma intorno tutti dormono. Neanche un segno di vita. Mi intrufolo dal portone, apro la porta d'ingresso, mi fermo in ascolto prima di entrare. Una porta si chiude piano di sopra? Sto impazzendo. Immagino le cose. Ogni senso è acuito per lo stress. Ho la bocca secca. Le dita mi formicolano.

Resto ferma per alcuni minuti ancora, evitando perfino di respirare. Entro nell'ingresso, dove lascio il cappotto e gli stivali. Sguscio nel bagno del piano inferiore. Chiudo velocemente a chiave la porta. Aspetto. Tento di respirare in silenzio, ma non faccio che emettere profondi, rumorosi sospiri. Faccio scorrere l'acqua fredda e lavo il polso insanguinato sotto il getto gelido. Il sangue rifiuta di arginarsi, continua a colare dai graffi arrossando l'acqua che vortica nel lavandino. Mi metto in ascolto. Qualcuno si muove di sopra! Distinguo lo scricchiolio delle assi del pavimento, i passi sul ballatoio. Un'altra porta si chiude. Quando tutto è silenzioso, tiro la cordicella della luce, riapro lentamente la serratura. La porta. Una figura snella avanza verso di me nel buio.

«Sonia.»

È Harry.

«Mi serviva il bagno. Non ricordavo dove si trovasse di sopra.»

«Accomodati» lo invito, chiedendomi cosa mi sia preso per aver pronunciato quella frase che non uso mai. Quanto suona strano, al buio poi, sull'ingresso del bagno del piano inferiore. Forse è la mia immaginazione, ma sento che mi guarda il fondoschiena mentre salgo le scale, per tornare nella mia stanza e infilarmi di nuovo tra le lenzuola con Greg.

16

Venerdì

Sonia

Il giorno dopo, venerdì, Greg annuncia di averci preso i biglietti per la prova costumi della *Tosca* alla Royal Opera House e di aver organizzato per noi una gita sul fiume a bordo del Clipper, e poi champagne e cena dopo la prova. Kit è fuori di sé, eccitata come una ragazzina. Lei e Greg si mettono a confabulare durante il caffè a colazione per discutere del soprano, mentre Harry fa una doccia. Tutto questo accade come in un ricordo confuso, dietro di me. Come se li guardassi da un universo parallelo. Non posso lasciare Jez da solo. Non dopo la lite di ieri sera. Devo accertarmi che stia bene e che siamo di nuovo amici. Il modo in cui l'ho lasciato è stato così terribile, così crudele. Devo accertarmi che capisca che per lui provo solo affetto.

«Sta venendo Judy» mi lamento con Greg. «Non mi piace lasciarla da sola in casa. Non fa mai un lavoro accurato se non ci sono qui io.»

Non ha senso. Mai nella vita mi sono preoccupata di dire a Judy cosa fare. Ha pulito la casa sul fiume negli ultimi quindici anni e l'ho sempre lasciata lavorare, come mia madre prima di me.

«Oh, cara. Quante volte ci capita l'occasione di passare un po' di tempo fuori, divertirci insieme, insieme a Kit. Con Harry.»

Chiudo gli occhi stringendoli forte, figurandomi Jez nell'aria gelida del garage. Legato. Imbavagliato. Solo. Senza vestiti puliti. Risentito nei miei confronti.

«Lascia un biglietto a Judy e cerca di rilassarti per una volta.» Greg si avvicina a me, mi mette le braccia intorno alla vita, una cosa che odio, e mi poggia il naso sul collo.

«Dobbiamo andare *tout de suite*» dice lui. «Prendete cappotti e sciarpe, gente, farà un freddo cane sul fiume oggi.»

«Vi raggiungo al molo» propongo. «Voi andate pure, mentre scrivo il biglietto per Judy.»

«La aspetto io» afferma Harry. «Forza, Kit. Goditi qualche minuto da sola con tuo padre.»

Harry aspetta mentre fingo di scrivere a Judy, per ricordarle che abbiamo terminato la cera per il parquet, ma che bisogna pulire gli specchi, che nell'armadietto sotto il lavello c'è lo spray all'aceto e limone. Che razza di pantomima. Che diavolo penserà Judy? Si chiederà cosa mi è preso, dopo tutti questi anni. Se Harry non fosse stato alle mie spalle a fissarmi mentre scrivevo, avrei accartocciato il biglietto e l'avrei gettato nel cestino della spazzatura, ma devo continuare con questa farsa ormai, benedetto ragazzo. Sembra che sia incapace di stare a una distanza ragionevole da me. Esistono persone di questo genere. Incapaci di rispettare i confini fisici: si piantano sull'angolo a cui stai per svoltare e se ne stanno lì, nel centimetro quadrato di terra che tu hai intenzione di occupare. Quando mi sposto per prendere un bicchiere d'acqua – per qualche ragione ho la bocca ancora secca –, Harry si mette proprio lì, con le spalle al lavello, le braccia incrociate sul suo maglione Fair Isle. Noto che la barba rada gli crea un'ombra lungo la mascella, che la pelle sotto di essa è leggermente arrossata e che comincia già ad avere il doppio mento. Di nuovo mi rendo conto di quanto sia effimera la giovinezza di Jez, la sento scivolare via perfino ora che guardo la bocca di Harry aprirsi e chiudersi, con le sue labbra sottili, asciutte. Sta parlando di qualcosa a cui non sono minimamente interessata.

«Il circolo canottieri da quella parte.» Gesticola indicando attraverso la finestra della cucina dall'altra parte del fiume. «Lei e Greg siete membri? Non mi dispiacerebbe andarci se foste ancora qui quest'estate. Sebbene supponga sia improbabile.»

Lo fisso.

«Abbiamo sempre avuto un gommone in una rimessa lungo il vicolo. Non c'è mai stato motivo di far parte di un club» gli rispondo freddamente.

«Ah, capisco dove vuole arrivare.»

«Sì?»

«Certo. Queste associazioni... sono quasi tutte una perdita di tempo. Meglio fare da sé. Anche se io e Kit ci divertiamo al tennis club dell'università.»

Vorrei aggiungere che, malgrado non ci sia dubbio che staremo 'ancora qui quest'estate', non è detto che lui sarà invitato. Ma ha già ripreso a parlare. Riesco a stento a capire le parole che gli escono di bocca. Qualcosa riguardo l'attaccamento alla casa e la necessità di andare avanti. Non ho voglia di parlarne con lui. Invento di dover trovare i guanti di gomma per Judy e rovisto sotto il lavello, nella speranza che lui capisca l'antifona e se ne vada. Se ne sta fermo, invece, i piedi piantati e le gambe divaricate sul pavimento della cucina, come se quel posto fosse di sua proprietà. Com'è possibile che mi trovo qui con questo tizio, quando invece la persona con cui vorrei stare è costretta in un letto, al freddo e incarcerata, in garage?

***

Intorno alle dieci arriviamo al molo. Sheila, la donna che vende i biglietti, è avvolta in una sciarpa di lana grossa, il volto più rosso del solito per le raffiche pungenti di vento. Né Greg né Kit sono inclini a chiacchierare con la gente del posto; a me invece piace scambiare quattro parole con Sheila, così dico a Harry che farò gli onori di casa con i biglietti e alla fine lascia il mio fianco e raggiunge Greg e Kit nella sala d'attesa con le pareti in vetro in fondo al pontone.

«Il prossimo arriva tra dieci minuti» mi comunica Sheila mentre strappa i biglietti dalla matrice. Una lancia di salvataggio arancione passa davanti a noi, rimbalzando sull'acqua, giù per il fiume, e il molo scricchiola e cigola, sballottato dalla sua scia.

«Ancora non hanno trovato quel ragazzo» attacca. «Ormai sono giorni che vanno avanti e indietro a dragare il fiume.»

«Quale ragazzo?»

«Non li leggi i giornali?»

Sheila lavora sul molo da che ho memoria. Abita a Woolwich con l'anziano padre e talmente tanti gatti da aver perso il conto. Legge la cronaca locale con interesse e avidità, non se ne perde una.

«È una tragedia. L'ennesimo ragazzo inghiottito dal fiume. Non riesci a smettere di pensare ai genitori. Qualunque cosa dica il giornale, credo si sia suicidato. È colpa della droga che fumano. Ne ho visti di ragazzi finire male per colpa di quella roba, e ormai sta dappertutto, la vendono pure davanti alle scuole elementari. Diventano tristi, entrano in depressioni profondissime e non riescono più a venirne fuori. Ci deve essere cascato anche lui, è questo che penso.» Scuote la testa e mi chiede come sto.

«Sto molto bene, Sheila, grazie. Non sono mai stata meglio» le rispondo, cullandomi nella consapevolezza che Jez non è annegato né ha mai sofferto di depressione indotta dall'erba, ma è vivo, sano e salvo, a casa mia. So che, seppur temporaneamente, sta imbavagliato nel mio garage, e domani, nel momento stesso in cui mio marito e mia figlia partiranno, potrò risistemarlo nella sua bellissima stanza della musica.

Io e Sheila ci scambiamo altri convenevoli prima che raggiunga gli altri nella sala d'attesa. L'imbarcazione si avvicina, creando altre onde che si infrangono a lato del molo.

Il Clipper rotola sull'acqua stamattina. È una giornata turbolenta, troppo fredda per uscire sul ponte, il posto che preferisco. Quando partiamo, disegnando un grosso arco al centro del fiume, i palazzi di Canary Wharf sembrano ondeggiare, le loro finestre riflettono il cielo plumbeo.

Per quanto il fiume mi sia più familiare delle mie stesse tasche, può spaventarmi talvolta. Questo è uno di quei giorni. Le onde grigie sono ostili, sollevano e fanno ricadere la barca in modo allarmante. Non riesco a rilassarmi. Non voglio guardare al fondo, mentre il Clipper prende velocità, e iniziamo a sobbalzare sulle onde.

Ci lasciamo Greenwich da una parte, gli alti edifici dall'altra, e risaliamo il fiume verso Masthouse Terrace Pier e poi Greenhouse. Dopo venti minuti attracchiamo a Canary Wharf. Non smette mai di sorprendermi il tempo che ci vuole per raggiungerlo via fiume, quando da casa sembra che si trovi proprio davanti a noi. E mi meraviglia di più il pensiero che per raggiungere la Queen's House, che sembra esattamente dall'altra parte di Greenwich, ci si impieghino cinque minuti a piedi.

Greg chiacchiera con Harry quando ripartiamo. Gli ha comprato una birra al bar e adesso sono impegnati nelle classiche chiacchierate tra uomini. Kit scrive un sms, la testa china sopra il cellulare, tutta concentrata. Mi piacerebbe sedermi accanto a lei, parlare di sciocchezze, di quelle cose che, immagino, siano il passatempo delle altre madri e figlie. Ma non riesco a pensare a un modo per iniziare. Sento la voce di Greg, cantilenante. Racconta che un tempo il fiume era affollato più delle strade, un ammasso di alberi e vele, talmente trafficato che le imbarcazioni riuscivano a stento a passare una accanto all'altra. Che il deposito di tabacco a Wapping era una volta il più grande edificio pubblico al mondo. «Progettato, devi credermi, dallo stesso individuo che costruì le prigioni di Dartmoor e Maidstone.»

Harry annuisce assorto, eppure io mi chiedo quanto sia veramente interessato alla lezione di Greg.

«Da quella parte. Lì avvenivano le esecuzioni per i crimini 'in mare aperto'. Tenevano 'il libro più triste del mondo' nella stazione di polizia. Un registro di tutti i suicidi, tentati e riusciti. Non c'è niente di divertente, ma il Tamigi ha sempre avuto il suo lato oscuro.» Greg prende un altro sorso di birra.

Mi raggomitolo. Mi sento sempre a disagio quando passo davanti ai palazzi tirati su sconsideratamente negli anni Ottanta sull'altra riva, mentre il fiume secondo me non ha tempo per simili banalità. I depositi di cui parla Greg e gli scali, ai tempi in cui ero bambina, come il West India Dock sull'isola dei Cani, lavoravano grazie al Tamigi, poiché ricevevano le merci importate e trasportate sulle chiatte. C'era una sorta di reciproco rispetto tra gli edifici e il fiume che li riforniva. Ma questi appartamenti e i complessi abitativi si pongono con arroganza rispetto a ciò che si trova sotto di essi. C'è una separazione tra loro e ciò che rivendica il fiume. Chiaramente, nemmeno Harry sente alcun legame con il Tamigi, e quello di Greg è debole, cerebrale anziché istintivo. Non ce l'ha nel sangue, come me. Non capirà mai appieno perché non posso viverne lontano.

Afferro i lati del mio sedile e penso ai misteri che il fiume cela nelle sue profondità, i tesori che rilascia con la bassa marea. *Tamasa*, 'il fiume oscuro'. Oggi il Tamigi sembra più oscuro che mai.

Arriviamo al Pool, quel tratto d'acqua tra Tower Bridge e London Bridge, ed entriamo a Bankside Pier, l'imbarcazione frena bruscamente. Le onde si agitano adirate, sballottando la barca quando grosse cime vengono nuovamente gettate.

Mentre passiamo sotto Blackfriars, Greg spiega al pazientissimo Harry che il ponte prende il nome da un ordine di monaci che vivevano lì. Poi scivoliamo davanti a South Bank, dove piccole luci blu sono allineate lungo la via alberata. Kit afferra Harry per una mano, sottraendolo a Greg, e insieme si affacciano dai finestrini e strepitano per la bellezza del panorama. Alla fine arriviamo indenni a Embankment.

Percorriamo Villiers Street e lo Strand fino all'Opera House. Ci sistemiamo subito nel cuore sfarzoso, rosso e dorato del teatro, più lontano possibile dalle grinfie oscure del Tamigi.

Greg è riuscito a prendere i biglietti in galleria. Ispeziono l'auditorium, inspiro il vago odore di profumo costoso, applaudo insieme al resto del pubblico, mentre l'orchestra prende posto nella buca. Quando si apre il sipario, mi abbandono alla musica, al dramma, dal momento che non c'è altro che io possa fare fino al termine dell'atto finale.

D'altro canto l'opera è catartica. Come me, Tosca soffre di gelosia, il sospetto profondo che chiunque possa strapparle l'attenzione del suo amato. Ciononostante, lei farà qualunque cosa per lui, ha intenzione di uccidere per lui; il coraggio di questa donna andrebbe onorato. Malgrado tutto, la musica e la storia, una parte della mia mente non trova pace. Attendo il momento in cui potrò andarmene e tornare da Jez. Sciogliere i nodi ai polsi, fargli sapere che io sono lì per lui.

Ma oggi il destino mi rema contro. Perché quando arriva l'intervallo, e scendo le scale per raggiungere gli altri, mi imbatto in Helen.

17

Venerdì

Helen

Helen era sollevata di lasciare il lavoro venerdì a pranzo, sapendo di dover andare direttamente all'opera. Non poteva sapere se la polizia avrebbe verificato che lei fosse andata al lavoro il venerdì precedente. Per coprire la bugia, aveva architettato di raccontare di essere stata alle terme. Quasi certamente nessuno avrebbe potuto appurarlo. Le terme erano un luogo anonimo e la donna che vendeva i biglietti nemmeno alzava la testa dal suo bugigattolo quando andavi a pagare. Helen avrebbe detto, se la polizia avesse chiesto perché non aveva riferito tutto immediatamente, di essersi vergognata di aver combattuto il freddo imminente andando alle terme, quando avrebbe dovuto trovarsi al lavoro.

Più tardi, Helen cominciò a chiedersi perché inventare tutte quelle elaborate lungaggini per coprire le sue reali frequentazioni, ma in quel momento la cosa peggiore che riuscisse a immaginare era che qualcuno, polizia inclusa, scoprisse che era stata in un pub di Smithfield a sbronzarsi. L'avrebbero dipinta come un'alcolizzata. Avrebbero pensato che era sull'orlo del tracollo, il che avrebbe dato a Maria ulteriori argomenti con cui accusarla di essere un'irresponsabile.

Helen prese la metropolitana fino a Covent Garden e si diresse alla Royal Opera House. Le serviva una fuga da quella settimana estenuante che aveva trascorso.

Stranamente, Ben era scivolato da una posizione preminente nei suoi pensieri al fondo della sua mente. Si era fatto avanti Mick. Tutta quella cura di sé stesso e quel lisciarsi i capelli. Perché lo faceva? Helen tentò di guardare Mick con gli occhi di Maria. Non aveva più idea se lui potesse essere attraente per le altre donne. Forse questo nuovo sentimento, il sospetto e la gelosia nei confronti di sua sorella, era senso di colpa, pensò. Un modo per punire sé stessa per la perversione con Ben. In ogni caso, tutto questo le faceva capire di amare ancora Mick, di non poter sopportare l'idea di perderlo.

Helen comprò un Gin tonic al bar e lo tracannò. Quando il campanello suonò per il primo atto, andò a cercare il suo posto. Un senso di torpore la avvolse quando l'alcol fece effetto, e si lasciò prendere completamente dalla musica e dallo spettacolo.

Helen intravide Sonia prima che Sonia la vedesse. Tentò di attirare il suo sguardo, da sopra le teste della gente che si spostava sui sedili, ma era impossibile. Sonia appariva distratta, come quel giorno al mercato, e Helen ripensò alla depressione di cui aveva parlato Nadia. Agitò le mani per cercare di attirare la sua attenzione, ma Sonia non alzò lo sguardo e Helen fu spinta giù per le scale dalla gente che non vedeva l'ora di avere il proprio drink.

Al bar Helen si fece strada tra gli avventori e infine vide Sonia, che scendeva da un'altra scala.

«Sonia! Che coincidenza!» esclamò. «Anche se in realtà ero

certa che vi avrei trovato qui. Greg non si sarebbe mai perso le prove della *Tosca*! Simon mi ha dato il biglietto. Stava per offrirlo a te, ma immaginava che Greg probabilmente se li sarebbe procurati da qualcuno.»

Sonia annuì, ma il suo sguardo sembrava vitreo quando incrociò gli occhi di Helen.

«È fantastico averti incontrata» affermò Helen. «Non ci vediamo da secoli. Non penso che tu abbia tempo per chiacchierare. Dopo, intendo. Stai bene? Sembri pallida.»

«Sto bene» rispose Sonia.

Helen fu colta alla sprovvista. Era pronta a mostrarsi comprensiva se Sonia si fosse sentita depressa, ma la sua risposta era stata decisamente gelida. Si chiedeva se l'amica avesse deciso di tagliare i ponti una volta cresciuti i loro figli. In tal caso sarebbe stato triste. Potevano conversare educatamente in onore dei vecchi tempi, se non altro.

Poi Sonia iniziò a parlare. «Ho avuto qualche linea di febbre questa settimana. Non mi sento proprio al cento percento purtroppo.»

«Ah, sì, Simon me l'ha detto. Che avevi annullato le sessioni.» Helen sorrise, sollevata di ricevere una spiegazione, in sintonia con Sonia.

«Hai visto Simon?»

«Mi ha dato il biglietto. Non stai bene, vero, Sonia? Ti serve un drink, cara. Senti, vediamoci alla fine, così prendiamo dello champagne. Ho un bisogno terribile di parlare. Stiamo in questa situazione infernale. C'entra mio nipote. È scomparso. E... Diamine, non dovrei attaccare ora. Non farei altro che turbarti. Siamo tutti turbati, sta causando uno squilibrio terribile in tutti noi. Per favore, incontriamoci dopo per un goccetto. Se ne hai voglia... Oh, Greg. Ciao.»

«Helen!» esclamò Greg. «Come stai? Sonia, scusami, volevo solo dirti che Kit e Harry sono usciti. Io vado al bagno, ci vediamo di nuovo in galleria.»

«Stavo dicendo a Sonia di vederci dopo per un drink» spiegò Helen. «Te la posso rubare? Non stiamo un po' da sole da... Dio, quanto tempo è, Sonia? Da mesi, almeno! E ho bisogno di parlarle di...»

«Per me va benissimo!» ribatté Greg. «Porterò Kit e Harry a mangiare qualcosa. Così potrò starmene un po' con loro due. Tu e Sonia potrete spettegolare tutto il pomeriggio.»

Alla fine dell'ultimo atto, Helen e Sonia trovarono un tavolo al bar. Greg si avvicinò, le rassicurò di nuovo che avevano tutto il tempo del mondo per chiacchierare. Lui andava in un ristorante di Covent Garden con Kit e Harry e sarebbe tornato a prendere Sonia, quando fossero state pronte ad andare via.

«Insomma» fece Helen chinandosi verso la sua amica e versando a entrambe un bel bicchiere di prosecco. Si rese conto che ciò che le mancava, quello che le serviva veramente, era la possibilità di scaricare il suo stress su un'amica imparziale.

«Non ti ricordi di mio nipote Jez, vero?»

18

Venerdì

Sonia

Il bar dell'Opera House è stracolmo di persone disposte a tutto pur di avere qualcosa da bere.

«Mio nipote Jez,» comincia a raccontare Helen «il figlio di mia sorella, stava da noi, mentre faceva colloqui nelle scuole di musica.»

Mi guardo intorno in cerca di un orologio. Non ne vedo. Immagino che debbano essere le cinque. Jez sta da solo in garage, legato, da ieri notte. L'ansia mi ribolle dentro. Qualcosa mi impedisce di tornare da lui. Il desiderio di ascoltare ciò che Helen ha da dirmi mi obbliga a ritardare ancora. Perché, a dispetto di tutto, sono costretta a sentire cosa sta succedendo nella famiglia di Jez, come stanno da quando lui se n'è andato. Cosa credono sia successo. Potrei averne indicazioni importanti su quando e come farlo tornare. Helen ha iniziato a parlare, distinguo la sua bocca che si muove, ma non riesco a sentire le parole. Sono sommerse da pensieri inquietanti che mi affollano la mente: la corsa del Clipper viene cancellata per il tempo burrascoso, viene interrotta l'erogazione della corrente e anche la metropolitana è bloccata. Non farò ritorno a casa stasera e Jez resterà legato al letto con il nastro coibentante, senza poter mangiare o bere. La sua morte sarà lenta e dolorosa. Penserà che era ciò che volevo fin dall'inizio, mentre la verità è che io volevo il contrario.

È così che succede. Vedo le luci blu, sento le sirene e le voci sconcertate degli adulti, e torno indietro a quel momento.

Dopo le lance della polizia e le ambulanze e le luci blu e il rumore, mi ritrovo su una panchina di acciaio in un corridoio gelido. Niente mi avrebbe scaldato. Nemmeno il porridge che mi avevano dato nel contenitore di polistirolo né la ruvida coperta grigia che mi avevano poggiato sulle spalle.

La panchina era circondata da persone che mi guardavano dall'alto, mi facevano domande.

«Ho resistito!» gridavo, digrignando i denti mentre tremavo. «Non ho mollato.»

Poi un'infermiera si materializzò tra il mare di volti, il suo viso pallido, i capelli dorati arricciati sotto la cuffietta bianca, ma io notai le sue sopracciglia, ben definite e inarcate verso l'alto. Le conferivano l'aspetto di una persona che ha subìto un terribile shock. Me lo ricordo in modo vivido, l'espressione di terrore sul suo volto, il modo in cui la sua bocca si contorceva leggermente mentre pronunciava le parole: «Mi dispiace.»

Aspettavo che un braccio mi stringesse, mi rassicurasse. «Si sono sbagliati.»

Invece, i volti cambiarono, si corrucciarono, si oscurarono, e un paio di occhi mi guardarono carichi di qualcosa che non avevo mai visto prima, ma che da allora rividi molte volte: odio puro.

Non ebbi mai la certezza se il terribile lamento che sentii

mentre mi trasportavano via da quel corridoio bianco provenisse dalla mia gola o da quella di qualcun altro.

«Sonia,» continua Helen «tutto okay? Stai ancora male? Ti serve qualcosa? Vuoi altra acqua?»

La gente nel ristorante Amphitheatre sta nuotando. Tutta la sala all'improvviso sembra trovarsi sul fiume, ondeggia avanti e indietro come il Clipper. Stringo le braccia alla sedia.

«Sto bene» rispondo alla fine. «Ma forse prenderò quel bicchiere di vino.»

Mi dico che le darò non più di una mezz'oretta. Poi tirerò fuori una scusa per andarmene.

«...E non solo per questa storia di Jez» prosegue Helen. «È quello che sta succedendo all'intera famiglia. È iniziato tutto sabato scorso. Ero stata a un vernissage a Hoxton. Di Nadia. Pensavo di trovarti lì! Desideravo tanto parlare con te. Ha esposto il suo pancione nei diversi stadi della gravidanza. Con le Modroc.»

«Cosa?»

«Modroc. Sai, quelle bende che si usano per le fratture. Si possono ordinare su internet, per replicare il busto gravido nella sua forma esatta, come non sarà mai più, immagino, nel caso di Nadia. A quarantacinque anni insiste per averne un altro. Assurda, questa cosa. È una moda, Sonia. Tu e io siamo antiquate! Insomma, è stato quando sono tornata a casa che abbiamo capito che Jez mancava dal pomeriggio precedente. Non è mai rincasato da allora.»

Nel silenzio che sembra calare, mi preoccupo che Helen possa sentire il martellare del mio cuore.

«Ma è terribile» riesco a tirare fuori.

Helen prosegue.

«Certo! È spaventoso. C'è stata la polizia a casa, hanno dragato il fiume. Ci aggrappiamo tutti al fatto che non abbiano trovato... Oddio, non riesco nemmeno a dirlo... Ecco, il corpo. Finché non ne trovano uno, continuiamo a sperare che se ne sia semplicemente andato per un po', che voglia starsene per fatti suoi. Non lo so.»

Helen si strofina il viso con la mano, sbaffandosi il mascara. Ha dei cerchi rosa sulle guance e un aspetto orribile.

«E lo so che può sembrare terribilmente egoistico, date le circostanze,» continua «ma la cosa brutta quasi quanto la scomparsa di Jez è l'effetto che ha sulla nostra relazione. Tra me e Mick, intendo. Basti pensare a quanto andavano meglio le cose tra noi, ora che avevamo superato un periodo di... tensione. Litigi e difficoltà, il costante destreggiarsi per estinguere il mutuo. Tutto quanto. E poi *zac*! Mio nipote scompare e, anziché sostenerci a vicenda, il divario si fa solo più grande. Mick è freddo con me. Sembra quasi che incolpi me, Sonia!»

«Te? Come fa a incolpare te?»

Fa una pausa e mi rivolge un'espressione implorante. «Dal momento in cui Jez è arrivato, Mick non ha fatto che paragoni con i nostri ragazzi. Tra me e Maria. Lei è sempre stata quella perfetta. Con il figlio perfetto. Jez è un genio della chitarra. Andrà proprio alla scuola di musica che vuole frequentare Barney. Se lui sarà preso, il mio povero Barney non ci riuscirà, e sì, a volte questo mi ha fatto... ehm, non lo so, risentire.»

«Non capisco ancora perché Mick dovrebbe incolparti» replico.

«Lui pensa che sia stata troppo permissiva con Jez, trattandolo come faccio con i nostri ragazzi, lasciandogli troppa libertà di andare e venire. Pensa che avrei dovuto comportarmi più come Maria. Scarrozzarlo in macchina. Dargli orari precisi.»

Prende un altro sorso di vino.

«Crede che se fossi stata più simile a Maria, magari Barney

e Theo avrebbero concluso qualcosa nella vita a questo punto. Ma secondo me Maria è troppo oppressiva con Jez. Io non sono una madre oppressiva. A essere onesti, forse è un modo per compensare la dislessia di Jez. Magari pensava che con questa cosa, e il fatto di essere figlio unico, il ragazzo sarebbe potuto diventare un imbranato o una specie di emarginato. Neanche per sogno! I miei figli e tutti i ragazzi del gruppo lo adorano, e lui è stato in casa *mia* e Mick sembra ossessionato da lui, come se volesse *essere* lui. Si preoccupa in un modo in cui non si è mai preoccupato per i nostri ragazzi. Comincia a darmi ai nervi, se devo dire la verità. Ma adesso che è sparito, Mick è diventato tutto moralista, sostiene che avremmo – vale a dire *avrei* – dovuto trattarlo con i guanti di velluto.»

L'Opera House comincia a gremirsi di nuovo degli spettatori della sera. Fuori è buio. Helen suggerisce di prendere un'altra bottiglia di vino, ma io rifiuto, perché voglio mantenere la mente lucida.

Da quanto stiamo sedute qui? Perché nessuno indossa un orologio di questi tempi? Cerco di non mostrare a Helen la mia agitazione. Per fortuna sta bevendo, così la sua percezione di ciò che ha intorno è smorzata.

Jez ha tutto ciò che gli serve. Sta al sicuro. Ha cose per stare al caldo. Non gli può succedere nulla di male. Ma deve essere affamato a quest'ora. E starà morendo di sete. Bagnato. Congelato. E sebbene non riesca nemmeno a pensarci, si sarà sporcato. Judy è stata in casa tutta sola questa mattina. Suppongo abbia notato qualcosa che io ho trascurato. Perfino Kit, che ha cose più importanti e migliori a cui pensare, si è accorta che manca la chitarra acustica. A Judy non sfugge mai niente. Sarà anche poco istruita, ma ha il cervello fino e lo usa per cogliere i più piccoli dettagli delle vite degli altri.

Mi agito sulla sedia. Quanto sono stata accurata quando ho

sistemato il garage? Quanta attenzione ho messo nel coprire le tracce? Cosa potrebbe aver notato Judy? Che le chiavi del garage non sono appese al gancio al solito posto? Che mancano delle lenzuola nell'armadio della biancheria? No. È impossibile che riesca a mettere insieme questi fatti e arrivare a una conclusione così improbabile, benché sia la verità.

Quando Helen torna con il vino, mi scuso e scappo alla toilette. Mi svuoto la vescica nel lussuoso bagno della Royal Opera House, poi mi poggio sul lavabo in vetro per qualche secondo, tentando di ricompormi. Do un'occhiata alle donne che si ritoccano il lucidalabbra, rimettono a posto i capelli arruffati, si stirano i vestiti davanti agli specchi, accanto a me. Sbirciandomi con cautela, ho il timore che il viso riflesso sia cambiato, mostri le mie paure e i pensieri più intimi. Mi sorprende notare invece quanto io appaia normale. Sempre i soliti occhi grigi, gli stessi capelli neri. Solo uno o due sparuti capelli bianchi iniziano a farsi vedere. Tiro fuori il mio lucidalabbra dalla borsa e lo riapplico, e sto di nuovo bene. Faccio un profondo respiro. Inventerò un'emergenza, qualcuno che mi ha mandato un messaggio. Qualsiasi cosa pur di tornare da Jez.

Helen alza lo sguardo mentre rientro attraversando il foyer.

«Sei dimagrita, tesoro?» chiede, come se fosse la prima volta che mi guarda oggi. «Oh, mio dio, sì. Sei stupenda. Nadia mi aveva detto che stavi proprio bene. Cosa stai facendo?»

Faccio spallucce. Vorrei riuscire a dirle che è per nervosismo, per il fatto di essere costantemente tesa. Voglio dirglielo, era mia amica un tempo. La guardo negli occhi e noto che si è abbandonata di nuovo al suo mondo, è tornata alla sua storia, e avverto quell'abisso che si crea tra te e qualcuno vicino quando si frappone un gran segreto che non è proprio possibile condividere.

«Penso di non piacere più a Mick,» dichiara Helen «non

riesce a sopportare la mia vista. Ho paura che lui e Maria possano diventare più... intimi.»

«Ehi,» replico «lui si sente in colpa, tutto qui, per non essersi preso abbastanza cura di Jez. Vuole togliersi un peso dalla coscienza incolpando te. A me sembra che questa sia la situazione.»

«Credi?»

«Sì.»

«E che mi dici dei capelli ben pettinati, la corsa e le pacche all'addome?»

Rido. Un suono bizzarro negli ultimi tempi, perché esca dalla mia bocca.

«Sembra la classica crisi di mezza età» rispondo.

«E Jez. Dovrei preoccuparmi più di lui e meno di Mick?»

«No!» esclamo. «Hai perfettamente ragione a non stressarti per questa storia di Jez. Gli adolescenti. Sono spiriti liberi.»

«È molto giovane, Sonia.»

«Non c'entra niente. Non puoi tenerli sotto controllo come fossero bambini, per amor del cielo. Jez ha un cervello. Per forza devi lasciarlo andare. Lasciargli fare le sue cose. E, Helen, sicuramente lo *sta* facendo. Sua madre, tua sorella, sembra così autoritaria. Tu non vorresti scappare da una madre del genere? Non c'è da meravigliarsi se il ragazzo vuole nascondersi. Chi lo sa, potrebbe avere una storia con qualcuno di cui non ha parlato a nessuno. È possibile che non *voglia* essere trovato. Scommetto che *vuole* essere lasciato in pace. Non ci ha pensato nessuno? Mick ci ha pensato? Maria? E la polizia?»

Helen mi guarda. Questo è il discorso più lungo che io abbia pronunciato da quando siamo arrivate al bar e mi accorgo che l'ha lievemente presa alla sprovvista.

«Forse,» replica «ma c'è dell'altro. La polizia pensa che io sia coinvolta nella scomparsa di Jez. Mi hanno interrogata più di una volta. Ho ammesso alcuni dei sentimenti di cui ti ho appena parlato.» Fa una pausa. Ha le gote paonazze ormai e gli occhi leggermente arrossati per il vino. Inspira rumorosamente. Mi guarda.

«E ora vogliono farmi altre domande. Sono stata l'ultima a vederlo. E il fatto è che me le sono immaginate *davvero*, prima di tutto questo, le cose orribili che potevano succedere a Jez. Non è atroce? Ho pensato che potesse avere un incidente di quelli che capitano così spesso agli adolescenti. Rompersi una gamba con il *BASE jumping* o rimanere ferito in un incidente stradale. Nulla che minacciasse la sua vita, ovviamente! Solo qualcosa che permettesse a Barney di entrare in quella scuola di musica. Non è una cosa orribile?»

La fisso per un momento. A dire il vero, è orribile pensare che qualcuno si auguri che Jez si faccia male. Come ha potuto? Sono tentata di dire qualcosa in difesa di Jez.

«Poi sono stata talmente scioccata di me stessa!» continua. «Cosa sarebbe successo se i miei sentimenti mi *avessero* spinto a... a fare qualcosa di tremendo al suo bellissimo figlio? Naturalmente non lo farei mai. Ma sento che vengo punita! Per aver pensato quelle cose orribili! Essere sospettata di qualcosa di così efferato... ti fa riflettere su quanto sia semplice passare da cittadino rispettoso della legge a criminale da un minuto all'altro.»

Helen si riempie di nuovo il bicchiere. Mi accorgo che la seconda bottiglia di vino è quasi finita, nonostante io non ne abbia bevuto praticamente un goccio.

«Non ti ho sconvolto, vero, Sonia?» aggiunge. «Te lo dico solo perché so che tu sei una persona che pensa fuori dagli schemi. Non sei una che giudica come certa gente. Abbiamo parlato di pensieri oscuri in precedenza, ricordi? Non vuol dire che li metteremmo in pratica.»

«Quando abbiamo discusso di pensieri oscuri?»

«Mi hai parlato dei tuoi sentimenti nei confronti di Greg, di come talvolta vorresti che non tornasse e basta, ricordi? Di come lui cerchi sempre di controllarti. Forse non dovrei tirare fuori questa storia.»

«Avevo dimenticato quella conversazione.»

«Ti prego non usare tutto questo contro di me. Oh mio dio, vorrei non averti detto nulla. È colpa del vino. Devo smettere.»

«Va tutto bene. Ma senti, dov'è Maria adesso, e Nadim? Cosa stanno facendo tutti? Quand'è che smetteranno di sperare di trovarlo e se ne torneranno a casa?»

Helen mi fissa per un secondo prima di dire: «Non penso che nessuno smetterà mai di sperare. Dobbiamo prenderla come viene, giorno dopo giorno. Se immaginassimo che potrebbe durare a lungo, credo che cederemmo tutti. Ma per il momento, Nadim è dovuto tornare al lavoro. Maria vuole restare qui. Non la biasimo per questo, anche se preferirei che si trovasse un altro posto in cui stare. L'unica persona che sembra io riesca a tollerare è Alicia. La ragazza di Jez. Sia io che lei sospettiamo che se Maria fosse un pochino meno presente, Jez tornerebbe tranquillamente. Ma Maria sta qui, in casa mia per tutto il tempo, e mi guarda di traverso... Dimentica che avevamo stabilito di comportarci da persone civili. Di solito è proprio in quel momento che mi faccio una bevuta. Ma giuro su Dio onnipotente che ho bisogno di bere. Lei e Mick fanno insieme la loro parte per Jez. Seguono la pagina Facebook, rilasciano interviste, tutto. Alicia non crede che a lui piacerebbe tutta questa ribalta. Non mollano un attimo e nel frattempo si sono anche coalizzati contro di me. Potrà sembrare insensibile, prendere il biglietto per l'opera solo per me, visto quello che sta passando Maria, ma lo stiamo passando tutti, Sonia. È anche mio nipote.»

«Helen,» dico «calmati. Avevi tutte le ragioni di prendere il biglietto solo per te. Qualche volta dobbiamo pensare a noi stessi. E Alicia ha ragione, Jez tornerà senza dubbio una volta che tutto questo accanimento sarà finito.»

Spiego a Helen di dover andare via. Mi implora di metterci d'accordo per vederci ancora. «Come facevamo un tempo, quando i ragazzi erano più piccoli, nel parco» aggiunge, e io le rispondo: «Okay, va bene. Fammi uno squillo.»

Fuori, le luci di Covent Garden abbagliano, i bar sono gremiti e la piazza sembra pulsare mentre i festaioli si riuniscono per il venerdì sera. Inspiro profonde boccate dell'aria cittadina mentre mi affretto verso Embankment. Non aspetterò oltre né mio marito né mia figlia o il suo fidanzato. Devo prendere il Clipper per tornare dal ragazzo che tengo nell'oscurità.

19

Venerdì sera

Helen

«Ci sono novità?» chiese Helen.

Era la prima domanda che ognuno di loro poneva quando apriva la porta d'ingresso. Le espressioni assenti in risposta erano tutto ciò che serviva per capire che non ce n'erano.

Helen si mise a sedere al tavolo della cucina. Il cuore le martellava in petto alla vista di Mick e Maria che bevevano vino rosso a lume di candela. Se ne versò un bicchiere anche lei. Distinse il rumore della scatoletta di fagioli cotti al forno che Barney aprì dietro di lei. Era chiaro che era appena rincasato, aveva addosso l'odore del pub, della fredda aria notturna. Mick e Maria dovevano essere rimasti soli, insieme.

«Perché queste luci soffuse?»

«Per i miei attacchi di emicrania» rispose Maria. «Mi stanno dando un'infinità di problemi da quando Jez...» Le si ruppe la voce e non riuscì a continuare.

Liberarsi del peso che le gravava sul petto con Sonia aveva aiutato Helen a guardare le cose nella giusta ottica. Sapeva cosa doveva fare. Anziché lasciar vagare la sua immaginazione, doveva tenere a mente la pressione a cui erano sottoposti tutti. Maria in particolare. Si avvicinò a sua sorella, le posò una mano sulla spalla e la strinse. Maria se la scrollò di dosso.

«Com'è stata l'opera?» chiese Mick.

«Non male.» Helen tornò a sedere e prese una grande sorsata di vino.

Sua sorella era impossibile, non avrebbe mai permesso a Helen di avvicinarsi.

«Ho incontrato Sonia. Abbiamo bevuto qualcosa dopo lo spettacolo. Mi avete lasciato niente per cena?»

«Scusa, ma non sapevamo se saresti tornata» rispose Mick.

«Prendi la mia. Io non ce la faccio a mangiare» si offrì Maria, spingendo verso Helen la sua porzione di tonno alla piastra.

Helen guardò il piatto, poi Mick. Lui non colse il suo sguardo e nell'intimo lei si sentì sprofondare. Spaghetti *udon*! Il loro piatto speciale, e lui non ne aveva cucinati nemmeno un po' per lei.

Mick si rivolse a Maria. «Hai conosciuto Sonia? La consulente vocale? Io e suo marito Greg suonavamo insieme, in quella band. Fa il neurologo. Anche se adesso perlopiù insegna. Forse qualche volta ti capiterà di incontrarli.»

«Fantastico» ribatté Maria senza trasporto.

«Se non si trasferiscono a breve. Greg parlava di andare a vivere a Ginevra.»

L'aria sembrava densa. Era difficile parlare, costringersi a intavolare conversazioni che non riguardassero Jez. Come se stessero tutti su una specie di palco, impegnati a interpretare ruoli insoliti.

«Già. Ma Sonia non vuole andarsene» replicò Helen. «Adora la casa sul fiume. Era terribilmente depressa quando vivevano nel Norfolk.»

«Il Norfolk non è certo Ginevra.»

«Lei sostiene che ha bisogno di stare sul Tamigi, per la sua salute.»

«Ah! Di solito la gente crede che le Alpi siano più salutari di Londra» ironizzò Mick.

«Dipende se parliamo di salute mentale o fisica» ribatté Helen. «Comunque le ho parlato di Jez. Secondo lei, potrebbe essere innamorato. Potrebbe aver deciso di andare via senza farlo sapere a nessuno.»

«Che ne sa *lei*?» chiese Maria. «Lo ha mai incontrato?»

Helen notò un cambiamento nell'atmosfera, quando tirò in ballo il nome di Jez nella conversazione. Potevano respirare, infine.

«Ha una figlia dell'età di Theo, quindi ne capisce di adolescenti. Lo ha incontrato una volta, quando voi ragazzi vi arrampicavate sulle pareti lungo il fiume, ti ricordi, Barney? Siamo passati da lei per un tè. Ah, e devono essersi incontrati di recente alla festa per i cinquant'anni di Mick.»

«Infatti.» Barney sbatté il piatto sul tavolo e si mise a sedere. «Ora che ne parli, suo marito Greg si era offerto di prestare a Jez quell'album di Tim Buckley di cui parla sempre lui. Jez aveva detto che sarebbe andato a prenderlo... Effettivamente, mi pare che fosse venerdì pomeriggio. Il giorno che è sparito. Quando hai fatto il nome di Sonia mi è tornato in mente. Ecco dove ha detto che andava.»

«Quando l'ha detto?» chiese Maria. Tutti i volti si girarono a guardare Barney.

«Che ne so. La sera prima, forse. Ha detto che, prima di partire per Parigi, doveva andare a prendere l'album dalla casa sul fiume. Gli ho chiesto se sapeva dove stava. Ha risposto che ci era stato già. Forse intendeva quando dicevi tu, mamma. Andava lì, poi doveva incontrare Alicia al sottopassaggio pedonale. Prima del concerto. Quello a cui non è mai venuto.»

«Perché diavolo non ne hai parlato finora, non hai detto niente alla polizia?» chiese Mick, il volto paonazzo.

Maria si alzò in piedi. «Dobbiamo informarli immediatamente.»

«Cos'hai in testa?» gridò Mick, rizzandosi in piedi a sovrastare suo figlio. «So che qualche volta sei un po' strafatto, ma questa cosa potrebbe essere decisiva. A che gioco credi di giocare?»

Barney scrollò le spalle. «Nessuno. Davvero, me n'ero dimenticato. Onestamente. Non ci avevo pensato fino a che mamma non ha parlato di Sonia.»

«Squilla» dice Maria, sostenendo il telefono con la spalla.

«Dio, quanto vorrei inculcarti un po' di giudizio in quel cranio a forza di sberle» affermò Mick dando uno scappellotto a Barney.

Helen fissava Mick. Era stata insieme a quell'uomo per oltre vent'anni. Era solito toccare i suoi figli in quel modo? Avvertì un improvviso bisogno di analizzare suo marito, di decifrare cosa c'era in lui che lo rendeva l'uomo che credeva di conoscere.

«Non c'è bisogno di fare così» si risolse a dire infine. «A Barney è sfuggito di mente. Non è il genere di cose che ci si ricorda per forza. Un dettaglio trascurabile come quello.»

«Getta una luce completamente nuova sui possibili movimenti di Jez» replicò Mick.

Maria si infilò un dito nell'orecchio. «Sssh!» sibilò. «Non riesco a sentire le opzioni.» Portò tutto l'apparecchio nell'ingresso.

«Papà!» esclamò Barney. «Cazzo! Lo ha accennato appena, non pensavo... Bah! Avrei dovuto segnarmelo. Avevo cose ben più importanti per la testa.»

«Tipo da dove viene il fumo della prossima canna?»

«Vaffanculo!»

«Non ti permettere di parlarmi in questo modo!»

«Ma ti stai comportando proprio come un coglione per questa storia di Jez» sbottò Barney. «La mamma ha ragione. Sei cambiato. Non sei mai stato così con noi, quando ce ne stavamo via per qualche notte.»

«Non c'entra niente. Siamo responsabili per quel ragazzo. È sparito da sotto il nostro tetto e adesso, dannazione, scopriremo cosa gli è successo.»

Barney uscì dalla stanza pestando i piedi.

«Non vedo come il fatto che Jez abbia detto che sarebbe passato alla casa sul fiume possa avere a che fare con niente di tutto questo» dichiarò Helen.

«Se Sonia l'ha visto quel pomeriggio, vuol dire che è sparito *dopo* la sua visita da lei, ma *prima* dell'appuntamento con Alicia. Restringe le possibilità» spiegò Mick.

«Sì, ma lei non l'ha visto.»

«Come fai a saperlo?»

«Perché Sonia ne avrebbe parlato quando ci siamo viste oggi.»

Maria rientrò nella stanza. «Hanno detto che faranno una riunione domattina per stabilire come utilizzare questa informazione. Ora sono esausta. Vi spiace se faccio un bagno?»

«Fa' pure» pronunciò Helen senza nemmeno guardarla.

Mick attese che Maria se ne andasse, poi disse a bassa voce: «Non volevo dirtelo davanti a Maria. Pauline ti ha chiamato oggi pomeriggio dal lavoro. Ho chiacchierato un po' con lei. Dice che è preoccupata per te e per tutto il tempo che trascorri fuori. Ha detto che non stavi al centro l'altro venerdì mattina. La polizia sta indagando.»

Helen sentì il sangue salirle al volto. Fissò Mick, tesa.

«Non so cosa ti stia succedendo, Helen,» continuò «ma vedi di tornare sulla retta via.» Lo sguardo che le lanciò uscendo dalla stanza era identico a quello che aveva riservato a Barney. Come se fosse affranto per colpa di entrambi.

20

Sabato

Sonia

Sono in bagno il giorno dopo, a lavarmi il viso, quando arriva la polizia. Greg mi chiama in fondo alle scale. Harry e Kit hanno i bagagli pronti, devono prendere quello delle 10:33 per Charing Cross.

«Oddio, è successo qualcosa di brutto a qualcuno?» sento chiedere da Kit mentre scendo le scale. «La nonna sta bene? Sarei dovuta passare a salutarla. Saremmo dovuti andare a trovarla.» Tira il polsino della camicia di Harry, mentre lui rivolge uno sguardo accigliato alla polizia e poi scruta l'orologio.

«Non è per sua nonna» chiarisce la poliziotta. «Se non vi spiace vorremmo farvi qualche domanda...»

Greg accompagna i due agenti, un giovanotto e una donna, nel soggiorno. Mio marito deve aver acceso il fuoco nel camino. Io e lui ci sediamo uno accanto all'altra sul divano, mentre Kit si rannicchia su una poltrona sotto la finestra e Harry le sta accanto, in piedi, la mano posata sullo schienale della poltrona.

La donna si presenta come l'ispettore Hailey Kirwin e

spiega che un ragazzo di nostra conoscenza, per quanto ne ha saputo, risulta scomparso da oltre una settimana.

«Immagino lo sappiate già» afferma la donna rivolgendo i suoi vivaci occhi azzurri verso di me. «Lei ha incontrato la zia del ragazzo a teatro ieri.»

«Sì, Helen. L'ho letto anche sui giornali» rispondo.

«Jez!» esclama Kit. «Oddio! È scomparso? Perché non ci hai detto niente, mamma?»

«Non volevo farti preoccupare.»

«Ma è il cugino di Barney e Theo.»

«Lei lo conosce quindi?» chiede la donna, voltandosi verso Kit.

«Certo. È più piccolo di me. Abitava da queste parti. Si è trasferito a Parigi, ma qualche volta sta da Barney e Theo. Conosco meglio loro due. I nostri padri suonavano insieme. E le nostre madri erano amiche. Oddio. Che cosa tremenda. Cosa pensate sia successo?»

«Stiamo cercando di scoprirlo. Non è da lui sparire senza dire niente a nessuno. E ormai è passata già una settimana.»

Ho la stranissima sensazione che sia calata una lastra di vetro tra me e loro, e che io stia vedendo e ascoltando tutto attraverso quel pannello appannato. Carpisco alcune parole dell'ispettore Kirwin, ma sono tutte scollegate... Nessuno se n'è accorto... oltre ventiquattro ore... ricerche nel fiume... mai arrivato.

«Vorremmo sapere» continua la donna, e la sua voce si fa pesante, ovattata «se è mai passato di qui per prendere quell'album.»

«Di quando stiamo parlando?» chiede Greg.

«Otto giorni fa» risponde il giovane agente.

«Quindi mentre io ero in viaggio» replica Greg guardandomi. «Jez è passato mentre ero via, Sonia?»

Ho la bocca talmente asciutta che fatico a tirare fuori la parola 'no'.

«L'album che voleva prendere in prestito era, a quanto pare...» l'agente abbassa lo sguardo sul suo blocco di appunti «di un certo Jim Butler.»

«Tim Buckley» lo corregge Greg. «Sì. Ne ho una copia. È praticamente introvabile. Io e lui ne parlavamo alla festa dei cinquant'anni di Mick, sotto gli archi. Ti ricordi, Sonia?»

«Di cosa parlavate?» chiedo.

Sento troppo caldo. Mi tolgo la sciarpa di cachemire e la getto sullo schienale del divano.

«Te l'ho detto. Cercava questo album. Io gli ho detto di averne una copia che potevo prestargli. Me lo ricordo perché ero piuttosto colpito dal fatto che un ragazzo così giovane potesse interessarsi a quel genere di musica.» Il fuoco nel camino scoppietta e sfrigola, come se partecipasse alla conversazione. «E io gli ho detto che potevo prestarglielo, a patto che me lo restituisse in buone condizioni.»

«Ah, sì» confermo io.

«Ma poi non è più venuto» incalza Kirwin, che deve indossare lenti a contatto colorate. Nessuno può avere occhi così azzurri.

«No» ripeto.

«È possibile dare un'occhiata all'album di cui parliamo?» domanda.

«Certo» risponde Greg. Si alza in piedi. «Starà di sopra, in quella che noi chiamiamo 'stanza della musica'. Vado a prenderlo. O preferisce salire anche lei?»

«Forse può accompagnarmi Sonia» propone l'ispettore. «Dal momento che era l'unica in casa il giorno che il ragazzo aveva intenzione di passare. Il mio collega porrà solo un altro paio di domande a lei e a...»

«Mia figlia Kit, e lui è il suo ragazzo, Harry. Sono stati qui solo per il fine settimana. Studiano alla Newcastle University e, a dire il vero, devono prendere un treno a breve. Tornano oggi al campus.»

«Non ci metteremo molto» replica la donna sorridendo. Solleva un sopracciglio guardando verso di me. Io resto ferma come fossi in trance, poi lei mi segue su per le scale fino alla stanza della musica.

So perfettamente dove si trova l'album di Tim Buckley, perché Jez me l'ha sventolato in faccia l'altro giorno quando ha detto che stava per andarsene, e che non voleva più prenderlo in prestito. Ma fingo di non essere sicura. Rovisto tra pile diverse e scorro tutta la mensola prima di trovarlo e consegnarlo alla poliziotta. Kirwin lo osserva, lo capovolge, lo appoggia, e scarabocchia qualcosa sul suo blocchetto di appunti. Per lei non significa alcunché come album... Come prova, invece? Deve essere pieno di impronte di Jez. Mi chiedo se ha intenzione di portarlo via, perché in quel caso sarà una giornata memorabile per la scientifica.

Perché non ho detto loro che era passato e se l'era preso?

Avrei potuto dire: 'Sì, è venuto, gli ho dato l'album e se n'è andato.' Non si riesce a pensare abbastanza in fretta in queste situazioni. Ma se avessero voluto comunque ispezionare la stanza della musica e lo avessero trovato? Sono conscia di quanto sia precaria la mia situazione. Si viene scoperti per le sciocchezze. Da quando Greg e Kit sono tornati a casa, ho fatto sparire ogni traccia della visita di Jez e mi sono sforzata di tenerlo nascosto in garage, eppure ho trascurato le sue impronte in tutta la stanza della musica.

La poliziotta continua a girarsi tra le mani quell'album. Aspetto il momento in cui tutto mi piomberà addosso. Sono pronta a cedere, a lasciare che sia qualcun altro a occuparsene.

Se mi arrestassero per aver sequestrato un ragazzo – perché senza ombra di dubbio loro supporranno che ciò sia avvenuto contro la sua volontà – tutta la tensione, l'ansia e il tumulto emotivo degli ultimi giorni finirà. Questo pensiero mi afferra il cuore e lo stritola. Non potrei sopportare di perdere Jez dopo tutto quello che abbiamo passato. Mi serve più tempo. Ho bisogno di prendermi cura di lui, perché guarisca e ritrovi la fiducia in me. Non posso perderlo, non importa quanto sia difficile per entrambi. Non posso sopportare che tutto questo finisca nel nulla.

«Grazie» mi dice riconsegnandomi l'album. «Quindi non è mai venuto qui?»

Mi squadra mentre mi pone la domanda. I suoi occhi innaturalmente azzurri luccicano. Scuoto la testa.

«E non le è capitato di vederlo, in giro lungo il fiume, nel pub, ovunque qua intorno? Sa com'è fatto, presumo.»

«Certo, certo.» La mia voce d'un tratto sembra più alta, acuta. «Come ha detto Kit, sua zia è una mia amica. L'ho incontrato, ma non di recente. Non vedo Helen più tanto spesso ora che i nostri ragazzi sono cresciuti.»

«Da quanto ne so faceva BASE *jumping* da queste parti» mi comunica. «Sa, saltare dai ponti. Fare su e giù dai pontili e cose del genere. Non ricorda di averlo visto, proprio una settimana fa? Nessun ricordo di qualunque tipo che possa essere d'aiuto?»

Decido di pensarci per un minuto. Non sospetta niente! Vorrei parlare e ridere e discutere diffusamente di questo ragazzo e dei suoi straordinari talenti.

«L'ho visto l'ultima volta... Ah! Sarà stato un anno fa ormai, o forse due, stava con i suoi cugini, che si arrampicava sui muri laggiù, vicino al pub. Ricordo che sua zia era preoccupata. 'Ragazzi!' continuava a gridare, e io mi sentivo grata per non avere alcun problema del genere. Solo una figlia. Dovrei reputarmi fortunata.»

«Quindi, niente di recente? Non lo ha mai visto da queste parti ultimamente?»

«Ultimamente? No, non mi pare. Non ho notato nulla, niente, no.» Mi rendo conto di farfugliare per il sollievo e cerco di stabilizzare la voce. «Sto qui per quasi tutto il tempo. Lavoro a casa, quindi di sicuro lo avrei notato.»

Prende un appunto.

«Ha detto che hanno dragato il fiume?» chiedo, nonostante lo sappia già per quello che mi ha raccontato Sheila ieri al molo, per quello che ho letto sul giornale e per ciò che ho sentito da Helen.

«Sì. Ma continueranno a cercare» risponde. «La ringrazio per il suo aiuto. Adesso torniamo dagli altri. Vorremmo porvi qualche domanda sulla zia. Helen Whitehorn. La natura del vostro rapporto, eccetera.»

Il cuore ricomincia a martellarmi in petto. Non è ancora finita. La seguo giù per le scale. Osservo i suoi polpacci muscolosi che i collant color carne – che magari è costretta a indossare con l'uniforme di polizia – di certo non abbelliscono.

«Seguite qualche pista?» sta chiedendo Greg al giovane agente. Noto che il ragazzo deve avere appena qualche anno in più di Kit. Per amor del cielo è ancora brufoloso. Acne, povero figliolo. Capelli biondo-rossicci e una carnagione rosea.

«In casi come questo, se non si tratta di incidente, se non c'è nulla di illegale dietro, quasi sempre ha a che fare con la famiglia» riferisce il ragazzo.

Kirwin gli dà un colpetto nelle costole e gli rivolge uno sguardo severo.

«Al momento non abbiamo piste sicure» precisa la donna. «Ne stiamo seguendo diverse, però.»

«Oh, bene, Helen non può avere niente a che fare con questo» afferma Kit. «Né Mick. Sono fantastici. A Jez piaceva stare con loro; preferiva la loro casa alla sua a Parigi. Helen e Mick sono così tranquilli. Tanto per dirne una.»

«Quindi non avete notato un cambiamento in Helen di recente?» chiede Kirwin.

«Buon dio, no» esclama Greg guardando verso di me. «Nulla, vero, Sonia?»

«Nella maniera più assoluta» riesco a pronunciare. «Era la stessa di sempre quando ci siamo incontrate ieri.»

«Sa per caso se sta passando un momento di particolare stress al lavoro?»

«Non ci siamo viste molto ultimamente» spiego. «Ieri era la prima volta che parlavamo da mesi. Di sicuro era angosciata per suo nipote, ma per il resto, no, era la solita Helen.»

«Non ha notato che beveva?»

La guardo. In effetti, avevo notato che Helen aveva bevuto molto, ma dove vuole andare a parare l'ispettore? Cosa rischio di portare a galla?

«Le piace il vino,» rispondo «le è sempre piaciuto.»

«Quindi niente di eccezionale. Nulla di cui preoccuparsi?»

Scuoto la testa.

«E il padre?» si informa Greg. «È fuori, vero, Sonia?»

Lo fisso. Quanto pensa che ne sappia io del nipote di qualcun altro, benedetto iddio?

«Non ne ho idea» ribatto.

«Sì, mamma, ti ricordi che Helen ce l'ha detto? Il padre di Jez se n'è andato e ora vive a Marsiglia. Da tre anni più o meno.»

«Ah, forse» replico.

«L'abbiamo rintracciato» precisa il poliziotto. «E la madre del ragazzo sta a casa di sua sorella. Quindi abbiamo parlato anche con lei. Così, al momento, pensiamo a un incidente, un possibile annegamento, sebbene sia ovvio...»

«Josh, basta così» lo interrompe Kirwin.

«Avete qualche indizio?» chiede Kit.

«Non proprio. Ma, sfortunatamente, l'annegamento *figura* nella lista delle possibilità. Non un suicidio, stando alle prove, piuttosto un tragico incidente. Sono più frequenti di quanto non si immagini. Specialmente se alle vittime piace arrampicarsi sui muri e sotto i ponti.»

«È davvero terribile» sentenzia Kit.

«Grazie per il vostro aiuto» conclude il giovane agente brufoloso, alzandosi in piedi.

«Figuratevi» replica Greg. «Se possiamo fare altro, qualsiasi cosa. D'altronde, benedetto il cielo, è come se fosse un nostro amico. È terribile. Ci farete sapere se scoprite qualcosa?»

«Lo saprete in ogni caso, non c'è dubbio» afferma Kirwin. «I media adorano i casi come questo, temo. Sebbene la pubblicità abbia i suoi vantaggi. Può essere d'aiuto.»

Ci guardiamo tra di noi per qualche secondo, dopo che i poliziotti se ne sono andati.

«È spaventoso!» esclama Kit. «Mi mandano in paranoia le cose come questa. Povero Jez! È terribile!»

«Speriamo che tutto vada per il meglio» chiosa Harry.

«Io, sai, cerco di farmi scivolare addosso quello che mi capita di vedere in giro. Ma quando si tratta di qualcosa di crudele o violento, soprattutto nei confronti di qualcuno che conosco, non riesco a farmene una ragione» spiega Kit. Ha le lacrime agli occhi.

«Dài, su.» Harry la abbraccia.

«Voi due dovete andare via» dice Greg con uno sguardo all'orologio. «Non lasciatevi abbattere da questa storia. Sono sicuro che si risolverà per il meglio. Gli adolescenti! Ogni motivo è buono per squagliarsela. Probabilmente scopriranno che sta attraversando il Marocco per un viaggio stile hippy o qualcosa del genere, per ritrovare sé stesso.»

«Dio, papà,» lo riprende Kit «ma in che secolo vivi?»

«Salta in macchina,» la esorta Greg «vi accompagno a Euston.»

Alzo rapidamente lo sguardo. «Non devi prepararti per partire?»

«Ah-ah! Aspettavo che me lo chiedessi. Ho rimandato il viaggio. Resto a casa un po' più a lungo, cara, per stare con te.»

Pronuncia queste parole con un barlume di speranza negli occhi come se, ora che abbiamo fatto sesso, fosse convinto che io sarò contenta ad averlo intorno.

Sento che mi si serra la mascella. La collera che ho provato per aver dovuto costringere Jez in un garage, tanto per iniziare, si impossessa di me. Una rabbia bruciante talmente intensa da farmi tremare. È tutto sbagliato! Che sia dovuto andare lì in primo luogo. Che abbia dovuto patire le indicibili umiliazioni che ieri ci sono capitate durante quell'ora in cui ho dovuto riassettare quando sono tornata dall'opera. Ho dovuto pulirlo e cambiarlo come un bambino, tenendolo legato tutto il tempo, per evitare che tentasse qualche azione sconsiderata in quello stato di sofferenza. Poi ho dovuto insistere perché mi permettesse di imboccarlo. È stato umiliante per entrambi.

Saluto Kit con un bacio. Quando i suoi capelli mi sfiorano la guancia, avverto una fugace nostalgia di quei giorni in cui era bambina e si stringeva a me durante la notte. Qualche volta mi strattonava nel letto e io mi stendevo accanto a lei in attesa che si addormentasse, le sue dita leggere come piume che scovavano una qualche tensione sul mio volto e, accarezzandomi, scacciavano via la fatica con l'istinto infantile. Adesso che la guardo mentre percorre il cortile con Greg e sottobraccio a Harry, è come se lei stringesse una parte di me, ormai flaccida, e il fatto che vada via mi distrugge. Non c'è più affetto tra di noi, a stento ci sfioriamo. Non ha più bisogno di me. In realtà, sono anni che non ha più bisogno di me. Scompare attraverso il portone e un doloroso abisso mi si spalanca dentro.

Grazie al cielo, però, adesso ho Jez.

21

Sabato

Sonia

Nel momento stesso in cui svaniscono all'orizzonte, torno in casa, butto qualche provvista in una borsa e mi dirigo verso il garage. Esasperante, Betty sta fuori da casa sua intenta a lucidare il picchiotto di ottone sulla porta. Lancio un'occhiata alla telecamera a circuito chiuso. Sento il bisogno compulsivo di tenerla sotto controllo ogni volta che vado a trovare Jez, malgrado sappia che non inquadra i garage, ma il cantiere dove stanno costruendo ancora altri appartamenti e uffici vista fiume, sul terreno che una volta era Lovell's Wharf.

«Non so perché continuino a cambiare le cose» si lamenta Betty seguendo il mio sguardo. «Andava bene così com'era. Che poi, come pensano di riempirli tutti quegli uffici con la crisi che c'è, io non ne ho idea.»

Potrei essere amica di Betty, se ne avessi il tempo. Rispetto lei e le sue opinioni.

«Lo so. È uno spreco di tempo e denaro.» Mi addolora vedere questi nuovi edifici in costruzione, il modo in cui stanno saccheggiando il lungofiume, strappandogli il cuore. Quelle costruzioni potrebbero trovarsi ovunque, non hanno alcun legame con il fiume e con i suoi traffici.

«Fanno un sacco di rumore» continua Betty. «Costantemente. A volte penso che potrei impazzire se non la piantano. E la gru che sta lì da mesi ormai, quel cosone blu appeso sopra le nostre teste come una forca.»

In verità, il cantiere oggi è silenzioso, ma il lamento delle trivelle è stato sostituito dalle urla dei bambini, dai gridi dei gabbiani e dallo stridulo *cip cip cip* del merlo sull'alberello a strapiombo sul fiume. Un richiamo lamentoso di allerta. E in tutto questo, sono certa di sentire un *tum tum tum* provenire dai garage. Temo che Jez stia cercando di attirare l'attenzione. I battiti del cuore iniziano ad accelerare, il sangue mi pulsa nelle orecchie soffocando tutti gli altri rumori. Devo usare altro nastro per legarlo e imbavagliarlo più stretto. Detesto usare il nastro. Che shock è stato il modo in cui l'ho trovato ieri. È stata una tortura per me tanto quanto per lui. Ma non posso lasciargli fare tutto quel chiasso. Sento salire di nuovo la collera. Se solo Greg fosse partito! E adesso devo liberarmi di Betty, in modo da potermi prendere cura di Jez senza destare sospetti in lei.

«Il picchiotto e la cassetta delle lettere di casa tua sono stupendi» le dico stringendo la borsa di cibo e bevande al petto. «Luccicano più degli altri in tutta la via.»

«Be', ci tengo molto al prospetto della mia casa, soprattutto adesso che tutti i turisti hanno cominciato a usare il nostro vicolo come scorciatoia» replica. «Guardano qualunque cosa, eh. Se ne accorgerebbero, se non fosse tutto nuovo di zecca. Piuttosto, *tu* non sei passata ancora quest'anno a vedere i miei bucaneve. Dovresti venire adesso, prima che finiscano.»

Non oso declinare. È una tradizione che ogni stagione io

vada a vedere il giardino di Betty, e rifiutarmi adesso potrebbe sollevare dubbi. La piccola area erbosa di casa sua si affaccia sulla strada. In fondo c'è lo strapiombo sul fiume. A pochissima distanza da dove la finestra di Jez si affaccia sullo stesso panorama. Camminiamo lente tra i cespugli e sotto gli alberelli spogli, il suo braccio sotto il mio.

«Il freddo ha ritardato la fioritura degli anemoni,» spiega Betty «ma i bucaneve sono dappertutto. Mi risollevano l'animo, ogni anno di più. Credo perfino che diventino più bianchi!»

Il continuo sferragliare proveniente da Colliers Wharf viene trasportato nella pur lieve brezza. E adesso parte l'ululato di una lancia jet e il ronzio di un aeroplano diretto verso l'aeroporto di Londra City. È difficile isolare i rumori, ma distinguo perfettamente dei tonfi, forti e alti. Proprio quando stabilisco con un altro balzo del cuore che provengono dal mio garage, Betty mi stringe il braccio e si china vicino al mio orecchio.

«Tu sei una ragazzaccia. Non stavi facendo pulizia in garage per parcheggiarci la macchina?»

«E a te che te ne importa?» chiedo staccando il braccio dal suo.

Vacilla leggermente e appare sorpresa. «Tu mi hai detto che avresti messo la tua auto nel garage. Come faceva tua madre. Ma sta ancora in strada!»

«Quello che faccio con la mia macchina sono affari miei, grazie, Betty.»

«Te l'ho detto, non è sicuro. Faresti molto meglio a parcheggiarla in garage. Ci sono i vandali, Sonia. Mi preoccupo soltanto per te.»

«Ti ringrazio.» Mi calmo un po'. «Sai, è piuttosto complicato infilarla in quel piccolo spazio.»

«Be', allora per che altro lo usi?» chiede dandomi le spalle mentre si allontana.

Mi accorgo di averla offesa con la mia reazione eccessiva ai suoi commenti e di non avere alcuna ragione per preoccuparmi. Si dirige all'ingresso, così la richiamo per ringraziarla della visita al suo splendido giardino e aggiungo che vorrei tanto averne uno nella casa sul fiume, ma lei sparisce in casa senza nemmeno voltarsi. Mi rincresce averla indispettita con la mia risposta brusca, visto che il suo unico cruccio era la sicurezza della mia vecchia SAAB.

Le mani mi tremano mentre armeggio con i due lucchetti attaccati alla porta del garage. Alla fine riesco a sganciarli. Giro il meccanismo Chubb nella porta di metallo interna, poi sguscio dentro, chiudendomi dietro la porta e tirando il chiavistello.

Il garage puzza. Mi travolge un'irritazione cocente. Questo posto con il suo secchio e senza acqua corrente né elettricità è degradante. Non c'erano questi problemi nella stanza della musica.

Jez mi dà le spalle, nonostante io sappia che mi ha sentito entrare. Intravedo il profilo dello zigomo che ha perso la sua soffice rotondità. Il suo corpo sotto le coperte sembra praticamente piatto. Mani e piedi sono ancora saldamente assicurati al letto, perciò per fare rumore, come temevo, deve aver sbattuto la testa contro la testiera.

Mi siedo sul letto.

«Jez, stavi sbattendo la testa contro il letto. Potevo sentirti da fuori. Devi smetterla» gli dico, togliendogli il bavaglio.

«Perché dovrei?» Ora che ha la bocca libera capisco che deve essersi agitato come una furia. «Cosa ti aspettavi, quando mi hai fatto questo?»

«Non voglio farti del male» ribatto. «Picchiare la testa è pericoloso.»

«Ma ho mani e piedi legati, non mi resta che quella.»

«Nemmeno a me piace legarti» preciso affettuosamente. «Ma mi serve la tua collaborazione, se dobbiamo farti uscire di qui. Se desti dei sospetti, chissà cosa potrebbe capitarci.»

«Sto rinchiuso in questo buco! Non è arrivato nessuno finora. Che motivo c'è? Potresti slegarmi. La finestra è troppo piccola per saltarne fuori.»

«Lo so. E poi non sopravviveresti alla caduta nel fiume. Se c'è bassa marea, ti romperesti qualcosa, il collo o la schiena. Se la marea è alta, le correnti ti tirerebbero a fondo in pochissimo tempo.» Non mi piace spaventarlo, ma non voglio si faccia venire strane idee.

Mi fissa ammutolito.

«Forse, però, Seb avrebbe trovato un modo» mormoro. «Avrebbe fatto una scala di corda e avrebbe usato qualcosa per rompere la finestra. Niente poteva fermarlo quando gli veniva in mente un'idea.»

«Chi? Di chi stai parlando?»

Torno a guardare il volto di Jez. «Nessuno» rispondo.

«Si gela qui dentro» si lamenta. «Puzza ed è disgustoso. Devi farmi uscire.»

«Mi dispiace. Davvero. Pensavo che sarebbero partiti tutti oggi. Ora viene fuori che Greg vuole rimanere di più. Sono stufa. Vuol dire che devi restare qui per un'altra notte almeno.»

«Che cosa?»

«Se c'è qualcosa che può servirti per rendere migliore la tua permanenza qui, te la procurerò.»

«Ma non mi lascerai andare.»

Lo guardo mestamente e scuoto la testa. «Non ancora.»

Resta in silenzio per un po' e ho paura che abbia iniziato a piangere. Ma poi riprende il discorso. «Se si tratta di sesso, lo farò. Poi potrai lasciarmi andare. Per favore. Non lo dirò a nessuno, te lo prometto. Dài.»

«Non farlo, Jez» lo imploro.
«Non fare cosa?»
«Non fare così. Non sminuire tutto.»
«Non ci capisco niente. Se non è per il sesso, perché mi hai fatto questo?» Agita le mani strette con il nastro coibentante.
«Mi basta averti qui, vicino a me» rispondo. Ma mi rendo conto che non capisce. O forse non vuole capire. Non ora che è di quell'umore. Il fatto è questo, vorrei spiegargli: sono sopraffatta dall'impulso irresistibile di tenerti con me. Mi cresce dentro, minaccia di traboccare. È estenuante e faticoso, ma non posso cedere.
Lui prova quindi con un'altra tattica. Cerca di far la voce grossa, di sembrare più navigato di quanto non sia.
«Io non sono *buono*, sai. Faccio uso di droghe. Trascorro troppo tempo da solo con la mia chitarra. Non so scrivere e leggere bene. Tu non mi conosci. Se mi conoscessi, non saresti interessata a me.»
Rido. «Credi che le persone si piacciano perché sono buone? Più scopro quest'altro lato di te, più ti voglio qui con me. Difficilmente si sarebbe detto di Seb come di una persona buona. Questo non mi ha impedito di amarlo.»
«Di nuovo Seb!»
«Cosa?»
«Continui a nominare questo Seb. Chi è?»
«Lascia perdere.» Rabbrividisco. Devo smettere di invocarlo, sarebbe come tentare il destino.
Jez prosegue. «Proprio non ci arrivi. Mio padre ha perso ogni speranza anni fa. Ho deluso mia madre quando è venuto fuori che sono dislessico. L'unica persona che mi sopporta è Helen.»
«Helen! Tua zia? E cosa avrebbe di tanto fantastico Helen? Ne parli come di una specie di santa.»

«Cosa?»

È sbigottito per l'ira nelle mie parole tanto quanto me. Perché non riesco a sopportare di sentire Jez tessere le lodi di Helen o menzionare l'affetto che prova verso qualunque altra donna?

«Sembra che tu la metta su un piedistallo.»

«Non direi,» replica «di solito è troppo incavolata per rendersi conto di cosa facciamo, tutto qui.»

Mi rilasso un pochino. Per quanto non sia stato totalmente onesto, sa cosa voglio sentire. Non vuole ferirmi. Lo apprezzo.

«A Helen non gliene importa un tubo delle nostre cose, mie, di Barney e di Theo.» Il suo tono è cambiato di nuovo, come se per il momento abbia dimenticato di essere legato al letto e sia solo di malumore per come gli è andata nella vita. «Mentre mia madre mi sta addosso tutto il tempo. Fai questo. Esercitati con quello. Fai un altro esame. Devo provare di essere 'intelligente' anche se non riesco a mettere quattro parole in fila.»

Prende una pausa, sospira, alza lo sguardo su di me. «Mi farei una fumata» propone, con una certa tenerezza adesso. «E vorrei anche bere qualcosa.»

«Mmm. Ho portato qualche bibita con me. Puoi scegliere. Ma l'erba è finita. Dove vado a prenderne dell'altra?»

«Potresti chiedere ad Alicia.»

Sussulto sentendo il suono del suo nome.

«Non conosco Alicia» affermo.

«Helen sì, però! E tu conosci Helen. Puoi chiamarla. So che puoi.»

«Okay, Jez. Ascolta, ti procurerò un po' di roba, ma non parlerò con Alicia; penso che dovremmo tenerla fuori da questo.»

Lui alza la voce.

«Fuori da cosa? Ancora non mi hai detto cosa sta succedendo! È strano. È maledettamente folle!»

«Lontana da noi due. Da me e te.»

«Senti,» attacca, come se si sforzasse al massimo per essere paziente con un bimbo piccolo «Alicia ha l'erba. Se non ce l'ha, sa dove procurarsela. E io ne ho bisogno.»

«Non ti fa bene, lo sai» lo rimprovero. «Ti brucia il cervello.»

«Non fumiamo niente di forte» chiarisce, e quel 'noi' sottinteso mi infastidisce. Lo sta facendo di proposito?

«È solo roba leggera. Erba. Posso dirti esattamente cosa chiedere. Mi farebbe molto bene. Mi tranquillizzerebbe e sarebbe più facile starmi vicino.» Sorride. Ma il suo non è un bel sorriso pieno, genuino, felice, anche se è la prima volta che ride da quando è venuto in garage.

«Okay.»

Mi viene in mente che l'erba mi potrebbe essere utile, come è già successo. Quando Jez fuma, smette di rifiutare il cibo, il che mi permetterebbe di somministrargli le pillole di sonnifero che gli servono per restare calmo e complice. E io conosco qualcun altro che forse può procurarmi un po' di marijuana.

«Ho detto che ti avrei portato qualunque cosa volessi. Perciò lo farò. Ti servono anche vestiti nuovi. Dimmi cosa ti piace. Non puoi continuare a tenere addosso i vecchi pantaloni di Greg. E non ho ancora potuto lavare le cose che ti ho tolto ieri.»

«Magari qualcosa di più caldo» borbotta.

«Mi serve la tua taglia, allora» lo informo. «Fammi dare un'occhiata.»

Gli si indurisce lo sguardo e per qualche secondo temo che mi sputi di nuovo in faccia. Mi metto in guardia, infine si arrende e fa un piccolo cenno per annuire.

Mi avvicino, lentamente, e lui lascia che sbirci l'etichetta attaccata al collo della maglietta. Gli chiedo di voltarsi sul fianco per quanto gli è possibile con i legacci, così che io possa sollevargli i capelli e guardare meglio. Noto la fine peluria che va dalla base del collo fino all'inizio della spina dorsale. Abbasso la cinta dei pantaloni di Greg, troppo larghi intorno alla sua vita, per leggere l'etichetta dei boxer. In quel punto, la schiena si assottiglia, la pelle come sabbia mai calpestata, una gentile lucentezza di oro che scende fino a svanire nei boxer. È questo tutto ciò che mi serve? Vivere l'attimo in cui si trova il suo corpo, tenerlo vicino, sentirlo con gli occhi, con il naso. Lo preferisco quando dorme, quando posso abbandonarmi e lasciarmi trasportare nel passato. Ma anche questo non è abbastanza. C'è dell'altro, qualcosa che mi assilla, quindi non posso lasciarlo andare finché non riesco a coglierla una volta per tutte.

«Fatto?»

«Cosa?»

«La taglia.»

«Certo. Sì. Fatto. Allora ti porto dei jeans, qualche maglietta, dei boxer e una felpa. Magari anche un piumino a gilè e qualche paio di calzini pesanti.»

«Non mi servirà tutto questo.»

«Penso di sì, invece.»

«No, se vado via presto, come hai detto tu.»

«Meglio stare sicuri, non si sa mai» ribatto. «Bene, altro?»

«Manca la musica qui dentro» accenna. «Non sento altro che il fiume.»

«Pensavo ti piacesse il rumore del fiume. Ricordo che me l'hai detto, sai, la prima sera che siamo stati insieme, hai detto che è una sorta di musica urbana. Non hai smesso di sentirla, vero? Perché può capitare, quando ti abitui a qualcosa. Perdi la sensibilità.»

Mi fissa come se non capisse di che diavolo sto parlando.

«Ascolta» dico, accomodandomi all'estremità del letto. «Con la bassa marea puoi sentire l'acqua sui ciottoli. Il ritmo di sottofondo è costante. Ma quando la marea sale, i suoni possono coglierti di sorpresa. Hai sentito il pontone? Sembra un bambino che piange quando si muove. E quando passa una barca, si avvertono i flutti improvvisi delle onde. Il flusso e il riflusso, se riesci a metterti in sintonia, sono ritmici, come la vita. Ci ricordano che nulla dura per sempre. Eppure, ciò che va via poi torna in una forma o nell'altra.»

«Io so solo che ho bisogno della musica.»

«Okay, scusami.» Mi rendo conto che non è dell'umore giusto per una delle nostre conversazioni più profonde. «Cercavo di convincerti, ma certo. Per te la musica è essenziale, Jez. Lo capisco. Provvederò. Non preoccuparti.»

«E poi voglio parlare con loro. Mamma e Alicia. Perché non hanno idea di dove sono, vero? Saranno troppo preoccupate a questo punto. Detesto pensare a ciò che staranno passando.»

Cammino fino alla finestrella, la spingo per aprirla di più. Entra una folata di aria fredda, carica del profumo del fiume, sollevando le ragnatele che nella luce brillano.

«Jez, non so cosa fare! Ancora non puoi parlare con loro. E non posso farti uscire da qui finché Greg non va via. Non posso farlo partire né riesco a sopportare che resti. Mi sento in trappola.»

«Tu parli di sentirti in trappola?» Ride, con una risata amara, ironica. Mi volto e lo guardo. La luce che filtra dalla finestra aperta lo illumina e noto immediatamente che non assomiglia per niente a quello che era quando l'ho incontrato il primo giorno. Ha il volto contratto e pallido, e intorno alla bocca comincia a vedersi qualche foruncolo. La sua bellezza sta sfiorendo in questo posto orrendo.

La soluzione dopotutto è lasciarlo andare, allora? Potrei semplicemente tagliare il nastro, uscire dal garage lasciando la porta aperta, farlo tornare a casa. Non è nemmeno così lontano da Helen. Potrebbe arrivare lì in una decina di minuti. Mi immagino le espressioni sui loro volti, di Maria, di Mick e di Helen. Farei un favore a Helen. Nella sua famiglia le dinamiche sono cambiate e io ho in mano la chiave per ripristinarle. Ma verrebbero davvero ripristinate? Questa cosa che ho messo in moto portando Jez nella mia vita si è sviluppata da sé. Alcune cose semplicemente non possono essere modificate. Sospetto che la perdita di rispetto da parte di Mick nei confronti di Helen sia irreversibile, che i problemi di Helen con l'alcol non faranno che aggravarsi. Che la passione bruciante, se di questo si tratta, tra Mick e Maria farà il suo corso. Non posso salvarli. E dove mi porterebbe tra l'altro? Tornerei da capo a dodici, con Greg. Jez crescerebbe diventando un adulto grottesco. La sua bellezza, questo stato di perfezione tra ragazzo e uomo, passerebbe fino a svanire completamente. Sarebbe come se la semplice svolta del destino che ha portato Jez nella mia vita non fosse mai avvenuta.

22

Sabato

Sonia

Esco dal garage. Ho paura di mettermi a piangere, se resto lì. Per la rabbia, l'indignazione e l'amarezza nei confronti di Greg, davanti alla situazione impossibile con Jez. Anziché tornare dritta a casa, scendo i gradini fino alla spiaggia. C'è bassa marea. Passeggio lungo il fiume, voglio sentire l'aria fredda sul viso, respirare il miscuglio di profumi del fiume.

La riva è pulita in questi giorni rispetto a com'era quando io e Seb giocavamo qui. Certo, ci sono uno pneumatico sciacquato dal fiume, un pezzo di tubo, i soliti pezzi di elettrodomestici, gli apparecchi da cucina. Dei contenitori di hamburger in polistirolo. Perfino una zucca, svuotata, che rotola sulla riva, una reliquia di Halloween, dio solo sa come abbia fatto a sopravvivere così a lungo. Tutti ripuliti dall'acqua e sotto di essi si distinguono sabbia, pietre sbiancate, pezzi levigati di vetro e porcellana. Il fango, l'olio, la densa melma chimica in cui io e Seb giocavamo non ci sono più. Mi metto a sedere su un gradino in cemento. Il muro dietro di me è ricoperto di muschio verde fino al limite della marea e al di là di esso le ciminiere della centrale, che torreggiano sopra gli immensi muri sgretolati, color bianco gesso. Alla destra della centrale sta il piccolo ospedale vecchio, riconvertito in ricovero per poveri, con l'orologio nero e oro sulla sua bella torre, il delicato cornicione merlato, due edifici discordanti, messi uno accanto all'altro. Questo è uno dei posti in cui preferisco di più stare seduta, gli alti muri protettivi dietro di me, il fiume di fronte.

Devo stringermi il cappotto addosso e alzare il colletto per ripararmi dal fortissimo vento. Mi chiedo se possa mettersi a nevicare. Ascolto l'acqua che lambisce la riva. Sento il delicato tintinnio scampanellante della porcellana che urta contro la pietra o il metallo su un osso, mentre le onde spingono i detriti a riva.

Osservo il fiume e d'un tratto vedo noi due. Il giorno che costruimmo la zattera. L'estate rovente di quell'anno era finita. Doveva essere l'inizio dell'autunno. Riesco a ricordare una foschia proveniente dal fiume. Un fetore acre saliva da Dartford, come se una sostanza tossica fosse fuoriuscita da una centrale chimica. Di prima mattina. Era successo qualcosa alla casa sul fiume. C'era stata una qualche lite, grida, minacce. Mi ero precipitata fuori dalla porta in lacrime. Provavo la stessa angoscia di oggi, mi pesava in petto, come se avessi vissuto mesi di miseria e sofferenza. Poi intravidi Seb laggiù, a riva, e tutto cambiò. Lo raggiunsi al limitare dell'acqua. Stava guardando nell'oscurità.

«Che c'è?»

Qualcosa galleggiò sulla superficie verso di noi, un pezzo di legno di una scatola da pesca, a quanto sembrava.

«Raccoglilo, Sonia.»

Mi incamminai obbediente al guado attraverso la fanghiglia, ignorando il freddo, una cosa che mi impegnavo a fare in presenza di Seb, così non poteva accusarmi di essere debole. Trascinai la scatola da pesca verso la riva.

«Proprio quello che ci serve per la zattera!» esclamò Seb. «Poi possiamo andarcene e nasconderci da tutti. Nessuno potrà fermarci, Sonia. Spariremo come i cigni. Ci dilegueremo!»

Lo guardai e sorrisi. Era un'idea folle, ma io amavo Seb proprio per quel motivo. Credeva sempre che potessimo raggiungere l'impossibile.

«Stupendo. Perfetto come inizio. Quando l'avremo costruita, potremo navigare fino all'isola dei Cani. Scapperemo da lì.»

«Sarà sicuro?»

«Andrà bene. Ci serve un remo, però. E una specie di barriera, così non rischiamo di cadere fuori. E qualcosa per farci galleggiare. E una barbetta. Piglia quello pneumatico, possiamo usarlo per fare una specie di sedile.»

Ne sapevo qualcosa del galleggiare. È una sorta di seconda natura per chi vive vicino all'acqua. L'ho imparato dalle varie barche a remi e motolance in cui ho viaggiato. Raccoglievo pezzi di polistirolo, che si trovavano in quantità industriali al tempo, sparpagliati su tutta la superficie, e ci riempivo le buste di plastica. Nel frattempo Seb si occupava di trovare a riva parti utili, barili, fusti di birra, rami e corde. Impiegammo quasi tutto il giorno per costruire la zattera, facendo avanti e indietro nell'acqua per testarla, ricominciando da capo, riprogettandola finché fu pronta al varo sul fiume. Per ore legammo insieme i brandelli di una rete da pesca abbandonata tra due lunghe corde per farne una scala.

«Possiamo usarla per salire il muro dall'altra parte» spiegò Seb. «Ci sarà da aspettare che salga la marea, però, altrimenti non arriverà in cima.»

Divenne buio prima che l'acqua fosse sufficientemente alta per varare la zattera.

Il vento era aumentato e spingeva forte le onde controcorrente. Luci gialle brillavano lungo le banchine, sia a nord che a sud. Anche in mezzo al fiume, guizzanti, anche sulle barche ormeggiate, sui piccoli bus fluviali nel loro ultimo viaggio della giornata sull'acqua ormai divenuta di bronzo.

Mi chiedevo cosa avremmo fatto se una barca ci fosse venuta incontro e noi non fossimo riusciti a toglierci dalla sua rotta, ma Seb rispose che sarebbe andato tutto bene se avessi tenuto la bocca chiusa. Male che vada, pensai, possiamo semplicemente buttarci in acqua e nuotare fino a riva. Come sempre, era più importante rispettare Seb che accertarmi di stare al sicuro.

Sgusciai silenziosa nella casa sul fiume per prendere degli indumenti impermeabili, all'ingresso. Le mute non erano di moda allora. La casa era silenziosa. Chiunque mi avesse fatto arrabbiare quella mattina si era dileguato. Tolsi dal gancio gli impermeabili in tela cerata per tutti e due e sgattaiolai fuori verso i gradini lambiti dall'acqua.

«Dobbiamo fare il varo adesso» dichiarò Seb. «Le serve un nome, Sonia. Come vogliamo chiamarla?»

«Tamasa» risposi.

«Tamasa?»

«Nell'antichità indicava il Tamigi» chiarii. «Significa 'fiume oscuro'. L'abbiamo studiato a scuola. E adesso il fiume è quasi scuro.»

«Okay. Spacchiamo una bottiglia contro un lato. Facciamo un varo come si deve.»

Stavamo in piedi sui gradini. Seb legò un'estremità della corda al manico di uno dei barili che formavano il corpo della *Tamasa,* poi all'altro capo attaccò una bottiglia piena di Brown Ale e la lanciò forte contro un fianco della zattera. Servirono diversi tentativi. Alla fine, con l'aiuto dei gradini di pietra, riuscimmo a rompere la bottiglia e le bollicine sfrigolarono lungo la superficie dell'acqua, fondendosi e mischiandosi con la schiuma tossica accumulata a riva.

Scendemmo gli ultimi due gradini nella marea agitata e, abbandonandomi a ciò che avevamo davanti, ignorai gli schizzi dell'acqua oltre gli stivali e aiutai Seb a spingere la zattera nel pieno delle onde. Saltammo a bordo e partimmo su quell'acqua brumosa, stesi pancia a terra. Seb usò la pala per remare come una furia, ma dopo pochi minuti desistette. Le correnti erano ben più vigorose delle sue remate. Non c'era verso di navigare. Il fiume stava per fare di noi ciò che voleva.

In pochi secondi ci trovammo lontano. La riva sembrava molto più distante che mai in quel tramonto imminente. La zattera galleggiava a fatica sulla superficie d'acqua.

«Wooow!» urlò Seb quando le correnti improvvise ci sbalzarono di nuovo, invertendo la rotta.

«Rema più forte!» gridava. «O finiremo oltre Rotherhithe o Jacob's Island! Dio! La corrente è più forte di quanto pensassi!»

Credo che perfino Seb fosse terrorizzato in quel momento. La zattera girava su sé stessa, affondava, riemergeva di nuovo e l'acqua gelata schizzava oltre il fianco e sulle nostre facce. Immediatamente dopo, la zattera oscillò salendo verso il nord del fiume. L'acqua ci aveva trasportati con una velocità superiore e più lontano di quanto avremmo mai immaginato. Alla nostra destra c'era la palizzata, grossi pilastri in legno a sostegno della strada al di sopra, collegati da catene e con scale di acciaio che arrivavano fino ai pontili di sbarco. Il respiro di Seb si era fatto rapido adesso, e percepivo che era prossimo al panico.

«Reggiti!» strillò sopra al ruggito del vento, le percosse dell'acqua oltre la zattera, il rombo del traffico e il tuono delle motolance che ci passavano accanto scuotendoci. Nell'oscurità non potevano vederci dai loro interni luminosi.

«Getta il remo e tienilo bloccato o... Oh cazzo, cazzo, cazzo!»

Spinsi in acqua la tavola che usavamo come remo e la zattera si inclinò a destra.

Alla fine riuscimmo ad arrivare sotto un pontile, se grazie alle mie capacità di navigazione o al volere del fiume era impossibile dirlo. I rumori cambiarono. Gorgoglii e gocciolii riecheggiavano nell'oscurità. La voce di Seb rimbalzò contro i muri quando parlò.

«Cristo, pensavo fossimo spacciati. Okay. Adesso siamo sani e salvi, Sonia, getta la scala. Ci legherò lì.»

Assicurò la corda intorno a uno dei pilastri e poi si mise in piedi, barcollando sulla zattera e stendendo in fuori le braccia come un funambolo, guardandomi come se non avesse avuto nemmeno un momento di paura.

«Cosa facciamo adesso?» chiesi.

«Abbiamo diverse possibilità» rispose. «Uno: aspettiamo che la marea si abbassi e camminiamo fino a riva. Due: ci arrampichiamo su una scala e andiamo a casa in autobus. Tre: giriamo e ce ne torniamo a casa a remi. Quattro: io mi arrampico su una scala e ti lascio sulla zattera per vedere come fai a uscirne da sola.»

«Non l'ultima, Seb, okay? Ti prego. Ho freddo e ho paura qui sotto, è pericoloso.»

«Cosa c'è di pericoloso?»

«Seb! La *Tamasa* sta affondando mentre parliamo. Nessuno può vederci e l'acqua sta salendo e potremmo restare intrappolati.»

Riuscivo solo a intuire la sua sagoma al buio, perciò non ero sicura se avesse scrollato le spalle o sorriso o se mi avesse solo ignorata, ma all'improvviso voltò la zattera intorno a uno dei pilastri con una scala di ferro attaccata e cominciò ad arrampicarsi su di essa.

«Seb, torna indietro! Non lasciarmi qui.»

Mollarmi da sola era uno degli hobby di Seb. Eppure fino ad allora non l'avevo sperimentato per davvero. Né completamente. Né per sempre.

La zattera continuava a ballonzolare su e giù e a girarsi a destra e a sinistra. Era legata a uno dei pilastri, quindi sapevo che non c'era possibilità di essere trascinata ancora controcorrente o, in uno scenario più terrificante, verso la foce una volta che la marea fosse cambiata. Ma sola al buio di quel ponte, l'acqua che saliva contro i piloni, iniziai a chiedermi cosa avrei fatto quando la marea fosse aumentata al punto da non esserci più spazio tra me e il tetto. E la *Tamasa* stava sprofondando sotto la superficie dell'acqua. Presto sarebbe affondata e io sarei rimasta lì, le braccia sempre più deboli, finché non fossi stata costretta a mollare e affondare nelle profondità oscure del vero Tamasa, troppo infreddolita ed esausta per nuotare e sopravvivere. Avrei dovuto seguire Seb. Ma il freddo del fiume mi era entrato dentro. I denti mi battevano senza sosta. Feci per afferrare una scala, ma barcollai cercando di alzarmi e quasi ruzzolai nel fiume.

Dopo quattro o cinque tentativi di trascinarmi in posizione eretta, incapace di trovare alcun appoggio sotto i piedi nella *Tamasa* che continuava a ruotare su sé stessa e a inabissarsi, mollai. Riuscivo appena a muovere le mani ormai, figuriamoci a trovare la forza nelle braccia.

Seb era andato via. Io stavo seduta su ciò che restava della zattera e, avvolgendomi più stretto l'impermeabile, tirai le ginocchia fino al mento. Ci fu un forte tumulto e uno squittire di ratti dal muro. Strillai di nuovo il nome di Seb. Non rispose e me lo immaginai, stravaccato in un pub magari, a ordinare una birra. Se la svignava sempre per andare a bere, nonostante fosse minorenne. E avvertii quel senso familiare di rifiuto, invidia e struggimento che lui riusciva sempre a suscitare in me.

Ben presto si presentarono altre questioni più impellenti. La *Tamasa* stava definitivamente colando a picco. La parte finale, quella con la grossa busta di pezzi di polistirolo che in teoria avrebbe dovuto mantenerla a galla, iniziò a scomparire sotto la superficie dell'acqua. Non sarei mai riuscita a vederlo se non fosse stato per quel fascio di luce proiettato sotto la sporgenza che illuminava il fondo della zattera. I miei stivali erano ormai pieni d'acqua, cercai di sfilarmeli. Poi sentii un fragore, la *Tamasa* si sollevò in maniera preoccupante, la mia vista si riempì della brillante luce bianca e fui avvolta da grosse braccia scure.

Mi svegliai più tardi nella lancia della polizia, la cui luce mi aveva trovata. Seb era tornato a casa. Non sono sicura se abbia mai superato l'umiliazione per l'intervento della polizia, per quanto se avessi saputo allora ciò che so adesso, avrei capito quanto era stata lieve la punizione per lui. Un rimprovero. Costretto in casa per un giorno. Tutto qui. Fino alla bravata successiva.

La mia mano destra, con cui ho raccolto e lanciato pietre seduta sul gradino di cemento, tiene adesso in una presa lenta un oggetto liscio di forma cilindrica. Abbasso lo sguardo e mi spavento quando mi accorgo che è un osso. Se non erro, scavando tra le nozioni di anatomia di qualche tempo fa, è l'osso di un polso umano. Lo lascio cadere allarmata e mi guardo intorno, tra pezzi di gesso, ciottoli di selce e suole di scarpe, noto sempre più ossa, quelle più grosse cave, quelle più corte come dita, molte annerite sulle punte come fossero bruciate, e una o due recise a metà, in modo irregolare, quasi fossero state spezzate. La marea comincia a salire e dal fiume si alza il vento, che cresce e ulula. L'intero fiume e il cielo sono colmi del sibilo e del lamento tipici delle cose che si muovono incessantemente nel loro malessere. Sibili e tintinnii, cigolii e scricchiolii, come se il fiume stesso richiamasse l'attenzione.

Alzo lo sguardo e mi rendo conto che, in fondo, non sono sola. Negli appartamenti costruiti lungo il vicolo sulla sponda del fiume, alcune persone stanno affacciate a una delle terrazze sul tetto e mi guardano. Mi alzo e mi sistemo i vestiti, carica di paura, e mi affretto a tornare verso la scaletta di ormeggio.

23

Sabato

Sonia

Di nuovo alla casa sul fiume, prendo un vecchio lettore cd portatile che Kit usava quando era adolescente, una pila di cd e un iPod. Sto per tornare in garage per portare i regali che spero mettano Jez in uno stato d'animo migliore, quando Greg torna dalla stazione. Entra nel soggiorno a braccia aperte, un ghigno sciocco, infantile sul viso.

«Bene, abbiamo la casa tutta per noi finalmente!» esclama avvicinandosi a me e posandomi le mani sulla cassa toracica. Sobbalzo. Mi preme il naso alla base del collo e comincia a baciarlo.

«Metti via quei cd. Non c'è bisogno di fare le pulizie adesso» mi sussurra tra i capelli.

Mi tiro indietro.

«No, Sonia, non andare di sopra, non serve. Lasciamoci andare, tanto per cambiare. Non c'è nessuno! Possiamo fare quel cavolo che ci pare.» Ha il fiato corto e sono certa che ci ha pensato per tutta la strada di ritorno da Euston, agitandosi tutto. Si schiaccia contro di me e riesco a sentire la sua erezione contro la mia coscia, mentre comincia a togliermi la maglietta, infilando la mano sotto alla scollatura e dentro il reggiseno. Ha la mano calda e leggermente appiccicosa.

«Oddio, Sonia. Quanto mi manchi quando sono via. Ci penso per tutto il tempo, ti immagino qui, sola, con la tua gonna nera e i collant, io arrivo e ti prendo in soggiorno, proprio qui, mentre tu continui a fare le pulizie.»

Non do troppo peso alla cosa, lo allontano da me, cercando di ridere.

«Nella mia fantasia tu stai qui con lo spolverino in mano, che lucidi i mobili e io arrivo e ti prendo...»

Vorrei scoppiare a ridergli in faccia – *con uno spolverino? Non ho mai tenuto in mano uno spolverino in tutta la mia vita!* – Ma il mio senso dell'umorismo mi ha abbandonata.

«Greg, mi dispiace. Non posso, non qui. Non in questa stanza.»

«Rilassati!» replica. «Rilassati, divertiti!»

«Senti, goditi la tua fantasia, okay? E se proprio devi stare qui, me ne vado io, così potrai soddisfarti da solo.» Gli tolgo la mano da sotto la mia gonna e gliela poggio sul suo cavallo.

«Mi sono stufato di soddisfarmi da solo, Sonia! È quello che sono costretto a fare quando non sono a casa. Adesso sei qui con me e ti voglio.» Mi poggia le sue mani da medico sulle spalle e mi spinge verso il divano, poi mi costringe a sedermi e si inginocchia davanti a me.

«Greg, per favore, piantala. Ho un mucchio di cose da fare. Non sono in vena.»

Mi guarda accigliato.

«Tu non sei *mai* in vena. Dimmi cosa diavolo devo fare perché tu sia in vena.»

La sua mano destra mi preme contro la clavicola e mi fa male. Sposto la testa di lato per evitare di odorare il suo fiato, di vedere la vena che gli pulsa sotto la pelle flaccida della gola. Mi tiene giù con una mano e afferra la gonna con l'altra. Rimpiango di aver scelto quei collant stamattina. Greg era l'ultimo dei miei pensieri quando mi sono vestita. Ho ancora addosso gli stivali. Questo dettaglio non fa che eccitarlo ancora di più.

«Non te li togliere» mi bisbiglia nell'orecchio. «Tieni addosso i collant e quegli stivali alti e neri di pelle mentre ti prendo sul divano del soggiorno. Pensa, fuori dalla finestra, la gente che passa. Immagina la sorpresa se buttassero un occhio dentro...»

Ha il volto paonazzo. È serio. Mi tira su il top e chiude la bocca su uno dei miei capezzoli. Non succede niente. Come sempre con Greg, sono come morta. Di solito fingo, spaventata come sono di deluderlo. Terrorizzata dalla sua rabbia per la mia mancanza di reazioni. E lui sembra farsi prendere dalla mia finzione; credo che sia contento di mettere da parte la sua diffidenza. Perfino adesso, mentre ruoto la testa da una parte e dall'altra per evitare i suoi baci, lui si immagina che io lo stia semplicemente stuzzicando facendo la difficile. I pantaloni gli cingono le ginocchia, i peli ricci e scuri sulla carne delle cosce ricoperte dalla pelle d'oca. Stringo forte gli occhi e prego che finisca il più presto possibile, così che forse riesca a liberarmi dal senso di disgusto che provo. Disgusto è un eufemismo. Quello che provo non è mera ripugnanza fisica, ma una profonda solitudine.

Alla fine lui sospira, singhiozza e mi sprofonda addosso, mentre dice che un giorno gli verrà un attacco di cuore se non fa attenzione, io lo eccito così tanto. Lo spingo lontano da me, mi alzo, mi stendo giù la gonna e vado in cucina. Resto ferma davanti al lavello, apro il rubinetto, mi lascio trasportare dallo scroscio argenteo dell'acqua contro l'acciaio inossidabile, il suo getto mi offusca i pensieri.

«Portami un caffè, cara» mi richiede dal soggiorno, e io riempio il bollitore, lo inserisco nella macchinetta, muovendomi come se fluttuassi in un liquido denso, viscoso, mentre prendo tazze, latte e zucchero. Mi torna alla mente quel pensiero che ho avuto prima in garage, quando ho detto a Jez che mi sentivo in trappola. Deve esserci una maniera semplice e discreta per liberarmi di Greg in modo pulito e per sempre. Ma so di non poterlo fare. Non è da me.

Chiamo Greg quando il caffè è pronto. Non voglio stare seduta nel soggiorno con i suoi echi e fantasmi. E adesso con il vago odore residuo di sesso.

«Vuoi un panino?» chiedo quando arriva di nuovo dietro di me e mi poggia le mani intorno alla vita.

«Potrei uccidere per un toast» mi sussurra all'orecchio. «Mi hai messo un appetito...»

Mi allontano da lui e accendo la griglia. Fuori c'è una luce brunastra calante. Mi chiedo di nuovo se si metterà a nevicare. Affetto il pane, grattugio il formaggio e, tentando di suonare distaccata, chiedo: «Quindi, quanto hai pianificato di restare?»

Lui alza lo sguardo, forse domandandosi se sto per criticarlo di nuovo. Gli sorrido affettuosamente.

«C'è una conferenza a Barcellona la settimana prossima» spiega. «Devo partire lunedì. Ma sarei felice di annullare i miei impegni. Lo sai.»

«Non ce n'è bisogno. Sono molto occupata con i miei clienti la settimana entrante. Anche se dovessi restare qui, ci vedremmo a stento.»

«Tu non *vuoi* che vada, vero, Sonia?» chiede. I suoi occhi luccicano. Crede che niente sia più lontano dalla verità.

«Ovviamente no!»

«Sonia, so che non sei stata bene per via della febbre, ma non sei depressa, vero? Non sei stata te stessa in questi ultimi giorni. Kit pensa che tu sia stata brusca con Harry. Era turbata per questo.»

Giro il pane sotto la griglia, aggiungo il formaggio e aspetto che inizi a sfrigolare.

«Brusca?»

«Pensava che non ti sei sforzata più di tanto. Le ho spiegato che forse eri un po' giù, magari convalescente. Ma è tutto qui?»

«Non riesco a pensare a quanto mi sarei potuta sforzare di più» sbotto. Penso ai piatti che ho cucinato, alla camera da letto in cui ho concesso a Harry di dormire. Come gli ho permesso di suonare nella stanza della musica, il viaggio fino all'opera... Ho fatto tutto per Harry il Pesante, quando l'unica persona di cui volevo prendermi cura stava segregata in un tugurio freddo, a soffrire per colpa mia.

«Poi quando è venuta la polizia ieri, sembravi così pallida. Molto agitata. In effetti, *è* una cosa che fa agitare quando qualcuno sparisce. E fa anche spaventare. Pensare che ci possa essere qualcuno là fuori che... Comunque, torno a ripetere, se stai in ansia, posso annullare Barcellona. Lo farei.»

«Ti prego, non annullare l'impegno a Barcellona» ribatto e poggio il piatto con il toast al formaggio sul tavolo davanti a lui con più forza di quanto avessi intenzione.

«Bene» replica lui. «Perfetto. Ora, ci sono alcune cose che devo sistemare prima di partire. Hai fatto quello che ti ho chiesto, immagino. Con l'allarme?»

La pausa tesa gli fa capire quello che sto per dire.

«Non ho avuto un momento.»

«Sonia! Non possiamo mettere in vendita la casa senza un antifurto funzionante. Non con quello che succede nei dintorni. Okay, so che finora abbiamo evitato la discussione del trasloco, ma dobbiamo parlarne presto.»

«Sai come la penso al riguardo. Riguardo alla vendita.»

«E *tu* invece sai che questa ostinazione è irrazionale.»

«Non mi sposterò mai da qui.»

Mette giù il toast e fissa severamente fuori dalla finestra, come lottando per frenare sé stesso dal dire apertamente cosa pensa.

«Ad ogni modo,» concludo «possiamo provvedere adesso per l'allarme. Che poi, sai, quello che ha detto la polizia su questa scomparsa... mi ha fatto pensare. Hai parlato un mucchio di volte di mettere le inferriate alle finestre del soggiorno. Mi sentirei più sicura qui da sola se sapessi che ci sono le grate.»

Si mette in piedi. Mi lancia un'altra delle sue occhiate scettiche.

«Okay, ci penso io» mi assicura. «Sistemo questa cosa dell'allarme e poi possiamo discutere di nuovo della vendita, quando sarai di un altro umore. Vado giù dal fabbro. Forse sono ancora aperti. Allora, ti va bene se vado a Barcellona?»

«Benissimo» rispondo. «Parti domani se preferisci.»

«E, Sonia, forse dovresti fare un salto dal medico la settimana prossima. Parlagli di questi sbalzi di umore. I test per la depressione sono piuttosto semplici, un questionario chiaro e diretto.»

«Non sono depressa, Greg.»

Mi squadra, di nuovo, come se ne sapesse più di me.

«Spesso fa parte del problema, temo» dichiara.

«Cosa?»

«Il rifiuto» spiega. «Harry lo ha notato. È un sintomo classico di depressione il fatto che il paziente neghi di avere qualcosa che non va.»

«Che ne sa Harry di questa cosa? O di me?»

«Eh, cara, Harry non è solo un bel faccino» risponde Greg con un'espressione che trovo strana per il mio virile marito. «Si sta specializzando in psichiatria, lo sai.»

Lo fisso. Come potrei sapere che Harry, con cui ho parlato appena, e che nemmeno mi è piaciuto, si sta specializzando nello studio della mente?

«Non starai per caso dicendo che hai parlato di me con l'ultima cotta di Kit?»

«Oh, io non penso che sia una semplice cotta. Credo che lo vedremo molto spesso, quel ragazzo» precisa Greg. Si infila la maglietta nei pantaloni, si passa un dito sotto il colletto.

«Mi piacerebbe che mia figlia avesse un po' più di gusto» borbotto.

«Che vorresti dire?»

«Niente.»

«Comunque, questo attaccamento irrazionale...»

«Che cosa?»

«L'attaccamento irrazionale che provi verso questa casa, oltre alla perdita di libido e all'insonnia, è un classico sintomo di depressione nelle donne della tua...»

«Ne ho abbastanza!» Afferro il bordo del piano di lavoro della cucina. Ci affondo dentro le unghie.

«Cosa, Sonia? Ne hai abbastanza di cosa? Noi vogliamo solo il meglio per te. Io, Harry, Kit.»

«Hai parlato della mia libido con Harry?»

«No, dell'insonnia, in particolare.»

«Oddio, con questa insonnia. Da dove l'ha tirata fuori Harry questa storia?»

Greg è uscito dalla porta della cucina. Prende una sciarpa dall'appendiabiti all'ingresso e se la avvolge intorno al collo.

«Greg, dimmelo. Cosa ti ha raccontato?»

«Dice che ti ha vista vagare durante la notte. Che sei uscita a fare una passeggiata. Ti ha incontrata qui, nell'ingresso...»

«Oh, per amor del cielo! Che cosa gliene importa a lui se ho bisogno di un po' di aria fresca di notte? Ma, dal momento che tiri fuori la questione, ho avuto qualche difficoltà a dormire. Non mi dispiacerebbe prendere qualcosa che mi aiuti.»

«Se questo serve per renderti meno suscettibile...» Tira fuori il suo blocchetto per le prescrizioni dalla tasca, scarabocchia qualcosa e me la consegna. Poi bofonchia: «Per forza Kit vuole tornarsene a Newcastle. E non le piace più stare a casa.»

Usare Kit è un colpo basso. Sa perfettamente come pungermi sul vivo. Mi dà le spalle, mentre si infila il cappotto, i guanti.

«A Kit non piace tornare a casa quando non facciamo che litigare» ribatto dietro di lui. «Lasciami perdere. Piantala con queste filippiche sul trasferimento.»

«A lei non piace che sembri sempre così tesa. E detesta vivere qui.»

«Se n'è andata di casa, comunque, Greg. E se si tratta solo di me e te, be'...»

«Be', cosa?» Si volta e mi guarda, le sopracciglia alzate in un'espressione interrogativa.

«Niente.»

Non ho voglia di infilarmi in una discussione che inevitabilmente porterà a parlare di separazione. Nonostante tutto, io voglio che restiamo insieme. Per Kit, principalmente, ma anche perché in un certo senso funziona. Greg lo sa. Io sono una buona moglie per lui. Gli lascio la sua libertà ma lo accolgo anche in una casa confortevole quando torna. Poi lui provvede adeguatamente alla famiglia ed è un padre amorevole con Kit. Il nostro è un matrimonio all'antica, stiamo insieme più per ragioni pratiche che per amore. Siamo arrivati a questa conclusione quella volta dopo la vacanza del silenzio in Spagna, quando ci siamo quasi separati. Lo ringrazio freddamente per le inferriate e gli suggerisco di sbrigarsi se ha deciso di provvedere. I negozi chiuderanno presto.

«Vado,» dice «non ti preoccupare.» Uscendo sbatte la porta.

24

Sabato

Sonia

Passo in farmacia con la mia prescrizione e poi vado da Bullfrog a Greenwich per prendere i vestiti a Jez. Sembra il negozio fatto per lui: metropolitano, alla moda. Sebbene so che sia difficile azzeccare queste cose. Kit mi sgridava in continuazione perché fraintendevo completamente i suoi gusti, quando aveva l'età di Jez. Infilo velocemente nella mia shopping bag jeans, magliette e felpa.

«Per mio nipote» mi sento obbligata a spiegare alla donna alla cassa. «Spero gli vadano bene.»

«Quanti anni ha?»

«Sedici.»

Vorrei non aver detto nulla. Vuole controllare le taglie per me, ma non mi interessa per niente la sua opinione. Non avevo intenzione di avviare una vera e propria conversazione. Lei comincia a parlare dei rimborsi e dello scontrino, ma le rispondo bruscamente che va bene così. Mi sembra che mi lanci un'occhiataccia mentre mi affretto fuori dal negozio.

Sorprendentemente, Greg è riuscito già a mettere all'opera i fabbri e li sta supervisionando dal soggiorno, quando rientro. Stanno trapanando sulle finestre, installano le inferriate e sostituiscono le serrature. Uno dei benefici della recessione, immagino, è che la gente è contenta di lavorare. Se offri loro denaro a sufficienza, cosa che sono certa Greg avrà fatto, farebbero qualsiasi cosa, seduta stante.

«Ci sono due messaggi per te» mi informa Greg raggiungendomi in cucina, con il *Times* sotto braccio.

«Non sei andata da tua madre stamattina e pare che tu ti debba preparare psicologicamente alle ripercussioni. Poi c'è un incomprensibile messaggio in segreteria da parte di Helen. Sembra sbronza.»

Getto il cappotto sulla borsa con i vestiti di Jez, ignoro gli operai in soggiorno e vado ad ascoltare la segreteria telefonica. La voce di mia madre è brusca, carica di disapprovazione. Potrà anche essere smemorata per certi aspetti della sua vita, ma quando si tratta delle mie visite ha la memoria lucida come quella di un bambino. La mia visita il sabato è un evento programmato e il fatto di non essermi presentata mi si ritorcerà contro. Dovrò trascorrere con lei più tempo di quanto faccio di solito. Le porterò un po' di gin in più, fiori e formaggi. Qualunque fantasia si sia fatta, non mi piace causarle ulteriore infelicità, dal momento che trascorre già così tanto tempo da sola. E non voglio deluderla. Non importa quanto trovi difficile guadagnarmi l'affetto di mia madre, io non smetterò mai di provarci.

Al telefono mi scuso e le prometto che andrò a trovarla l'indomani. Poi premo il tasto per passare al messaggio successivo e ascolto Helen farfugliare.

«Sono stata così contenta di vederti ieri, tesoro. Possiamo vederci di nuovo presto? Puoi venire al Pavilion domani mattina intorno alle undici? Fammi sapere, devo raccontarti della fase successiva di questo incubo. Per favore, vieni.»

In poco tempo, gli operai hanno montato le sbarre a tutte le finestre, serrature migliori a entrambe le porte e un lucchetto nuovo al portone.

«Non potrà entrare nessuno adesso, Sonia» afferma Greg con gioia, quando i fabbri sono andati via. E presumibilmente nessuno, senza uno speciale mazzo di chiavi, può uscire, penso. Greg mi comunica che questa sera andrà al pub per vedersi con alcuni vecchi amici, quelli con cui un tempo suonava. Così sono libera di tornare al garage.

Jez alza lo sguardo quando richiudo a chiave la porta dietro di me. Si lamenta, dice di sentirsi indolenzito.

«Ti va di mangiare?»

«Non molto.» Ha la voce rauca e debole.

Gli metto una mano sulla fronte. Non penso abbia un'influenza, ma si sente leggermente sudaticcio e sostiene di avere la gola infiammata. Non mi piace molto sentire queste cose.

«Faccio un salto a casa e ti prendo qualche cosetta» gli dico. Attraverso di corsa il vicolo per la casa sul fiume, riscaldo una scatoletta di zuppa di pomodoro e la verso in un thermos. Poi infilo in un cesto un cartone di succo d'arancia e qualche analgesico, e riempio la borsa d'acqua calda.

«Mi hai preso la roba che ti avevo detto?» Sta tremando.

«Come ti ho detto ieri, ci sto lavorando» rispondo. «Per quanto fumare non è una buona idea se non ti senti bene. E soprattutto... Va be', lascia perdere. Guarda, invece, ti ho portato i vestiti nuovi. E qui ho un po' di succo di frutta. Ti farà bene.»

Lo aiuto a cambiarsi, poi infilo la borsa d'acqua calda sotto le coperte, poggio la scodella di zuppa su una vecchia cassa da tè vicino al letto e gli sprimaccio i cuscini.

«Greg ha prenotato un volo per domani pomeriggio» lo informo. «Quindi sarai fuori di qui domani. Te lo prometto.»

Alza lo sguardo verso di me, per qualche istante in cerca del mio volto, poi lascia sprofondare il mento nel cuscino. Distinguo nettamente il sibilo del suo respiro che entra ed esce dai polmoni. Mi ricordo che mi ha spiegato che sua madre aveva deciso di trasferirsi anche per via della sua asma.

«Jez, dai. Devi tenerti in forze. Mangia un po' di zuppa.»

«Non mi sento per niente bene» sostiene. «Forse mi serve un dottore, Sonia.»

«Non ti serve un dottore!» esclamo con fare più brusco di quanto intendessi. «I dottori non ti aiutano quando ti senti così. Io lo so bene. Greg è un medico ed è totalmente inutile quando qualcuno è malato.»

Allungo la mano, due pillole bianche, rotonde nel palmo, e gli offro il bicchiere d'acqua.

«Come faccio a sapere che non sono altre droghe?» chiede.

«Puoi guardarle. C'è inciso 'paracetamolo' sopra. Perché non ti fidi di me? Non capisco. Che ti passa per la testa?»

Non mi risponde, ma solleva la testa, lascia che gli poggi una pillola sulla lingua. Prende un sorso d'acqua.

«Non riesco a riscaldarmi» afferma stendendo di nuovo indietro la testa. Noto che trema nonostante la nuova felpa che l'ho aiutato a indossare, la borsa d'acqua calda e le tre coperte che gli ho ammassato sopra.

«Domani, ti prometto che potremmo ricominciare da capo. Non ti imbavaglierò più. Dimostrami che posso fidarmi di te. Poi potremo togliere anche il nastro da braccia e gambe.»

Mi alzo. Mi dirigo verso la porta.

«Non lasciarmi» sbotta. «Resta e parla con me.»

Mi volto e lo guardo. Sta tremando convulsivamente, i denti che gli battono. Nei suoi occhi si dipinge un'espressione sconcertata. Come quella di un bambino che non vuole che la sua mamma vada via. Questo mi riempie di una tenerezza incredibile.

«Di cosa vuoi che ti parli?»

«Qualunque cosa. Puoi parlarmi di Greg. Hai detto che sta a casa. Come vi siete conosciuti? Un'attrice e un medico?»

«Non mi definirei più un'attrice.»

«Helen ti chiama così.»

«Davvero?»

«Già.»

Mi metto a sedere sul suo letto. Lo osservo per capire se sia effettivamente così interessato. Tiene gli occhi chiusi, una leggera espressione infantile accigliata sulla fronte. Così inizio a raccontare. Non ho mai approfondito con nessuno i dettagli del mio matrimonio prima d'ora. Ho l'impulso improvviso di rivelargli tutto, ora che è disponibile.

«Greg era docente all'università dove studiavo. Non sono mai stata portata per la Medicina, ma mio padre aveva deciso per me e io ero così spaventata da lui che non osai rifiutarmi. Avevo seguito una lezione di Greg. Anatomia o qualcosa del genere. Ci ero andata solo per trovare qualcosa da fare. Ma Jez, non penso tu voglia sentire questo.»

«Invece sì. Davvero.»

«Greg era un uomo più vecchio, aveva già i capelli grigi sulle tempie. Io avevo una certa soggezione di lui. Sebbene non lo conoscessi allora, ovviamente.»

Faccio una pausa. Non voglio dare a Jez l'impressione che la relazione con mio marito sia – o sia mai stata – felice.

«Greg è davvero bravo?»

«Sì, in effetti, lo è.»

Vorrei aggiungere che il fatto di essere bravo non lo rende necessariamente una compagnia gentile o affettuosa, non lo rende un uomo compassionevole, malgrado abbia potuto pensare che le due cose andassero a braccetto.

«Lui sa di me?»

«No.»

«Certe volte guardo le persone vecchie e penso che non mi dispiacerebbe essere come loro» mormora Jez. «Non tutte le persone adulte sono stupide. Come te, Sonia. Tu non sei stupida.»

Lo fisso chiedendomi cosa si cela dietro quelle parole. Ma dal suo volto non si intuisce niente, perciò vado avanti.

«Greg mi disse che mi avrebbe aiutato con i voti degli esami di cui mi preoccupavo, di lasciar fare a lui, ma che *dovevo* uscire a cena con lui. Ero così ingenua! Adesso nessuna studentessa permetterebbe una cosa del genere a un docente. Ero lusingata. Ma non solo lusingata. Ero anche sollevata. Avrei ottenuto buoni voti e sarei sfuggita all'ira di mio padre. Pensavo che sarebbe bastata una cena, essere di buona compagnia per una sera. Ma la realtà era ben diversa, perché nel minuto stesso in cui Greg restò solo con me, lui... Be', puoi immaginartelo. Ero in trappola: se lo avessi rifiutato, avrei rischiato di non superare gli esami. Avrei dovuto affrontare mio padre e questa prospettiva era per me più terrificante di dormire con Greg contro la mia volontà. Così, prima ancora di capirlo, noi... Be', finimmo a letto insieme.» Faccio una pausa, valutando se spiegare a Jez quanto sia insignificante andare a letto con qualcuno. «Com'è, come non è, alla fine del mio primo anno ottenni i voti più alti del mio gruppo. Non mi curai di approfondire la questione. Ero solo soddisfatta di aver trovato un modo per ottenere l'approvazione di mio padre. Sebbene, ironia della sorte, io non l'abbia mai veramente ricevuta.»

È strano spiegare tutto questo ad alta voce, come se stessi mettendo insieme i pezzi nella mia mente per la prima volta.

Trovando collegamenti di cui non ero a conoscenza fino ad ora.

«Dopo il mio secondo anno, a dispetto dei miei favolosi voti, o forse proprio a causa di quelli, trovai il coraggio di dire a Greg che volevo passare all'accademia d'arte drammatica. Pensavo che avrebbe obiettato e invece mi incoraggiò.»

«E tuo padre?»

«E mio padre?»

«Non era arrabbiato perché lasciavi Medicina?»

Guardo Jez. Non so perché vuole tenere questa conversazione. Ma è proprio quello di cui ho sempre avuto bisogno, spiegare il mio matrimonio. Giustificarlo. Spesso ho immaginato di raccontare a Seb questa storia se mai fosse tornato.

«Mio padre era morto allora» risposi tranquilla. «Non lo vidi mai più dopo quegli esami del primo anno.»

«È morto giovane, allora?»

«Si è suicidato.»

«Ah. Oddio.»

«Non ti preoccupare, Jez. È stato tanto tempo fa.»

«Ma... Perché, perché lo ha fatto?»

«Non sono riuscita a migliorare le cose passando gli esami.» Stupidamente, avverto una lacrima che mi inumidisce un occhio e la asciugo con il dorso della mano.

È più di quanto io possa dire. Molto di più. Ma ci sono luoghi che non oso esplorare, per il mio bene e per quello di Jez. Non sono abbastanza forte per pensarci, figuriamoci parlarne, e non voglio caricare Jez della mia sofferenza. Poi lui riprende a parlare e mi sento felice e sollevata che abbia deciso di aprirsi con me, così io posso rimanere in silenzio.

«Mia madre ha divorziato da mio padre.» Ha la voce roca. «Hanno mandato tutto a puttane. Era patetico come litigavano. Io vivo con mia madre solo perché mi dispiace per lei.

Mio padre si è trovato un'altra. Ma se potessi scegliere, preferirei vivere con lui.»

«Perché?»

«Mia madre non si rilassa mai. Forse somiglia un po' a tuo padre. Devo fare questo, poi fare quello, esercitarmi su quell'altro. Quando ha scoperto che sono dislessico, ha fatto una partaccia ai miei professori, come se fosse colpa loro. Ero così imbarazzato. Mio padre ha questa nuova moglie, è marocchina, insegna a Marsiglia, e hanno avuto una figlia, la mia sorellastra. Mi piace stare con loro. Ma non è giusto per mia madre.»

Lo fisso. Chiamarlo 'coscienzioso' l'altro giorno non era che una minimizzazione.

«È tenero da parte tua preoccuparti tanto per tua madre» è tutto quello che riesco a dire.

«Non capisco perché mio padre l'abbia lasciata.»

«Il matrimonio, Jez, forse tu non puoi comprenderlo, spesso non c'entra tanto con il fatto di innamorarsi della persona dei tuoi sogni, ma dipende piuttosto da chi incontri al momento giusto. È una questione di circostanze. Qualche volta queste circostanze cambiano e ti ritrovi a vivere con una persona di cui non ti importa più.»

«Stronzate» ribatte. «Io non sposerei mai nessuno solo perché è arrivato il momento.»

«Sei mai stato innamorato?»

«Nah! Neanche per sogno.»

«E Alicia, allora?»

Fa spallucce.

Mi accorgo di averlo messo in imbarazzo, scavando un po' troppo a fondo. È un ragazzo sensibile. Eppure così giovane.

«Non ho intenzione di mandare tutto all'aria come i miei.»

Sono tentata di assumere il ruolo della saggia donna matura a questo punto e dichiarare che tutti pensiamo la stessa cosa quando siamo giovani, ma Jez non vorrebbe sentirlo. Lui pensa, come tutte le persone giovani, che non ripeterà mai gli errori dei suoi genitori.

«Hai presente» dico «quando da bambino ti rendi conto che il colore blu può essere diverso da come lo vedono gli altri?»

«Tipo, tu pensi che è blu, ma magari qualcun altro lo vede come un colore che tu nemmeno ti sei mai sognato? Ci ho pensato.» Parla, ma non mi guarda. Ha ancora gli occhi chiusi. Si sta godendo la nostra vicinanza, ma ha paura di farlo. Lo capisco perfettamente.

«Ebbene, con le relazioni è la stessa cosa. Ciò che percepisce una persona potrebbe essere completamente diverso per un'altra. Come fai a saperlo? Entrambi supponete di guardare lo stesso blu e di viaggiare su strade parallele, di condividere gli stessi obiettivi e i medesimi valori. Forse la tua mamma e il tuo papà erano convinti di aver incontrato qualcuno che vedeva lo stesso blu» spiego.

«Sono adulti. Dovevano sforzarsi un po' di più. Altre persone fanno in modo di restare insieme. Helen e Mick. Tu e tuo marito.» Mi scocca un'occhiata insolita mentre pronuncia queste parole.

Oserei mai ammettere anch'io che la mia relazione con Greg sia stata un errore? Che rimaniamo insieme solo per comodità? Ma sembra che Jez voglia credere che noi, da un certo punto di vista, siamo felicemente sposati, perciò non aggiungo nulla. Sembra che stia un po' meglio. Sulle guance gli si nota un vago rossore e sembra respirare con più facilità. È così vicino, allungo una mano, gli sollevo una ciocca di capelli, accosto la mia bocca al suo orecchio. Allontana la testa da me con uno scatto talmente violento da farmi sentire offesa e imbarazzata.

Mi metto in piedi e vado verso la porta.

«'notte Jez» dico.

«Non andartene!» implora. «Per favore, non mi lasciare di nuovo. Mi dispiace.»

«Anche a me dispiace. Ma devo andare adesso. Parleremo ancora domani.»

«Fammi venire là fuori con te.»

Lo guardo con dolcezza. Deve rendersi conto di quanto io vorrei che venisse con me, si sedesse al tavolo come ha fatto quando è arrivato venerdì, mentre io preparo la cena per entrambi.

«Ti auguro una buonanotte. Cerca di dormire. Torno domattina.»

«Sonia, no» implora con voce gracchiante, quando sono arrivata davanti alla porta. «Per favore, non lasciarmi qui una notte di più. Ho freddo ed è terrificante qui dentro. E poi non sto bene. Per favore.»

Ma ignoro le sue suppliche e mi costringo ad allontanarmi da lui, a uscire nella notte.

25

Domenica

Sonia

Alle undici in punto la mattina seguente mi accomodo con un cappuccino a un tavolo sulla terrazza del Pavilion Tea Rooms, come hanno rinominato quello che un tempo era una semplice caffetteria del parco. Piccoli germogli cominciano a spuntare nelle aiuole fiorite intorno alla terrazza, ma il vento è ancora freddo. Le chiome nude degli alberi graffiano le veloci nubi scure.

Helen arriva qualche minuto più tardi, come una farfalla fuori stagione in questa giornata rigida, avvolta in una stupenda sciarpa rosso ciliegia con cappello abbinato e fasciata da una giacca di lana blu-verde con cappuccio. A differenza mia, lei ha un debole per i colori nell'abbigliamento. Le si addicono. Mi dà un bacio su entrambe le guance e fissa il mio caffè.

«Non ti va un drink?» chiede.

«È un po' presto per me, Helen» rispondo. «Ma fa' pure tranquilla, se preferisci.»

Mi chiedo se un'amica migliore di me l'avrebbe messa in

guardia dal bere vino a quest'ora del giorno. Avrebbe tentato di persuaderla a frenare questo bisogno, magari. Ma io non lo faccio per due motivi: innanzitutto detesto fare la moralista. Dopotutto, chi sono io per giudicare le pecche di un altro? E questo vale per chiunque. Non abbiamo tutti i nostri difetti? Ciascuno di noi non è forse soggetto a un qualche fallimento prima o poi? Non dovremmo quindi lasciar correre le debolezze degli altri per poter convivere con le nostre e accettarle?

In secondo luogo va a mio favore che Helen sia ubriaca. Le scioglie la lingua. Posso beneficiare di ciò che mi racconta senza che lei noti la mia curiosità. Così quando suggerisce il vino, mi offro di andare a prenderle un bicchiere, anzi una bottiglia, se preferisce, e lei mi ringrazia aggiungendo che lì fanno bottiglie grandi la metà del normale e decide di accettare il compromesso di prenderne una.

Ho appena ripreso posto, stringendomi addosso il cappotto per ripararmi dal vento gelido, che Helen parte in quarta.

«Allora, ci sono un paio di novità» dichiara. «Nonostante ci siamo viste solo venerdì. Mi sono cacciata in una specie di pasticcio, e ho bisogno del tuo aiuto.»

La osservo, la tazza di caffè a mezza altezza verso la bocca.

«Vedi, Sonia. Devo dirtelo, perché non sono più sicura su cosa fare in merito. Il giorno che Jez è scomparso, venerdì, io non sono andata al lavoro. Ma ho detto a tutti, polizia compresa, che ci ero andata.»

Continuo a fissarla. La mia mano inizia a tremare. Per un'orribile manciata di secondi penso che mi stia per dire che lei era là, a Greenwich e che ha visto Jez bussare alla mia porta. Che lei sa che Jez sta da me. Che, ora che la polizia sta facendo le indagini, è tempo di 'vuotare il sacco', come direbbero gli amici di Kit. La tazza tintinna contro il piattino, quando la poso.

«Mi sono presa la mattinata libera. Sai, il venerdì lavoro

solo mezza giornata. Così ho pensato che al lavoro non avrebbe dato fastidio a nessuno.»

Mi guarda con gli occhi spalancati, come se si aspettasse che io capisca cosa sta per dire.

«Ora la polizia crede che sia coinvolta nella scomparsa di Jez. Per ora si tratta solo di sensazioni, di istinto, non hanno nessuna prova certa. Ma le stanno cercando.»

«Come fai a saperlo?»

«Le domande! Infinite! Sono tornati a interrogare me, non Mick. Due volte. Te l'ho detto, loro pensano che avessi un movente, perché Barney voleva andare alla stessa scuola di Jez. Ora hanno scoperto che non ero al lavoro quella mattina. Mentre io ho detto loro il contrario.»

«Oddio. È una cosa seria. E dov'eri invece?»

Il battito del cuore rallenta. La guardo con attenzione, mentre sorseggio il caffè.

«Non dove avevo detto di essere. La verità è che, lo posso dire solo a te, è davvero umiliante. Mi trovavo in un bar di Smithfield. A sbronzarmi. Se Maria lo viene a sapere, non me lo perdonerà mai. Niente, mi sono ubriacata giovedì sera, completamente da sola. Lo so, sembra un po' triste. Ma qualche volta ne ho bisogno. Tutto qui. Quando Mick e i ragazzi sono occupati con le loro cose. Io sono sola, Sonia. Sono stata sola per molto tempo. E affrontare questa cosa certe volte diventa insopportabile.»

Due lacrime le rigano parallele le guance. Le asciuga con entrambi gli indici, poi prende un profondo respiro e fa una sorsata di vino.

«Insomma, giovedì ho bevuto. Decisamente troppo. Non ce la facevo a lavorare venerdì. Me ne sono andata in un pub. Ho bevuto ancora. È patetico. E adesso ho mentito alla polizia per salvare la faccia!»

«Oddio, Helen, ti sei cacciata in un bel guaio, vero?» Sono

così sollevata che questo sia tutto quello che voleva dirmi, al punto da avere voglia di abbracciarla.

«No, no. Il fatto è questo, io penso che possa funzionare. A loro ho detto di essere andata alle terme. Mi serve soltanto una buona amica. Qualcuno non collegato a Jez che possa dire di avermi visto lì. Ed è plausibile. Infatti, ho pensato che magari tu, dal momento che sei una libera professionista, potresti benissimo fare un salto alle terme un venerdì mattina.»

«Ascolta, Helen. Non penso sia il caso che io venga coinvolta. Mi dispiace. Comunque, ormai è un po' tardi, no? Di sicuro, avranno già controllato se sanno che non hai detto loro la verità la prima volta.»

Helen giocherella con alcune monetine di resto che ho lasciato sul tavolo. Prende un altro sorso di vino.

«Cosa faccio? Se non mi aiuti, sono fregata!»

«Non è vero, Helen. Spiega loro che ti trovavi in un pub, se è lì che sei stata. Di' loro la verità.» Comincio a spazientirmi ora. Non ha fatto nulla, per amor del cielo. Non ha niente da perdere. Helen sembra amareggiata, quasi sul punto di piangere.

«E Mick?» chiedo alla fine, con più gentilezza. «Come vanno le cose con lui?»

Tira su con il naso, tracanna il fondo di un altro bicchiere.

«È tutto più complicato di quanto abbia ammesso. Perfino a me stessa. La gelosia. Ci ho riflettuto parecchio. C'è stato qualcuno, ehm, un anno fa ormai, con cui ho avuto una storia.»

«Okay.»

Questa notizia arriva completamente inaspettata. «Vuoi dirmi chi è?»

«È finita, Sonia. L'ho chiusa. Per salvare il matrimonio. Il suo e il mio.»

«Hai fatto la cosa giusta.» Non riesco quasi a credere che queste parole siano uscite dalla mia bocca. Quando mai ho saputo qual è la 'cosa giusta'?

«Ma mi sono portata dietro il senso di colpa da allora. Come faccio a mettere Mick davanti al mio sospetto che lui abbia un flirt con Maria, adesso? Potrebbe rinfacciarmi tutto! Quando ha scoperto di me, se n'è fatto una ragione. Non gli è piaciuto, ma l'ha accettato. Ora questa cosa con Maria mi sta divorando dentro. Ho perso tutta la mia sicurezza, tutta la mia dignità.»

«Oh, Helen.» Sono perfettamente consapevole del genere di sentimenti che descrive, l'agonia che anche io ho provato con Jasmine in tutti quegli anni. Quel terribile rompicapo. Se ammetti l'offesa, ottieni il disprezzo. Se non lo fai, continui a soffrire. È una maledizione. Ma non dico niente.

«Mi stavo convincendo che tutto era tornato alla normalità tra me e Mick. Ma poi succede questa cosa e la facciata del nostro cosiddetto matrimonio felice crolla inesorabilmente. Ci siamo rifiutati di vedere determinate colpe. È bastato un cambiamento perché l'intera faccenda andasse a rotoli. Jez è sparito e *tutto* si è sfasciato.»

Restiamo sedute in silenzio per qualche minuto.

«La sola cosa positiva è che sto imparando a conoscere Alicia, la ragazza di Jez. Passa spesso da noi, ovviamente, povera piccola. È devastata. Ma mi fa compagnia. Anche per lei il loro comportamento è nauseante. Non è mai andata d'accordo con Maria. Quando non è angosciata per Jez, riusciamo a ridere insieme di loro. Alicia si infila le dita in gola quando vede Mick che fa lo schiavetto di mia sorella. In un certo senso, è una distrazione. È un modo per non pensare a Jez. È così che sto cercando di vederla, Sonia, per quanto temo che prima o poi i miei sentimenti esploderanno e mostrerò a entrambi quanto io mi senta offesa. No, non offesa. Arrabbiata, sconvolta, colpevole, confusa. I miei sentimenti sono tutti incasinati.»

Comincia a sembrare leggermente ubriaca.

Vorrei davvero rassicurare Helen. Le voglio bene, nonostante tutto. Dà un certo piacere, mi sembra di ricordare, condividere i segreti con altre donne; può essere inebriante quanto una storia d'amore, al di là di tutto. Non mi è capitato spesso di avere questo privilegio. Le mie più grandi passioni si sono svolte in segreto, incapaci di uscire allo scoperto. Ma so, dai giorni in cui ho incontrato per la prima volta Greg e ho avuto dubbi su di lui, e dalle notti trascorse nei bar con amiche confuse, innamorate eppure insicure, quanto possano essere intime ed eccitanti queste conversazioni.

«Devo tornare a casa.» Si protende verso di me ora, mi stringe la mano, e io inalo una zaffata del suo profumo alla vaniglia. «Ma mi prometti che resteremo in contatto? Ora che ci siamo ritrovate? Tu sei l'unica persona con cui riesca a parlare davvero di tutto questo. Tutti gli altri sono troppo coinvolti.»

Le prometto che sì, ovviamente, ci terremo in contatto.

Quando se n'è andata, mi stendo sulla sedia, guardo oltre gli alberi per vedere giù per la collina e dall'altra parte del fiume verso le torri di Canary Wharf, l'edificio di HSBC, la piccola Manhattan che è diventata quella zona della città, con i suoi grattacieli e la miriade di finestre argentate scintillanti dell'improvviso nuovo raggio di sole che si è fatto strada attraverso le nuvole. Ripenso a com'era allora, quando io e Seb avevamo fatto del lungofiume il nostro parco giochi, come l'isola dei Cani era fuori dalla nostra portata. Mi sento come se avessi poggiato un piede più in là del consentito sulla sponda del fiume. Come se tutto ciò che accade mi conducesse più a fondo tra strade tenebrose e campi minati nascosti. Mi chiedo come farò mai a uscirne. O se voglia farlo.

26

Domenica

Sonia

«Sto uscendo, Sonia.» Greg sta sulla porta. La valigia è pronta, lui indossa i pantaloni della tuta, una giacca casual e le Adidas bianche con cui viaggia sempre.

«Non sono riuscito a stare con te come avrei voluto. Ma entrambi abbiamo un lavoro da portare a termine. Magari puoi riflettere un po' su quello di cui abbiamo parlato. Non dimenticare ciò che mi hai promesso.»

«Sarebbe a dire?» chiedo.

«Di andare dal medico. Ah, e ho telefonato a un paio di agenti immobiliari. Verranno a fare qualche foto. Sono solo foto, Sonia, quindi non farne una tragedia.»

«Quando? Quando verranno?»

«La settimana prossima. Uno di loro martedì, mi pare. Si faranno sentire comunque.»

«Okay» replico, il sorriso fuori, la rabbia dentro. Mi chino verso di lui e gli do un bacio sulla guancia. Greg sfiora le sue labbra secche contro gli angoli delle mie e mi dà una pacca sulla spalla prima di dirigersi verso il vicolo.

C'è un tanfo terribile nel garage questo pomeriggio. Mi ci vuole un po' perché gli occhi si adattino alla luce, ma quando ci riesco, noto che Jez sta molto male. Sta riverso malamente sul letto, come se si fosse dimenato nel sonno e uno strano liquido marrone ristagna sul cuscino sotto la sua bocca. I suoi occhi vitrei sono a malapena aperti. Gli poggio una mano sulla fronte. Ha la febbre alta. Poi mi accorgo che le lenzuola sono sporche, nonostante avessi usato i pannoloni, e sul pavimento vedo una pozza di vomito.

«Ti porterò presto fuori di qui» gli dico. «Non intendevo lasciarti per così tanto tempo. Forza, puliamoci per bene, così potrò riportarti il più presto possibile nella stanza della musica.»

Lui solleva lo sguardo e mi fissa con gli occhi spenti. «Nella stanza della musica?»

«Ma certo. Non appena la costa si svuoterà di gente. Non ho mai voluto che restassi qui.» Guarda cosa ti sta facendo, penso. Tu hai bisogno di luce, aria e musica.

«No! Mi fa affogare, vattene. Vattene! Vattene! Ce n'è un altro, da quella parte. Per favore!»

All'inizio penso che stia parlando con me, poi capisco che fissa con terrore un mostro immaginario oltre la mia spalla.

Sta delirando. Gli tasto di nuovo la fronte, poi il collo, dove la pelle, sotto i capelli, è rovente. Cerco di ricordare i consigli impressi in maniera indelebile nelle menti delle giovani madri. Rimuovere gli strati di indumenti in eccesso per abbassare la febbre. Applicare impacchi freddi sulla fronte. Somministrare Calpol ogni quattro ore. Ma quando si deve chiamare il medico? Cosa ho imparato da quella volta in cui sospettavamo una meningite per Kit? Mi torna vagamente in mente. Eruzioni cutanee che non spariscono nemmeno se premute sotto un bicchiere. Nausea. Fotofobia.

Jez è già stato male. Cosa faccio se gli servono gli antibiotici? Se ha qualcosa di brutto? Mi chino su di lui, scosto le coperte, cerco qualche irritazione sospetta. Noto alcuni piccoli sfoghi di un debole rosso sull'interno coscia. Il cuore mi balza in gola. Non può essere setticemia. Le eruzioni cutanee non compaiono dopo la febbre? Sarà questa la spiegazione.

Lo copro di nuovo. Lasciarsi prendere dal panico è la cosa peggiore che io possa fare. Devo restare calma, lucida. Valutare un passo alla volta. Tento di ricordare i primi giorni della mia formazione medica, dei corsi di pronto soccorso che ho seguito quando Kit era neonata. Devo riempire di nuovo la borsa d'acqua calda, portargli altra acqua da bere e per sciacquarsi il viso.

Il fetore è insopportabile. Mi fa venire da vomitare. Si mischia con qualcosa giù nel fiume, un puzzo nauseante, ben diverso dalla sensazione di risciacquo dell'acqua. Dev'essere morto qualcosa là sotto, e comincia a putrefarsi. Di tanto in tanto troviamo cadaveri restituiti dalla marea. Gabbiani, ovviamente. Sacchi di micetti. Una volta trovai un asino, mezzo mangiato dai composti chimici o da un qualche pesce, il fianco aperto, le costole sanguinolente a vista. Solo quando la carne è completamente decomposta svanisce l'odore, quando le ossa vengono ripulite, come se nella morte si verificasse infine un ritorno alla purezza. Come le suole di scarpe che si trovano in giro per l'arenile. È strano che ci si imbatta in scarpe intere solo di rado. Il fiume divora la tomaia, ma rigetta le suole. Tornano a riva con la marea, a centinaia, sparpagliate sull'arenile quando cala la marea. Impronte isolate dei dispersi e degli annegati.

Avevo pianificato di riportare Jez nella stanza della musica, ma ora che è malato non è più così semplice. Evitargli una corsa verso casa non è in discussione, finché resta così debole. Ma ora, anche se dovessi sostenerlo, non sono convinta che sarebbe capace di camminare per quella breve distanza lungo il vicolo fino a casa. È diventato un invalido.

La parola 'invalido' mi regala uno dei miei rari lampi di genio. Mia madre ha una sedia a rotelle! Dovrei andare a trovarla oggi. Potrei andarci subito e prendere due piccioni con una fava. Poi spingerò Jez per il vicolo come se stessi semplicemente accompagnando mia madre durante una delle piacevoli passeggiate serali che facevamo regolarmente quando mi sono ritrasferita qui. Imbacuccherò Jez come avrei fatto con lei, coperte sulle ginocchia, uno scialle sulle spalle, una sciarpa avvolta intorno alla testa e legata sotto il mento.

Dico a Jez che non tarderò. Lui è a malapena cosciente, mentre lo risistemo, ma controllo che il nastro sia stretto ed esco di nuovo.

Devo sbrigarmi. Se questa malattia è seria, allora non posso permettermi di esitare. Afferro le chiavi dell'auto dalla casa sul fiume e mi affretto di nuovo lungo il vicolo.

Attraverso le stradine costellate di auto in marcia dal fiume verso la strada principale, imprecando tra me e me per il traffico che sembra indugiare intenzionalmente davanti a me. Ogni volta che arrivo davanti a un semaforo, è sempre rosso.

Alla fine attraverso la via principale e imbocco Maze Hill davanti a casa di Helen, diretta verso Blackheath Standard.

Trovo un posto auto per visitatori nel parcheggio della pensione ed entro usando la chiave che mi ha dato mia madre.

«Hai saltato la visita sabato scorso» attacca prima ancora che io varchi la soglia. Le consegno la bottiglia di gin che ho preso per lei dalla casa sul fiume, come contentino.

«Mi dispiace, mamma. Ho avuto un sacco da fare. Kit era a casa e anche Greg...»

«Be', avresti almeno potuto telefonare. Non hai idea di cosa significhi aspettare tutto il giorno, senza vedere nessuno. Immagino prenderai un caffè.»

«Grazie.»

Dopo una mezz'ora seduta a chiedere scusa, annuendo e concordando su quanto devono essere noiosi gli altri residenti, spiego a mia madre che sto mettendo ordine in garage, che mi sarebbe d'aiuto usare la sua sedia a rotelle per spostare le cose lungo il vicolo.

«Non puoi usare una carriola?»

«Mamma, non abbiamo carriole, dovresti ricordartelo. Non ce n'è mai stato bisogno in una casa senza giardino.»

«Mmm. Io coltivavo quelle piante nella casa sul fiume. Facevo crescere cose in quel cortile che sfidavano le leggi stesse della natura. Tutti mi dicevano che il glicine non sarebbe mai fiorito sul lato in ombra della casa, eppure io l'ho fatto fiorire. E le clematidi! 'Fra un mese la clematide sarà coperta di stelle purpuree, e anno dopo anno la verde notte delle sue foglie racchiuderà quelle stelle di porpora.'»

«Molto bello.»

«È Oscar Wilde. Non mi aspetto certo che tu lo abbia letto. E le peonie. Ho coltivato perfino i girasoli un anno, contro il muro nella zolla più in ombra del cortile e sono cresciuti altissimi per me, tutto ciò che chiedevano era un po' di amore e di attenzione.»

Mi chiedo come abbia potuto mia madre dare così tanto amore e attenzione alle sue piante quando ne ha risparmiato tanto a me.

«Comunque, mamma, non c'è mai stata una carriola nella casa sul fiume.»

«E allora, per cosa ti serve la mia sedia a rotelle?»

«Te l'ho appena detto! Ripulisco il garage. Mi serve per spostare alcune delle cose più pesanti di nuovo in casa.»

«Dovresti stare a sentire Greg e vendere quella casa. La sua ora ormai è suonata!»

Agita la mano che regge un bicchiere vuoto per tre quarti. È un po' presto per bere gin, ma la luce fuori si affievolisce e lei ha già acceso la lampada, vuol dire quindi che per mia madre è l'ora dell'aperitivo. Le riempio nuovamente il bicchiere e glielo restituisco, aggiungendo un quarto di limone mentre lei lo riprende. Sfrigola e le schizza addosso.

«Adesso cosa posso fare per te?» chiede.

«La sedia a rotelle, mamma. Posso prenderla in prestito? Solo per un giorno.»

«Prenditela!» risponde. «Portatela via. Quando la guardo, mi sento vecchia e fragile. Preferirei non dover guardare quell'arnese orribile. Non so perché mi hai spinto a comprarla!»

«Se non fosse stato per quella sedia a rotelle, non riusciresti ad andare in giro in campagna, o in paese, o nel parco, o no? Te la riporto non appena finisco di ripulire.»

Quando si piazza davanti alla tv, le dico che devo andarmene e porto la sedia lungo i corridoi in moquette fino all'ingresso principale.

Se vai di fretta, sembra che tutto il mondo lo sappia e decida di rallentarti. Una volta all'ingresso, Max spunta dall'appartamento di sua madre.

«Buon pomeriggio, Sonia» mi saluta con un ampio sorriso, un paio di fossette gli compaiono sulle guance rosee. Max somiglia a quel genere d'uomo che è stato felice per tutta la vita, che probabilmente è nato sorridendo ed è rimasto così per sempre.

«Tua madre sta per uscire, a quanto vedo. Quale misterioso viaggio hai in serbo per lei?»

Gli spiego che sto caricando la sedia a rotelle in auto per tenerla pronta per la prossima passeggiata di mamma.

«Ti do una mano!» si offre. «Ecco, lasciami fare.»

Attraversiamo la porta a doppio battente spingendo la sedia. Arrivati davanti all'auto, mi profondo in ringraziamenti. Max mi guarda per qualche secondo in più di quanto mi faccia sentire a mio agio. Sta per invitarmi fuori per un drink?

«È buffo,» dice «qualche volta invidio a mia madre il suo appartamentino, le pulizie fatte da altri, niente da fare tutto il giorno se non giocare a Scarabeo e spettegolare degli altri residenti.» Sta fermo, le mani sui fianchi, come se avesse tutto il giorno a disposizione.

«Mi dispiace, Max, ma ho molta fretta, mi piacerebbe fermarmi a chiacchierare...»

«Forse potremmo prenderci una tazza di tè insieme una volta o l'altra... Ci vediamo nel salone della pensione?»

«Sarebbe un piacere.»

«Scherzavo, ovviamente, sul salone della pensione. Cioè, magari potremmo andare a cena insieme?»

Sorrido. «Se mai non sapessi cosa fare.»

Mi guarda come impegnato a cercare un modo positivo di interpretare le mie parole, poi annuisce, chiude la sedia a rotelle e la mette nel cofano per me.

«Fatto!» esclama, un ampio sorriso gli illumina di nuovo il volto. «Tutto pronto per la prossima gita di mamma. Fa' attenzione adesso.»

Guido più veloce che posso diretta verso il fiume.

27

Domenica

Helen

Helen sedeva su una delle poche sedie libere nella caffetteria del mercato con il suo solito cappuccino e si teneva la testa tra le mani. Sonia non aveva voluto aiutarla, e come biasimarla?

A Helen bastò stare seduta così da sola, senza nulla da bere, perché i pensieri e i sentimenti prendessero una forma precisa. La situazione con Jez era ben peggiore di quanto si era immaginata. La teoria di Sonia che lui potesse avere una storia con qualcuno era improbabile, data la sua relazione con Alicia. Alicia era convinta che Jez non se ne sarebbe mai andato da nessuna parte senza la sua chitarra, e lei lo conosceva meglio di tutti. Questo non lasciava che tre possibilità. Aveva avuto un incidente, magari nel fiume, e non era ancora stato trovato. Era stato rapito. O, l'opzione più impensabile, era stato assassinato. Ma mancava il corpo. Nessuna pista. Helen mise giù con violenza la tazza sul piattino. Non sarebbe arrivata da nessuna parte in quel modo. Non più lontano di dove era giunta la polizia. Sebbene almeno loro avessero un sospettato.

Me, pensò.

L'interrogatorio della polizia del giorno precedente era stato terribile. Le avevano chiesto di confermare ancora dove fosse stata quel venerdì mattina e lei era stata costretta a dir loro che si trovava alle terme. Era ovvio che non le credevano. Potevano perfino aver già fatto le loro verifiche su di lei ormai. Ma anziché seguire questa via, le avevano chiesto del corso per cui Jez aveva fatto il colloquio. Fino a che punto lei voleva che Barney riuscisse a entrare? Lui aveva qualche altra prospettiva? Era arrabbiata perché Jez aveva messo a repentaglio le possibilità di suo figlio? Lei aveva confessato di avere un complesso di inferiorità nei confronti di sua sorella e di suo nipote, questo l'aveva mai indotta a pensare di fare del male al ragazzo?

Helen sapeva che l'avrebbero lasciata andare. Non avevano la minima prova ovviamente né mai ne avrebbero trovate. Ma era giunto il momento di una riflessione profonda. Doveva smetterla con l'infantile gelosia verso sua sorella, con l'insicurezza nei confronti di Mick, con tutti quei sentimenti che la ponevano sotto una luce sgradevole, perfino pericolosa.

Non le era mai capitato di soffrire di una così profonda mancanza di sicurezza, di queste imprevedibili e torrenziali ondate di dubbi su sé stessa. Quella settimana si era chiesta chi fosse Mick in realtà, se lei lo avesse mai veramente conosciuto. Ora si domandava se conosceva sé stessa, piuttosto. Tutta quella situazione riguardava Jez. Suo nipote. Non doveva permettere che i suoi problemi adombrassero il fatto che lui poteva trovarsi in serio pericolo.

Una donna le passò davanti con un neonato imbracato al petto e, al vedere il nasino del piccolo premuto contro il cappotto della madre, Helen ricordò d'un tratto e con straordinaria chiarezza la prima volta che aveva visto Jez. Maria era in estasi, teneva il bambino dai capelli scuri sul petto e lui emetteva piccoli schiocchi con la bocca. Helen era andata a trovare sua sorella il giorno che Jez era nato, nel loro incantevole appartamento all'inizio di Crooms Hill. Le due sorelle si erano sedute fianco a fianco sul letto, puntellandosi sui cuscini, con le ginocchia piegate. Erano molto vicine in quel periodo, come se l'abisso tra di loro si fosse chiuso per qualche tempo da quando Maria era rimasta incinta. Da quella stanza godevano di una vista favolosa del fiume, un nastro argentato lontano, che serpeggiava tra gli scali industriali facendosi strada verso il mare.

Dopo aver allattato il bambino, Maria lo aveva posato su Helen, che se l'era accoccolato sulle rotondità delle cosce, mentre lui la fissava, i suoi piccoli arti tozzi piegati, quei suoi occhietti scuri e magnetici. L'amore travolgente che aveva provato allora eguagliava soltanto ciò che aveva già sentito per i suoi figli. Le aveva riempito gli occhi di lacrime. Fino ad allora aveva tenuto in braccio tantissimi neonati, gran parte dei suoi amici erano genitori ormai, ma c'era qualcosa di diverso nel legame di sangue, che non poteva negare. Jez era il suo nipotino, il figlio di sua sorella, e lei lo amava. Lo amava ancora. Non poteva farne a meno. Era impossibile immaginare che avesse dovuto fronteggiare una sofferenza reale.

Uscì dalla caffetteria, ancora piena di pensieri, e camminò tra le cancellate di ferro battuto del parco. Quando passò davanti al cartello NIENTE VENDITORI AMBULANTI DI GELATO, le parve di sentire Theo leggere quelle parole a voce alta per Jez, come se entrambi stessero accanto a lei proprio in quel momento. «Che vuol dire 'ambulante'?» aveva chiesto Jez.

«Esatto!» aveva risposto Theo. «Perché usare una parola come quella?»

Avevano attraversato il sentiero correndo accanto a lei, passandosi una pietra come se fosse una palla da football e facendo battute sulle parole lunghe scritte sui cartelli che non ci si poteva aspettare che le persone capissero, nonostante il messaggio fosse rivolto a loro.

«Io piaccio alle persone» dichiarò Jez, che era dislessico.

«Certo» replicò Barney. «Per te il cartello dovrebbe dire NIENTE MUSICISTI TOSSICI e tu continueresti comunque a essere ubriaco e a suonare la tua chitaaarra!»

Non c'erano mai stati problemi tra i suoi figli e Jez. Sembrava che vivessero tutti e tre in un mondo buono, di cameratismo maschile che non era cambiato granché da quando erano piccoli e si facevano scherzi a vicenda. Si arrampicavano ovunque. Andavano ai concerti.

Aveva appena raggiunto i piedi della collina, quando le squillò il cellulare. Era Alicia.

«Devo parlarti. Ho trovato una pista.»

«Dove sei?»

«Fuori dall'università. Sul sentiero del fiume. Puoi venire qui? Così ti posso mostrare dove l'ho trovata.»

Helen esitò. Voleva tornare a casa, sentiva il bisogno di un bagno e di una bevuta. Ma questa poteva essere l'occasione per fare qualcosa di costruttivo.

«Io mi trovo nel parco. Vengo da te, aspettami là.»

Helen trovò Alicia seduta su una panchina che fissava oltre il fiume. La marea era alta e l'acqua lambiva il muro solo pochi centimetri più in basso. Iniziava a diventare buio e le luci si accendevano, gialle lungo la via e a macchie di rosso, bianco e blu sul fiume e sulla sponda opposta. Alicia alzò lo sguardo su Helen e le mostrò il pezzettino lacero di un cartoncino che teneva nel palmo della mano.

«Cos'è?» chiese Helen, sedendosi sulla panchina accanto a lei, avvertendone il freddo.

«È un filtrino» rispose Alicia. «Di Jez. L'ho trovato sul sentiero da quella parte» fece un cenno alla sua destra. «Proprio fuori dalla centrale.»

Helen volse lo sguardo nella direzione indicata da Alicia. Il fiume era nero verso est, infinito, decisamente minaccioso nell'oscurità incombente. Dall'altra parte, verso la città, ancora rifletteva ciò che restava di un tramonto argentato.

«Cosa ti fa pensare che possa essere di Jez?»

«È fatto con un pezzo del biglietto di un concerto a cui siamo andati insieme. Lo so. Lo riconosco. Abbiamo rullato le canne la sera prima che sparisse, ma non le abbiamo mai fumate perché sei entrata tu.»

«Io?»

«Sì, be', abbiamo pensato che non ti sarebbe piaciuto.»

«E ora l'hai trovato laggiù?»

«Sì. Lui è uscito da casa tua venerdì per venire all'appuntamento con me al sottopassaggio pedonale. Deve aver fatto questa strada. Giù per la collina, davanti al pub Cutty Sark e poi lungo il sentiero. L'ingresso del sottopassaggio sta proprio lì.» Fece un cenno con la testa verso sinistra. «Ho deciso di fare una ricerca da sola. Nessun altro lo sta facendo come si deve.»

Helen dubitava che quella cicca fosse di Jez. Sospettava piuttosto che Alicia avesse bisogno di credere di avere qualcosa in mano, che il filtrino le desse una speranza. Avrebbe preferito non dover stare al gioco per una cosa che quasi certamente era solo un diversivo, ma allo stesso tempo non bisognava ignorare nulla, così aveva detto la polizia.

«Quindi lo hai trovato vicino casa di Sonia?»

«Sonia?»

«Una mia amica. Jez stava andando da lei per prendere in prestito un disco. La sua casa sta da quella parte, ma da questo lato della centrale. Potrebbe essere stato di strada, quando ha gettato il mozzicone.»

«Cosa dovremmo fare?»

«Be', torniamo indietro su quella strada adesso, così puoi mostrarmi esattamente dove lo hai trovato.»

Si misero in piedi e si affrettarono lungo il sentiero del fiume lontano dalla luce. Helen rabbrividì al suono dell'acqua, ai suoi risucchi mentre lambiva il muro. Ombre oscure si scagliavano dalle sbarre delle cancellate in ferro, e le loro sagome deformate si delineavano davanti a loro, si allungavano, poi svanivano ogni volta che attraversavano il fascio di luce dei lampioni. Passarono davanti al pub, poi percorsero il vicolo. La casa di Sonia era al buio e la luce esterna non funzionava. Il sentiero era completamente in ombra e spaventosamente silenzioso e quasi distante, in contrasto con l'O2 illuminata dai riflettori dall'altra parte, sull'ansa del fiume, e le luci bianche di Canary Wharf sull'altra sponda. Proseguirono lungo il marciapiede fino alla centrale, enorme e torreggiante sopra di loro. Sotto il molo, Alicia si fermò.

«Qui» affermò indicando il terreno accanto al muro. «L'ho trovato proprio qui.»

Il vento sollevava qualcosa di grosso nella struttura nera sopra le loro teste, che sferragliava e sbatteva, e Helen avvertì una strana agitazione crescerle dentro.

«Andiamo» concluse e, per non mettere Alicia in allarme, aggiunse: «Almeno sappiamo fin dove è arrivato. Cerchiamo un posto caldo dove sederci e parliamo di come procedere.»

28

Domenica

Sonia

È quasi buio quando torno da casa di mia madre. Le luci scintillano lungo il fiume.

Scarico la sedia a rotelle e la spingo fino al garage e poi dentro, una volta aperta la serratura delle porte interne. Jez è steso supino, immobile, le braccia legate sopra la testa. È sudato e pallido.

«Jez, torniamo nella stanza della musica; lì potrò prendermi cura di te adeguatamente» gli dico. Mi guarda. Non reagisce. Ha il volto emaciato e le labbra sembrano secche e blu. Mormora parole sconnesse, poi chiude gli occhi.

«Non stai bene» continuo. «Dobbiamo portarti in un posto più confortevole. Devi solo sederti sulla sedia a rotelle, poi ti spingo io fino a casa.»

Con le forbici della cucina, che tengo in tasca, taglio tutti i legacci, e gli ruoto le gambe fuori dal letto, così da costringerlo in una posizione seduta. Gli reggo la schiena da dietro. In qualche modo, con il suo aiuto, riesco a metterlo sulla sedia a rotelle. Gli faccio indossare di nuovo la giacca a vento di Greg, assicurandomi che il cappuccio gli copra la testa, poi lo avvolgo nelle coperte. Per evitare che possa tentare di scappare, malgrado sia quasi certa che è troppo debole per farlo, gli incerotto di nuovo mani e piedi con il nastro. Vorrei imbavagliarlo, solo nel caso in cui qualcuno si fermasse e cercasse di parlargli, ma ho paura che con quella pezzuola in bocca non riesca più a respirare. Già tossisce e rantola. Invece, gli copro il viso, tirando giù il cappuccio e avvolgendogli la sciarpa fin sul naso. Quando ho terminato, restano scoperti solo gli occhi. Voglio disperatamente riportarlo a casa. Per prendermi cura di lui fino a farlo tornare in salute.

Sguscio fuori dalle porte del garage, spingendole quanto basta per controllare l'esterno e ispezionare la parte del vicolo che riesco a vedere.

Un gruppetto di beoni mi passa davanti, scherzano tra loro, si spintonano l'un l'altro e ridono sguaiatamente. Guardo le ragazze barcollare sui tacchi e mischiarsi con i ragazzi che cantano, si prendono in giro e incespicano da una parte all'altra. Svaniscono in fondo alla strada, le loro voci vanno attenuandosi. Altri passi, le voci delicate di due donne che parlano. Sbircio dalla fessura della porta e sussulto. Una delle donne sembra proprio Helen. *È* Helen. Che ci fa da queste parti? Sta con una persona magra, di cui non riesco a riconoscere il viso, perché è coperta da lei. Chiudo la porta e mi accuccio dietro, cercando di tenere sotto controllo il respiro. Dopo diversi minuti, la riapro appena.

Il vicolo è nell'oscurità completa adesso, lo fendono solo piccoli raggi di luce dai lampioni sulla strada. Altri passi giungono dal pub. Due agenti di polizia che chiacchierano, camminando con passo deciso, le loro giacche fosforescenti al buio. Mi ritiro in garage.

Chiudo a chiave la porta interna, mi ci appoggio contro, il cuore batte così forte che ho paura possa esplodere. Guardo Jez. La testa gli ciondola sul petto, è mezzo addormentato. Gli sento la fronte da sotto il cappuccio. Sì, ha ancora la febbre. Ha il respiro affaticato, ansimante. Ha bisogno di un inalatore. Devo portarlo nel comfort e nel calore della casa sul fiume. Non posso lasciarlo qui ancora a lungo.

Finalmente il vicolo si fa più tranquillo. Restano il solito clangore delle lamine di metallo della stazione di ormeggio e lo schioccare delle onde contro il muro, causate evidentemente da una qualche scia in ritardo del passaggio di una barca. Apro le porte con una spinta e accompagno Jez lungo il vicolo sulla sedia a rotelle per tornare al portone.

Trascorro l'intera nottata su una poltrona, accanto a Jez, tenendogli la mano nella stanza della musica. Fatica a respirare. Alcuni dei suoi colpi di tosse sembrano talmente estenuanti, come se non avesse la forza di espellere l'aria dai polmoni. Spesso ho paura di dover chiamare un'ambulanza. Ha il respiro vuoto, sembra quasi che non stia entrando né uscendo aria dai suoi polmoni come dovrebbe. Rovisto nelle tasche della giacca di pelle e nella felpa che indossava quando è arrivato da me e trovo un inalatore. Glielo porto alla bocca e pompo l'aria. La situazione migliora leggermente, ma lui resta praticamente incosciente.

Intorno alle quattro, quando ancora Jez non mostra segni di miglioramento, capisco di dover stabilire un piano perché resti in salute. In questo momento, ormai mantenerlo in salute vuol dire tenerlo in vita. Lo valuto passo dopo passo, cercando di non farmi prendere dal mio senso di perdita o rimorso. Jez deve vivere.

Alle prime luci dell'alba lo porterò in ospedale. Posso accompagnarlo in auto con la sedia a rotelle di mia madre e guidare fino al St Thomas o perfino più lontano, all'Hampstead o al Royal Free. Non posso portarlo all'ospedale del posto, sarebbe troppo rischioso. Potrei essere riconosciuta e fermata. E poi mi serve tempo per scappare, prima che la famiglia si faccia viva. Lo sederò prima di andare, la cosa non è più un problema con la prescrizione di Greg. E lo terrò bene al caldo. Lo lascerò nella sala d'attesa dell'ospedale con un biglietto in cui chiedo di prendersi cura di lui e aggiungo i dati per contattare Helen.

Poi dovrò sparire dalla sua vita. Non solo dalla sua. Dovrò allontanarmi anche da Kit, così lei non dovrà sopportare l'umiliazione del crimine di sua madre. Perché so come verrà interpretato ciò che ho fatto. E dovrò allontanarmi da Greg, che vorrà sapere perché e come, per criticarmi e incolparmi di non essere andata da un medico per la mia 'depressione'. Dovrò allontanarmi dalla casa sul fiume.

Gli occhi mi si riempiono di lacrime, mentre penso al modo in cui devo lasciare andare tutto. Kit e la casa sul fiume, e Jez, sul più bello. Gli stringo la mano e lascio che le mie lacrime gli bagnino il polso rivolto verso l'alto.

Più tardi, mi renderò conto che la stanchezza mi aveva fatto vedere le cose sotto una luce distorta. Che l'idea di portare Jez in ospedale non era né necessaria né razionale. Ma ora, mentre le alte finestre cominciano a illuminarsi in maniera appena percettibile all'alba, sono convinta che questa sia la fine.

29

Lunedì

Sonia

Quando mi sveglio più tardi quella mattina, dopo essermi addormentata infine sulla poltrona, il sole inonda la stanza della musica della sua luce ambrata. Sento il respiro di Jez fluire più liberamente. Dorme ancora, ma noto un po' più di colore sulle sue guance. Per il momento comunque sembra stabile. Scendo al piano inferiore.

Alle dieci in punto Simon arriva per la sua sessione di educazione vocale. Mi stringe la mano nella sua e ci infila una cosetta avvolta in una pellicola protettiva.

«La droga per tua madre, tesoro. Marijuana medicinale, come hai ordinato.»

Bacio l'aria accanto alla sua guancia. «Il mio caro spacciatore di mezza età.»

«Nessun problema, Sons. Puoi scalare il prezzo dalla tua parcella.»

È lunedì. Devo riprendere le mie lezioni. Non posso restare fuori dal giro per troppo tempo, altrimenti la gente comincerà a chiedersi perché.

«Staremo al piano inferiore oggi,» lo informo «in cucina.»

«Pensavo che preferissi lavorare nella stanza della musica.»

«Stiamo facendo dei lavori di sopra. Le assi del pavimento sono rialzate e non è proprio sicuro.» Mi è venuta questa idea dagli operai di sabato, che mettevano le sbarre alle finestre.

«Se devi andare in bagno, puoi usare quello qui sotto. Ti preparo un caffè. Accomodati.»

«Ti sei ripresa completamente, tesoro? Avevamo tutti paura che ti fossi beccata l'influenza suina! Hai un aspetto un po' stanco, se devo dire la verità. Ma sei stupenda come mai prima. Hai perso peso!»

«Forse un pochino.»

«Non che ne avessi bisogno, ovviamente. Ma l'influenza riesce ad affinare la forma del viso, che non è un male durante la mezza età.»

«Simon!»

«Alla mia bisogna impegnarsi per mantenere un certo aspetto. Non puoi darlo più per scontato.» Simon è contrario al passare del tempo, come se si trattasse di un affronto personale. «Ho cinquantacinque anni, Sonia! Che razza di farsa! Come posso io, Simon Swavesy, avere cinquantacinque anni? Me li porto bene? Si notano tutti sul viso?»

«Non mi sembri diverso dall'ultima volta in cui ti ho visto.»

«Ma guarda qui sotto! Mi sta venendo il doppio mento!»

«Bene, allora i nostri esercizi vocali saranno d'aiuto per questo» affermo, versando il caffè. «Dobbiamo cominciare a lavorare.»

Il sole entra dalla finestra della cucina e illumina la mensola all'interno, conferendo alla stanza un fulgore che si vede raramente. Piccole zone sono messe in rilievo, le tazze appese lungo il ripiano della credenza, le arance nel cesto della frutta. Do uno sguardo alla fila di barattoli di marmellata che luccicano d'ambra avvolti dalla luce del sole. Mi sento distante da tutto, forse a causa del sonno perso.

«Insomma, come vanno gli affari?» chiede Simon. «Non ti ha toccato molto la crisi economica, vero? La cosa buona è che alle persone serve una distrazione. Ah, volevo chiedertelo, sei stata abbastanza bene per vedere la *Tosca*?»

«Sì, sì. Ci sono venuta. Magnifico. Sei stato meraviglioso, Simon, come sempre.»

C'è qualcosa di straordinario nella precarietà del mio segreto, di questa doppia vita. Non ho mai previsto che potesse essere una conseguenza della presenza di Jez a casa mia. Ogni volta che riesco a sfuggire a qualcosa, sento di ergermi in alto, in un modo che non è paragonabile con niente che abbia mai provato fin dall'infanzia.

Avverto un nuovo profumo nella brezza che soffia dal fiume. Aria fresca dopo l'odore chimico minaccioso, racchiuso tra le nubi, dell'inverno.

«Che giornata sublime!» esclama Simon, chinandosi sul davanzale della finestra e osservando l'acqua. La superficie sembra quasi solida con questa luce, come fosse raso o metallo lucidato. «Credi che la primavera sia arrivata finalmente?»

La giornata in effetti è sublime. Sento un certo sollievo nel cuore, come se fosse un piccolo ragno nel suo paracadute setoso che sale nel cielo primaverile oltre il fiume.

Io ho Jez. Lui si sta riprendendo, grazie a me. Mi sento come quando da bambina il primo giorno delle vacanze estive mi svegliavo e sapevo che gli orrori della scuola erano talmente lontani che non ero costretta a pensarci. Che i giorni a venire sarebbero stati lunghi e liberi.

Quando Kit era piccola, forse a sei o sette anni, ci riferì di aver sentito stridere un pipistrello. Noi la rassicurammo che si era sbagliata, che l'orecchio umano non può rilevare quel suono. Ora sto scoprendo livelli sensoriali un tempo troppo estremi perché potessi accedervi. Picchi emotivi che, come il verso di un pipistrello, non pensavo un essere umano fosse capace di sentire.

Dopo che Simon se n'è andato alle undici, salgo da Jez.

«Dove mi trovo?»

«Stai bene, Jez. Sei tornato nella stanza della musica.»

Perfino lui deve provare questo sollievo, il mitigarsi dell'atmosfera, il modo in cui i raggi del sole penetrano dalle alte finestre riscaldando le coperte sul suo letto.

«Che giorno è? Che ore sono?»

«Lunedì. Tarda mattinata. Vuoi un po' di caffè?»

Non si sente ancora bene, non ha voglia di bere caffè, mi risponde.

«Sai, ci sono sapone e asciugamani puliti per la doccia se ti servono. C'è tutta l'attrezzatura per la musica. I libri, la radio. E poi hai me, proprio qui, pronta a servirti e riverirti. Sono felice di farlo per te, Jez, lo sai.»

«Mmm.» È ancora malato, ma respira meglio. Riesce appena ad aprire gli occhi e ha ripreso a tremare.

«Mi fa male, dietro la schiena» afferma. «Tra le scapole.»

«Sì, be', devi riposare. E avrai bisogno di fare una doccia e lavarti i denti.»

Gli porto un asciugamano e uno spazzolino e lo pulisco al meglio che posso. È così debole che lo aiuto quando si alza per andare in bagno e poi, incespicando, torna a letto e si ridistende con un sospiro.

«Ti porto una borsa d'acqua calda.»

«Sì, sì, grazie. Fa così freddo. Il ghiaccio mi ha congelato le dita. Guarda! Si sono ristrette!»

Spingo la borsa tra le coperte e, mentre lo faccio, mi chiedo se, dal momento che sta chiaramente delirando, io possa chinarmi su di lui e baciarlo senza che si spaventi. Ma ha le labbra secche dopo la malattia ed emanano un odore acre. Questa cosa mi preoccupa: potrebbe avere una ricaduta.

Scendo di sotto e mi metto al computer di Greg che sta nell'ingresso davanti alla porta principale sulla strada, bloccando quell'uscita che non usiamo mai. Cerco su Google i sintomi di Jez. La diagnosi più probabile è polmonite. Quindi la malattia durerà ancora per qualche tempo, avrà sempre meno forze. Spiegherebbe la tosse e il dolore tra le scapole. In ogni caso, per quanto seria sia la situazione, sembra che se mi prendo particolare cura di lui, come ovviamente intendo fare, non ci dovrebbe essere bisogno di intervento medico.

Una volta fatta la mia diagnosi, resto su internet ancora un po', facendo ricerche su Google e su altri siti, svagandomi. Passo in rassegna le sculture di Nadia e apro il link al sito in cui lei ha comprato le Modroc per i busti gravidi di cui mi ha raccontato Helen. D'impulso ne ordino alcune per me. Poi trovo la pagina di Facebook che hanno creato Mick e Maria per Jez. Il suo volto, più paffuto, più bello, mi sorride, con gli amici, con adulti che non ho mai visto, con una chitarra e con un gruppo di ragazze. Non riesco a sopportare queste immagini di Jez con altre persone, in un'altra vita, così chiudo immediatamente la pagina.

Quando torno di nuovo di sopra, Jez sta dormendo beato, steso su un fianco. Il rotolo di nastro coibentante sta sul ballatoio, così lo prendo, ne strappo un pezzo lungo e glielo avvolgo intorno ai polsi finché non sono saldamente legati insieme dietro la schiena. Scendo e controllo due volte le serrature, le inferriate. Mi assicuro che la porta principale sia sprangata. Anche la porta sul lato del fiume è sprangata e chiusa con il lucchetto. Ho preso l'ulteriore precauzione di chiudere le tende, una cosa di cui raramente mi preoccupo, perché ci affacciamo soltanto sul sentiero e sul fiume, e ho abbassato le veneziane in cucina. Dall'esterno la casa deve sembrare completamente chiusa, come se fossimo andati via. Conservo il Roipnol che mi ha prescritto Greg nel cassetto della cucina, a portata di mano per metterlo nel bicchiere di Jez, in caso di bisogno.

Jez è sveglio quando torno da lui. Si lamenta ancora che gli fa male dappertutto.

«Che è successo alle mie mani?» chiede, uno sguardo allarmato sul volto smunto. Mi domando se la malattia, combinata al cocktail di medicine che sono costretta a dargli, gli abbiano scombussolato la memoria. Forse non ricorda niente del fatto di essere stato legato in garage. Se così fosse, sarebbe un'ottima cosa. Nessuno dei due vuole ricordarlo.

Mi siedo sul letto e lo guardo con tutta la compassione che provo nel cuore.

«Jez, penso di potermi fidare di te. Ma adesso che scendi al piano di sotto per la prima volta, prendo una piccola precauzione. Quando mi avrai dimostrato che non tenterai nessuna sciocchezza, potrai andare con le mani libere. Te lo prometto.»

«Di sotto? Dove?»

Sorrido. «In cucina. Per favore non essere tanto spaventato. Trascorreremo insieme il pomeriggio. Io cucinerò e tu potrai parlarmi.»

«Sono ancora qui?»

«Nella casa sul fiume, sì. Sei ancora qui. Va tutto bene.»

«Ma tornerò a casa, vero? Tu mi lascerai andare. Hai detto così.»

Gli scosto i capelli dalla fronte.

«Certo, tornerai a casa» replico. «Presto, immagino. Molto presto.»

30

Lunedì

Sonia

Il pomeriggio è quasi perfetto. Jez sta seduto al tavolo, le mani dietro la sedia, mentre io cucino. Gli avvolgo intorno la coperta bianca e verde per tenerlo al caldo. Riempio di nuovo la borsa d'acqua calda, che gli poggio in grembo sotto la coperta. Metto il cd di Jeff Buckley nel lettore e ascoltiamo *Hallelujah*.

Gli preparo un Toddy: whisky con limone, miele e acqua calda. Preferisco dargli un bicchiere di plastica, anziché di vetro, sebbene non possa reggerlo e debba sorseggiarlo aiutato da me che glielo avvicino alle labbra. Non penso che farà niente di impulsivo adesso. Qualcosa è cambiato tra di noi. Ha capito che mi sto prendendo cura di lui, perché torni in salute. Che non voglio gli accada niente di male.

Rivolto i pezzi di pollo nella farina per un pasticcio che divideremo più tardi, se avrà appetito. Sminuzzo l'erba cipollina, la soffriggo nell'olio d'oliva, ci aggiungo la pancetta. Gli lancio un'occhiata mentre cucino. Immagino mi aspettassi di vederlo com'era il primo giorno, rilassato, i piedi che dondolavano contro la gamba del tavolo, mentre beveva il suo vino. È uno shock quindi vedere le lacrime che gli rigano silenziose il viso e affondano nel bicchiere di plastica. Gli cola anche il naso, lunghi rivoli luccicanti gocciolano fino al labbro superiore e, non appena si accorge che lo guardo, il petto comincia a sollevarsi.

«Oh, Jez» lo consolo, muovendomi verso di lui.

Gli pulisco il naso, gli sciacquo il viso con un asciugamano pulito e gli do acqua da bere.

«Jez, ascolta, sei stato molto male. Ma adesso ti stai rimettendo. Ti prego, non piangere. Sono qui per prendermi cura di te. Perché tu stia bene.»

Alla fine il suo pianto si placa, prende un profondo respiro e mi rivolge un timido sorriso imbarazzato.

«Scusami» si giustifica. «È solo che mi sento così male.»

La cucina si sta riscaldando. Lui comincia a dimenarsi, dicendo di sentire caldo. Si scuote di dosso la coperta che gli ho avvolto intorno e mi chiede di togliergli la felpa. Quest'operazione non è semplice, visto che ha le mani legate dietro. Gli rispondo che invece gli alzerò le maniche. Mi soffermo a notare ogni minimo dettaglio mentre gli giro i polsini. Il suo polso piatto con le ossa sporgenti. Una punta di luce lungo la cavità tra il radio e l'ulna. Un velo di sudore gli imperla la fronte, come anche la piega tra i gomiti.

«Non puoi togliermela e basta? Sento veramente caldo. Sto bollendo.»

Mi piacerebbe molto liberargli i polsi, sollevargli la felpa oltre la testa. Ma, nonostante sia così debole e ubbidiente, non oso rischiare.

Dopo avergli arrotolato le maniche, continuo a rimestare la salsa, a macinare il pepe.

«Tutto bene, Jez?»

«Sì, così va meglio.»

Dopo una lunga pausa, chiede: «Cosa c'è in quei barattoli?»
Seguo il suo sguardo. «Marmellata» rispondo.

«Era quella che stavi facendo il giorno che sono venuto qui.»

«Sì. La faccio sempre a febbraio, come faceva mia madre. È una tradizione. Il profumo... è un profumo che amo, sebbene mi intristisca allo stesso tempo.»

«Qualche volta anch'io sono triste per alcuni ricordi. Non perché fossero tristi, ma per il tempo che è passato. Per il fatto di non poter tornare indietro.»

Mi volto e lo guardo. Alla fine ha ripreso a parlare di più come il primo giorno. Stiamo di nuovo costruendo qualcosa insieme.

«Qual è il tuo primissimo ricordo?»

Ci pensa su. Gli esamino il volto, mentre riflette. È dimagrito, su questo non c'è dubbio. Ma c'è qualcos'altro, un'aria circospetta nella sua espressione che non gli avevo mai visto prima. Gli occhi guizzano intorno. Sembra come se non osasse perdersi alcun particolare, come se dovesse stare in allerta ogni secondo. Non mi piace. Voglio che si rilassi.

«I cigni sul fiume. Mio padre mi portava nel passeggino, immagino. Lanciavamo pane ai cigni. Lui mi disse che erano della regina. È vero?»

«Solo i cigni reali non marchiati. E solo quelli che vivono qui sul Tamigi. O nei suoi affluenti.»

«E l'odore della crema Marmite nella brezza. Ancora oggi, quando sento il profumo della Marmite, mi ricorda questi posti. Il fiume. Prima che tutto cambiasse.»

«Non è proprio Marmite. È l'odore del lievito dal birrificio. Ma quel profumo è anche uno dei miei primi ricordi. C'è chi lo detesta. Invece a me piace. E i cigni sono ancora qui, ovviamente. Talvolta spariscono. Ma poi tornano sempre.»

«Certo. Ma non è come allora. Mamma e papà non staranno più insieme. Io non sarò più quel bambino. Alcune cose spariscono per sempre.» Di nuovo gli si riempiono gli occhi di lacrime.

«Non è vero, Jez.» Metto giù il coltello e mi chino sul tavolo, per guardarlo negli occhi. «Io la pensavo così prima, ma ora non più. Le cose, o il passato, non vanno via, il tempo non è lineare come crediamo noi. Si avvolge su sé stesso come una spirale e ci gioca stranissimi scherzi. È una cosa che mi è capitato di comprendere di recente. Vorrei averlo sempre saputo.»

Giro intorno al tavolo per andare dalla sua parte. Mi chino su di lui e lo guardo nel suo stupendo volto impallidito, dritto negli occhi, infossati per la malattia, ma in procinto di tornare di nuovo lucenti, e gli sussurro le mie parole con tutta la passione che sento.

«Sei venuto da me. Sei arrivato da me proprio quando avevo bisogno di sapere che il passato non è svanito. Mi hai mostrato che avevo una seconda possibilità e che non devo mai più soffrire per una perdita.»

Non mi risponde, mi fissa e basta, e per un po' sembra che mi guardi in fondo all'anima. Siamo uniti.

Si crea una calma pacifica, mentre la luce svanisce fuori, e io torno alla mia cucina. Restiamo in silenzio, cullandoci nella nostra reciproca compagnia. Non abbiamo bisogno di parlare.

Più tardi, non so per certo quanto più tardi, perché il tempo ha iniziato a giocarmi altri scherzi e la giornata è fuggita in pochi secondi, Jez dice: «Mi sento di nuovo una merda. Devo stendermi.»

«Andiamo di là. Accendo il fuoco e tu puoi stenderti sul divano.»

Gli tiro di nuovo giù le maniche della felpa. Gli avvolgo intorno la coperta e lo accompagno in soggiorno. Si stende sul divano e comincio ad approntare il fuoco nel caminetto, senza il minimo senso di censura che di solito mi evoca questa stanza. Come se credessi, ora che Jez sta qui con me, che tutti quegli aspetti del passato che mi ossessionano, sebbene in modo imprecisabile, fossero stati cancellati. Qualcosa però, forse il suo piede che penzola dal divano, la consapevolezza del suo corpo supino e inerte, riaccende tutto. Non solo le sensazioni, ma ogni singolo dettaglio, quell'immagine in un angolo del mio occhio che di solito scivola a lato ogni volta che cerco di concentrarmi su di essa.

Si illumina quando metto la legna da ardere nel caminetto e si ravviva appena le fiamme se ne impossessano.

Un giorno d'inizio primavera, la luce che si dissolveva fuori. Aprii la porta. C'era una specie di tavolo al centro della stanza. Le candele che proiettavano enormi ombre contro i muri. Gli adulti in nero, le teste chine. Sapevo cosa c'era su quel tavolo, non serviva che si spostassero. Riuscivo a vedere tra di loro la cassa di legno lucente con maniglie in ottone lustrate. Ma non potevo avvicinarmi di più. E nessuno mi chiese di farlo. Nessuno mi parlò. Stavo ferma, sola sulla porta in attesa di qualcosa, un movimento, una parola. Mi davano tutti le spalle. Bastava l'odore. Non avevano acceso il camino. La stanza era più fredda del fiume stesso.

Il telefono comincia a squillare. Sta sul tavolo accanto al divano, dove Jez è steso, mezzo addormentato. O perlomeno io pensavo che fosse mezzo addormentato. Si mette a sedere all'improvviso a quel suono, ora mi domando se stesse solo fingendo. Io mi trovo dall'altra parte della stanza. Ci impiego un paio di secondi prima di riprendermi dalle mie fantasticherie, di capire che Jez sta usando il mento per far cadere la cornetta dalla base, che si mette a parlare nel microfono. «Sono io, Jez!» urla.

Scattando da un lato all'altro della stanza, con un dito premo il tasto del silenzioso, prima che lui riesca ad aggiungere altro a quelle tre parole che potrebbero portarlo via da me per sempre.

«Come hai potuto?»

«Cosa?»

Si accuccia di nuovo lontano da me sul divano.

«Jez! Ti ho portato di sotto. Adesso mi fai questo.»

«Non capisco. Che cosa ho fatto?»

«Stavi cercando di lasciarmi.»

«No! Ho risposto al telefono senza pensare.»

Prendo un lungo, profondo respiro, vago per la stanza, passandomi la mano tra i capelli. Questa cosa non deve farsi pericolosa. Sospiro. Mi siedo accanto a lui sul divano. Gli poso affettuosamente una mano sul ginocchio. «Okay. Ci passerò sopra stavolta. Non pensiamoci adesso. Ma è arrivato il momento che tu torni nella stanza della musica. Non puoi rimanere ancora qui sotto. Andiamo. Alzati.»

Tremo mentre mi cammina davanti fuori dalla stanza. Sono scioccata perché lui continua ad avere paura di me. Ma che sia perché è ancora debole o perché è dispiaciuto per avermi fatto innervosire, cammina mesto, le mani assicurate con il nastro dietro la schiena, il capo chino, senza guardarmi mai negli occhi mentre saliamo le scale.

Dopo averlo chiuso di nuovo a chiave, corro direttamente verso la segreteria telefonica per ascoltare il messaggio. Devo sapere se qualcuno ha riconosciuto in qualche modo la voce di Jez.

È Helen.

«Sonia, non ci crederai...»

Alzo la cornetta e compongo il numero di Helen, che risponde immediatamente.

«Posso passare da te?» mi chiede.

Per qualche secondo non riesco a parlare. Ha sentito la voce di Jez? È un trucco?

«Sonia? Sei ancora lì? Mi senti?»

«Sì... Scusami. Ciao.»

«Devo parlare con te. Posso venire a casa tua?»

«No.» La mia risposta è brusca. Ci riprovo con maggiore calma. «No, Helen, mi dispiace. Non è un buon momento.»

«Per favore, Sonia. Sono sola in questo...»

La sua voce sembra sincera. Grazie al mio lavoro ho imparato a riconoscere una nota falsa e sono praticamente certa che non ve ne sia traccia nella sua voce. Ovviamente *potrebbe* passare da me. Potrei dirle la stessa cosa che ho spiegato a Simon, che la rampa di scale per la stanza della musica è stata isolata con un cordone perché le assi erano sconnesse. Ma Helen non mi mollerebbe più. È una situazione diversa rispetto a Simon e agli altri miei clienti. Loro mi pagano per il tempo che gli dedico. Helen potrebbe parlare per ore. Non ha scadenze da rispettare. E la coperta sta ancora in cucina. Il bicchiere di plastica con cui gli ho dato da bere il Toddy caldo. Il pasticcio che ho preparato per noi, nemmeno assaggiato, nel forno.

«Cosa? Hai clienti, Sonia? Quando possiamo vederci? Ho bisogno di parlarti.»

«Mi dispiace, Helen, io...»

Poi aggiunge qualcosa che mi fa cambiare idea.

«Anche Alicia vuole incontrarti. È la ragazza di Jez. Ha informazioni su di lui. Pensa di essere sul punto di scoprire cosa gli è successo.»

«Cosa avrebbe a che fare con me? Perché vuole incontrarmi?»

«Mi dispiace se è una seccatura per te. Ma entrambe pensiamo che potresti aiutarci. Ti prego di non arrabbiarti.»

«Non sono arrabbiata, Helen. Ho solo chiesto, perché me? Cosa avrebbe a che fare con me?»

«Certo, sei suscettibile, mi dispiace. So che ti scoccia questa cosa, ma Alicia ha trovato qualcosa di Jez vicino casa tua ed è certa che tu possa averlo visto senza ricordartene il giorno in cui è scomparso. Ha davvero bisogno di parlare con te, Sonia. E anche io.»

Respiro a fondo. Le sono sembrata arrabbiata? Di solito faccio molta attenzione a controllare la voce.

«Dove vuoi che ci incontriamo?» le propongo. «Posso darti un'ora. Ma non potete venire qui. Aspetto degli ospiti.»

«All'Anchor? Non è lontano da te, così non ti crea troppi problemi per la serata. Posso essere lì in dieci minuti. E tu?»

«Okay. Suppongo che prima è, meglio è per me» rispondo. «Ci vediamo lì.»

31

Lunedì sera

Sonia

All'Anchor a quest'ora di lunedì sera l'aria dovrebbe essere irrespirabile per il fumo e il locale intasato di uomini grigio vestiti che si imbattono nelle pance da birra l'uno dell'altro. Invece è desolato e freddo, e puzza distintamente di disinfettante. Gli uomini, benché le loro facce sembrino quelle di sempre, apparentemente hanno l'addome più piatto. Mi manca il fumo. L'atmosfera illecita che conferiva ai pub del dopolavoro. La nebbia. La sensazione che perfino quello più sfiancato di noi potesse uscire dal suo lavoro responsabile per gettarsi nella promessa di un mondo più libero. Perché il divieto di fumare? Guarda cosa sono diventati i pub! Depurati. Disinfettati.

Non riesco a vedere Helen al bancone e mi chiedo se sia passata dal ristorante che si affaccia sul fiume. Ciò che mi ha detto di Alicia mi ha fatto sentire fuori dalla realtà, fuori dal mio corpo. Ma talvolta questo stato di alienazione favorisce la chiarezza mentale. Mi servirò di quel che dicono per stabilire se, quando e come lasciare Jez.

Helen non si trova nemmeno al ristorante e io comincio a diventare impaziente. Mi chiedo perché oggi non sia al lavoro. Torno al bar e ordino un doppio whisky. Di solito non bevo mai superalcolici, ma sento che ne avrò bisogno.

«Stai bevendo!»

Mi volto. «Helen!»

«Lei è Alicia.»

Accanto a Helen c'è una ragazza magra, dai capelli scuri, con un piercing al naso e uno spazio tra gli incisivi. Nonostante sia giovane, le si legge in viso una sorta di noia nei confronti della vita. A dispetto del clima freddo, indossa una maglietta con la copertina dell'album di Tim Buckley *Works in Progress* stampata davanti. La riconosco all'istante perché è la stessa foto del tesserino che Jez indossava sulla felpa. È l'immagine del vinile che era venuto a prendere in prestito da Greg.

«Questa ragazza è il mio braccio destro, nonché la mia fonte di serenità emotiva. Nonostante lei stessa stia passando un inferno in terra, come puoi ben immaginare. Si è dimostrata una leale sostenitrice. Visto che stai al bar, ordinami un bel sauvignon, ti spiace cara? Pago io il prossimo giro. Tu cosa prendi, Alicia?»

La ragazza fa spallucce.

«Avanti, non ti chiedono i documenti se stai con noi» la incoraggia Helen, sebbene io su questo abbia qualche dubbio, dal momento che, per quanto ricordi, Alicia dovrebbe avere quindici anni ma sembra una dodicenne.

«Io non bevo.» La ragazza alza le spalle e mette un'espressione imbronciata.

«Allora prendi qualcosa di non alcolico. J_2O? 7up? Coca-Cola? Devi tenerti in forze, non è vero, Sonia?»

«Certamente» rispondo.

«Prendo un succo d'uva con tonic dietetico e un pacchetto

di patatine alla salsa Worcester» dichiara ancora con il muso, senza guardarmi. Vorrei correggere la sua sfacciataggine. Di sicuro lei non *prende* un succo d'uva, piuttosto ne *vorrebbe* uno, *se* a Sonia non dispiace, *per favore* e *grazie mille*. Ci sediamo accanto alla finestra. Fuori il fiume è increspato. Nonostante sia iniziata splendidamente, la giornata è cambiata, le nubi si sono ammassate, mentre la luce ha iniziato a scemare e il vento ad aumentare. Tutto fuori, dall'altra parte della finestra, è ritornato a essere monocromatico: l'acqua limacciosa, il cielo plumbeo, i palazzi marroni sull'altra sponda, i gabbiani grigi che saltellano sulle onde. La vecchia terrazza ormai è andata alla deriva durante una tempesta ed è attraccata leggermente più in là, un bizzarro ricordo di legno dei giorni in cui gli avventori del pub se ne stavano su quella piattaforma e ridevano e bevevano per tutta la sera. L'acqua tenebrosa schizza sui suoi luridi lati marrone scuro e i pali dello steccato, una volta finemente intagliati, sono ora frastagliati tutt'intorno al bordo. Divorati dalle onde.

«Allora, suppongo che le cose potrebbero cambiare nelle prossime ventiquattro ore.»

«Cosa?»

«Non hai sentito una parola di quello che ho detto, eh, Sonia? C'è qualcosa che ti distrae? Sembra che tu sia da tutt'altra parte.»

La piattaforma. Ecco cosa mi distrae. Il giorno in cui li ho visti arrivare sulla zattera. Io mi trovavo qui! Qui all'Anchor, in piedi proprio sulla piattaforma, fuori, in attesa, in attesa di Seb. Mi affacciavo e scrutavo a monte e aspettavo che tornasse da me.

Le immagini mi sfilano davanti agli occhi come quei personaggi di *Fantasia*, caricature di persone che si erano recate alla casa sul fiume quel giorno. Ovviamente c'era mia madre, alta e boriosa, la sua permanente raccolta in un grosso chignon sopra la testa, le labbra rosa e al suo fianco la coppia che mi presentò come Joyce e Roger del coro. Joyce era enorme e tracagnotta e Roger piccoletto e asciutto. In mezzo ai due c'era...

«Sonia, lei è Jasmine.»

Jasmine, a differenza dei suoi genitori, era perfettamente proporzionata. Aveva lunghi capelli dorati e occhi a mandorla del colore dell'erba fresca. Mia coetanea, era però più alta e sviluppata, e ora nella mia immaginazione i suoi occhi si fanno più grandi e le ciglia più lunghe e il suo sguardo più penetrante di quanto fossero in realtà. Jasmine indossava un abitino di mussola, con bretelline strettissime e bottoni davanti a forma di margherite. I capelli le serpeggiavano addosso come quelli di una sirena in una favola, arrotolandosi in lunghi boccoli intorno al corpo, luccicanti di un biondo oro che rischiava di accecarmi. Me ne stavo ferma nel soggiorno a fissare il gruppetto, finché mia madre non mi intimò di piantarla di stare a guardare come una sciocca e di portare da bere a Jasmine.

Quando sentii la voce di Seb chiamarmi dall'altra parte del portone, andai da lui sollevata. Aveva i pantaloni bagnati e pieni di fango, arrotolati sopra le ginocchia, perché si era messo di nuovo a trafficare sulla nostra zattera. I capelli scompigliati gli davano un'aria selvaggia. I piedi nudi. La melma che gli colava tra le dita. Era venuto a trovarmi.

«Ho bisogno di te, Sonia. Problemi tecnici con la *Tamasa*.»

«Abbiamo ospiti. Non posso uscire ora.»

«Allora, entrerò io per un saluto» propose e, senza nemmeno aspettare che approvassi, mi seguì fin nel soggiorno. Notai che Jasmine puntò i suoi occhi verdi su di lui.

E lui ne rimase stregato. Non riusciva a toglierle gli occhi di dosso. Le labbra gli si curvarono leggermente agli angoli e dopo non guardò più verso di me.

«Jasmine,» disse mia madre con una voce che mi sembrò innaturalmente sdolcinata «ti presento Sebastian.»

«Ciao» salutò lui.

Jasmine gli sorrise. «Ciao» ricambiò.

Mia madre prese posto sul divano e versò il tè a Joyce e Roger, e Roger chiese: «Cosa hai fatto, Sebastian, per riempirti di fango a quel modo?»

«Oh, niente, armeggiavo sul fiume» rispose Seb.

«Posso andare giù al fiume, mamma?» domandò Jasmine.

«Solo se non ti fai venire in mente strane idee come saltare su una barca» accordò sua madre.

«Oh, non si preoccupi signora...» attaccò Seb.

«Harrison, Sebastian, signora Harrison» continuò lei, e gli sorrise con fare civettuolo.

«Non si preoccupi, signora Harrison. Non è una barca, è una zattera.»

«Che non è sicura come una barca, tra l'altro» aggiunsi io. «Non sta nemmeno a galla decentemente.»

Seb mi scoccò un'occhiataccia. «Per questo sono venuto a cercarti» spiegò. «Devi darmi una mano con i galleggianti.»

«Sonia si prenderà cura di Jasmine» decise mia madre. «Non preoccuparti, Joyce.»

Le lanciai l'occhiata peggiore che potessi, ma lei parve non accorgersene.

Mia madre aveva sempre sostenuto di essere troppo stanca per intrattenere i figli degli altri, o che papà non avrebbe sopportato il rumore. Non mi aspettavo più di avere amici in casa, e loro per contro avevano smesso di invitarmi. Perché mia madre di punto in bianco aveva fatto apparire dal nulla questa Jasmine?

«Andate ora. Ma fate molta attenzione» ci incoraggiò.

«E non attardarti dopo il tramonto, Jasmine» aggiunse il signor Harrison. «Dobbiamo andare.»

«Oh, ma restate per cena» sentii dire a mia madre mentre lasciavo la stanza. Fino a quel momento non avevamo avuto ospiti nemmeno a cena. Cosa stava succedendo?

Quando entrai nell'ingresso, Seb disse: «Seguimi, Jasmine.» E potevo sentirli che camminavano dietro di me, quando attraversai il marciapiede fino alla gradinata e cominciai a scendere.

Mi ci volle una buona mezz'ora per scovare tutte le robe galleggianti, inzaccherandomi tutta nell'acqua gelida. Ma ne valeva la pena, per mantenere la stima di Seb, per dimostrare alla deboluccia Jasmine che le ragazze non devono essere delle Barbie per piacere a ragazzi come Seb. Ero certa che per niente al mondo Seb avrebbe portato Jasmine sulla *Tamasa*, visto che ero io quella che aveva fatto in modo che potesse resistere al fiume. Eppure, Seb prese la zattera e Jasmine, in piedi sulla riva, ridacchiava mentre lui armeggiava tra rottami e barili, e imprecava e mi ordinava questo e quello. E poi, dopo esserci assicurati che avrebbe galleggiato di nuovo, Seb mi chiese di fare un salto alla casa sul fiume per prendere una torcia.

Distinguevo le voci degli adulti nel soggiorno, afferrai la torcia senza dir nulla a loro. Volevo tornare per accertarmi che Seb non stesse portando Jasmine sulla zattera senza di me.

Ciononostante, solo pochi minuti dopo, mentre tornavo da casa, vidi Seb che teneva Jasmine per mano e la conduceva in acqua. Lei gridava. Era pietrificata e questo la divertiva.

Era come se non avessi mai avuto a che fare con la costruzione o il nome della zattera in cui eravamo quasi annegati, nella missione di Seb per esplorare l'altra sponda del fiume. Era come se per Seb io non esistessi più.

«Non potete andare! Vi hanno detto di no!» gridai. Corsi giù per i gradini e, nonostante fossero scivolosi quel giorno – aveva piovuto e la marea non aveva ancora iniziato a scendere – li saltai a due a due. Gli ultimi scalini luccicavano ancora d'acqua, non mi preoccupai di fare attenzione e scivolai per terra battendo forte la coscia, ma non mi curai del dolore o del livido violaceo che sarebbe comparso di lì a poco. Seb stava guidando Jasmine sulla *Tamasa,* che aveva legato a uno dei pilastri del molo, e lei ci salì. Aveva lasciato le sue deliziose zeppe in corda nella melma, accanto al muro, e si era sollevata il vestitino di mussola, rivelando lunghe cosce dorate. Seb tornò a riva, mi strappò di mano la torcia e rientrò in acqua. Saltò sulla *Tamasa* accanto a Jasmine e slegò la corda che legava la zattera al molo. Li guardai mentre scivolavano sul fiume.

«Ci vediamo dopo, Sonia» urlò Seb. «Aspettaci al pub. Mark sarà lì. Compraci da bere per quando torniamo!»

«Non mi servirà nessuno!» gridai in risposta e le mie patetiche parole si scagliarono solo nell'aria, controvento.

Cos'altro potevo fare? Non avrei permesso loro di andarsene in giro per tutta la notte. Giurai che li avrei tenuti sotto controllo, così mi recai dritta al pub, dove sapevo che avrei avuto una visuale migliore del loro viaggio. Mark stava al bar. Mi offrì da bere e io ordinai una Cola-Cola. Non si rifiutavano mai di vendere da bere a Mark. Comunque allora nessuno chiedeva i documenti al bar. Uscimmo sulla piattaforma di legno con i nostri drink. Mark cominciò a provarci, mettendomi un braccio intorno per prendere le sue patatine, nonostante non ce ne fosse bisogno, poi buttandomi un cubetto di ghiaccio nella maglietta. Penso sognasse di avere qualche possibilità, dopo avermi visto baciare Seb. Ma io non ho mai voluto baciare altri. Avevo giurato a me stessa che non sarebbe mai successo, che Seb sarebbe stato l'unico.

Quell'ora durò un tempo infinito. Mark mi raccontava barzellette che non facevano ridere, cercava di toccarmi e rideva talmente tanto da sputarmi dritto in faccia, ma tutti i miei sensi erano strenuamente impegnati a tenere d'occhio o perlomeno a portata d'orecchio la *Tamasa* di ritorno.

«Dove sono?» chiesi infine a Mark. «Quella zattera non è per niente sicura. Io lo so bene. L'ho aiutato a costruirla. I galleggianti non sono niente di che. Tutto quell'affare è pericolosissimo.»

«Magari li ha falciati una crociera di passaggio» suggerì Mark. «Le loro parti smembrate fluttuano tra i rottami e i relitti.»

Ignorai questa possibilità e lo mandai a comprarmi un'altra bibita.

«Sono loro che ritornano, quelli?» mi chiese Mark alla fine. Si affacciò allo steccato della piattaforma. Di sicuro si vedeva il piccolo fascio di luce della torcia fissata sulla *Tamasa*. La zattera saltellò verso di noi. C'era una sola persona a bordo! Guardai meglio. Sì. Solo Seb. Il mio cuore fece un balzo. Si era liberato di Jasmine, l'aveva buttata nel fiume, l'aveva mollata sull'isola dei Cani. Le aveva legato intorno qualcosa di pesante lasciandola affondare. E ora giaceva sul letto del Tamigi con i suoi capelli del colore dell'oro ondeggianti verso l'alto come alghe. Il suo corpo gonfio sarebbe tornato a riva nel giro di qualche giorno, a Dartmouth, a Tilbury, tra le fabbriche di auto. Verde, decomposto.

La zattera si avvicinò, trasportata dalla marea crescente. Seb non stava remando per niente, ma se ne stava steso davanti.

Corsi velocemente giù a riva per aiutarlo, dimenticando tutta la sua strafottenza nel secondo stesso in cui avevo scorto che era solo.

Jasmine non giaceva sul letto del fiume, però, né imprigionata sull'isola dei Cani. Stava al mio posto, sotto Seb, le braccia strette intorno a lui, al quale non sembrava dispiacere. A ogni balzo sull'acqua che li avvicinava alla riva, rendendo inequivocabile la vista, il mio mondo si faceva più buio.

«Allora,» sta dicendo Helen «Alicia, spiega a Sonia cos'hai trovato.»

Alicia alza lo sguardo verso di me e noto che, come Jasmine, ha gli occhi di un'insolita gradazione di verde. Infila lentamente la mano nello zainetto e rovista per un minuto, poi ne estrae qualcosa di piccolo e me lo avvicina per consentirmi di guardarlo. Io lo osservo. Per quello che sembra un'infinità di tempo non ho la più pallida idea di cosa dovrei esaminare. Nel palmo tiene un pezzetto di carta, arrotolato e leggermente spiegazzato.

«Cos'è?»

«Indovina!» esclama Helen eccitata.

«Non ho idea di cosa sia, mi dispiace» affermo.

«Spiegalo tu a Sonia, Alicia. È la tua storia.»

Alicia fa spallucce. Guarda Helen. «Non so cosa dovrei dire» replica.

Helen prende il controllo della situazione, contenta di avere un'altra opportunità di raccontare balle.

«Alicia ha trovato questo mozzicone di canna sul sentiero vicino casa tua, Sonia, e questo filtrino, questo pezzo di carta che tiene in mano, è fatto con un biglietto del concerto a cui sono stati la settimana scorsa lei e Jez. Com'è che si chiamava il gruppo, Alicia? Ad ogni modo, perdo il filo, scusa. Ascolta, lei è *sicura* che sia di Jez. Si erano rullati una canna la sera prima che lui sparisse, poi sono arrivata io e quindi non se la sono fumata. Come se non ne sapessi niente degli spinelli. Lei pensa che Jez deve averlo fumato lungo quel sentiero venerdì pomeriggio. Ritiene che lui non possa trovarsi lontano da qui, che stia nascosto contro la sua volontà. Deve essere stato rapito quel giorno mentre si recava al sottopassaggio pedonale, il giorno in cui non si è presentato all'appuntamento con lei. Le ho detto che lui stava venendo da te per prendere in prestito quel disco, quindi avrà percorso il sentiero lungo il fiume. Vorrebbe sapere se lo hai visto.»

Tutto il mondo comincia a rallentare intorno a me, come se stesse per fermarsi. Mentre parlo, le mie parole suonano come un vecchio 45 giri a velocità LP.

«Come lo sai che era suo?»

«È fatto con un pezzo di biglietto. Siamo andati insieme a quel concerto e poi, ecco, abbiamo usato i biglietti per farci i filtri» squittisce Alicia. La sua voce esita quando prosegue. «Jez non se ne sarebbe mai andato di sua spontanea volontà, senza chitarra. Lo conosco troppo bene. Lui mi dice tutto.»

Jez, le dice tutto? Non le ha detto certo che voleva stare con me, o sbaglio? Ficcanasare lungo il fiume, informare la polizia sulle abitudini personali di Jez, *avrebbe portato la sua chitarra con sé, non se ne sarebbe mai andato senza dirmi niente*. Questa pensa di saperne più di tutti su Jez, ma non lo conosce quanto lo conosco io.

«La polizia prenderà sul serio questa ipotesi, Sonia. Ancora non abbiamo detto niente, perché volevamo trovare altre prove. Del fatto che potrebbe essere stato rapito sulla strada di casa tua. A quanto pare Alicia ha trovato la sua vocazione: futuro detective della polizia metropolitana nel distretto meridionale di Londra!»

Forse è colpa del whisky a quest'ora del giorno, ma avverto un improvviso e ridicolo impulso a sganasciarmi dalle risate. Mi viene in mente un personaggio della serie di Enid Blyton, uno dei cattivi, che definiva i bambini che si erano messi a fare i detective 'quei piccoli impiccioni'. Mi verrebbe da intimare ad Alicia di farsi gli affaracci suoi, perché non è nient'altro che una piccola impicciona.

«Entrambe ci chiedevamo se potessi aiutarci» continua Helen. «Tu abiti sul fiume. Ci chiedevamo se magari avessi visto Jez, senza renderti conto che era lui. Deve essere passato per forza vicino casa tua quel venerdì. Cerca di ricordare. Ti è capitato di vedere un ragazzino? È importante, Sonia. Quanto più a lungo una persona fa perdere le sue tracce, tanto minori sono le possibilità di trovarlo vivo. Jez potrebbe essere in serio pericolo.» Il labbro inferiore di Helen comincia a tremare.

Lancio di nuovo uno sguardo verso il fiume. Jasmine e Seb ballonzolano verso di me, sull'acqua, un raggio di luce li illumina mentre si avvicinano a riva, come se anch'esso stesse cospirando per rubarmi il ragazzo da sotto il naso.

«Sonia?»

«Sì,» rispondo «la polizia me lo ha già chiesto. L'album che sarebbe dovuto venire a prendere... Ho detto loro che non l'ha fatto.»

«Fatto cosa?»

«Passare da me per quel disco. Non l'ho visto. Me l'hanno chiesto anche loro. Ma ho risposto di no. Non ho visto nessuno.»

Le fisso. Sembrano entrambe tese. Pallide e pietrificate. E adesso che ho risposto alla loro domanda, demoralizzate.

«Mi dispiace» aggiungo «di non potervi essere d'aiuto.»

Helene evidentemente sta dormendo molto poco in questo periodo, noto. Ha una pessima cera.

«Come vanno le cose con Mick?» chiedo alla fine.

«Sì, c'è stato qualche...» abbassa la voce «sviluppo. Sai, tutta quella roba di cui ti ho parlato. Le pacche all'addome e cose varie. Gli spaghetti *udon*.»

A questo punto Alicia si infila le dita in gola nel modo in cui me lo ha descritto Helen e simula il vomito. Le riservo uno sguardo freddo e torno a rivolgermi a Helen. Alicia scrolla le spalle e si alza in piedi.

«Comunque me ne stavo andando» afferma. Afferra lo zainetto e se lo trascina dietro sul pavimento, si volta appena e solleva una mano per salutare Helen. Poi esce dal pub, senza nemmeno preoccuparsi di ringraziarmi per la bibita, senza nemmeno rivolgermi un saluto.

Sospiro. Torno a parlare con Helen. «L'ultima volta che abbiamo chiacchierato, mi sembrava tutto piuttosto...»

«È una situazione orribile» annuncia, ora che Alicia è andata via. «Ho dovuto prendere dei giorni al lavoro per quanto è angosciante. Il dottore mi ha prescritto due settimane di riposo per lo stress. Lo psicologo distrettuale ne ha fatto richiesta.»

«Psicologo distrettuale?»

«Già. Hanno mandato una persona che fa da tramite con le famiglie, perché stia con noi, durante tutta questa faccenda. Tiene sotto controllo le dinamiche. Gli ho spiegato un po' la questione, non penso che potesse fraintendere. Avevo bisogno di parlare con qualcuno. Dice che è comune per le persone come Mick reagire in quel modo, voler essere un 'soccorritore' delle persone più care e vicine alla vittima. Mi ha consigliato di lasciarlo fare. Ma è lo stesso terribilmente spiacevole, Sonia. Vedere Mick alla mercé di mia sorella.»

«Ne hai parlato con lei?»

«Ci ho provato. Ma ce l'ha ancora con me per non aver badato a suo figlio come dovevo.»

«Sembra renderti la vita difficile» concordo. «Ma lo psicologo distrettuale invece mi sembra piuttosto arguto. Tieni duro finché puoi.»

«Sonia, davvero potresti essere un aiuto prezioso tu» riprende Helen. «So che non vuoi coprirmi, e lo capisco. Ma almeno potresti fare qualche ricerca. Scoprire se qualcuno ha visto Jez quel pomeriggio. Fare una passeggiata ogni giorno lungo il fiume in cerca di una pista. Non volevo parlarne davanti ad Alicia, ma ho paura che la situazione sia peggiore del previsto, che gli sia capitato l'impensabile.»

«E i poliziotti, loro non stanno proseguendo con le ricerche?» chiedo.

«Ma certo. Ne parlano. Vogliono interrogare sempre tutti da capo. Ma ci sono determinati punti su cui preferiscono restare sul vago, a quanto pare» spiega Helen, guardandomi in modo strano. «Scusami, tutta questa storia ti turba?»

«Turbarmi? Perché dovrebbe turbarmi?»

«Sembri preoccupata. A nessuno piacciono gli interrogatori della polizia. Credimi, l'ho sperimentato sulla mia pelle in queste due settimane. Ti ronza sempre in testa quel pensiero assillante che possano non crederti innocente. Io ancora ce l'ho.»

«Oh, ma non sono preoccupata» replico. «Mi dispiace per te, pensa a tutti gli errori giudiziari di cui è stata responsabile la polizia nel corso degli anni.»

«Aspetta,» ribatte Helen «parliamone. Per qualche tempo ho pensato che mi avrebbero arrestata, qualunque cosa avessi detto. Mi sono immaginata che mi condannavano per l'omicidio di Jez e che avrei trascorso il resto dei miei giorni in prigione. Ma queste persone sembrano molto meticolose. Devo riconoscerlo. Mi hanno fatto cambiare opinione sulla polizia, dopotutto. Non so se negli ultimi tempi fanno seguire loro qualche corso di psicologia.»

Mi alzo dalla sedia.

«E non gli hai detto dove ti trovavi venerdì mattina?»

«Sonia, non posso.»

«Farò quel che io posso» concludo. «Devo andare.»

«Non resti per un altro giro?» chiede Helen mentre mi dirigo alla porta. Scuoto la testa e la lascio che si avvicina al bar per ordinare un bicchiere di vino.

32

Lunedì sera

Sonia

Tornata a casa, ripulisco la cucina più velocemente che posso e salgo di filato a controllare Jez. Sento il calore sul mio viso quando mi chino su di lui. Mugola, ma non si sveglia. Un odore pungente, di fermentazione, di malattia, proviene da lui. Scendo di sotto, prendo qualche pastiglia di paracetamolo. Lo scuoto per svegliarlo, gliene faccio ingoiare due con un po' d'acqua. Si abbandona all'indietro e si addormenta di nuovo. C'è un po' di posto giusto per me sul materasso. Mi stendo accanto a lui per un'ora, o forse due.

«Che cosa faremo, Jez?» sussurro.

Ho paura che abbia perso ancora peso. L'osso del bacino che sento sotto la mia mano è sporgente. Ha perso la sua linea morbida. Anche il viso è più spigoloso di prima, le ombre scure sotto gli zigomi ossuti nella luce fioca.

Uno sciabordio intermittente di onde che si infrangono a riva si ripete ogni volta che sul fiume passa una lancia. Il bagliore occasionale della luce sul muro. Mentre ruoto dal fianco sulla schiena, liberandogli la ciocca di capelli che stringevo in bocca, mi accorgo del campanello del portone sul lato del fiume che suona. Mi irrigidisco, il ginocchio tra le sue gambe. Suona di nuovo e non si ferma. Se continua così, Jez si sveglierà, mi scoprirà qui. Potrebbe mettersi a urlare e, nel silenzio della notte, giù lo sentirebbero. Mi trascino fuori dall'aria calda e viziata del piumone, raccolgo gli stivali ed esco dalla stanza in punta di piedi. Chiudo a chiave la porta e mi precipito per le scale e attraverso l'ingresso. Qualcuno bussa forte alla finestra del soggiorno. Una voce mi chiama: «Sonia, Sonia, *per favore* aprimi! Non so dove altro andare!»

Attraverso il cortile fino al portone. L'olezzo sulfureo della fanghiglia dall'alveo del fiume è soffocante. Dev'esserci bassa marea. Il vento pungente solleva un mulinello di spazzatura sul sentiero. Rabbrividisco.

«Helen! Che succede? Abbassa la voce, ti prego!» Tengo la porta chiusa dietro di me. È sconvolta. Il suo viso, sotto la luce arancione del lampione, è raggrinzito. Deve aver continuato a bere dopo che l'ho lasciata.

«Li ho beccati!»

«Che cosa?»

«Mi fai entrare, per favore?»

Il mio istinto mi dice che sarebbe più facile assecondarla che oppormi, dato lo stato in cui si trova. Lascio che mi segua attraverso il cortile fino in cucina. La faccio accomodare sulla panca e le verso un bicchiere di vino.

«Dobbiamo parlare a bassa voce, Helen» le dico. «Sai, i vicini e tutto il resto.»

Non fa domande in proposito, poggia soltanto la testa su una mano, si lamenta e riprende a parlare, dapprima velocemente.

«Dopo che te ne sei andata, al pub mi è venuta una buona idea. Ho deciso di andare a parlare con mia sorella. Mick non avrebbe mai accettato di discuterne.»

Si scola metà del bicchiere di rosso che le ho versato.

«Erano più o meno le dieci e mezza quando sono arrivata a casa. Silenzio di tomba. Salgo per vedere se Maria è già andata a letto. Apro la porta... E stavano lì insieme. Sul letto. *Suo figlio è scomparso*. E lei se ne sta con mio marito sul letto di Jez. Fammi bere ancora, Sonia. Dio, quanto ne ho bisogno.»

«E lo psicologo distrettuale?»

«Eh?» alza lo sguardo, strofinandosi arrabbiata il pugno sulla guancia, racchiudendovi dentro le lacrime.

«Avevi detto che era stato d'aiuto. Ti aveva detto che il comportamento di Mick era un atteggiamento tipico, date le circostanze. Di lasciarti scivolare tutto addosso.»

«Ah-ah. Certo. E dov'era quando avevo bisogno di lui? Se n'era andato a dormire al Clarendon Hotel. Allora – e l'ho detto solo perché ero imbestialita – sai che si dicono cose che non si pensano. Ho detto: 'Basta. Me ne vado.' E Mick ha risposto, ed era mezzo nudo, Sonia, seduto là sul letto di Jez con i boxer scozzesi di Calvin Klein che gli ho regalato a Natale, un braccio intorno a mia sorella, lui ha risposto: 'Benissimo perché mi sono stufato delle tue bevute.' Bevute! Insomma, io non *berrei* se lui non si fosse comportato come ha fatto negli ultimi tempi. Ma poi aggiunge: 'Per metà del tempo non ti accorgeresti nemmeno se i ragazzi uscissero o non tornassero affatto. Cazzo, per forza Jez ti è sparito da sotto il naso.' Come si è permesso di dire una cosa del genere? Delirava. È stato orribile, Sonia. Una vera e propria diffamazione.»

«Helen, *sssh*» le suggerisco. «Sei sconvolta. Ma non devi diventare isterica.»

Jez potrebbe sentire, potrebbe mettersi a gridare. Mi sento male, come se fossi malata, e mi ricordo di aver dormito a stento ieri notte, di avere i nervi a pezzi.

«Sento che sto per impazzire» geme Helen. «Quanto vorrei

gridare! Che cosa farò? Dove me ne vado? Si è comportato in modo così, così...»

«Tieni.» Le verso altro vino, per calmarla.

«Mediocre. Come faccio a essere così debole, Sonia? Non prenderà le mie difese. Sono sua moglie, cristo santo! Lui pensa che, siccome la polizia mi ha interrogato spesso, potrei essere veramente colpevole. Che Maria sia l'unica degna di solidarietà.» Si sfrega le dita lungo le guance chiazzate. «Oppure ha sempre avuto un debole per lei? Si dice che solo le relazioni instabili si spezzano sotto pressione. Quindi forse questa cosa sarebbe venuta fuori comunque e io ero troppo stupida per capirlo!»

Si accascia contro lo schienale della panca. Ha finito il vino in due grandi sorsate.

«Non mi è rimasto più niente. I miei figli sono due perdigiorno, mio marito mi è infedele, mio nipote è scomparso e potrebbe essere morto. Tutti pensano che sia colpa mia!»

«Non è vero, Helen. Non possono pensarlo. Non Mick. E nemmeno tua sorella.»

«Oh, sì che lo fanno. Glielo leggo negli occhi. Non posso rivelare loro dove mi trovavo quella mattina, Sonia, è così umiliante. Ma non ha niente a che fare con Jez. Tu mi credi, vero? So che può sembrare una follia. Sarebbe meglio se pensassero che stavo bevendo, piuttosto che abbia qualcosa di peggiore da nascondere. Magari ne uscirò pulita. Che ne pensi? Sono stata troppo orgogliosa?»

Si blocca e si stende sulla sedia, fissa gli occhi su qualcosa sotto il tavolo. Si china, poi lo indica. Seguo il suo sguardo. Il tesserino di Tim Buckley di Jez, quello con l'immagine della copertina dell'album *Works in Progress*, la stessa della maglietta che indossava oggi Alicia, sta rivolto all'insù sul pavimento. Dev'essergli caduto dalla felpa quando gli ho arrotolato le maniche, oggi pomeriggio. Helen spalanca la bocca. Mi fissa. Io ricambio lo sguardo, paralizzata, incapace di proferire parola o muovere un muscolo.

«Ma che...» esclama guardando me, poi tornando a osservare il tesserino. «Il disegno, è uguale a quello della maglietta di Alicia. Quello che ha preso con Jez dal sito internet.»

Ho la bocca secca, il viso teso. Dio, non devo permetterle di capire.

«Lo conosco, stavo lì con loro, l'hanno fatto sul mio computer. L'altro giorno. Da dove è saltato fuori? Dobbiamo dirlo alla polizia. È di Jez. Sono sicura che è di Jez. Che diavolo ci fa qui?»

Deglutisco. Infosso le guance, cerco di portare un po' di saliva in bocca.

«Kit. L'ha trovato sul sentiero del fiume.»

Mi alzo diretta alla rastrelliera del vino con il bicchiere vuoto di Helen. Afferro un'altra bottiglia, mi poggio per un momento al lavello e chiudo gli occhi. Conta, consiglio a me stessa. Respira. Le do le spalle. Ho perso completamente sensibilità alle mani. Alla fine riesco a stringere il cavatappi. Perché non ho preso una bottiglia con tappo a vite? Tolgo infine il tappo e verso il vino nel bicchiere. Spero che non si accorga del sorso di whisky che ho aggiunto. O del Roipnol.

Riprendo il controllo di me stessa prima di voltarmi di nuovo verso di lei. Mi siedo, le allungo il vino e mi scosto una ciocca di capelli dalla guancia.

«Non hai detto niente alla polizia?» mi chiede.

«Non ci è venuto in mente. Avremmo dovuto?»

«C'è quella roba con Tim Buckley sopra.»

«Tim Buckley?» fingo sorpresa. «Non ne avevo idea.»

Si allunga quasi a prenderlo, poi si ferma.

«Sonia, dobbiamo metterlo in una busta di plastica per la scientifica. È una prova fondamentale! Non toccarlo.»

«Come ti ho detto, Kit lo ha raccattato, si chiedeva se potesse interessare a Harry. Lui non ne sapeva... Non aveva mai sentito parlare di... Come si chiama?»

«È tutto così strano» commenta. Alza lo sguardo verso di me che le avvicino il bicchiere. Sta ricomponendo il puzzle nella sua testa, perfino tra i fumi dell'alcol?

«Non è strano, Helen» replico con voce acuta. «Non avevamo idea che fosse di Jez.»

«Ma pensaci! Un filtrino sul sentiero del fiume, quello che ha trovato Alicia. Ora questo! Dove lo ha trovato Kit? Bisogna dirlo alla polizia. Ehi, Sonia, che investigatore che sono! Risolverò questo mistero. Troverò mio nipote. Sento di essere vicina alla conclusione. Fammi pensare. Lo so. Stava venendo qui per prendere quella roba di Tim Buckley, no? È venuto qui, Sonia?»

«*No, non è venuto*» sibilo.

«Non c'è bisogno di arrabbiarsi!» Mi fissa oltre il bicchiere che sta bevendo. «Perché non hai fatto due più due, Sonia? Kit ha trovato un tesserino di Tim Buckley, sappiamo che Jez stava venendo qui a prendere l'album di Buckley. Sei mia amica. Se sai qualcosa, qualunque cosa su Jez, sono qui. Ma devi dirmelo. Va bene? Ne sai niente? L'hai visto quel giorno? Kit l'ha visto?»

«No.»

«Dobbiamo chiamare la polizia.» Comincia a farfugliare. Si alza in piedi e barcolla leggermente. «Dov'è la mia borsa? Chiamerò dal cellulare.»

«Helen, è passata mezzanotte» le dico più gentilmente che posso. «Alla polizia non farà piacere ricevere una telefonata a quest'ora per un tesserino. Se sei convinta che sia di Jez, lo diremo loro domani.»

«Se è passato dal sentiero lungo il fiume, se è venuto qui, devono saperlo.»

Noto con sollievo che la sua voce sta iniziando a perdere energia, che Helen articola ogni parola con uno sforzo enorme.

«Sei angosciata» affermo. «Dobbiamo occuparci di *te*. Mick sa dove ti trovi? I ragazzi lo sanno?» I miei pensieri aumentano, sostenuti dall'urgenza. «I ragazzi saranno terribilmente in pena dopo tutto quello che è successo ultimamente. Hai detto loro che te ne stavi andando?»

«Fanculo. Mi sento completamente sbronza. Ho bisogno di stendermi. Il telefono. Oh, mio dio. Quando ti ho telefonato oggi pomeriggio, ho immaginato di sentire la voce di Jez. Ma... No, è una pazzia. O no?»

«Decisamente.»

Mi fissa, gli occhi iniettati di sangue, il volto rosso d'alcol. Noto il dubbio nel suo sguardo. Tutto comincia ad apparirle chiaro, nonostante il vino e adesso la droga. Ricambio l'occhiata. Perché mi ha messo in questa posizione? Si sta alzando, muovendosi lentamente sulla panca, per dirigersi nel soggiorno. Non ha intenzione di mettere da parte l'idea della polizia.

«Dammi il telefono» ordina crollando sul divano. Si sforza di tenere gli occhi aperti. «La polizia...»

«Smettila di preoccuparti.»

«È urgente» biascica. «Non posso aspettare.»

Sta chiudendo le palpebre. Qualche attimo ancora e si addormenterà. Mi alzo e la guardo dall'alto. Il mondo mi sta crollando addosso. Quando si sveglierà, la prima cosa che chiederà sarà di telefonare alla polizia per quel dannato tesserino e per la voce che pensa di aver sentito al telefono. Helen mi ha costretto in questa posizione e non ho altra scelta. Prendo il cuscino di piume dal divano accanto a me. Glielo poggio delicatamente sul viso. Poi premo. Helen comincia a dimenarsi. Se telefonasse, loro vorrebbero fare un altro giro nella stanza della musica e non posso spostare di nuovo Jez. È troppo malato.

Le spingo il cuscino più forte contro il naso e la bocca. Lo troveranno di sopra.

Con la coda dell'occhio noto la pila di roba da merceria di mia madre, incluso il fungo da rammendo che sta in cima. Mi allungo per prenderlo con una mano, mentre con l'altra tengo il cuscino.

Lo porteranno lontano da me.

Infilo con forza il cuscino nella bocca ormai spalancata di Helen con tutto il fungo da rammendo, mentre con l'altra mano le spingo il resto del cuscino sul naso.

Ci divideranno e non sono pronta per questo. Non potrei sopportarlo.

Vivere vicino al fiume ti permette di conoscere tutti i modi per attraversarlo. Non ci sono ponti su questo tratto, quindi le opzioni sono o sopra o sotto l'acqua. Non c'è modo di tornare indietro. Sei vincolato al tuo destino. Perfino il tunnel di Blackwall ti impedisce le inversioni a U, una volta varcata la soglia delle sue viscere tossiche. Qualche volta quando lo attraverso in auto, sento l'impulso di tornare indietro, pervasa dalla paura di passare sotto la massa d'acqua scura del fiume. Ma il traffico davanti e dietro di me mi spinge a procedere. Non puoi fermarti. Devi avanzare, attraverso il sudiciume, fino a emergere tra gli edifici torreggianti dall'altra parte. Ci penso, mentre mi appoggio sul cuscino e so di non poter tornare indietro. Non ci sono inversioni a U. Sono vincolata al mio destino.

33

Martedì mattina

Sonia

Come sai quando è finita? Le mani di Helen si aprono e si chiudono, mi afferrano per le maniche. Le gambe si contorcono. Avrei preferito che non succedesse in soggiorno. Ma non ho avuto altra scelta. Stringo più forte il cuscino. Ruoto ancora il fungo da rammendo. Il fuoco che avevo acceso nel pomeriggio nel caminetto si era spento da molto tempo. Una folata d'aria si affretta giù dalla canna fumaria, spargendo cenere sul tappeto, sollevando le tende. L'orologio sulla mensola del caminetto emette un ronzio e suona la mezza dopo le dodici. Helen comincia ad avere le convulsioni. A vomitare. Non voglio stare a sentire. Non voglio stare a guardare. Volto la testa da un lato, spingendo tutto il mio peso contro di lei. Alla fine i suoi piedi negli splendidi stivali di pelle collassano ai lati. Sollevo il cuscino. È impregnato di vomito. Sento salire un conato. Non devo pensare. Il freddo della stanza. L'odore dei liquidi. Le voci.

La lascio per un minuto e vado alla finestra che dà sul fiume. Alzo la tenda e scruto nell'oscurità. È difficile stabilire se ci sia alta marea. Ho bisogno di un fiume in piena per questo. Trasportarla a braccia giù per i gradini, con la loro lucentezza da glicerina, sarebbe un'operazione impossibile altrimenti.

Esco di soppiatto in cortile e poi fuori dal portone sul vicolo. È proprio come sospettavo. L'acqua ha coperto la riva e si infrange contro il muro un paio di metri e mezzo più sotto. Dovrò aspettare almeno due ore, o addirittura tre. Forse avrei dovuto pensarci prima di usare il cuscino. Aspettare un po'.

La puzza del vomito di Helen invade tutto. Lo sento tra i capelli, sui vestiti. Vado in cucina per prendere una pezza e lo spray antibatterico e ripulisco con lo straccio tutta quella roba sul suo petto, prendo il cuscino e lo porto in cucina per lavarlo. Ci penso due volte, forse dovrei liberarmene. Ma dove? Calma. Respira. La mia testa non troverà pace. Ci sono troppe cose a cui pensare. Come quelle su cui Helen ha attirato la mia attenzione. Le cose che potrebbe trovare la scientifica. Dovrei essere più prudente con le tracce che sto lasciando.

Alla fine infilo il cuscino nella lavatrice per un lavaggio a novanta gradi e la faccio partire. Poi prendo la sedia a rotelle di mia madre da sotto le scale. Dopo averci caricato Jez, Helen sembra così leggera. La prendo in braccio e la sposto sulla sedia. Starà bene seduta lì per un paio d'ore.

Raccolgo il tesserino incriminato e lo porto di sopra nella stanza della musica. Nella fioca luce che penetra dalla tromba delle scale attraverso le alte finestre, trovo la felpa ai piedi del letto di Jez e ce lo aggancio di nuovo. Lui dorme ancora febbricitante, emanando un lieve odore giovanile di cui mi riempio i polmoni per ripulirmi dall'odore di Helen. Sollevo una ciocca dei suoi capelli scuri e strofino il naso contro la fine peluria dietro il suo orecchio, spingo dolcemente un dito lungo la vena sul suo braccio, giù fino al palmo della mano che giace rivolta all'insù, come se mi stesse offrendo con essa qualcosa di prezioso. Gli bacio i polpastrelli, soffici come pesca. Lascio vagare gli occhi lungo tutto il suo corpo. Tremo al pensiero della dolcezza che ci godremo, una volta che potremo restare soli.

Di sotto, strattono un paio di guanti di gomma da un cumulo di cianfrusaglie negli armadietti sotto il lavello e li poggio sul tavolo, pronti per la marea. Se ne stanno lì, con le dita rosa rigonfie, mostruose in confronto a quelle sottili, dorate di Jez. L'ora successiva è interminabile. Cerco di pulire la cucina, ma è già praticamente in ordine. Getto nel bidone della differenziata le bottiglie di vino vuote e sciacquo il bicchiere di Helen nel lavandino, tre volte, strofinandolo con la spugna per i piatti prima di metterlo nella lavastoviglie. Di tanto in tanto mi affaccio sulla porta del soggiorno per controllare se ha ricominciato a respirare. Sento l'impulso di avvolgerle intorno un plaid, sebbene non sarà più capace di sentire freddo. Non mi piace vederla lì, abbandonata nella sua minigonna arancione e i collant opachi color ciliegia, il pullover girocollo dello stesso colore e la sciarpa arancione, al centro della corrente che continua a soffiare dal caminetto. Tutto così coordinato. Una gamba delle sue calze è scivolata un po' sul ginocchio, forse durante la lotta con me sul divano, e mi viene voglia di tirarle su i collant e stirarglieli addosso. Non mi piace per niente vederla così, ma non avevo altra scelta. Quali altre possibilità c'erano?

Prendo la coperta, quella a quadri verdi e bianchi con cui ho avvolto Jez nel pomeriggio, e gliela stendo sopra. L'orologio suona di nuovo.

Vado in cucina. Mi metto a sedere, la testa tra le mani. Torno indietro per controllarla ancora. Mi ritrovo a sperare che stia respirando. Le poggio una mano sotto la bocca, il naso, le sollevo il polso, cerco il battito.

Niente.

Il telefono squilla. Sono le due del mattino. Nessuno telefona alle due. Valuto la possibilità di rispondere, ma poi mi trattengo. La telefonata passa alla segreteria telefonica. Sento la voce di Mick.

«Sonia. Mi spiace disturbarti a quest'ora. Ma Helen non è rientrata e mi chiedevo se stesse con te. Se domattina potessi darmi un colpo di telefono... Sono preoccupato per lei.»

Perché la gente suppone che tutti stiano insieme a me? Se sospettano che si trovi qui, quanto ci vorrà prima che vengano a ficcanasare da queste parti? Devo liberarmi di lei.

Esco dal portone e mi blocco. Sento voci che arrivano dal vicolo. Accento straniero. Polacco o russo. Studenti che rientrano da una notte brava. Risate, un grido. Uno di loro forse si è sporto oltre il muro fingendo di saltare nel fiume. Ci si abitua agli scherzi degli studenti, gli stessi vecchi giochi che loro credono di aver inventato. Uno chiama i suoi amici, stanno ad appena pochi centimetri da me dall'altra parte del portone.

«Andatevene, sbrigatevi» mormoro, benché non pensi che ci sia ancora abbastanza acqua per deporci dentro Helen.

Finalmente i passi si ritirano in fondo al vicolo, le voci scemano. Giro la chiave nel lucchetto e passo dall'altra parte del muro. Come sospettavo l'acqua turbina indifferente, a quasi due metri sotto di me. La marea sale sempre così riluttante?

Una lancia della polizia rimbalza davanti a me sul fiume, le luci tutte accese, e l'acqua impazzisce, vorticando, infrangendosi e schizzando contro i mattoni. Roteando intorno alla grande catena imbullonata là al muro. Si sente un lamento proveniente dalla chiatta proprio lungo la riva, mentre scricchiola nella scia.

Ho un'ora circa prima che l'acqua sia abbastanza alta. Come faccio affondare un corpo? Mi servono dei pesi. Il posto più ovvio per queste cose sarebbe stato la riva, ma è tutto inutile ora che l'acqua è salita e l'ha coperta. In cortile scovo alcuni mattoni rotti che mia madre usava per sollevare il terreno per i fiori, e li porto nel soggiorno. Osservo Helen sulla sedia a rotelle. Non c'è nessun posto dove metterli! Poi mi ricordo che portava una giacca quando è arrivata. La trovo in cucina: la graziosissima giacca di lana blu-verde con cappuccio che indossava l'altro giorno al Pavilion. Le tolgo di dosso la coperta, le infilo le braccia nelle maniche e metto nelle tasche abbastanza profonde qualche pezzo di mattone. Non sono certa, nemmeno adesso, che sia abbastanza pesante per andare a fondo. Per precauzione, infilo un altro paio di mezzi mattoni in una vecchia busta di Sainsbury e la lego a quella catenina che Boden mette sul colletto dei suoi vestiti, utile quando non hai una gruccia a portata di mano e vuoi appenderli all'attaccapanni. I mattoni si ammucchiano nel cappuccio. Questo mi fa pensare a Seb, al modo in cui infilava le lattine di birra nelle reti per pescare e le legava con le corde, per poter nuotare tra le chiatte, tirandosele dietro.

Mi sento leggera, fuori dal mio corpo. Devo restare calma, non devo farmi prendere da un attacco isterico. È quello il momento in cui si fanno gli errori. Devo pensare lucidamente.

Alla fine mi siedo al tavolo in cucina e ascolto il ticchettio dell'orologio. Con le dita tasto l'orecchino a forma di corno di Jez che avevo conservato nella tasca dei jeans. La cosa giusta al momento giusto. È destino, proprio come pensavo io quando Jez è arrivato da me la prima volta.

Rovisto sotto la giacca di Helen, trovo una tasca nella gonna e ci infilo dentro l'orecchino di Jez. Tiro fuori il suo cellulare. Scrivo un sms. Cerco il numero di Mick, poi premo *Invio*. Quindi mi alzo e torno fuori per controllare la marea. Faccio fare al cellulare la stessa fine di quello di Jez. Il fiume sta dalla mia parte adesso.

34

Martedì

Sonia

Sgancio il blocco delle ruote della sedia. La testa di Helen si accascia sul petto. Le poggio addosso la coperta a quadri. Spingo la sedia a rotelle oltre la soglia, attraverso il cortile fino al portone. Ci premo contro l'orecchio. Finalmente il silenzio. Apro. Le luci negli appartamenti lungo il vicolo sono spente. Andiamo dritte oltre il muro, proprio nel punto in cui ho gettato i cellulari in acqua.

Devi stare attenta, sta diventando un'abitudine, questa!, mi prende in giro una voce acuta nella mia testa.

La marea è alta e indugia contro il muro a quasi un metro sotto di noi. I rami degli alberi formano una rete nera aggrovigliata sopra la mia testa e il muro degli appartamenti alla mia destra è coperto da un manto di edera. Sono protetta da un lato, almeno. Dall'altra parte no, ma non c'è nessuno per quel che posso vedere lungo il sentiero, fino alla centrale, fino al molo.

È più difficile di quanto credessi sollevare Helen dalla sedia a rotelle. Forse le mie braccia sono diventate più deboli da quando l'ho messa a sedere lì sopra? Oppure è il suo corpo, svuotato dell'anima, che ha messo su peso? I mattoni! Devo toglierli. Ho le dita intorpidite per il freddo o il nervosismo. Non riesco a usarle. Non riesco a sciogliere il nodo della busta di plastica. Le strofino una contro l'altra, cerco di rimettere in moto la circolazione. Una sirena della polizia risuona dalla strada principale. Armeggio con il nodo, sforzando l'udito. Una voce? Passi? Mi fermo per un minuto, in apnea per riuscire a sentire.

Lascio perdere i mattoni e uso tutta la forza che ho per alzare Helen tra le mie braccia oltre il muro. Le sollevo le gambe poggiandole sopra di esso, come se fosse una bambina e la stessi mettendo a cavalcioni. Poi spingo forte. Lei piomba in avanti, con la faccia, sulla superficie dell'acqua. La coperta a quadri mi è rimasta tra le mani. Le braccia di Helen si spalancano, e sembra quasi imitare Kit quando faceva la stella marina come le avevano insegnato alla scuola di nuoto alle elementari. Resta lì alcuni secondi. Secondi che diventano minuti.

«*Vai giù!*» mormoro. «*Vai giù!*»

La testa si immerge, il sedere si solleva, come se Helen stesse scrutando sotto la superficie del fiume. Poi i mattoni cominciano a fare il loro dovere, e giungono a galla delle bolle. Da dove? Dalle tasche? Dal cappuccio? Dai suoi polmoni? La sua bellissima giacca blu-verde si gonfia verso l'alto. Poi anch'essa diventa scura, quando l'acqua la inzuppa, e ben presto tutto quello che riesco a vedere è la parte posteriore della sua gonna arancione e un piede. La suola in para dei suoi stupendi stivali è il solo pezzo del suo abbigliamento che, in base all'esame fatto durante la mia caccia sull'arenile nel corso degli anni, sopravviverà alla fame del fiume. Mi rammarica il fatto che tutti i suoi meravigliosi vestiti vadano persi.

Perché non si inabissa e basta? Non è proprio questo che

impegna tanto le lance della polizia, la tendenza del corpo umano ad affondare sul letto del fiume senza lasciare traccia?

Torno nel cortile e trovo la zappa con il manico lungo che ho tirato fuori dal garage l'altro giorno. Devo sporgermi oltre il muro per dare una spinta a Helen, per spostarla. La suola in para continua a rimbalzare indietro. Pungolo più forte il tacco e lei si allontana ballonzolando dal muro. Alla fine entra nella corrente. Ruota su sé stessa, lo stivale improvvisa uno strano assolo di danza sotto la luce della luna.

Poi, finalmente, dopo non so quanto tempo, la suola della scarpa si gira, la marea sembra averla rivoltata e la sta trasportando giù verso Blackwall. Aspetto per assicurarmi che non si volti nuovamente. Che il fiume non decida di fare qualcosa di diabolico riportandola da me. Aspetto cinque, dieci minuti.

La luna è alta in cielo e getta una luce argentata sul velo dell'acqua. Si fonde con le luci della strada che riflettono il loro bagliore nelle profondità del fiume lungo le banchine. Mi pervade un improvviso senso di pace.

Non mi muovo. Un aereo mi vola sopra la testa. Le luci crepitano dall'altra parte del fiume, il faro luminoso in cima a Canada Tower si accende e si spegne, si accende e si spegne. Alcuni cigni mi passano davanti. Fissano il fondo dell'acqua. Poi si ammassano vicino al muro, quasi avessero deciso che la tomba di Helen è proprio il posto che cercavano per la notte.

Mi volto infine. Mi preoccupo appena di guardarmi intorno nel vicolo, prima di spingere la sedia a rotelle di nuovo attraverso il portone, dentro il cortile e fino in casa. Ripiego la coperta, la conservo nella credenza dell'ingresso. Chiudo la sedia, la riporto nel sottoscala. Fatto. Mi sento stranamente avvilita, come se meritassi un giro di applausi che non arriva.

Non sarò in grado di dormire per il momento. Per qualche ragione ho un bisogno fortissimo di andare a dare uno sguardo a casa di Helen, per vedere se Mick non ha ancora spento le luci dopo la sua telefonata, per controllare se sta ancora aspettando che Helen torni a casa o se ha desistito ed è andato a dormire.

Esco di nuovo e mi affretto giù per il vicolo dove parcheggio l'auto. Non è lontano da casa di Helen. Guido con cautela, attraverso le strade deserte, gli occhi mi bruciano per la stanchezza. Parcheggio l'auto dall'altra parte della strada sul lato del parco. Attraverso e cammino svelta fino al cancello principale. Le luci sono tutte spente. Mick ha desistito ed è andato a letto. Alzo lo sguardo verso le finestre buie. Qual è la sua camera? Penso sia quella a destra. Mick sarà solo nel loro letto matrimoniale, convinto che Helen tornerà da un momento all'altro. Ignaro che la distesa di lenzuola lasciata libera da sua moglie ormai lo sarà per sempre. Mi viene un groppo in gola.

Tento di muovermi, ma i piedi non si spostano. Oddio, oddio, che cosa ho fatto? Mi poggio contro il pilastro del cancello, questo oggetto in cemento, freddo al tatto, mi sorregge il capo. Picchio ripetutamente la fronte contro di esso.

Alla fine, riesco a tornare all'auto e corro a casa. Tremo mentre apro il portone. Salgo dritta nella stanza della musica, bisognosa di lui.

Jez dorme in un tale silenzio che mi ci vuole qualche minuto per capire che è effettivamente vivo. Si è girato fino all'estremità più lontana del letto in ferro adesso, così posso stendermi accanto a lui senza disturbarlo. Mi avvicino timidamente e gli sollevo piano i capelli. Gli poso le labbra dietro il collo. Inspiro il profumo intenso dei suoi capelli. Poso la mia mano sul monticello ossuto del suo bacino. È mio. Non possono portarmelo via. Ho ucciso per lui. Ora che sono arrivata a tanto, farò qualsiasi cosa per tenerlo così, con me, per sempre.

35

Martedì

Sonia

Dev'essere quasi l'alba quando rientro nella mia camera. Lì il sonno mi coglie. Cerco di oppormi ma il mio corpo non ha intenzione di rispondere. Alla fine non ho scelta, devo arrendermi.

È il rumore dell'acqua a svegliarmi. Sgorga dal tetto e scende lungo le tubature all'esterno, gorgoglia nei canali di scolo del vicolo. Mi infilo il kimono e mi affaccio alla finestra. Il fiume è velato da una spessa cortina di pioggia. C'è bassa marea. Fisso l'acqua marrone. I gabbiani si sono allineati lungo una delle chiatte. Vengono sempre qui quando c'è una tempesta in mare, oltre Sheppey e Canvey Island. Pensano che il fiume da questa parte sia sicuro.

Una cosa arancione mi fa trasalire, in fondo all'acqua, vicino alle chiatte ormeggiate. È la gonna di Helen. Helen è tornata a galla per accusarmi: *Come hai potuto farmi una cosa del genere? Io ero tua amica.* Chiudo gli occhi. Respiro a fondo. Quando li riapro, mi accorgo che la cosa arancione è un barile di plastica come quello che io e Seb usavamo per la nostra zattera. Sento caldo e freddo allo stesso tempo. Devo essermi presa lo stesso virus di Jez. Devo avere la febbre. Per questo forse i ricordi che mi tornano alla mente sono lucidi e realistici. Così vicini.

La sera in cui andai a prendere Seb, sguazzavo sotto la pioggia, nella luce calante, il cuore pieno di attesa e desiderio. Ero sulla *Tamasa*, la zattera che avevamo costruito insieme, seguendo le istruzioni di Seb. Una gamma eterogenea di pneumatici, barili di plastica, pezzi di legno e una corda. Buste piene di polistirolo raccolto sulla riva. I nostri galleggianti. Avevo riparato la *Tamasa* da sola, pianificando il giorno in cui sarei partita per andare a prenderlo. Ora avevo la sua lettera e sapevo che il momento era giunto. Trascinai la zattera da sotto il molo. Avrebbe ricevuto il suo nuovo varo ufficiale una volta che Seb fosse tornato su questa sponda del fiume. L'avremmo fatto insieme con una bottiglia di qualcosa. Vino o sidro. Eravamo diventati sofisticati allora, per usare una bottiglia di birra.

Partii non appena vidi i suoi segnali con la torcia dall'isola dei Cani. Saremmo stati insieme, dopo mesi di lontananza forzata. L'adrenalina mi pompava nelle vene mentre mi inoltravo in acqua. Remando, mi allontanai dalle ombre del molo, verso il turbinio marrone. Una volta sull'acqua avvertii un'energia mai provata prima. Potevo conquistare il fiume! C'era alta marea, riuscivo a navigare con facilità, non c'era vento, ma solo la quiete che – lo capisco adesso – precedeva la tempesta. Usai il remo per portare la zattera da una parte all'altra del fiume. Scivolava molto più agevolmente delle volte in cui ci eravamo usciti insieme, ed ero fiera di me. Troppo fiera per notare il cambiamento nel tempo, l'acqua che continuava a salire, coprendo la linea verde della marea sulle pareti del fiume, lambendo il bordo dei sentieri.

Ero troppo presa dal desiderio di vedere Seb. Agognavo il suo corpo alto, irrobustitosi da poco, appiccicato al mio, incastrati tra le scatole da pesca e le buste galleggianti, stesi sulla schiena. Le onde che ci sollevavano mentre stavamo supini uno accanto all'altra. Avremmo notato appena il freddo che ci schizzava sul viso, ci impregnava i vestiti.

La luce diminuiva. Le nuvole che se n'erano state nascoste dietro i palazzi si raggruppavano ora sopra la mia testa, gli ultimi raggi di un sole basso lasciavano un'inquietante sfumatura pallida nel cielo, gettando ombre su tutto il resto. Alla mia destra c'erano il pontile di sbarco, i pilastri che lo sorreggevano e le crepe scure tra di essi che sembravano quasi cancellate dalla marea crescente. Sapevo che Seb mi stava aspettando. Mi cercava con lo sguardo, pronto per saltare a bordo, una volta che io avessi portato con maestria la zattera a riva. Ero impaziente di sentire le sue lodi, di assistere alla sua tacita approvazione, quando fossi arrivata per riportarlo a casa.

In seguito, mi chiesero perché Seb non fosse tornato nel modo in cui avrebbe fatto chiunque. Prendendo un autobus a Tower Bridge o percorrendo a piedi il tunnel dall'isola dei Cani. Se voleva muoversi via fiume, perché non noleggiare una barca? Perché voleva che io lo riportassi a casa su una zattera? Allora, c'erano meno possibilità di passare da una parte all'altra di quest'ansa del fiume. Non c'era la Docklands Light Railway. Non c'era la metropolitana fino a North Greenwich. Seb non aveva scelta. Questo risposi loro, pur sapendo che sarebbe potuto arrivare in un altro modo, se avesse voluto. Chiedendo un passaggio attraverso il tunnel di Blackwall o prendendo un treno giù per Westcombe Park o Maze Hill. Sapevo che era nella natura di Seb fare le cose in modo originale. Era sempre in cerca di nuove esperienze. Conoscendolo, avrebbe potuto decidere che non saremmo tornati affatto a Greenwich. Avrebbe potuto scegliere di navigare fino alla Torre di Londra o lasciarsi trasportare dalla corrente fino a Dartford, quando la marea fosse cambiata. A differenza del traghetto, su una zattera decidi tu dove andare, se conosci bene il fiume.

C'era un'altra ragione, ma era solo mia, del tutto personale. Avevo una voglia matta di dimostrare a Seb che capivo il fiume come nessun altro. Sapevo governare la zattera nella pioggia, mentre calava la notte, senza problemi. Lui mi aveva chiesto di portargli la *Tamasa* e io non mi sarei tirata indietro. Perfino quando notai le nubi di tempesta ammassarsi. Il mio orgoglio è ciò che mi ha distrutto, ha distrutto Seb. Credevo di avere la stessa volontà del fiume.

Distolgo lo sguardo dalla finestra. Mi sento frastornata, stordita. Devo reggermi ai muri mentre scendo in cucina. Ho bisogno di un buon tè. Il telefono comincia a squillare in soggiorno e non dà segno di smettere. Non voglio altri intrusi. Non voglio altri contatti umani, se non con Jez. Né voglio rientrare in quella stanza, ma ho paura che la puzza del vomito di Helen non sia ancora andata via. Spingo la porta e annuso. Si sente solo il vago odore di legna bruciata. Controllo sotto le sedie, i cuscini. Mi sorreggo con le mani al divano. Dove sarà adesso il suo corpo? Tornerà indietro. Proprio come il mare, anche il fiume restituisce i suoi morti. Forse non oggi. E, se ho calcolato bene le maree, non qui. A Blackwall Reach forse, o ancora più giù, a Woolwich o a Tilbury. La mia mente oscilla, come una barca attraccata, tornando a quella notte, le gambe di Helen che si contorcevano, mentre io le premevo il cuscino sul viso, il vomito rappreso mentre le toglievo il cuscino di bocca. La sua minigonna arancione che dondolava nelle oscurità dell'acqua.

Esco, forzata a guardare oltre il muro, convinta che il fiume abbia lasciato una traccia. Ha smesso di piovere e la marea è piuttosto bassa. Scruto la riva in cerca della sciarpa color ciliegia di Helen, un orecchino di granato. Uno stivale. Non trovo altro che pietre e pipe di terracotta, un'urna bianca di plastica. Da queste parti non è infrequente vederne. Urne gettate nel fiume dopo che le ceneri sono state sparse. Ceneri di persone morte per cause naturali, che hanno ricevuto un degno saluto. Rabbrividisco. A Helen non è successo. Ma se l'è cercata. Non sarebbe mai dovuta venire da me e aspettarsi che la aiutassi. Ho già abbastanza di cui occuparmi.

C'è afa oggi. Un olezzo proviene dall'alveo del fiume. Gomma bruciata, forse. Una barca di salvataggio mi passa davanti rimbalzando, e le onde si infrangono sulla riva. Dopo non so quanto tempo, mi volto. È fatta, non posso tornare indietro. I pensieri mi affollano la mente. Il cuscino. Devo farlo asciugare. Ma l'odore. Se è ancora lì, qualcuno lo scoprirà. In cucina lo tiro fuori dalla lavatrice, lo annuso, lo appendo sullo stendibiancheria per farlo asciugare.

Alla fine salgo a controllare Jez nella stanza della musica. Tutto vale la pena per questo. È sveglio. Un solitario raggio di sole dalle alte finestre gli illumina i peli sul braccio, steso con la sua carnagione scura sopra la testa, contro i cuscini bianchi.

Mi permette di andare da lui. Lo abbraccio. E, mentre riposa la testa contro il mio petto, immagino che lui sappia, senza dirmelo, che Helen è morta.

Devo andare a fare visita a mia madre e poi voglio trascorrere tutta la giornata con Jez. Ma quando apro la porta del cortile, un'ora dopo, vedo Alicia seduta sul muretto, proprio dove sedeva Helen, solo che contrariamente a lei sta di spalle al fiume. Se dessi una spinta ad Alicia in questo momento, ruzzolerebbe oltre il muro e finirebbe proprio come Helen, ma anziché di faccia cadrebbe di schiena. Forse Alicia però non morirebbe. Una cosa che ho imparato è che non tutti muoiono così facilmente.

Alicia indossa un paio di mezziguanti e una sciarpa. Sta fumando. Ha le palpebre scure per il pesante eyeliner nero. Si alza e spegne la sigaretta con il piede.

«Helen è scomparsa» mi informa.

La guardo. Poi dico: «Cosa intendi per 'scomparsa'?»

«Non è tornata a casa ieri sera. E ha mandato uno strano sms.»

«Strano in che senso?»

«Non hanno voluto mostrarmelo.» Mi fissa dritto negli occhi e nel suo sguardo intravedo la paura, le lacrime pronte a sgorgare.

«La polizia collega la sua scomparsa a quella di Jez.»

«Aspetta» esclamo, sorpresa per quanto io riesca a sembrare razionale perfino adesso. «Helen non è rincasata la scorsa notte. Difficilmente si può considerare una scomparsa.»

«Torna sempre a casa, stando a quel che dice Mick. Anche quando è ubriaca. Lui pensa che deve aver sbroccato. Ma io ho paura che là fuori ci sia qualcuno che vuole farci del male in qualche modo. Prima Jez, poi Helen. Chi sarà il prossimo? Ho paura!» La sua voce ha raggiunto un tono isterico.

«Ehi, calmati» le suggerisco. «Vediamo di fare un po' di chiarezza. Cosa c'era di strano in questo sms? Mick dove pensa che sia andata Helen? E perché crede che abbia 'sbroccato'?»

«Lui ha paura che si sia ammazzata.» Comincia a singhiozzare. «Io non ci credo. Ma lui dice che era sempre tesa da quando Jez è scomparso. E la polizia le è stata addosso.»

«Dov'è tua madre? Non dovresti parlarne con lei, di queste cose?»

Deglutisce. «Mia madre se n'è andata.»

«E tuo padre?»

«È al lavoro.» Mi lancia un'occhiata furtiva, poi distoglie di nuovo lo sguardo. «Pensavo... Helen ha detto che tu eri l'unica persona con cui potesse parlare. Oltre a me. Dice che tu sai ascoltare. Non spettegoli o prendi le parti di qualcuno.»

«Ha detto così?»

Fa un profondo respiro. Si asciuga gli occhi con il dorso della mano. «Penso solo che la polizia non stia facendo un gran bel lavoro. L'ho trovato io quel filtrino...»

«Mi ricordo.»

«Ma loro non stanno facendo ricerche accurate. Non hanno indagato in posti come quello.» Indica la centrale e sposta il braccio che rotea a indicare la stazione di ormeggio.

«Quello è il posto perfetto per nascondere qualcuno. Se volessi tenere qualcuno in ostaggio, cercherei qualcosa del genere. Non ci va nessuno. È in rovina, no?»

Alicia pensa proprio come faceva Seb. Senza logica. Ma con la sensazione che l'impossibile possa diventare realtà. La sua idea è ridicola, eppure il concetto è interessante.

«Tu devi conoscere il modo per entrarci. Sta proprio accanto a casa tua.»

Alzo lo sguardo verso il braccio scuro di ferro che una volta veniva usato per trasportare il carbone fuori dalle barche. Dove si incontra con le imponenti pareti bianche della centrale, si staglia un'alta recinzione, con filo spinato in cima, intrecciato alla rete. Le finestre sono sbarrate.

«A dire il vero *è* in uso. Ed è anche molto ben sorvegliato. La polizia sa che Jez non si trova lì.»

«Come fai a saperlo *tu*?»

«Telecamere a circuito chiuso. Il posto ne è pieno.»

Ora mi fissa con aria di sfida.

Poi ci arrivo. Sta fingendo! Alicia non è stupida. È quella piccola impicciona che ho riconosciuto al pub l'altra sera. Ha messo insieme il filtrino, l'intenzione di Jez di venire da me a prendere quell'album e la scomparsa di Helen, e ha risolto il mistero che la polizia fatica a districare! Vuole andare nella centrale perché dalle finestre in alto lì dentro si può vedere dritto in casa mia. Cominciano a sudarmi le mani.

«Okay, d'accordo! Se sei così sicura che lui si trovi lì dentro, andiamoci, va bene? Andiamo a dare un'occhiata.»

Non ci vorrà molto e poi mi libererò di lei in un modo o nell'altro.

Matt contravverrà alle regole per me, so che lo farà. Facciamo sempre quattro chiacchiere quando passo. E so che pensa che, dal momento che sono sempre sola, devo essere disponibile. Mi sta dietro da anni, non mi lascia mai andare senza provarci. Mi permetterà di far fare ad Alicia una 'visita guidata'.

E ho ragione.

«E tu cosa farai per me, se metto a rischio il mio lavoro e vi lascio entrare?» chiede Matt, gli occhi luccicanti. «Io non faccio mai favori senza niente in cambio, lo sai.»

«Che ne dici di una pinta la prossima volta che ti vedo all'Anchor?»

«Cavoli! Tutto qui? Sei una pupa tosta, Sonia.»

«Dài, Matt. È solo una ragazzina, che sta facendo una specie di ricerca su alcuni 'edifici particolari'. Ti sembra una terrorista?»

«Mai giudicare dalle apparenze. Lo insegnano a noi della sicurezza» risponde, ma non getta che uno sguardo ad Alicia. Tiene gli occhi puntati nei miei. «Mi aspetto almeno un sorriso da parte tua. Andate all'ingresso principale, vi porterò un elmetto ciascuno. Ma fareste meglio a tenere la bocca chiusa al riguardo. Mi troverei nella merda più profonda se venisse fuori una cosa del genere.»

Entro nella centrale seguita dalla ragazza. Noto il lucidalabbra sulla sua bocca, la stessa che ha fatto un succhiotto sul collo di Jez. Sono completamente impreparata all'effetto che questo posto avrà su di me.

36

Martedì

Sonia

Le grandiose pareti della centrale e le sue quattro torreggianti ciminiere in mattoni hanno costituito il rovinoso sfondo alla mia vita, per quanto io riesca a ricordare. Ma non ci entro da anni. Seguo Matt e Alicia attraverso l'area della reception e dentro il cuore oscuro della centrale, alzando gli occhi verso l'altissimo soffitto. È sbalorditivo che una mente umana possa concepire e poi costruire uno spazio coperto di tali proporzioni. Ricoperto di mattoni bianchi dal pavimento al soffitto, questa sezione dell'edificio forma una vasta volta in ceramica. Il Tate Modern sembra minuscolo a confronto. Saliamo su scale scoscese e traballanti, lungo piattaforme di metallo che oscillano quando passiamo. Superiamo imponenti serbatoi neri che, come ci spiega Matt, contengono le turbine giganti della fabbrica. Dalle gru ciondolano artigli sopra le nostre teste.

«Okay. Io devo tornare giù adesso» dice Matt. «Potete restare altri quindici minuti e poi vengo a riprendervi. Se qualcuno vi chiede perché vi trovate qui, chiamatemi e provvederò io. D'accordo?»

La centrale è come una camera inesplorata della mia mente. Ultimamente cominciano a spaventarmi i regni che scopro dentro parti di me stessa che non ho mai saputo fossero lì. Il livello di passione risvegliato da Jez è uno di questi. D'altro canto, ho scoperto nuovi picchi d'ira. E all'interno delle pareti della centrale, queste sensazioni estreme si spalancano su spazi perfino più grandi, più estesi. Per la prima volta lascio che l'omicidio che ho commesso per Jez mi mandi su di giri. Resto ferma per un minuto in uno stato di euforia. Lascio che la determinazione a tenere Jez con me mi riempia di un oscuro e intenso odio per Alicia. Devo afferrarmi a una balaustra e aspettare. Aspettare che questa sensazione vertiginosa si attenui.

Dopo il nostro giro, Alicia si siede disperata in cima a una rampa di scale. Stringe le braccia intorno alle ginocchia. Aggrotta la fronte.

«Non possiamo uscire là fuori? Su quella parte che si vede dal sentiero del fiume?» chiede.

«Perché dovremmo? Puoi vederla anche dal sentiero.»

Fa spallucce.

«C'è un bel panorama.»

C'è un bel panorama, certo. Del fiume, indubbiamente, ma anche di casa mia. Alicia sa molto più di quel che lascia trapelare. Vuole guardare nella stanza della musica.

Tiene gli occhi bassi sul pavimento di cemento, una distanza vertiginosa tra di noi. Matt e gli altri tecnici che tengono attive le macchine non si vedono da nessuna parte. Potrebbe capitare che una ragazza muoia cadendo. Io darei l'allarme e le guardie accorrerebbero in tutta fretta, e io sarei stravolta. Lei mi cadrebbe davanti agli occhi, forse batterebbe la testa sulla scala di ferro, durante il suo salto mortale fino a terra, e morirebbe praticamente nel momento stesso in cui dovesse toccare il suolo.

Poi mi si presenta un'altra immagine.

Li scorsi da giù. Un giorno afoso di settembre. La marea era alta, gettava una schiuma di spazzatura contro le pareti, bastoncini di lecca-lecca, preservativi, pacchetti di patatine, il ciucciotto di un bambino. Io stavo tornando a casa da scuola. Una borsa strapiena di libri mi colpiva dolorosamente la coscia, la cinghia che mi tagliava la spalla. Qualcuno si stava prendendo di nuovo gioco di me, chiamandomi sciroccata, scherzo della natura. E io non volevo nemmeno più andare a scuola, perché sapevo che c'era mio padre lì.

Le ombre delle cancellate si stagliavano a righe su tutto il sentiero asfaltato. Camminavo accuratamente tra di esse, perché sapevo che avrei perso Seb per sempre se mi fossi fermata su una. Fu solo una volta arrivata vicina alla centrale e nell'ombra più densa e grande del molo che alzai lo sguardo e tutto il mondo si oscurò completamente. Mi succedeva ogni volta che vedevo Seb e Jasmine insieme. Un'eclissi nella mia mente. Quel giorno, quel momento, ero sola come pensavo che mai sarei stata.

Restai bloccata e continuai a fissarli. Seb mi vide prima che potesse farlo lei. I nostri sguardi si incrociarono. Qualcosa nella mia espressione doveva averlo convinto. Si diresse dove Jasmine dondolava i piedi sul bordo e la spinse da dietro. Il suo vestito si gonfiò, un paracadute giallo mentre cadeva gridando, e atterrò con una panciata nella marea alta e malsana. Seb si tuffò immediatamente dopo di lei, come se stesse andando a salvarla. Invece la lasciò dibattersi nell'immondizia e nuotò fin nel punto in cui la schiuma marroncina lambiva la cima dei gradini. Si tirò su.

«Sonia» chiamò, e io andai da lui. Allungò la mano a cercare la mia e mi trascinò verso di sé. L'acqua mi filtrava nel cavallo dei pantaloni, ma non m'importava. Seb mi morse il collo, e io gli buttai le braccia intorno. La sua bocca si spostò dal collo alle mie labbra e ci si incollò con tale fierezza da far male. Mi spinse facendomi conficcare la nuca sul primo gradino in pietra della scalinata, l'acqua che mi sollevava i capelli, e poi si sistemò sopra di me. Chiusi gli occhi e non mi curai del freddo, né dei gradini duri che mi pugnalavano alla schiena, mentre lui si destreggiava per unire i nostri corpi strettamente tra pietra e acqua. A un certo punto, sentimmo la voce di Jasmine, un lamento stizzito, proveniente dal sentiero sopra di noi.

«Come hai osato? Come hai *osato*?»

Lei poteva dire quel che voleva. Seb non mi avrebbe mai lasciato ormai.

Dovevamo trovarci lì da ore, perché con il crepuscolo la marea era scesa. Io stavo stesa nella melma e Seb raccoglieva a manate la poltiglia marrone appiccicosa e me la spalmava addosso. Cominciò dai piedi, e il fango era caldo come una coperta, ma si raffreddava con l'abbassarsi della marea e l'aria serale che lo asciugava. Lo sparse salendo su gambe e cosce, sul torace e fin sul collo. Cercai di fare lo stesso con lui, di dargli la stessa strana sensazione, di fanghiglia fredda che diventava calda a contatto con la pelle, ma non riuscii a trovare la giusta posizione e alla fine restai lì stesa e gli lasciai fare quello che voleva. Quando ebbe finito, si fermò e si mise a ridere.

«La mummia di Tollund» esclamò.

«Cos'è?»

«Un uomo che hanno trovato conservato nella torba per migliaia di anni. Non si è mai decomposto. Non è mai invecchiato. E tu sei uguale.»

***

Guardo Alicia sulle scale di ferro. Attacca a parlare.

«La teoria della polizia è che Helen abbia fatto fuori Jez in qualche modo quella mattina, poi abbia detto di averlo visto il pomeriggio. È orribile. Spaventoso! Helen non avrebbe mai fatto del male a Jez! Ma Maria dice che la polizia pensa che lei avesse il movente. Per via della loro storia. Quella di Maria e Helen, intendo. Pensavo che, se trovassi Jez, proverei loro il contrario. Non so cos'altro fare. Helen non avrebbe mai fatto male a Jez. Non lo avrebbe fatto, vero? So che beve tanto. E che ha mentito sul fatto di essere stata al lavoro. Ma lei è una tenerona. No?»

La fisso per qualche secondo.

«Va' a casa, Alicia. Sei troppo giovane per tutto questo. Lascia questa storia alla polizia.»

Mi guarda, i suoi grandi occhi verdi lucidi, e ho paura che stia per mettersi a piangere di nuovo.

«Ecco Matt, il tempo è finito.»

Tornate giù al sentiero del fiume, dico: «Ora va', torna a scuola o a qualunque altra cosa tu faccia. Cerca di dimenticare, lascia che se ne occupino gli adulti.»

La guardo sparire desolata lungo il vicolo, davanti a casa mia e oltre, diretta all'università. E, mentre la guardo, sento qualcosa che fa male rimestare nel mio cuore.

Non mi piace tradire un amico. Ma Helen ormai è morta. E poi hanno già tirato le loro conclusioni. Vado dritta alla mia auto e guido fino a casa sua. Non ci entro da tempo, da quando Kit aveva quindici o sedici anni. Mi avventuro sul vialetto che conserva quel volgare odore familiare di ligustro, e busso alla porta. Uno dei figli di Helen apre. Si appoggia allo stipite della porta, come se non fosse abituato a sorreggere il suo stesso peso, che è notevole. I capelli rossicci gli cadono sul viso butterato. Com'è possibile che certi ragazzi passino direttamente dall'infanzia all'adolescenza? Posso capire il complesso di inferiorità che provava Helen. Suo figlio e Jez, non c'è paragone.

«Ciao, Barney. O sei Theo?»

«Barney.»

«Sono venuta a parlare con tuo padre. È in casa?»

«Sì.» Si gira, lasciandomi sul vano della porta, e grida: «Papà!»

Mick appare dalla cucina, i capelli tutti da un lato, gli occhi cerchiati.

«Sonia, entra.»

«Ho ricevuto il tuo messaggio. Ieri notte. Ci sono novità?»

Si dirige davanti a me nella loro ampia e luminosa cucina, affacciata sul giardino sul retro. Si avverte ancora nell'aria il profumo alla vaniglia di Helen, il suo rossetto Mac poggiato sul bancone accanto al cesto della frutta. Un enorme vaso di gerbere. Avevo dimenticato la passione di Helen per i fiori.

«Posso offrirti un caffè? Un tè?»

«No, niente. Volevo solo sapere come andavano le cose. Non posso restare a lungo. Helen si è fatta sentire?»

Dal bancone raccoglie il suo cellulare.

«Leggi questo.»

Guardo il messaggio che ho scritto, fingendo di esaminarlo.

«Che ne pensi? Non ho ancora detto niente ai ragazzi.»

«Sembra un po'... conclusivo.»

«A me sembra il messaggio di un suicida.»

«Non volevo dirlo.»

«Tom pensa sia così.»

«Tom?»

«Lo psicologo distrettuale. Ha contattato la centrale. Cominciano le ricerche oggi pomeriggio.»

«Oh, Mick, quanto mi dispiace.»

«Mi sento in colpa.»

«No, non devi.»

«Non sai cosa sta succedendo ultimamente, Sonia. Non hai idea di quanto sono stato coglione. A meno che... Per caso Helen ha parlato con te?»

Mi bagno le labbra, lo guardo e lui annuisce.

«È stato un cazzo di casino da quando è sparito Jez. Sono fottuto. Non riesco a pensare lucidamente. Non ci sono scuse, lo so, per aver agito da pezzo di merda completo. Ma si è incasinato tutto.» Indossa un paio di jeans che avrebbero bisogno di una cinta che li tenga su. La maglietta sta sollevata e un rotolo di pancia bianca macchiata di peli rossi ne esce da sotto. Vedo che serra i muscoli, cercando di trattenerla.

«Come va la ricerca di...»

«Di Jez? Niente di che. Hanno fatto un buco nell'acqua.»

Annuisco. Ho la bocca secca. Mick analizza il mio volto, come valutasse di dirmi qualcosa. Si siede al tavolo di fronte a me.

«Alicia, la ragazza di Jez, ha trovato un filtrino che pensa sia suo sul sentiero del fiume. Ma era troppo logoro per rappresentare una prova di qualche genere. In ogni caso hanno già fatto un'indagine porta a porta da quelle parti. Sono venuti anche da te, vero?»

«Sì, sono venuti.»

Si alza, prende il bollitore e lo riempie nel lavello. «Helen è convinta che sospettino di lei per qualcosa. Continuano a interrogarla. Non è che per caso ti ha detto niente?»

«Ha accennato a qualcosa del genere, l'ultima volta che l'ho vista.»

«È vero che è l'ultima persona che ha visto Jez. E poi c'è dell'altro. Una cosa insignificante. È tipico di Helen esagerare. Sai com'è fatta. Cristallina nelle sue esternazioni.»

Aspetto.

«Che resti tra noi. La polizia ha colto il suo risentimento nei confronti di Jez per essersi candidato a un corso che voleva seguire Barney. Non si può definire nemmeno un movente ma, lo so, si tratta di un mistero irrisolto. Non era al lavoro la mattina che è scomparso. Però non lo ha detto alla polizia. Ora sostiene di essere stata alle terme, ma hanno fatto le indagini e a quanto pare nemmeno questo è vero.»

Dalla credenza prende un contenitore e aspetta con una bustina di tè sospesa sopra una tazza. Noto che indossa calzini strani. Niente scarpe.

«Aveva questa cosa nei confronti di Jez. Un'ossessione, quasi. Pensava che Maria, la madre di Jez, avesse fatto un lavoro migliore rispetto a lei. Può sembrare fuori di testa, messa così. Ma, Sonia, ho paura... Senti, ti dà fastidio se ti racconto tutto?»

«No, va' avanti.»

«Da quando Jez è sparito, ho cercato di consolare Maria. Penso che Helen possa aver immaginato qualcosa in più di questo. Senza dubbio questa cosa ha alimentato tutta la sua insicurezza. Poi ieri sera ci ha interrotti involontariamente. Non stavamo facendo niente. Ma dev'esserle sembrato il contrario. Si è incazzata come una bestia. I nostri sentimenti sono esplosi. Ho detto cose che non avrei dovuto dire, temo. Sinceramente ho paura che l'abbia presa a cuore. Non potrei sopportare se avessi distrutto tutto. Non potrei sopportare se Helen avesse pensato di farla finita e avesse fatto qualcosa di stupido e fosse tutta colpa mia...»

Continuo a fissare Mick cercando di non muovere un muscolo del viso.

«Stanno considerando il caso di Helen come un possibile suicidio o una montatura. Speriamo che sia tutta una sua messa in scena. E chi sono io per biasimarla?»

Ho bisogno di parlare, ma non ci riesco. Mick ha gli occhi pieni di lacrime. A dispetto di qualsiasi cosa possa aver immaginato Helen tra lui e sua sorella, di sicuro nel profondo del cuore è ancora a Helen che lui vuole bene.

Inizio a entrare nel panico. Cosa gli ho fatto? Cosa ho fatto a Helen? Alla loro famiglia? Non posso fare quello per cui sono venuta. Incastrare Helen dopo tutto questo. È troppo crudele. Mi batte fortissimo il cuore. Devo uscire di qui.

«Se c'è altro... Ti prego, chiamami. Sarei felicissima di...» Mi metto in piedi e mi dirigo verso la porta. «Helen è stata una così cara amica per me negli ultimi tempi, è stato stupendo incontrarla per caso a teatro e trascorrere un pomeriggio con lei, aveva un aspetto fantastico. Veste sempre con tantissimo gusto. Abbina i colori meglio di chiunque altro. Mi dispiace, Mick. Ma devo andare adesso.»

Quando raggiungo la porta della cucina, Helen la apre.

37

Martedì

Sonia

«Maria, lei è Sonia, l'amica di Helen» mi presenta Mick. Questa donna è cupa, ma non introversa, e magra, ma non ben fatta. Gli occhi sono di Jez. Inequivocabilmente di Jez. Le lunghe ciglia, le iridi castano scuro con le palpebre pesanti. Ma per tutti gli altri aspetti somiglia a Helen.

Maria annuisce ma non sorride. Ha il volto pallido, solcato da rughe. È minuta come Helen, appena un metro e sessanta, è difficile immaginare che abbia dato alla luce Jez. E ovviamente ha la pelle chiarissima, quella carnagione diafana che non si abbronza mai. Jez ha ereditato gran parte del suo aspetto dal padre, questo è certo. Avverto un'immediata ostilità nei confronti di Maria, il modo in cui si è infiltrata nella vita di Helen, le ha incasinato il matrimonio. Se non fosse stato per colpa sua, Helen non sarebbe mai venuta a casa mia la scorsa notte. Non starebbe sul fondo del fiume tra pezzi d'auto, barili e suole di scarpe.

«Sono stata a chiacchierare con Tom» spiega Maria, raggiungendo il bollitore. Non ha per niente lo stile vivace di Helen. È vestita in modo classico, con una gonna di lana grigia e una blusa apparentemente costosa. Agnes B, sento dire da Helen. La donna oppressiva il cui marito si è stancato di lei e il cui figlio preferirebbe non vivere con lei. Non mi piace e non mi aspetto di piacerle. Mi spiazza quando mi offre il caffè.

«No, grazie. Stavo giusto andando via» rispondo dirigendomi di nuovo verso la porta.

«Stiamo passando un inferno qui» dichiara prima che io esca. «Sai di Jez, vero?»

Annuisco.

«Certo che lo sai, lo sanno tutti. Non sappiamo più cos'altro fare.»

Abbandona il bollitore, si mette a sedere e alza lo sguardo su di me. Il suo volto è perfino più corrugato di quanto mi era parso inizialmente.

«Sonia abita nella casa sul fiume» precisa Mick. «È l'invidia della classe media di Greenwich.»

«Ah! È la casa dove stava andando Jez!» esclama, illuminandosi. «È venuto da te una volta con Helen. Diceva spesso che avrebbe voluto vivere lì una volta cresciuto.» Fa un sorriso a labbra serrate, come a dire 'che assurdità escono dalla bocca dei giovani'.

«Sta in una posizione davvero fantastica» aggiunge Mick. «Una vista fino all'isola dei Cani e a Canary Wharf.»

«Sì, ricordo che me l'ha detto. E hai anche una specie di raccolta di vinili in una stanza della musica?»

«Oh, quella è tutta roba di Greg» rispondo.

«Greg! Sì, l'ho incontrato. Alla tua festa di compleanno, Mick.»

«Era suo l'album, quello di Tim Buckley, che stava andando a prendere il giorno che è scomparso» spiega Mick.

«L'ho introdotto io a Tim Buckley, ovviamente,» chiarisce Maria «nonostante a lui piaccia pensare che sia una sua scoperta. L'arroganza della gioventù.»

Guarda verso di me, il suo sorriso sottile in cerca di una sorta di connessione. «È buffo come gli adolescenti considerino alla moda la nostra musica. A casa ascolta perfino i miei vinili! A me non è mai piaciuta la musica dei miei genitori, alla sua età. Suppongo che noi siamo *la* generazione, quella che ha avuto tutto. Sesso, droga e rock and roll. Sono invidiosi. Perciò ci imitano. Ma per loro non ha lo stesso senso che aveva per noi.»

Tim Buckley. Cos'è che ha detto Jez della sua musica? Il giorno che è venuto alla casa sul fiume. Il giorno che ha suonato la chitarra per me all'imbrunire, mentre sorseggiava il vino rosso che avrei dovuto conservare per Kit. Quanto per lui suonare fosse 'proprio come parlare'.

«Per me è lo stesso» aveva aggiunto Jez. «Tu insegni alle persone a esprimersi con le loro voci. Io suono la chitarra per lo stesso motivo.» Era il suo modo di mettersi in contatto con me, di riconoscere l'arcano con cui ci capivamo a vicenda. Maria non lo capisce. Le madri non conoscono mai i propri figli. Solo io conosco il vero Jez.

«Forse dovrei portare Maria da quelle parti un giorno» propone Mick. «Ti piacerebbe vedere la casa di Sonia e Greg, vero, Maria?»

«Certamente. Dev'essere bellissima» risponde rivolgendosi a me, come se l'idea fosse stata mia. «Anche a Helen piace moltissimo. Vi siete incontrate spesso ultimamente, no? Non l'hai vista ieri notte?»

«Gliel'ho già chiesto» replica Mick.

«Direi che è stata dannatamente sconsiderata ad andarsene, come se non bastasse la storia di Jez» si lamenta Maria. «Non siamo già abbastanza provati per la preoccupazione? Sai,

Sonia, non sapere nulla è come vivere un inferno in terra. C'è un nome per questo... questo dolore. 'Perdita ambigua'. Non c'è una conclusione. Non sai quando finirà. Continui a sperare, ogni giorno ti svegli pensando che forse è finita. Forse è stato tutto un sogno. Lui sarà lì, nel suo letto. Poi la lenta presa di coscienza, la paura, il terrore alla bocca dello stomaco, tutto ricomincia daccapo.»

Non riesco a far altro che annuire.

«Helen non ti ha parlato di lui, vero? Perché iniziamo seriamente a preoccuparci che forse...»

«No, non è vero» sbotta Mick.

«Ma il messaggio... E poi dov'è stata quel venerdì? Non lo dirà a nessuno. Ma è il giorno in cui lui è scomparso!»

Ecco il mio momento. Deglutisco.

«Mi ha detto di aver passato una specie di crisi, una mancanza di fiducia in sé stessa di recente» dichiaro. «Che per questo beve così tanto. Perché non si sente abbastanza all'altezza.»

«Proprio per questo è preoccupata la polizia!» ribatte Maria. «È così, Mick! Si sta comportando in modo molto strano. Pensa che tutti parlino di lei, la critichino al lavoro.»

«E io e te siamo la prova che in queste circostanze si cerca il capro espiatorio» replica Mick. «Vogliamo una risposta. La gente si aggrappa a qualsiasi cosa quando non ha nient'altro. È quello che sta facendo la polizia. E adesso anche tu.»

«Oh!» grida Maria. Noto quant'è volubile, le sue emozioni sembrano cambiare di minuto in minuto. «Ti prego, prova a metterti nei miei panni! Come puoi immaginare che io *voglia* sospettare della mia stessa sorella? È più doloroso per me che per chiunque altro. Ma, tutto sommato, Helen si è sempre sentita in competizione con me. Il colloquio di Jez era nello stesso posto di Barney e sapeva che avrebbero preso Jez. È così gelosa, così competitiva. E con le bevute che si fa, non sempre lucida. So quanto sia difficile per te. Ma devi affrontarlo, Mick.»

«Lo so, e lo sai anche tu, che lei non ha niente a che fare con la scomparsa di Jez.»

«C'è una specie di rivalità tra sorelle mai placata» mi rivela Maria come se non avessi potuto capirlo da sola. «Risale a molto tempo fa. Dovresti conoscerne il contesto. Non è irragionevole chiedersi se il fatto di avere Jez qui abbia portato tutto nuovamente in superficie. La polizia potrebbe avere ragione. Orribile, eppure da non tralasciare.»

«Neanche noi ci siamo comportati al meglio» precisa Mick scoccandole un'occhiataccia.

«Non ci si aspetta che nessuno si comporti al meglio sotto una tale pressione» insiste Maria.

Mi rendo conto che il tempo passa, e io ho lasciato Jez solo nella stanza della musica più a lungo di quanto volessi. Devo terminare ciò che sono venuta a fare, dopotutto.

«Tutto quello che posso dire, e non so se sia pertinente, è che mi ha chiesto di mentire dicendo di essere stata con lei alle terme quel venerdì.»

«Ti ha chiesto di mentire?»

«Sì.»

«Quindi non è stata alle terme. Ti ha detto dov'è stata per davvero?»

Scrollo le spalle. Helen non voleva che rivelassi che stava al pub. Perciò non lo faccio.

«Oddio» esclama Mick. «Questo peggiora la faccenda.»

L'occhiata che mi rivolge è talmente desolata che vorrei rassicurarlo. Ma hanno bisogno di una spiegazione per Jez. E Helen è il sospettato perfetto. Solo io posso dar loro la conclusione di cui hanno un disperato bisogno.

«Era ossessionata dal fatto che il talento di Jez con la chitarra a dodici corde gli avrebbe garantito un vantaggio ingiusto su Barney in quella scuola di musica» spiego, entrando nel ruolo. «Continuava a ripeterlo. Come se non riuscisse a toglierselo dalla testa. Ha detto che Jez avrebbe rovinato il futuro di Barney. Come se si stesse giustificando in qualche modo.»

Mi sento addosso gli occhi di Maria.

«Be', è piuttosto strano» afferma. «Helen non sapeva della chitarra a dodici corde. Era il nostro asso nella manica. Per il suo colloquio. Ho fatto promettere a Jez di mantenere il segreto.»

Sento un ronzio nella testa. Ho parlato troppo.

«Glielo avrà detto Barney» suggerisce Mick.

«Non penso proprio» dichiara Maria alzandosi in piedi tenendomi gli occhi puntati addosso. «È impossibile che lui si sia lasciato sfuggire con qualcuno, in particolare con Helen e Barney, quali fossero i suoi piani su questa faccenda.»

«Be', ho paura che sia successo proprio questo.»

Mi squadra. «Ti ha detto che ha effettivamente iniziato a studiarla? Quando lo ha accennato?»

«Non ne sono sicura.»

«No. Devo saperlo.»

La guardo senza parole, vorrei riuscire a inventarmi qualcosa, qualunque cosa. Faccio del mio meglio per adottare un tono di voce che mi tiri fuori da tutto questo. Ma sembro incapace di articolare una parola.

Poi Maria riprende a parlare. «Jez stava venendo a casa tua proprio quel giorno a prendere l'album di Tim Buckley, no? Perdonami se te lo chiedo, Sonia, ma perché sei venuta qui oggi?»

«È preoccupata per Helen» risponde Mick.

«Guarda.» Ritrovo infine la mia voce. «Mi dispiace. Sono sicura che Helen tornerà alla fine. Devo andare. Come ho detto a Mick, fatemi sapere se posso aiutarvi.»

***

Tornata alla casa sul fiume, salgo direttamente a vedere Jez. Sta seduto sul letto. Finalmente si è rialzato e cammina a piccoli passi nella stanza. Prendo la chitarra a dodici corde.

«La suoni questa, vero?»

«Ho solo iniziato a studiarla.»

«Era un segreto? Helen non lo sapeva?»

«Ah, no, mia madre mi ha detto di non farle sapere niente. Le ho promesso che non lo avrei fatto, Sonia. Che sta succedendo? Stai per lasciarmi andare? Mi sento meglio adesso. Potrei andare.»

Raggiungo il muro pieno di libri, salgo sul poggiapiedi, mi affaccio da una delle alte finestre. Le barche lasciano scie giù nell'acqua. Una barca a vela di legno chiaro, la vela maestra che si lamenta contro il vento, percorre precipitosa il fiume, e vedo Seb, una mano sul timone, in piedi a poppa, in perfetto equilibrio a dispetto del rollio, che si china in avanti a sistemare il fiocco. La sua maglietta rossa e il giubbotto di salvataggio giallognolo si fondono con la vela, che punta alla venatura cremisi del cielo sopra di noi, e ammutolisco. Tre tonalità di rosso si mischiano e si riflettono dall'acqua. Le braccia forti di Seb, il fiume che fa del suo meglio per sconfiggerlo. Ma non poteva mai succedere, pensavo, non sarebbe mai successo.

«Sonia?»

«Anche a te piace questa vista, vero? Volevi restare quando ti ho incontrato la prima volta. Dimmi che lo volevi.»

«Non piangere, Sonia. Ascolta. Puoi aprire la porta e lasciarmi andare, io non dirò niente a nessuno. Dirò che avevo bisogno di tempo per me. Ti prego. Va tutto bene.»

Non voglio la sua compassione. Non avevo pianificato di farlo e sono arrabbiata con me stessa per questo.

Non piango per Helen o per una qualunque nobile ragione. Piango perché sento che lui sta scivolando lontano da me. La corda mi sguscia tra le dita, le braccia si fanno deboli. Resisto, ma solo per i motivi sbagliati.

38

Mercoledì

Sonia

Il campanello suona. Valuto se ignorarlo, ma la paura di chi può essere mi costringe a controllare. Sbircio dalla finestra del soggiorno. Nessuno. Mi sciacquo il viso, esco nel cortile e apro il portone di un paio di centimetri.

«Abbiamo cercato di chiamarla, ma non abbiamo trovato nessuno. Ci chiedevamo se il suo telefono fosse staccato. E non avevamo il suo numero di cellulare.» È una delle sorveglianti della casa di riposo di mia madre. Ha cominciato a parlare prima che avessi la possibilità di dirle che sono occupata. Mi sta sgridando, stizzita, con la sua espressione piena di sé, i suoi occhietti feroci, stretti, di accusa.

«Sua madre ha avuto un ictus. È viva, sta bene. Non deve farsi prendere dal panico. Ma è stata ricoverata al Queen Elizabeth Hospital, a Woolwich. Forse è il caso che vada da lei.»

Guardo la sorvegliante. Una bocca piccola e serrata. Grande solo per spremerci parole attraverso. 'Viva... sta bene... non farsi prendere dal panico.'

Helen non è viva. Niente va bene. Per forza mi faccio prendere dal panico.

Il senso di nausea che mi ha colto si attenua ed è seguito da un inquietante intorpidimento. Per qualche secondo ho paura di essere sul punto di confessare. Di dire che proprio non posso andare a far visita a mia madre, perché ho appena ucciso qualcuno.

«Mi spiace essere la portatrice di cattive notizie.»

«Ha detto che sta bene.»

«Parla. È stato lieve. Ma al contempo...»

«La ringrazio.»

Vattene, per favore. Vattene! La sorvegliante non si muove. Resta immobile con il fiatone, il volto paonazzo, come se la fatica di camminare quei pochi metri del vicolo l'avesse quasi sfiancata.

«Scusa, tesoro.» È il postino. Mi consegna un pacchetto, sorride, estrae l'aggeggio con il pennino speciale. Firmo e lui se ne va fischiettando. È una giornata come un'altra là fuori. La sorvegliante non ha fatto un passo.

«Grazie per avermelo comunicato. Verificherò la mia linea telefonica.» Le chiudo la porta in faccia.

«Dovrebbe andare quanto prima» mi consiglia ansimando attraverso il portone. «Non se lo perdonerebbe mai se dovesse perderla. Non si sa mai con gli ictus.»

Porto dentro casa il pacchetto, lo poggio sul tavolo in cucina e guardo dalla finestra, mentre la sorvegliante se ne va claudicando lungo il vicolo.

Mi comporterò come avrei fatto prima. Andrò in ospedale per far visita a mia madre. Le comprerò i fiori lungo la strada. Ringrazierò un portantino all'ingresso che mi tiene aperta la porta. Scambierò convenevoli con il personale nel gabbiotto degli infermieri. Sorriderò alle altre donne nella corsia. E loro ricambieranno. Converserò perfino con la giovane dottoressa gentile della prognosi di mia madre e poi la ringrazierò profusamente per il suo tempo. Ma resterò comunque l'assassina di Helen.

Nella corsia di mia madre stanno allineate una dietro l'altra persone anziane dai capelli bianchi. Credo di averla trovata più di una volta, poi mi rendo conto che non è il suo viso quello che vedo. Quando infine gli occhi si posano su di lei, vengo invasa da un sollievo infantile. La mia mammina. Per gli infermieri potrà anche essere solo un'altra anziana. Nient'altro che l'involucro di una donna la cui essenza è svanita da lungo tempo. Ma per me, è davvero molto di più, come se io riuscissi ancora a vedere attraverso la sua pelle semitrasparente quegli strati di lei che si sono aggiunti prima di questa versione. Ed eccola lì, nel suo tubino anni Sessanta che spinge il passeggino Silver Cross lungo il sentiero del fiume. Che si china sul mio letto a notte fonda profumata di gin e Chanel. Poi, con i capelli acconciati in una permanente in stile anni Settanta, mentre prepara la marmellata in cucina, il pungente aroma delle arance di Siviglia che permea l'aria. In seguito, la sua figura in tailleur che cammina spedita verso il suo lavoro nella scuola privata. Quando ha smesso di amarmi?

Voglio che mi stringa tra le braccia, mi culli, mi rassicuri che andrà tutto bene. Che sia una vera madre. Ora che ho rischiato di perderla per sempre, voglio che mi dia più di quanto sia mai riuscita a fare.

Mi chino su di lei, scossa da un miscuglio di rabbia e compassione. Come osa l'età fare questo a una persona? Apre un occhio. Impiega un po' di tempo a mettere a fuoco. Poi comincia a parlare da un solo lato della bocca. Biascica. Per qualche ragione è ossessionata dall'avere qualche vecchia pagella scolastica, nascosta chissà dove nella casa sul fiume.

«Ho preso la valigia sbagliata. La Revelation. Quando mi sono trasferita dalla casa sul fiume. Mi sono guadagnata un... Oh, lo sai! Al quinto anno, devo leggere quella pagella. Dice delle cose così belle.»

«Mamma, non sono sicura di riuscire a trovarla adesso. Non ti serve. Devi riposare.»

Guardo con un senso di impotenza in direzione dell'infermiera che sta riempiendo la caraffa dell'acqua.

«Darebbe a sua madre un senso di sicurezza se stesse al gioco. Trovasse quello che vuole, la aiuterebbe a sentirsi a casa» suggerisce l'infermiera.

Quindi, forza, partiamo. Sonia l'adulta, che si prende cura della madre malata. Che fa quello che le chiedono la sorvegliante e l'infermiera. Una brava figlia. Quando avrò finito, ricordo a me stessa, quando avrò osservato i miei doveri, potrò tornare da Jez.

Prendo la scala dal cortile, la trasporto fino alla mia stanza e la appoggio contro la botola nel soffitto.

È impossibile infilarsi in quel minuscolo spazio di solaio. Riesco solo a infilare il braccio nel buco e andare a tentoni al buio con la mano. Afferro l'aria. Avverto il lieve solletico delle ragnatele sul polso. Uno sbuffo di polvere quando con le nocche urto il tetto. Finalmente le mie dita agguantano una pesante maniglia in pelle. Faccio strisciare la valigia fuori dal buco, la poso in equilibrio in cima alla scala e la faccio scivolare giù.

Dalla valigia fuoriesce una zaffata familiare di cera d'api quando la apro, l'odore della casa sul fiume quando ci abitava mia madre. Quante cose ha conservato! Programmi di teatro, libri di ricette, resoconti bancari, cartoline. Un bigliettino di buon compleanno da parte di Kit, quando era bambina. Resto ferma per un momento e lo esamino. È stato conservato in una busta indirizzata a mia madre alla casa sul fiume, insieme con una collana di perline di plastica infilate una dietro l'altra in una sequenza ripetuta: rosa, arancione, blu, rosa, arancione, blu. Il disegno da bambina di una ragazza con un vestito triangolare rosa che indossa una collana simile. Mi riporta di nuovo a Norfolk, a quando Kit non era più una neonata, che stringeva in mano la sua creazione. Le mie automatiche parole di lode. Come mi sedevo con lei una volta a casa e scrivevo a matita le parole sui suoi disegni per lasciare su di essi una traccia.

Cara nonna, mi manchi. Ti voglio bene.
Bacio, Kit

Cercavo di guadagnarmi l'amore di mia madre attraverso Kit. Non so se lei si sia commossa per l'affetto di sua nipote. In tal caso, non lo ha mai esternato. Eppure ora scopro che dopotutto ha conservato i bigliettini, le lettere. Apprezzava i tentativi di mia figlia, sebbene rifiutasse i miei. Questa consapevolezza accende in me un guizzo di calore, forse di speranza, dimenticata nei meandri del mio animo.

Mentre rovisto, in cerca della pagella, trovo una pila di buste indirizzate a me, Sonia, con una calligrafia piccola, ordinata, così familiare. Provo l'eccitazione che sentivo quei giorni quando una lettera di Seb appariva per me nella crepa nel muro lungo il vicolo.

Sento le farfalle nello stomaco, quando l'eccitazione si trasforma in consapevolezza. Qualcuno – mia madre? – deve aver scoperto il nostro nascondiglio e ha conservato le sue lettere prima che io potessi leggerle. Mi blocco. Sono state aperte con un tagliacarte, il taglio lungo il lato superiore delle buste più netto di quanto io sia mai riuscita a fare nell'impazienza di aprirle. Le lettere sono ordinate e l'ultima, datata 5 febbraio, in cima al mucchio. Separo le due parti della busta, con le mani che mi tremano. Ne estraggo un delicato pezzo di carta, ingiallito dal tempo.

Leggo le parole.

Guardo di nuovo la data, poi mi precipito verso il ballatoio per la stanza degli ospiti.

Tiro fuori la scatola di scarpe dove conservo le cose di Seb. Trovo la lettera che ho letto il giorno in cui sono venuta a cercare l'armonica a bocca per Jez. C'è il timbro del 1° febbraio. Ho sempre pensato che fosse l'ultima lettera da parte di Seb. Ora scopro che ce n'è stata un'altra che non ho mai ricevuto. Apro la prima lettera e leggo di nuovo.

> Arrivo in bici fino all'isola dei Cani. Fatti trovare là. Porta la *Tamasa*!

Diceva di portare la *Tamasa* e così io ho portato la *Tamasa*. Facevo sempre quello che mi diceva Seb. Bramavo la sua ammirazione, ovviamente. E volevo dimostrargli la mia affinità con il fiume. Ma se avessi ricevuto questa lettera, questa vera ultima lettera, datata al 5 febbraio, tutto sarebbe stato diverso. Ero assoggettata a Seb. Avrei fatto qualunque cosa per conservare il suo rispetto. Ma non lo avevo mai ottenuto, per questo avevo preso la zattera.

Le rileggo entrambe, dall'inizio. E quando finisco, è come se le immagini confuse che mi sono tornate in mente da quando è arrivato Jez, si infilassero una dietro l'altra nel giusto ordine, proprio come Kit aveva creato con cura la sua collana di perline.

***

La sera che andai a prendere Seb mi torna in mente, dall'inizio alla fine, perfino quelle parti a cui non ero stata in grado di pensare finora, che mi rombano in testa come la marea.

Una volta raggiunta l'altra sponda il tempo era cambiato. Il vento era aumentato e le nuvole si erano ammassate. Era impossibile avvicinarsi ai pilastri per ormeggiare. Le onde erano inarrestabili, sollevavano la *Tamasa* schiantandola contro le pareti. La pioggia scrosciava sul fiume schizzandomi in faccia e picchiando sul pontile di sbarco. Alla fine riuscii a gettare il remo intorno a un palo e mi trascinai dietro la *Tamasa*. Poi mi misi in piedi sulla piattaforma di legno. Con quelle pesanti nuvole si era fatto buio più velocemente del solito. Non mi era mai capitato di sentire un tale rumore provenire dal fiume, lo scrosciare delle onde e il clangore delle catene e lo stridio dell'intera struttura in legno su cui mi trovavo. Seb urlava verso di me, ma non potevo sentire le sue parole. Ricordo vagamente che mi sembrava arrabbiato, non contento di vedermi come mi ero aspettata. Gridò di nuovo e allora colsi le parole. «Non c'è tempo da perdere.» Io reggevo la corda bagnata quando Seb saltò giù sulla *Tamasa* e restò immobile per un minuto, nel tentativo di ritrovare l'equilibrio. Fu allora che si scagliò l'onda più grossa, rombando, un suono talmente assordante da non riuscire più a sentire le nostre stesse voci. Immediatamente dopo ne seguì un'altra, e altre ancora, così da entrare in collisione, scagliando per aria la *Tamasa* come una barchetta di carta. Mi ressi alla corda con tutta la mia potenza, però era bagnata e viscida, e mi tagliava i palmi delle mani. La zattera riemerse dall'acqua ma Seb era già finito nel fiume.

«Seb!» strillai.

I capelli mi frustavano il viso nel vento e mi si appiccicarono addosso impedendomi di vedere. Non potevo togliere le mani dalla corda per scostarli dagli occhi. Quando riuscii a spostarli, Seb era diventato solo una sagoma indistinta nell'oscurità, il profilo pallido del suo viso appariva e svaniva sott'acqua, mentre lui si teneva aggrappato con un braccio alla *Tamasa*, alla sua patetica busta di galleggianti. Tirai ancora la corda, nel tentativo di trascinare la zattera con me di nuovo a riva, ma le onde mi si infrangevano contro ancora e ancora, così ci ritrovammo in un orribile tiro alla fune in cui sapevo, dato che le mie braccia si stavano indebolendo, che avrei perso.

«Aiuto!» Le sue parole mi giunsero solo sussurrate attraverso il fragore dell'acqua, del vento e della pioggia. «Non mollare, Sonia. Resisti! Per amor del cielo, resisti!»

E, mentre lui si allontanava da me, verso un groviglio di catene e corde sotto alle successive file di pilastri, strinsi con più forza la corda e tirai con tutta la forza che avevo in corpo.

39

Mercoledì

Sonia

«Ti ho portato le tue cose.»

«Passami quel...» Mia madre agita un dito tremante indicando lo specchietto poggiato sul suo comodino.

Una cosa per cui mia madre non sarà mai troppo vecchia o malata è la sua vanità. Devo pensarci io perché non c'è nessun altro a farlo. Ai giorni nostri, gli infermieri non hanno tempo di occuparsi della cura spicciola dei pazienti. Tocca a me lavarle i capelli, tagliarle le unghie, spazzolarle i denti. Una singolare intimità, dato che prima d'ora in vita nostra ci siamo a stento toccate. Cerca di tirare pateticamente un lungo pelo bianco dal mento e si acciglia. Vado a prenderle le pinzette. Mi chiedo se non sia il caso di evitare di infastidirla con la storia della lettera dopotutto. Lasciare che il passato resti sepolto nella vecchia scatola grigia, come abbiamo sempre tacitamente accettato di seppellire tutto ciò che ha a che fare con Seb.

Le inciprio il naso e le applico il fard che ha usato negli ultimi venticinque anni. Annuisce mentre tiene in mano lo specchio. Le verso un bicchiere d'acqua.

Poggio il pacco di pagelle scolastiche sul letto d'ospedale di mia madre, accanto alle altre cose che ho portato: la sua biancheria pulita, una camicia da notte di riserva, la sua crema da notte preferita. Alza lo sguardo verso di me attraverso un occhio azzurro spento. È la mia immaginazione o è peggiorata dalla mia ultima visita?

Potrebbe non avere ancora molto tempo. Prendo una decisione.

«Mamma, guarda questa.»

Le lascio esaminare la lettera per diversi minuti.

«Visto da parte di chi è?»

«È... No, Sonia» implora.

«Che vuol dire 'no'? È di Seb, mamma. Tuo figlio.»

Non ribatte in alcun modo. Continuo: «E a chi è indirizzata?»

«Non riesco a vedere. Non riesco a leggere il nome.»

Non vuole leggere il nome.

«È indirizzata a me. Guarda. *Sonia*. Una lettera da parte di tuo figlio a tua figlia.»

Mi fissa, l'occhio buono spalancato per lo shock. Come se fosse la prima volta che se ne rende conto.

«Da un fratello a sua sorella. Non ho mai ricevuto questa lettera.»

Mi blocco, la osservo per determinare se le mie parole hanno un qualche senso per lei. Cerca di voltare la testa per non guardarmi. «Adesso te la leggo.»

5 febbraio

Sonia,
non me n'ero accorto, ma ci sarà una marea di plenilunio il 12 febbraio. Le previsioni sono orribili. Sarebbe davvero troppo pericoloso portare la *Tamasa*. Trova Mark e vieni con lui in canotto, non con la zattera. Gli ho parlato ed è d'accordo che non ha senso correre rischi inutili. Devo essere cresciuto stando qui!

Comunque, ci saranno tantissime altre occasioni per uscire con la *Tamasa,* quando sarò fuori da questo posto. Abbiamo tutta l'estate davanti a noi! Che figata. Ma per favore vieni in barca.

Baci, Seb

Mia madre prende la lettera con la sua mano buona, analizza la grafia di Seb. La osserva in silenzio per diversi minuti con il suo occhio buono. Alla fine posa la mano sulla coperta d'ospedale e lascia che il sottile foglio di carta svolazzi sul copriletto. Poi solleva un braccio, si picchietta i capelli per metterli in ordine, si appoggia la mano sul petto.

«Volevamo allontanare Seb per farvi smettere. Un fratello e una sorella che fanno quelle cose impensabili.» Un'ondata di vergogna rovente mi investe. «Ma poi avete insistito a scrivervi.»

«Seb odiava quella scuola. Mi ha scritto per chiedermi di andare a prenderlo. Ho ricevuto la lettera in cui mi diceva di portare la *Tamasa*. Io ho fatto quello che lui voleva che facessi. Non ho mai ricevuto quest'altra che gli avrebbe salvato la vita, perché qualcuno, immagino tu o papà, me l'ha nascosta!»

«Mi stai mettendo in agitazione. Sono malata, Sonia. Mi ucciderai se continui.»

Segue un lungo silenzio. Una lacrima sgorga dall'occhio di mia madre bagnandole la guancia. Si mischia al fard. Per alcuni terribili secondi mi immagino che stia piangendo sangue.

«Avrei preso il canotto con Mark» sussurro con maggiore enfasi. Avverto un improvviso senso di euforia perché non ho sbagliato io. Perché non sono l'unica da incolpare, come ho sempre creduto, per la terribile morte di Seb. «Seb sarebbe vivo.»

I contraccolpi mi rimbombano nella testa e arrivano lontano nel futuro.

Mia madre sembra rimpicciolire sotto i miei occhi, diventare più piatta sotto le coperte d'ospedale, come se il suo corpo fosse fatto di carta. Non ha mai parlato con me in modo opportuno di niente, me ne rendo conto ora. Lei finge, elude e cita poesie, ma non dice mai quello che pensa.

«Tu lo hai mandato via. Poi hai rubato le sue lettere. Quando avresti potuto parlare con me. Con noi.»

Mia madre mi guarda dritto in faccia ora, determinata a riguadagnare un po' di autorità, riassumendo la sua maschera di maestra di scuola.

«Come avrei potuto parlare di quella cosa. Era una vergogna, una roba da animali!»

«Eravamo *bambini*, mamma.»

«Ci ho provato, Sonia. Ho provato a fermarvi. Ho portato Jasmine a casa quando l'ho capito. Te ne sei dimenticata?»

Ignoro questa domanda. Lei sa cos'è successo. Quando lei ha portato in scena Jasmine, era già tardi.

D'un tratto si mette seduta, corruga la fronte e parte.

«Abbiamo solo preso le lettere. Non le abbiamo lette. Non volevamo leggerle. Ovviamente se avessimo letto questa, non ti avremmo permesso di partire con la zattera. Non gli avremmo permesso di scappare in alcun modo!»

Volta la testa per distogliere lo sguardo. Aspetto.

Quando infine si rivolge di nuovo a me, sembra sbigottita, come se non si aspettasse di trovarmi ancora lì.

«Le lettere erano aperte. Guarda. Con un tagliacarte. Chi le ha aperte?»

«Quando sei partita per l'università, tuo padre voleva liberarsene, ricominciare da capo. È stato allora che le ha lette e si è reso conto del terribile sbaglio che aveva fatto. Credo sia per quello che si è tolto la vita.»

«E tu non me lo hai mai detto!»

«Che motivo avevo di dirtelo? Era troppo tardi. Seb era comunque morto. Non potevamo riportarlo indietro. Sapere che le cose sarebbero potute andare diversamente ti avrebbe soltanto reso tutto più difficile. Ho deciso così.»

Il cielo fuori dalle finestre dell'ospedale si fa scuro. Dentro, invece, le luci al neon sono troppo forti. Mia madre mi guarda, con un'espressione di supplica, quel genere di sguardo che un bambino riserva ai genitori quando sa di aver fatto qualcosa di sbagliato. Di sicuro dev'essere in procinto di darmi quello che le ho chiesto. Un'ammissione. Una possibilità per condividere la colpa, prima che lei muoia. Poi potrò perdonare anche lei.

Dice: «Tuo padre ti ha lasciato la casa sul fiume. Non è abbastanza?»

«*Abbastanza?*»

Guardo mia madre, sperando che aggiunga qualcos'altro, un qualche segno di amore o perdono o *consolazione*. Comincio a sentire le prime ondate di compassione perché lo trova così difficile.

Vorrei dirle qualcosa, qualcosa che ci riavvicini nuovamente alla fine. Vorrei condividere con lei il dolore che entrambe ci siamo portate dentro per tutti questi anni. Ma neanch'io trovo le parole. Così dico soltanto: «Mamma, parla con me.»

Non fa altro che guardarmi dall'unico occhio aperto e le parole che tanto ho desiderato sentire non escono. Mi alzo, faccio un passo verso la porta.

«Sonia.»

Mi volto. Allunga una fragile mano anziana verso di me.

Torno da lei. Le nostre dita si sfiorano, appena. Mi chino e le bacio i capelli. Poi vado via.

Devo andare da Jez adesso, sbloccare la porta, perché non ho mai voluto forzarlo a rimanere. Avrà riacquistato le forze.

Ma lui non vorrà andare via. Passeggeremo lungo il fiume insieme, cammineremo con l'acqua alle caviglie, senza curarci di arrotolarci i jeans prima. Lui magari proverà ad addentrarsi, a immergersi in acqua fino a raggiungere le chiatte per arrampicarcisi sopra. Mi urlerà di seguirlo. Guarderà di nuovo la casa sul fiume e mi dirà ancora quanto vorrebbe poterci vivere. Il fiume solleverà improvvisamente la chiatta, lui traballerà su e giù, e riderà fingendo di cadere.

«Costruiamo una zattera, Sonia» griderà. «E andiamocene da loro.»

E sguazzeremo con la pancia sulla superficie liscia dell'acqua in cerca di una di quelle insenature nascoste tra i pontili scuri. Trascorreremo la serata su una spiaggia segreta quando il fiume si accende di rosso al tramonto. Andremo a caccia di pipe di argilla lungo la marea. Guaderemo nel fango in cerca di tesori. Seguiremo i cigni con i loro piccoli sotto le ali. Non ci troveranno. Ci saremo solo noi, i cigni e il fiume, per sempre.

40

Mercoledì

Sonia

Sull'autobus di ritorno a casa dall'ospedale, mi ricordo del pacco che è arrivato oggi. Salirò dritta da Jez. Non posso tenerlo con me. L'unico modo che ho per evitare che lo portino via da me è di farlo da sola, mettere fine a tutto subito. Farò proprio questo. Terrò Jez in sospeso per sempre, alla stessa età in cui Seb morì. E poi potranno farmi quello che vogliono.

Non appena arrivo a casa, apro il pacco e ne estraggo i rotoli di bende Modroc. Porto una scodella su nella stanza della musica. Jez mi guarda.

Nel bagno riempio la scodella di acqua calda e la poggio ai suoi piedi, pronta per inumidirci dentro ogni benda, man mano.

Le finestre si sono tinte di un rosso-arancione nella luce della sera. Simile al caramello. Capita di tanto in tanto sul fiume che il cielo sembri prendere fuoco, le sfumature ardenti causate dall'inquinamento dell'aria, il tramonto offuscato.

Poi questo bagliore chimico si rifrange sull'acqua, tingendo le banchine e inondando la stanza della stessa sfolgorante luce ambra.

«Che fai?» chiede Jez. Sta fumando una canna. Ho aggiunto le pillole al suo tè, perché ho bisogno della sua collaborazione per ciò che sto per fare, benché abbia smesso di oppormi resistenza da quando è tornato nella stanza della musica, lunedì. Penso che non gli dispiaccia nemmeno stare in quella stanza, ora che non sta bene, apprezza il fatto di non doversi assumere nessun tipo di responsabilità.

L'ultima volta che ho visto Seb, era imbalsamato nella sua bara sul tavolo del soggiorno, la sua giovinezza rubata per sempre. Non credo che Seb si sia mai specchiato o abbia mai avuto idea della sua perfezione. Perfino da morto era bellissimo. Le mani piegate sul petto, gli angoli della bocca leggermente curvati verso il basso, proprio come quand'era vivo, come se stesse dicendo: «So che la mia fine è colpa vostra. So che non lo capirete mai.»

Spiego a Jez che ho intenzione di fargli una statua. Resta a fissarmi per un minuto. Fa un altro tiro dello spinello.

«Vuoi una mia scultura?» Sembra un po' allarmato. Nonostante la droga. Adesso voglio che resti calmo.

«Sì. Tutto qui, Jez. Non voglio altro. Catturare la tua immagine come sei adesso.»

Ovviamente si è reso conto del fascino che esercita su di me. Le sue braccia, il modo in cui il suo pomo d'Adamo sale e scende nella sua gola liscia come il miele. Ho tentato di tenere nascosta la mia ammirazione. Ma una volta o due negli ultimi due giorni, ha aperto gli occhi e alzato lo sguardo oppure ha voltato la testa proprio quando pensavo che fosse assorto. Ha incrociato il mio sguardo intenso e, nonostante io l'abbia distolto velocemente per celare quanto fossi rapita, lui lo ha notato.

Penso che una parte di lui abbia anche iniziato ad apprezzarlo. Probabilmente capisce quale potere abbia su di me. Questa ritrovata vanità è utile per il mio scopo. Vuol dire che sarà condiscendente. Eppure rovina allo stesso tempo l'essenza più pura di lui, quella che voglio cogliere. L'inconsapevolezza della sua bellezza e giovinezza. È frustrante fin quasi alla disperazione. Nel tentativo di ottenere quello che volevo, ho finito per distruggerlo.

«Non farà male» lo rassicuro. «È un procedimento delicato. Le donne usano questa roba per creare modelli dei loro pancioni in gravidanza.»

«Perché lo fanno?»

«Vogliono ricordarsi come non saranno mai più.»

Mi fissa, gli occhi sbarrati. Le mie parole hanno ottenuto l'effetto contrario a quello che intendevo. È di nuovo spaventato.

«Non ti servirei a niente da morto. Lo sai, vero?»

«Jez! Per favore! Cerca di fidarti di me. Questa è l'ultima cosa che ti chiederò.»

«L'ultima? Cosa vuoi dire?»

«L'ultima prima che tu cambi.»

Sento che un profondo vuoto di tristezza si spalanca dentro di me.

Lui è ancora debole. La sua malattia lo ha lasciato svigorito, stremato. Riesce appena a resistere quando gli sfilo i jeans e la maglietta. Tutto.

«Ho freddo.»

«Ho acceso la stufa. Farà caldo quando comincerò.»

Per qualche minuto non riesco a muovermi, immobilizzata quando scorgo il suo corpo sulle lenzuola bianche.

Poi stendo la vasellina gelatinosa, prima sopra e tra le dita dei piedi, che si ritraggono durante l'operazione, il grazioso osso del piede del colore del caramello si contrae. Sollevo un piede alla volta, li tengo vicini quando li ricopro di vasellina e, mentre il mio fiato caldo gli sfiora la pianta del piede, i muscoli del polpaccio si irrigidiscono e un sorriso gli balena sul viso. È come una cartina tornasole, la sua reazione è immediata. Avvolgo entrambi i piedi nelle bende, lavorando su una gamba per volta. Affondo le mani nell'acqua calda in modo che siano umide quando stendo e premo le bende, prima di avvolgergliele sui piedi, tutt'intorno, racchiudendoli. Il gesso bagnato deve essere applicato sul tessuto, poi lisciato fino a farlo diventare come un altro strato di pelle, sottile ma opaco, sopra la sua epidermide.

Ripenso ai bozzoli di ragno attaccati alle ragnatele in garage. Il profilo del ragno resta in replica perfetta dopo che l'animale ne è uscito, sospeso in quel momento. Raggiungo la zona concava del bacino, dove i muscoli sono contratti, e tutto il suo corpo trema mentre stendo le bende. Ignoro la sua reazione e continuo a salire, spalmando la vasellina sul petto, avvertendo la sporgenza netta dei capezzoli sotto le mani, poi proseguo su per il collo, dove premo il gesso nell'incavo della clavicola, soffermandomi di più. Con le dita ne accarezzo l'osso, la tenera cartilagine sul collo, le orecchie. Vago intorno al mento quadrato, sul profilo del viso. Ben presto Jez si trasforma in una figura bianca, di cui sono visibili solo i contorni. Catturato all'età esatta che aveva Seb, quando lo vidi per l'ultima volta.

«È strano. Diventerà pesantissimo» dice Jez. La sua voce cede alle medicine, la lingua deve essere impastata. Spalanca gli occhi. Nello sguardo ha l'espressione di chi ne ha abbastanza.

«Il gesso si sta asciugando» gli spiego.

«Mi sento intrappolato. Non credo che mi piaccia. Fa caldo.»

«È solo la reazione chimica tra il gesso bagnato e l'aria. Non durerà a lungo.»

«E la faccia?» chiede.

«Non parlare. Non devi muoverti, altrimenti non funzionerà.»

«Ma... Non puoi coprirmi il viso. Non riuscirò a respirare!»

«Ecco una cannuccia. Tienila in bocca.»

Gli stendo le bende sul viso, spingendo con i polpastrelli nella cavità tra mento e labbra. Poso dei pezzi di benda su naso e guance. Li liscio sull'incavo degli occhi e con un dito stendo il gesso sulle palpebre. Ogni protuberanza, ogni cavità. Finalmente è finito. Giace disteso, una figura bianca immobilizzata nella luce arancione calante. Ho finito. È mio.

Arrivano alla casa sul fiume nelle prime ore del mattino seguente. Le finestre della mia camera sfarfallano di luci blu lampeggianti. Mi alzo e scendo al piano inferiore in trance. Hanno già buttato a terra il portone e stanno forzando la porta d'ingresso con i piedi di porco, mentre altri colpiscono violentemente le finestre con le inferriate e gli elicotteri circolano sopra le nostre teste. Scattano su per le scale, gli stivali pesanti, i giubbotti antiproiettili, i *taser* nella fondina, i guanti di pelle. Li guardo salire. Uno di loro mi tiene bloccata per il braccio, mentre gli altri si affrettano per le scale verso la stanza della musica. Li sento picchiare alla porta, scuoterla. Sfondarla a pedate. Sorrido perché so che cosa troveranno. Quel Jez che sta nella stanza della musica è statico e inanimato, ogni poro della sua pelle riprodotto in replica perfetta. Il bozzolo di un ragno, sospeso in una ragnatela di seta, così che non potrà mai invecchiare. Il corpo vivo andato. Non è rimasta neanche una traccia del vero Jez, come se non fosse mai stato qui. Li seguo tranquilla, perché non c'è nient'altro da fare.

41

Un anno dopo

Sonia

Da qui dentro non si sa che stagione sia né che tempo faccia. La luce fuori è stata pallida per tutto il giorno, ma ora sta svanendo. I rami degli alberi tozzi sono nuovamente spogli. E non c'è molto altro da ammirare. Un'alta recinzione con filo spinato in cima, il muro di cemento del parcheggio multilivello. Niente fiume. Mi hanno portato via dal fiume.

Viene da me dopo che le tazze del tè sono state portate via sui vassoi. Arriva nella stanza in sciarpa e giacca di lana, e capisco che fuori è davvero inverno. Si mette a sedere sulla poltrona verde di plastica e mi guarda con la solita vecchia espressione, gli occhi semichiusi quasi a cercare di capire. Io non parlo, guardo soltanto dritto davanti a me. Ricordo le sue ciglia che sfiorano i miei polpastrelli. La sua pelle calda sotto le mie labbra. L'odore intenso dietro il suo orecchio. Ma questo non è il ragazzo che giaceva semicosciente tra i pilastri, dove l'ho liberato. È più alto, più robusto. Ricordo la leggera barba ispida, noto che adesso è più nera, più folta. La sua giovinezza è passata, come il Clipper che si precipita lungo il fiume, lontano dalla vista e dal raggio uditivo, sbalzando tutto nella sua scia, mentre scompare oltre l'ansa verso la barriera del Tamigi.

Resta per un po'. Mi dice che è costretto a tornare alla casa sul fiume. Spesso sta seduto fuori sul muretto di fronte. La sente come un'estensione di sé. Non conosce le persone che vivono lì adesso. Greg e Kit sono partiti, ovviamente, per andare a vivere a Ginevra. Li sento solo di tanto in tanto.

Apro la bocca per spiegare che nonostante lo abbia trattenuto lì, nonostante la polizia non abbia dedotto infine da Maria e da Mick e da Alicia che Jez doveva trovarsi nella casa sul fiume, non sarebbe potuta funzionare. Ciò che volevo si stava dissolvendo nelle mie mani. Ma le parole non mi escono.

Così mi chiede cos'è successo la notte che l'ho lasciato andare. E io cerco di raccontarglielo.

Era quasi buio quando tornai nella stanza della musica. Legai il canotto alla catena sotto il muro vicino alla gradinata in pietra. La marea era alta. Jez era curvo sulla sedia a rotelle, pronto ad andare. Si inclinò in avanti mentre lo spingevo fuori, sul vicolo, fino agli scalini. Misi in equilibrio i remi da una parte all'altra delle maniglie della sedia a rotelle. Lo accompagnai lungo il sentiero, sotto l'ombra scura del molo, in cima alla scalinata dove la mia barca era in attesa. Mi sentivo leggera, senza paura. A differenza della notte in cui avrei lasciato cadere nel fiume affamato il corpo di Helen, quando ero pietrificata dalle mie azioni. Il bagliore rosso-arancione era svanito già da tempo. Era buio. Le luci arancioni dai palazzi sull'altra sponda penetravano nell'acqua. Il canotto era legato al gradino più alto e oscillava dolcemente nella marea di plenilunio, come se ci stesse aspettando impaziente.

Lui scivolò facilmente nella barca. Lasciai la sedia a rotelle in cima alle scale, non ce ne sarebbe stato più bisogno. Qualcuno l'avrebbe presa: nel vicolo niente viene abbandonato. Sarebbe finita al mercato di Deptford o una qualche anima perduta l'avrebbe utilizzata come carrello o carrozzina.

Mi arrampicai sull'imbarcazione dopo di lui, inserii i remi negli anelli del canotto. Poi impiegai qualche minuto per sistemare Jez. Lo avevo liberato dal gesso. La sua pelle era ancora calda per esserci stato rinchiuso dentro, ancora unta di vaselli-na. Lo sistemai in posizione simmetrica, la testa a prua, i piedi a poppa. Non era che una piccola imbarcazione.

Usai il mio remo per spingere la barca in mezzo all'acqua scura. Scivolammo agevolmente controcorrente, come sapevo sarebbe successo dato che la marea stava salendo. Era una serata tiepida. Uno di quegli insoliti giorni di febbraio, quando si pensa che la primavera sia arrivata. I pub gremiti di gente, persone in piedi fuori sulle piattaforme di legno. Riuscivo a sentirne le risate, stralci di conversazioni, mentre passavamo. Tutti i pub che mi erano familiari negli anni trascorsi sul fiume, il Trafalgar, il Prospect of Whitby a nord, il Mayflower a sud. I ricordi di me e Seb si riflettevano come le luci nell'acqua mentre superavamo ognuno di essi. Remai a monte del fiume, l'acqua che gocciolava dai remi illuminati dalle luci scintillanti di entrambe le banchine. Mi trovavo in uno stato di pace assoluta. Jez supino ai miei piedi. Volevo che quel viaggio durasse per sempre. Il fiume era gentile, ci dondolava. Io e Jez insieme sulla barca, completi. Trasportati indietro verso est, mentre la marea cambiava.

Raggiungemmo il lato nord, sotto lo strapiombo della strada, e guidai entrambi sotto la sua ombra tra i pilastri. Allora, ci sarebbero state spettrali corone di fiori avvizziti, legati alle colonne, per segnalare il posto. Ma non ne segnammo nessuno quando liberarono Seb dalla corda che gli aveva stretto il collo. La corda che lo stava strozzando mentre urlava di non mollarlo. Mentre la zattera affondava sotto la marea. Io tiravo nell'oscurità. La scia di un vaporetto di passaggio lo investì e io tirai più forte per evitare che fosse trasportato via. Non avevo idea che la corda che tiravo lo stesse strangolando.

«Tira, Sonia» urlava. «Tira. Reggimi. Aiuto.» E io lo feci. Tirai per salvargli la vita.

Mi fermo. Alzo lo sguardo. Jez se n'è andato in silenzio, senza nemmeno salutare.

È buffo, qualche volta penso di riuscire a sentire il fiume da qui, benché tutti mi dicano che è solo la mia immaginazione, perché ci sono chilometri di distanza tra questo posto e laggiù. Poi gli edifici industriali e altri sobborghi prima di raggiungere il parco, dove salendo in cima in una bella giornata, nel pieno del verde, si apre l'intera vista di Londra. Solo allora si riesce a intravedere il fiume, che si insinua tra la Queen's House e le orribili costruzioni degli anni Ottanta sull'altra sponda, dominate da Canary Wharf. Serve ancora una bella camminata, scendendo tra le distese di cedri del parco, oltre la Conduit House e fuori dagli imponenti cancelli in ferro battuto in fondo. Si deve tagliare per il mercato di Greenwich e poi superare il Cutty Sark avvolto nei teloni di plastica bianca, perché è in ristrutturazione, e solo allora si arriva al sentiero del fiume, dove le cancellate del vecchio Naval College gettano lunghe ombre nere come sbarre da una parte all'altra del lastricato. È un viaggio lungo, molto lungo.

Di solito di notte o talvolta immediatamente dopo essermi svegliata di mattina, prima che comincino il giro del carrello delle medicine, mi capita di sentire il suono delle sirene da nebbia, prolungato, profondo, mesto. Per qualche secondo riesco ad avvertire per davvero l'umidità fredda del fiume, l'odore delle sostanze chimiche che sale dall'acqua, e intravedo una luce fuggevole, la stessa che si rifletteva sulla superficie, inondando d'argento tutt'intorno quando la luna era al massimo dello splendore. Poi riesco a sentire la marea che trascina indietro il fiume, e tutto ciò che pensavo di aver perso per sempre si trova lì, sospeso nel fango come non se ne fosse mai andato.

Il catalogo Timecrime

L'ombra della verità di Karin Slaughter
Venti corpi nella neve di Giuliano Pasini
In difesa di Jacob di William Landay
Omicidio allo specchio di David Ryan Jahn
Ogni goccia di sangue di Michael Robotham
I dannati non muoiono di Jim Nisbet
I sonnambuli di Paul Grossman
La lunga notte di Linda Castillo
L'ultimo Vangelo di Barbara Goldstein
Il caso Maloney. La prima indagine dell'ispettore Faraday di Graham Hurley
Tre giorni per morire di Karin Slaughter
Il settimo sacramento di David Hewson
L'ultima profezia di Liz Jensen
La casa sul fiume di Penny Hancock
L'ermellino di porpora di Pierre Borromée
La trilogia nera di Dave Zeltserman

In libreria

Liz Jensen

L'ultima profezia

448 pagine
10,00 euro

Durante un'impietosa estate di caldo biblico e tempeste, la maggior preoccupazione di Gabrielle Fox è quella di ricostruire la propria carriera di psicologa dopo un terribile incidente d'auto. Ma quando le viene assegnato il caso di Bethany Krall, un'adolescente psicopatica che ha ucciso la madre e vive rinchiusa in un manicomio criminale, Gabrielle inizia a pensare di aver compiuto un tragico errore. E ha ragione: la sua giovane paziente non è una semplice assassina. Nelle sue allucinazioni c'è qualcosa di inquietante, di orribilmente reale: Bethany può vedere, molto prima che accadano, catastrofi che si stanno per abbattere sul pianeta, piccole apocalissi che andranno a comporsi, nel tempo, in un misterioso disegno finale dal quale nessun tentativo di fuga, nessun possibile esodo sembrerà poterci salvare. Eppure, quando Gabrielle se ne rende conto, nessuno le crede. Ci sono profezie troppo spaventose perché le si possa prendere anche solo in considerazione, e l'unica cosa che le resta da fare è portare via con sé Bethany, in una disperata corsa contro il tempo...

L'ultima profezia è uno psico-thriller elettrizzante, che rivela al pubblico italiano un'autrice tra le più talentuose e originali della scena letteraria europea.

Per consultare il nostro catalogo
visita il sito www.timecrime.it
e iscriviti alla newsletter
per essere continuamente aggiornato
sulle nostre pubblicazioni.
Seguici su:

aNobii

e sul blog Timecrime, www.timecrime.it

Questo libro è stampato col sole

Azienda carbon-free

Finito di stampare nel giugno 2012 presso
Grafica Veneta - via Malcanton, 2 - Trebaseleghe (PD)
Printed in Italy